中国新文化百年史丛书
ZHONGGUO XINWENHUA
BAINIANSHI CONGSHU

# 中国新文化百年史丛书

### 学术顾问
贾平凹　金铁霖　卢新华　马秋华
莫　言　温儒敏　吴为山　杨　义

### 编撰委员会
陈跃红　丁亚平　方　宁　郜元宝
郝雨凡　胡志毅　李继凯　林　岗
栾梅健　马相武　彭志斌　王　宁
王兆胜　汪应果　许　明　杨剑龙
张福贵　赵毅衡　朱寿桐　朱栋霖
朱晓进

国家出版基金项目
NATIONAL PUBLICATION FOUNDATION
国家"十二五"重点图书出版规划项目
NATIONAL TWELFTH-FIVE-YEAR-PLAN KEY BOOK PUBLISHING PROJECT

朱寿桐 著

中国新文化百年史
丛书主编·朱寿桐
5

# 中国文学文化百年史

WENXUE WENHUA

南京师范大学出版社
NANJING NORMAL UNIVERSITY PRESS

图书在版编目(CIP)数据

中国文学文化百年史 / 朱寿桐著. —南京：南京师范大学出版社，2018.12
(中国新文化百年史丛书)
ISBN 978-7-5651-3923-9

Ⅰ.①中… Ⅱ.①朱… Ⅲ.①中国文学－现代文学史②中国文学－当代文学－文学史 Ⅳ.①I209.6

中国版本图书馆 CIP 数据核字(2018)第 275629 号

| | |
|---|---|
| 丛 书 名 | 中国新文化百年史丛书 |
| 书 名 | 中国文学文化百年史 |
| 著 者 | 朱寿桐 |
| 责任编辑 | 李丛竹 |
| 出版发行 | 南京师范大学出版社 |
| 地 址 | 江苏省南京市玄武区后宰门西村 9 号(邮编：210016) |
| 电 话 | (025)83598919(总编办)　83598412(营销部)　83373872(邮购部) |
| 网 址 | http://press.njnu.edu.cn |
| 电子信箱 | nspzbb@163.com |
| 照 排 | 南京理工大学资产经营有限公司 |
| 印 刷 | 南京爱德印刷有限公司 |
| 开 本 | 710 毫米×1000 毫米　1/16 |
| 印 张 | 24 |
| 字 数 | 345 千 |
| 版 次 | 2018 年 12 月第 1 版　2018 年 12 月第 1 次印刷 |
| 书 号 | ISBN 978-7-5651-3923-9 |
| 定 价 | 96.00 元 |
| 出 版 人 | 彭志斌 |

南京师大版图书若有印装问题请与销售商调换
版权所有　侵犯必究

# 序　言

中国新文化萌发于近代启蒙主义政治、社会、文化思潮,到五四新文化运动时期形成巨大气候并进入实质性运作,在以罕见的强势和决绝姿态"告别"了源远流长的中国传统文化之后,历尽时代的风狂和雨暴,饱经岁月的辉煌与沧桑,伴随着中国人民乃至全世界华人跨越一个世纪的艰辛与卓绝,光荣与梦想,成为一百年来几代中国人关系模式、人生方式、思维程式、行为范式和言论体式的品质与风格的呈现。中国新文化充分汲取了西方文化的精神营养,同时也承传了传统文化的丰富资源,因应着时代的节拍,体现着中华民族多元文明的质地,在当代世界文明的总体框架下独特而精彩地生息并发展,艰辛而顽强,青葱而壮硕,根深而叶茂。

百年的沧桑需要总结与回望,百年的辉煌值得讴歌与阐扬。汉语学术界从来就不缺少治史的热忱与传统,但这样的热忱常常被某种价值忌惮和畏难情绪疏隔在中国新文化史的编修之外。关于中国古代文化,各种版本的文化史专著精彩纷呈,但关于中国新文化史的学术撰述却相对冷落。在中国新文化历史范畴内,许多时代的纷争和意识形态的现实差异无疑将限制历史述说的深刻精准和理论阐述的畅快淋漓,而文化内涵的无所不包以及外延的难以捉摸更会让审慎的研究者望而却步。

但学术的延宕终究不能抵挡甚至销蚀百年文明的历史魅力。为这样的学术魅力所吸引,我们可以不揣冒昧,无所忌惮,不畏艰辛,写下中国新文化百年的史迹与节奏,伴之而起的是我们的观察与思考。

## 一、文化及其学术结构

中国新文化是人类文化史上杰出而富有生命力的存在。它植根于中华传统文化的深厚土壤,吸纳外来文化的营养与资源,体现着亿万中国人在特定时空条件下的价值选择和人生倾向,以其特定的演进轨迹和发展成果丰富了现代世界文明。

文化是一个异常复杂的概念。在相对保守的学术记录中,有关文化的定义有170多种,而宽泛一些的统计则多达400种。一种学术概念,如果存有多种定义,就足以表明关于其学术内涵的理解已经陷入了某种混乱,其所引起的概念之辩足以引起旷日持久的争讼。在这样的意义上,关于文化的定义到底是170多种还是400种的论辩往往说明不了别的情形,仅仅能够说明,每一个严肃的学者都可以而且应该对文化的学术概括作出自己的思考和判断。

显然,几乎所有自然、社会、人文现象都可以用文化加以概括,或者加以描绘,甚至连自然的地质记录都已经用文化概念加以表述。通常意义上人们比较习惯于将文学艺术算作基本的和典型的文化现象,类似于许多政府文化管理部门的职责范围。但毫无疑问,人类的思想和学术属于文化的重要内涵,所有社会典章制度、宗教信仰、经济运作等,以及社会习俗、民风民俗的积淀,都是文化必然属性的体现。这些文化现象都是人类文明形成或创造的结果。文化,如果从汉语语词的构成进行解析,当表述为人类文明与开化的所有痕迹的总和。

用钱穆所阐述的文化概念,"文化只是'人生',只是人类的'生活'",不过是"集体的"、"大群的人类生活"而已[1]。文化与人的活动相关,因而可以从人类文明和社会行为开化的意义上理解文化。

然而立即需要面对的问题是,许多自然现象都被纳入文化表述的范

---

[1] 钱穆:《文化学大义》,第4页,北京:九州出版社,2011年。

畴。既然远在人类尚未产生之前的宇宙间就存在我们称之为文化的东西,这是否意味着,文化并不完全属于人类文明,它可以是自然的现象?可能的答案是,只有那些被人类的文明所认知、所理解并经过人类文明表述的自然现象才是文化的。宇宙空间尚有许多未被认知的天文现象,地质构造中也留有不少未解之谜,这些都无法纳入文化的表述之内。自然现象须带着与之相适应的文化表述才属于文化范畴。在这一意义上,钱穆的观点值得借鉴。钱穆认为,人类的文化即便是在物质和社会生活层面的,也仍然包含着精神的因素,而且精神因素才是文化的本质:"若使人类没有欲望,没有智慧,没有趣味爱好,没有内心精神方面种种的工作活动参加,也将不会有衣、食、住、行之一切物质创造与活动。"[1]

如果说人类文明可以被认为分别体现在自然、社会和狭义的文化这三个方面,那么,文化注定是人类文明的异称,是人类对自然现象的认知理解,对各种社会现象的观念表述,以及在思想、学术、文化、艺术及其承载传播等方面的创意性结果。

这样,文化被自然地分为三个层次。首先是文化的核心层次,也就是通常所说的纯文化层次,在思想、学术、文化、艺术及其承载传播层面的创造性继承与发展的文明形态。其次是结构层次,也就是社会法律制度、道德规范和宗教信仰等等,它们都体现为一种法规,一种约束,一种要求人们遵守的制度,虽然它们本身也许并不都以制度的状态出现。这种社会制度在重要性上远远超过一般意义上的文化,但作为观念概述又体现为文化的基本内涵。再次是物质文化层次,包括被理解的自然文化,以及各种人类物质创造的时代性理解。文化的本质是观念文明的痕迹与开化的结果。

钱穆在《文化学大义》中同样阐述了文化的三个层次,分别是物质的(自然的)、社会的、精神的,也就是物世界、人世界和心世界[2]。这大致是准确的。但社会层面的文化也可能是物质的,如各种社会法律宗教设施等

---

[1] 钱穆:《文化学大义》,第8页,北京:九州出版社,2011年。
[2] 钱穆:《文化学大义》,第9页,北京:九州出版社,2011年。

等,特别是社会经济生活的方方面面。从这个意义上说,斯特恩(H. H. Stern)将文化分类为物质文化、制度文化和精神文化这三个方面,更能够行得通。不过中文的翻译将斯特恩的第三层次文化表述为心理文化,显然缩小了这一分层的文化范围,应该作为精神文化进行理解和阐述。

文化代表着人类文明积累的结果,自身的构成非常复杂,物质文化必然包含且呈现出某种精神的内涵,才能够成为人们文化认知的对象,这便是如前所说的,自然文化中没有被人类文明认知的部分,就不能算是文化,也不能进入文化的表述。同样地,即便是精神文化的类型,也必须通过一定的物质文化加以承载。精神文化和物质文化都是在相对意义上形成的某种分别。

但之所以作物质的、精神的和制度的三种类型的划分,是因为在对文化进行学术把握的时候,需要进行分门别类的研究,需要在诉诸人类文明思维的方法和途径方面进行类型学的概括。明确了此三种类型,便可以对一个民族某个时代的文化种类进行基本的结构阐析。之所以将钱穆所提出的社会文化修订为制度文化,是因为社会文化中既包含精神文化,也包含物质文化,精神与物质相对,但"社会的"类型在逻辑上无法与之并列。社会文化中包含着许多精神文化内容,也包含许多物质文化内容。从物质到精神类型,应该有一个介乎其中的制度文化类型,它确实立足于社会层面,但既不偏重于物质也不纯然体现于精神,而体现为一种文化方法——调节和制约人类社会行为和价值规范的文化方法,包括政治、道德、宗教、法律、教育、习惯等等。

钱穆倾向于将物质文化或自然文化当作广义文化,而将社会文化和精神文化视为文化研究的主要对象,由此,他将文化分为七个类别:经济、政治、科学、宗教、道德、文学、艺术[1]。这样的分类兼顾了他所阐述的社会文化和精神文化两大类型,但其间仍然有许多疏漏,也有一些混乱。例如,在精神文化类型中,思想文化、学术文化无疑是重要的文化现象,钱穆的概括中却忽略了这两方面的内容,而一般理论都倾向于将文学纳入艺术范

---

[1] 钱穆:《文化学大义》,第32页,北京:九州出版社,2011年。

畴,这里却主张将两者在类型上截然分开。

但钱穆作出了重要的理论开创,认为文化研究的重心,文化史研究的基点,应在社会文化和精神文化两大类型,而诉诸精神层面的文化现象才是文化研究的当然内容。在这样的意义上,他应该较少地涉及他所谓的"社会文化",而更关注精神文化的多个方面。但在他的框架设计中,社会文化如经济、政治、科学、宗教、道德等占据了文化类型的主要地位,精神文化方面仅仅涉及文学与艺术,未能充分反映这种类型中更广阔的文化内涵。按照我们的类型分析,文化分为物质文化、制度文化和精神文化。在每一种文化类型之中,又可以分为若干个文化种类。物质文化类型中,可分为自然文化、天文文化、山水文化、社会物质文化等。制度文化类型中,可分为政治文化、法制文化、道德文化、宗教文化、教育文化、民俗文化等。精神文化比较复杂,又可分为三种类别的若干形态。第一种类别是思想、学术文化,包括思想文化、学术文化、科技文化等,这些文化都是创造性思考的结果,因而从文化建设方法上可以概括为创思文化。第二种类别为创作文化,是文学、艺术文化,包括文学(当然文学可以归类为艺术,但在艺术创作中又占有突出地位)、音乐、美术、雕塑、建筑、戏剧、舞蹈、电影等。第三种类别为设计、传媒文化,这是一种创意性工作的结果,又可概括为创意文化,包括社会生活各个方面体现的设计文化,以及不断发展和更新的传媒文化,等等。为了较为清晰地反映这样的文化结构,特制下表:

| 文化类型 | 物质文化 | | | | 制度文化 | 精神文化 | | |
|---|---|---|---|---|---|---|---|---|
| 次类型 | 自然文化 | 天文文化 | 山水文化 | 社会物质文化 | 政治文化 法制文化 道德文化 宗教文化 教育文化 民俗文化 | 思想、学术文化:创思文化 | 文学、艺术文化:创作文化 | 设计、传媒文化:创意文化 |
| 形态 | | | | | | 思想 学术 科技 | 文学 音乐 美术 雕塑 建筑 戏剧 舞蹈 电影 | 设计 传媒 娱乐 |

## 二、新文化及其历史把握

所谓中国新文化，是指中国百年来形成的融入西方因素的文化潮流和文化成果。新文化以近代启蒙主义思潮为基础，与现代政治、思想、文化革命密切联系，经过不同时期的运作、发展与调整，反映着现代中国人与传统相异的思维方式、语言方式及其支配下的生活习惯，生动地体现了从物质文明到价值观念、制度文化，再到精神文明的世界化与现代性的文化轨迹。

由此可见，百年新文化的历史总结，必须紧扣新文化的性质。并非在现当代历史时期出现和活跃的所有文化现象都属于新文化范畴。新文化必须体现新的价值观，体现近代以来的西方化和世界化因素，体现现代性的文化理念和文化形态。这是新文化的主体形态。与此同时，必须充分认识新文化的附庸形态，一定的传统文化传承到现代历史阶段，在现代生活中获得了时代性的赋形，它自然以其特有的方式和形态参与到新文化运作之中。

任何一个民族的文化，都与这个民族的传统有着密切的关系。中国新文化从这个意义上说，也割不断与传统文化的联系。事实上，如何处理与传统文化的关系，一直是新文化运作和运动的重要课题。但另一方面，鉴于新文化的发动以否定传统文化为价值前提，新文化的当然品质包含着相当浓厚的世界化、现代化的价值内涵，因而我们的新文化史研究应该立足于新质文化，尽管我们不可能完全认同全盘接受新文化倡导时期文化精英们的价值理念。这样的新文化品质认定，使得我们将传统文化史学所必然包含的民俗文化等等，从新文化史学系统中分离出去。民俗文化与传统文化的联系更为紧密，是长期形成并且在一定时间内难以真正改变的文化形态和文化方式，它的现代形态即使参与到新文化之中也只是一种时代赋形，并不体现新文化的本质内容。

我们对文化作出了如下的基本价值定位：文化是一定历史条件下人类文明与开化的结果，这样的文明与开化包含着鲜明强烈的观念和价值成分，因而其主要内涵在于精神层面。于是，新文化的历史研究和规律性研究主要以精神文化为主，部分涉及体现现代中国人社会价值理念的制度文化，但基本上不涉及物质文化，尽管新文化中的物质文化也包含着许多新质成分，特别是社会物质生产的结果（现代产品，主要是工业产品）。

新文化的历史研究还必须从新文化发展的实际出发，而不是从概念出发。新文化百年的发展并不是在文化的所有方面都有同等的效果和成就，为了准确反映新文化的发展成就，突出新文化成就的主导方面，对于滞后发展的一些新文化类别与形态理应采取学术兼顾的办法。具体地说，传统"八大艺术"中，美术与雕塑是并列关系，但新文化在中国的发展实际显示，雕塑的成就及发展线索在新文化总体格局中尚不足以独立成一个构成部分，因而可以将其与书法并入美术类属之中。同样的道理，舞蹈也可以从新文化发展的实际出发并入戏剧类属。中国新文化发展过程中，建筑艺术从文化创作的意义上来评判，属于颇为积弱的艺术文化部门，中国现当代建筑如果有值得进行历史研究的价值，则可能体现在它的某种创意性方面。于是，宜将新文化的建筑艺术部分从艺术文化的类型中抽绎出来，置于"创意文化"中的设计门类之中。

需要从中国百年来的新文化发展实际出发，对政治文化加以审慎对待。中国特殊的国情决定了我们的政治带着一种时代的刚性，它渗透到社会生活和物质文化的方方面面，一般不体现为一种文化形态（尽管文化内涵非常丰富），而是体现为决定人们价值观和意志力的意识形态和制度形态。这种刚性政治不宜单纯从文化层面加以阐述。从文化层面进行阐述的政治文化大多与社会法制建设紧密相连，因而所清晰呈现的是社会政法文化现象。

同样是从百年新文化发展的实际出发，当我们的历史叙述以中国大陆为本位（文化的空间属性决定了我们必须以此作为新文化的核心地带进行学术阐述）的时候，有些必然的文化现象会以偶然的文化样态出现，譬如宗教文化。在叙述中国现代文化史的时候，宗教文化明显地呈断裂状态。

于是,从新文化百年历史的实际出发,我们论述的重点是:

制度文化类型:政法文化

宗教文化

教育文化

精神文化类型:

思想、学术文化次类型:思想文化

学术文化(含科技文化)

文学、艺术文化次类型:文学文化

音乐文化

美术文化

戏剧文化(含舞蹈)

电影文化

设计、传媒文化次类型:设计文化(含建筑、广告等商业设计、工业设计等)

传媒文化(含出版文化、电视文化、网络文化、游戏等娱乐文化)

## 三、学术理念与学术结构

新文化的历史形态包含各个时期的新文化运动,包括一定历史条件下的新文化运作,以及这种运作的结果,即新文化在各领域的成果。新文化史的各个领域、各个课题的各个阶段,都应该从相应的文化运动(文化思潮)或者相应的文化运作(文化团体性的作为)展开历史的陈述,在此基础上,突出本阶段在本领域最具标志性的文化成果,重点介绍本领域在本阶段最具代表性的文化人。对于代表性人物和标志性作品,当然需要充分揭示其文化内涵,阐明其文化意义。

新文化百年在不同的历史时段,呈现出不同的时代主题,这些时代主题可以说是那个时代新文化的主旋律,也可以说是推动新文化不断发展的核心动力。从新文化运动开始正式掀起的1915年,到北伐战争兴起之际,这是新文化发展的第一个历史阶段。此阶段以中国文化的世界化和现代化为基本指向,突出的主题便是陈独秀概括的"民主与科学"。这时期的民主更多地体现为现代价值理念,而不是政制设计。科学在这里代表着实事求是的求实精神,以及破除迷信的现代人生态度和社会伦理。围绕着科学民主的时代文化主题,对新文化持保留甚至反对态度的文化思潮同样应该得到关注,并尽可能揭示它们的合理性,因为即便是反对新文化思潮的群体,往往在民主价值观和科学世界观方面也并非完全持反对的态度。如学衡派虽然反对新文化倡导者的某些观念和做派,但他们标举的新人文主义同样包含一定的民主思想和价值理念。各个门类的文化建设和文化倡导都以民主与科学的突出主题展示其自身的时代特性。

可以将1927年至1936年,概括为新文化运作的反思及内部调整时期,这时期的文化主题可用"革命与自由"来概括。从北伐战争到左翼运动,新文化的时代主题便是革命。这既是政治和战争意义上的革命,也是意识形态、文化艺术领域的革命。这场连续性革命的目标是争自由,其中包括工农群众的自由诉求,以及知识分子的自由意志。革命的倡导者祭起的法宝便是"争自由",对于"革命"持质疑态度的"自由人"同样标榜自由。对于许多知识分子、文化人而言,这是中国现代史上最为自由的时代,特别是在文化上的展开,都充分显示出自由的力量。

1931年,以"九一八"事变为标志,中国进入了旷日持久的抗日战争历史,而1937年的"七七事变"标志着全面抗日的展开,由此开始直到中华人民共和国成立之前,中华民族被拖进深重的、全面的、灾难性的战争岁月。日本帝国主义的侵略无疑是一场民族的灾难,而民族战争之后的内战使中华民族和广大民众面临的战争灾难未能即时结束。灾难中的呻吟,有民族反抗和自卫的呼声,有争取民主与捍卫和平的呐喊,新文化的时代取向是服务于现实,服务于危难之际的中华民族,此时代的新文化核心价值是"民族与民主"。共产党领导的延安等革命根据地,在那个时代显示出政治的独立性和独特性,但文化核心仍然是民族与民主。在内战时期民不聊生的情形下,文化界对当局的抗争与谏议,也都集中在民主话题和民族自救的内容。只是,这个时代的民主要求,较之于"五四"以后至20世纪20年代宣扬的"德先生",明显多了一些政治体制方面的改革要求。

以中国大陆为主导空间,1950年以后的新文化呈现出党派文化的特性,在共产主义理想的引领、激励和阶级斗争主题的促动下进行运作。"理想与斗争"是这个时代文化运作的突出主题。"文化大革命"不过是这种文化发展到极致的一种爆发。这一阶段的端点以"文化大革命"的结束为标志,其间逐步形成了非常有时代特色的文化面貌。

毫无疑问,1978年至1992年,是中国改革开放的历史阶段,制度文化和社会文化方面的拨乱反正,思想文化和价值观念上的正本清源,改革被赋予时代伦理的正当性,开放成为锐不可当的时代潮流,其间经历的种种历史浪潮的回旋,终究不能阻遏历史最初向着"四个现代化",后来向着小康社会不断努力的脚步。

1992年以后,历史进入到类似于后现代文化发展的时期,多元价值观念的形成,伴随着多媒体时代来临,形成了一直延续到当下的时代文化,这一文化以"多元与和谐"为主题,持续地演绎着新文化的活力与精彩,当然也同时演绎着新文化的尴尬与无奈。各种各样的文化在继承新文化传统的意义上呈现出自身的多元与开放,不断调整和制抑的呼声终究无法影响多元文化的发展。多元文化包含着许多劣质因素,但能够包容这样的多元就有足够的定力消除这样的劣质因素。拥有这样的定力是我们这个时代新文化的风采与胸襟,拥有这样的胸襟意味着新文化历经百年的成熟。

中国新文化的运作以1915年创刊的《青年杂志》(后改为《新青年》)为正式起点,2015年纪念新文化运动一百周年便成为文化热点。自2015年4月份开始,全国各地包括北京、上海、济南等重要城市都相继举行了各种规格、各种专题的学术研讨会,隆重纪念、深入研讨新文化和新文化运动。2015年9月14日,由澳门大学中文系和澳门大学南国人文研究中心主办的"中国新文化百年纪念学术研讨会",引起了海内外媒体和文化界的普遍关注。中新社对外发了通稿,全球100多家媒体予以报道。此会议之所以有如此反响,一是汇聚了海峡两岸暨香港、澳门有代表性的文史专家和文化学者[1],而且是非常集中地从海峡两岸暨香港、澳门的历史、现实出发进行研讨,从不同的社会、学术、文化背景对影响了一百年的新文化进行了深入、理性的探究,这样的交流能够体现出对中华新文化或汉语新文化的较为真切、全面的认知与反思;二是改变了一般学术会议议而不决的状况,达成了对于新文化认知的某种共识,作为会议的重要成果,发表了《新文化的重释与新倡》[2],俗称"澳门共识",对中华新文化作出重新阐释并提出了新的倡导性意见,其中的关键词是:"理性民主"、"科学发展"、"文明进步"、"多元和谐"。

这四组词,可以说是并列关系,也可以说成是修饰关系。"民主"是新文化运动举为先导的一面鲜亮的旗帜,当时有一个高雅而十分富有美誉度的名字"德先生",几乎所有积极的现代理念,如自由与平等、正义与公平等等,都可以在"民主"的理论框架内进行定位。但必须承认,民主的实践在不同的区域、不同的文化语境中有着千差万别的形态与体态,它们即便处在相互矛盾甚至相互对立的状态下,也可能都以"民主"的面目出现。五四时代的"民主"精神,应该是一种时代的理性精神,用陈独秀在《敬告青年》中的话说,是"诉之主观理性"的精神,它所吁求的是一种"自崇所信"的主体理性,是一种"自主的而非奴隶的"精神。即便是在现代民主体制已经基本建立的社会秩序中,这样的理性精神仍然是值得尊崇和倡导的。科学发展是一种当代文明的发展观,历史要前进,时代要发展,但这样的前进与发展不应该像陈独秀所痛心疾首指出的"恶流奔进",而应该是带着科学精神

---

[1] 参加本次会议并达成"澳门共识"的,来自海峡两岸暨香港、澳门以及海外的著名人文学者有许明、汪荣祖、杨义、林岗、龚显宗、张福贵、李继凯、朱寿桐、胡志毅、汤哲声、栾梅健、孔庆东、王性初、白杨、徐晋如、张志庆、崔明芬、周仁政、曾一果、龚刚等。

[2] 分别见香港《文汇报》,2015年11月23日;《澳门日报》,2015年11月18日;《社会科学辑刊》,2015年第6期。

和科学态度的良性发展。于是，即便是在历史的理念展开中，"科学发展观"也是对中华新文化作出的一个重大的时代性贡献。文明进步的关键是要文明地对待各种文化传统和思想资源。我们今天常用的一个词是"与时俱进"，在新文化倡导者那里所用的一个词是"日新求进"，不进则退，事关民族的生死存亡。但我们的进步必须是有传承、有秩序的文明的进步，必须是在继承和发扬优秀文化传统的前提下所取得的时代性进步。那种以偏激的态度否定和背叛传统而硬性推进的进步，实践证明有碍于文明的提升。文明的态度既然是以克服偏激为前提，则在对待异族文明和他国文化的意义上也同样应取尊重和科学的精神，实事求是的精神，吸取其优良精华，剔除其恶俗糟粕。多元和谐是指新文化的活力在于它的多元性，在于它拥有开放、包容的文明范式，并通向和谐、协同发展的内在机制。不同背景、不同基质、不同资源和不同地区的文化，都能够在中华新文化的时代平台上协调发展，从而构成了中华文明新的发展秩序[1]。

有关中华新文化的"澳门共识"体现出一种敢于对历史和现实负责的文化精神。从历史维度而言，"澳门共识"当然是以"民主"、"科学"为核心的五四新文化精神，这是新文化的理性类型的表达。在这样的理念基调下，结合新文化百年来在不同地区的实践经验和教训，从正反两方面总结、提炼、补缀而形成了四个概念，八个关键词，十六个字。从空间维度而言，"澳门共识"的现实文化基础，就是不同区域的中华文明在新文化语境下的发展态势所构成的趋势。不同的政治区块，经过新文化的淘洗、炼冶，都能够在理性民主、科学发展、文明进步、多元和谐的意义上趋于和洽，这是民族之幸，文化之幸。从现实层面而言，各地区的社会发展都取得了相当的成就，也都面临着这样那样的一些问题，而"澳门共识"都能对这些突出的社会发展问题有所回应。

新文化发展拥有一个辉煌壮丽的开端，以《新青年》为核心叫喊出了时

---

[1] 参见朱寿桐：《新文化的反思与前瞻——新文化"澳门共识"略解》，《明报月刊》，2015年第11期。

代的绝响。在它完成了百年历史的流转之后,应该具有本着时代立场发出的对于先贤哲言与功业的某种回声,尽管这回声可能非常微弱,但只要符合时代的理念,只要能得到不同地域不同背景的文化研究者的共鸣,就应该被理解为是新文化倡导之声在历史另一端的一种回声。历史也许会记录这样的回声,哪怕是作为对新文化倡导作出正面响应的一种努力与尝试,都应该为文化史研究者所关注。毕竟,这是一种有意义的努力,毕竟,这样的回声具有这个时代跨越地域、跨越政治的代表性价值,更重要的是,它已成为海内外纪念新文化百年活动的一个绝响,因而其对于中国新文化发展史应具有一定的标识性。

简约列之,新文化百年的历史可分为六大阶段,每个阶段都有突出的时代主题:

| 阶段 | 大致时段 | 时代主题 |
| --- | --- | --- |
| 第一阶段: | 1915—1926, | 民主与科学 |
| 第二阶段: | 1927—1936, | 革命与自由 |
| 第三阶段: | 1937—1949, | 民族与民主 |
| 第四阶段: | 1950—1977, | 理想与斗争 |
| 第五阶段: | 1978—1992, | 改革与开放 |
| 第六阶段: | 1992—现在, | 多元与和谐[1] |

文化的发展是非常复杂的历史过程。一方面,一种文化主流并不能取代甚至有时都无法掩盖这一时段同时存在的文化支脉。有时候,处在文化支脉上的文化运作可能比文化主流更具活力和影响力。另一方面,也需要克服那种僵硬的思维方法:以为与文化发展主流相对立的就一定是逆历史

---

[1] 这里所列的具体年份都有一定的标志性事件作为支撑,但只是一种大致的时间范围的框定,因为文化的潮汐是流动的。另外,文化的发展与政治历史的进程未必完全同步,1931年我国已经进入抗日战争时期,但在全面抗战爆发之前,那个时代的文化除了日益高涨的民族与民主文化而外,主要还是革命与自由文化的延续。

潮流而动的"反动"思潮。文化需要更多的理解与宽容，新文化的宽容姿态和海纳百川的气概须经过相当长的历史历练才能形成，而一旦形成往往就是其健康、成熟的标志。有关新文化的学术研究也需要带着这样的姿态与气概。

总之，声势浩大的五四新文化运动催生了五四新文学，传播了民主与科学，并且直接促进了共产主义思潮的中国化和中国共产党的成立。新文化的百年发展，使得中国社会从思想上、文化上、政治上和生活上走出了古老的中国传统，并在西方"民主与科学"的现代价值观的引领下，特别是在马克思主义的指引下，建构了自己的新文化传统。蔡元培等认为五四新文化运动就是中国的文艺复兴，毛泽东等革命领袖充分评价五四新文化运动对于现当代中国的巨大意义。值此"五四"一百周年纪念之际，我们的研究便能凸显出以下的意义：

全面总结新文化运动的成功经验，以便在今天社会主义建设新常态的情势下，尊崇新文化的伟大传统，分析和开发新文化的伟大传统，加深对社会主义核心价值观的理解与认识；对于新文化运动中的某些偏颇及其所遗留的问题，进行学理的解释和理性的检讨，使得新形势下的社会主义核心价值观的建构更加科学。特别是如何面对优良的文化传统，如何理解西方价值观念的现代性与中国社会实际的适应性，我们须有清醒的认知。

合理地开发优秀的历史文化资源，建构新的文化品牌。以民主、科学为核心的新文化运动为中国现当代历史积累了优秀的文化资源，这种资源在不同时期的开发利用，体现着中国文化现代化历程的重要规律。对这一规律的把握和描述，足以建立一种新的文化品牌，科学地整合现当代文化研究的优秀成果，打造当代文化最优范本。我们将广泛吸收新世纪以来文化研究的优秀成果，力图在文化的理解以及现代中国文化的历史认知及其当代意义的认知方面有所成就。

将中国现代的政法、思想、学术、教育、传媒、文学、艺术等等置于文化分析的学术框架之下，有助于认清现代中国和当代中国的发展节奏与规律，为更好地建设社会主义当代文化提供足资借鉴的学术成果。文化是人类文明与开化的所有痕迹的总和。文化的核心层次,是在思想、学术、文学艺术及其承载传播层面的创造性继承与发展的文明形态。中国新文化是在与传统文化的复杂联系与挣脱中显现的历史形态,分别在思想、学术等创思文化类,文学、艺术等创作文化类,以及设计、传媒等创意文化类呈现出时代的风采。新文化的百年历程经过了"民主与科学"、"革命与自由"、"民族与民主"、"理想与斗争"、"改革与开放"、"多元与和谐"等六大阶段的时代主题。本丛书将从上述三大门类,以及纵向的六个阶段总结中国新文化百年的成就与局限,以及历史节奏与规律。

## 四、关于《中国文学文化百年史》

中国新文化的倡导与建设从一开始就聚焦于并体现在新文学的倡导与建设方面。反对旧道德提倡新道德,反对旧文学提倡新文学,一向被视为五四新文化运动的核心内容。于是,新文学与新文化一直存在着密不可分的关系。

由于这样的渊源,文学在进入新文学核心文化时期之后,就不再是个人的写作行为加自我的阅读的对象与结果;它是时代的风标,是历史的承载,是社会的风色,是人生的旗帜;一度曾是斗争的工具和革命的火焰,是进军的号角和胜利后狂欢的图腾。这是新文学文化的一般写照,体现着新文学与传统文学之间显豁的时代性差异和本质性区别,体现着新文学的时代文化特性。

文学研究会的文学文化被概括为文学为人生,并且改造这人生。鲁迅则借助于北伐革命的情势,大声宣布文学是战斗的;他甚至认为左联时期中国的文学只有无产阶级的斗争文学,而其他都不足以成为时代的文学。延安文艺整风运动提出了工农兵文学的概念,文艺是为工农兵服务的,从此文学的革命属性和人民性得到了重新的论定。甚至,文学成了动员群众、武装群众,打击敌人、消灭敌人的锐利武器。当文学成为阶级斗争和路线斗争的工具的时候,文学的政治文化属性甚至于文学的政治属性已经强大到足以淹滞文学自身规律和品性的地步。有人被说成利用小说"反党",有人则明白无误地用文学影射,有人拿文学当刀枪,有人视文学为旗帜,文学可以吹响战斗的号角,文学可以点燃指路的明灯,文学可以是化雨的春风,也可以是温煦的阳光。总之,文学就不是文学自身,文学的文化面目不再是一种包装,而是它的基本属性。走出了那个充满战斗与斗争的世纪以后,文学开始回归到文学本体与文学规律自身,所体现的仍然是文学为人生,文学服务于人生的理念。在尊重文学自身的运行规律和发展程序的同时,文学家倡导文学生活,这时候的文学意义仍然主要体现于文化价值。文学终究是文化的,文学借助于文化的翅膀飞翔,借助于文化的车轮飞奔,可视为这一百年的时代精神。

其间,有人高喊"为艺术而艺术"的口号,表现自我、抒发自我情绪的鼓噪此起彼伏,然而也正是这样的表述者,明确宣布这不过是一种文化态度,是一种文化策略,其实与文学文化的社会意义并无冲突。郁达夫曾反诘道:古来哪种文学是与人生没有关系的?表明其实"为艺术而艺术"之类的口号还是一种艺术人生的姿态,任何离开人生的文学都是不可能的。表现自我也是一种人生方式,文学的人生方式,艺术的人生方式,文化的人生方式。

过去的这个世纪充满着文学观念对峙的紧张,充满着文学理论冲突的剧烈,但这样的对峙与冲突往往都与文学艺术无关,它们往往都在文化层面乃至政治文化层面展开,于是从不曾在艺术规律内部伤筋动骨。整整一个世纪文学的热闹都不过是文化的欢腾。文学呈现于历史的是文化的姿态及其杂色的面影,文学的意义也常常以文化的价值进行标示。只有在这样一个无往而不文化的文学世纪内,才会发现几乎任何一个作品首先进入人们眼帘的是其文化色调、文化谱系和文化倾向,很难想象在这样一个时代一部文学作品褪袪了文化的附加值以后能在艺术的窄道上踽踽独行。这是一个文学的世纪,更确切地说,这是一个文学文化的世纪。

在这个文学文化的世纪,文学成为一种崇高而美好的事业,成为千千万万有胸怀和追求的青年人的梦想与渴望,作家的美誉度前所未有,作家的身份优越感无以复加。相对于以前和今后的时代,这是一个绝无仅有的世纪,它所形成的作家文化成为古今中外文学文化的奇观。作家文化可以概括为作家作为文学存在的独特性和优越感的体现,也可以从类似于各级作家协会的体制运作中细细玩味,还可以在作家与"粉丝"和追随者,作家与教育界,作家与出版业,作家与网络等等诸多复杂多元的关系中进行总结。作家文化是文学文化在特定历史阶段的一种有趣的投射。

文学文化与文学赖以成型与发展的媒体文化联系最为紧密。刚刚过去的这个世纪是传媒发展最迅速,传媒文化变异最快最大的特定时代,其对于文学的意义一直处于最重要的位置。相当长的一段时间内,文学的面世方式和面世概率都由传播媒介所决定,虽然文学自身的品质常常能发挥一定的影响作用,但文学对媒体和载体的依附性、依赖性仍然是这个时代的文化特征。传媒在发展,传媒文化在变异,它依然影响着文学的成就与传播,文学的呈现与接受,不过那种依附性和依赖性会逐渐减退。

没有任何一个时代像刚刚过去的这个世纪那样令几乎所有的民众都离不开文学,离不开文学的阅读,甚至将文学当成自己生活的一个重要部分,对于心怀梦想的许多青年人而言,文学就是自己的人生,甚至是自己人生的理想形式。这个文学世纪印刻着有关文学的所有的文化记忆,它其实就是一个文学文化的世纪。

学界已经拥有了上百部中国现代文学史,非常需要一部中国现代文学文化史;而就上面的概述所传达的文化信息和学术信息而言,所有中国现代文学史都可能只是中国现代文学文化史,真正避开文学文化的学术叙述而构成的纯粹的现代文学史几乎很难产生。于是,索性回到文学文化的真实层面,构写一部反映近百年历史的新文学文化史。

显然,文学文化史与文学史有所不同,它往往以文学外部关系的考察为主要内容。或许有人会说这部文学史对典范性的文学作品和作家缺少分析,那是只熟悉文学史而不知文学文化史为何物的结果。

朱寿桐

2018 年 10 月 22 日改定

# 目 录

序　言　朱寿桐 | 1

绪　论　中国新文化运作中的文学文化 | 1

　　第一章　新文学文化的预备形态 | 29

## 第一编　民主与科学 | 51

　　第二章　五四新文化运动与新文学的思想文化传统 | 53
　　第三章　新文学与民主文化 | 69
　　第四章　科学文化与新文学 | 81

## 第二编　革命与自由 | 111

　　第五章　革命文化与革命文学文化 | 113
　　第六章　自由文化与革命文学 | 138

## 第三编　民族与民主 | 153

　　第七章　民族与民主交织中的文学文化主流 | 155
　　第八章　文学中的民族意识与民族的文学文化 | 167
　　第九章　民族意识与民主文化 | 182

## 第四编　理想与斗争 | 199

### 第十章　阶级斗争与共产理想的文学文化变奏 | 201
### 第十一章　中国现当代文学学科文化的形成 | 214

## 第五编　改革与开放 | 229

### 第十二章　文学文化中的改革与开放 | 231
### 第十三章　开放意义上的文学文化存在 | 244
### 第十四章　开放情势下汉语文学文化热点 | 261

## 第六编　多元与和谐 | 287

### 第十五章　多元文化格局中的文学文化 | 289
### 第十六章　诺奖效应与汉语文学的文化意义 | 301
### 第十七章　多元和谐的文学文化格局 | 317

## 主要参考文献 | 359

## 绪　论
## 中国新文化运作中的文学文化

中国现代文学的文化学研究已经是一个有相当积累[1]的传统课题,一度还相当热门。包括20世纪80年代初中期由林兴宅等专家引入的新方法论用之于中国现代文学的诸多学术领域,作为人文社会科学热和文化热的一种前沿性参与,都对中国现代文学的文化学研究起到了推波助澜的启发与呼唤作用。然而当我们从各类文化学的角度取视中国现代文学各种现象的时候,总以为这是"以他山之石"攻中国现代文学这块璞玉,以至于一些强调文学研究"纯粹性"的学者担心中国现代文学研究这种"文化化"的趋向会危及文学学术自身的独立性。其实,一个相当重要也不难理解的问题却被学者长期忽略:文学是文化的一个特定的成分,中国现代文学是中国现代文化的一个重要组成部分,因而,文化研究势必可以包含文学研究,虽然不能取代文学研究。显然,中国现代文学研究可以为自属其中的中国现代文化或中国新文化研究所涵盖,它是中国现代文化或新文化研究的一个重要而富有特色的组成部分,可以被称作中国现代文学文化的研究。

显然,这与已经形成积累与影响的中国现代文学的文化学研究并不一

---

[1] 这方面的积累相当厚重,具代表性的有:以阶级文化和政治文化为视角对鲁迅和中国现代文学作家展开的研究,以青春文化为视角对郭沫若和创造社的研究,以乡土文化和湘西文化为视角对沈从文等人的研究,以都市文化为视角对新感觉派的研究,以绅士文化为视角对徐志摩和新月派的研究,以人文主义和新人文主义为视角对学衡派的研究,以官场文化、消费文化、传媒文化为视角对当代小说的研究,等等。

样。文化学对于中国现代文学研究的介入再不是方法论意义上的一种另辟蹊径，而是学术本体意义上的一种范畴拓展。这是一种文化研究，但是对文学这样一种特殊种属的文化的研究，因而它同时属于文学研究。文化研究和文学研究在这样的学术建构中不是体现为相互对立甚至相克相制的关系，而是体现为相互包容或者相得相生的关系。方法论意义上的文化研究与文学研究可能构成相互对立和克化的结果，对一种文学现象进行一种特定的文化学考察，往往会影响同时对其进行纯粹的文学分析，而本体论意义上的文化研究与文学研究则可以在研究成果上构成相互开发、利用的格局，相互启发甚至彼此强化。

具体到中国现代文化或新文化与中国现代文学或新文学的研究，情形更是如此。文化学作为一种方法论，更多地带有外来学术方法的性质：一方面，它一般都与西方新型的文化学术联系在一起，带有一种与新批评俱来的气度与品性，特别是后现代文化，其先锋性和舶来品质非常明显；另一方面，它一般都体现着政治学、社会学、历史学、语言学等外在于文学甚至美学的气度与品质。将这样的文化学方法用于中国现代文学的大多数作品和现象研究，确有隔靴搔痒甚至是方枘圆凿的"外道"。但是，作为文学文化的本体研究，中国现代文学文化研究则不仅对于中国新文化研究来说相当必要，便是对中国新文学研究来说也格外重要。新文化的轰轰烈烈的产生和崎岖曲折的发展，已经有了一百年波澜壮阔的历史，除了在其产生之初，对它的言说和研究往往很难与文学结合起来。谁也不会否认文学作为艺术的种类属于文化的一个部分，但很少有人想到在中国现代文化层面确认文学的地位和影响力。重要的是，中国现代文学在几乎大部分的学术表述中，特别是在文学史表述中，都很难与中国现代文化分割开来，但就是缺少足够明确的学术意识：为什么不好好地研究中国现代文学文化？为什么不切实撰写一部中国现代文学文化史？的确，中国现代文学的许多层面，许多现象，都应该老老实实地落实在文学文化的意义上进行解析和认知，无论是文学的时代性运作，文学家作为文化人的自我设定及行为指向，还是文学作品的文化属性，将中国现代文学的许多问题置于文学文化的学术平台上,应有更精确的取视和理解。

## 一、文学革命:文学的文化革命

中国新文学一般被理解为中国新文化运动最有特性和代表性的积极成果。蔡元培在《中国新文学大系》总序中[1]明确指出了批判旧文化与清算旧文学,同时提倡新文化与倡导新文学之间的深刻关系。胡适、陈独秀则在《新青年》发动新文化的当年就明确持此之论,认为"旧文学、旧政治、旧伦理,本是一家眷属,固不得去此而取彼;欲谋改革,乃畏阻力而牵就之,此东方人之思想,此改革数十年而毫无进步之最大原因也"[2]。因此,在他们看来,旧文学沉淀着旧政治、旧伦理等旧文化的几乎全部糟粕,因而新文化的倡导和推行必须以推倒旧文学为前提,进而通过新文学的建设抵达理想的佳境。正是由于这样一种深刻的历史关系和文化关系,新文化运动特别是在其起始阶段与新文学运动之间几乎凝结成胶着状态。新文化运动的倡导者多为胡适、鲁迅、周作人、刘半农之类的文学家,即不是典型的作家、文学评论家,他们的新文化言论也往往多落实到文学批评和文学运作层面,于是陈独秀写有气势非凡的《文学革命论》,李大钊写有《青春》等文,还有傅斯年的若干批判旧文学与倡导新文学的言论,以此在他们并不十分稔熟的文学运作层面展开新文化的鼓噪。在《新青年》编撰群体中,吴虞、易白沙、高一涵等都是思想文化界甚至是政治和社会学界的哲人,但他们都或多或少关注过新文化倡导和建设中的文学问题,并在相应的话题中发表过别致的意见。

从文学运作层面展开新文化的倡导,其实并不是从新文学倡导之日才开始,也就是说并不是以胡适发表《文学改良刍议》、陈独秀发表《文学革命论》为标志。稍此之前,胡适就已经在与《新青年》主编陈独秀等人的通信

---

[1] 蔡元培:《总序》,赵家璧主编,胡适编选:《中国新文学大系·建设理论集》,上海:上海良友图书印刷公司,1935年。
[2] 胡适、陈独秀:《通信·答易宗夔》,《新青年》,1918年第5卷第4号。

胡　适

中提出"文学革命"的问题,而陈独秀在创办《青年杂志》之后,便非常关注世界文学的潮势与中国文学的旧账,在发表《文学革命论》之前,已经陆续推出《现代欧洲文艺史谭》,借欧洲文学发展之重引发中国新文化倡导与建设问题。至少在《新青年》创办之初,陈独秀等人对文学的加盟和企盼是相当热切的,在新文学尚未成形的状态下,他们连载苏曼殊的小说《碎簪记》[1],就体现出这样一种文化认知和相应的心情。当然,更早可以追溯到梁启超,其在清末主要通过小说界革命、诗界革命、文界革命和戏剧界革命等言论发挥其文化改良的思想理念,是将文化改良与文学革命混成一片的始作俑者。文明戏的兴起则发扬了晚清通过文学改良抵达文化改良的传统,一面也强化了新文化运动从文学发难,以文学作文化改良前锋的时代风尚与气息。

　　无论是否为文学家,都在时代的感召下不惜借重于文学和相应的文学话题倡言新文化,标举新文化,这反映出新文化倡导的漫漫长途中一种企求落实的心态。文化话题天然地呈现出无限开放的态势,新文化的提倡常常会因文化概念和话题的开放性而流于漫漶。为了避免这样的情形,自近代以来,各个时代的文化改良者和新文化倡导者都想方设法在文化探讨方面寻求最切近、最可行的着陆点,那便是文学。五四新文化倡导者也是如此,他们习惯于也同样娴熟于将新文化倡导置于文学层面寻求着陆点和着力点。显然,这样的文学观念阐述都以文化为出发点和归趣点。许多新文化倡导者在言说文学、关注文学、编辑文学,但却往往避免走入文学,甚至是在文化批判和文化倡导意义上分明绕着文学在转圈。

　　正因如此,到了中国新文化运动全面启动的五四时期,几乎所有新文

---

[1]　自《新青年》1916年第2卷第3号始。

化运动倡导者都与文学扯上了紧密的关系,几乎所有的新文化倡导者和推动者都介入了批判旧文学倡导新文学的思想文化运作。这样的交叉与纠结造成了这样一种简单的历史事实,至少是造成了这样一种非常明显的历史印象,即新文化运动两个相互交义的醒目口号:反对旧道德提倡新道德,反对旧文学提倡新文学。至少人们愿意作这样的理解与解释:"五四运动所进行的文化革命则是彻底地反对封建文化的运动,自有中国历史以来,还没有过这样伟大而彻底的文化革命。当时以反对旧道德提倡新道德、反对旧文学提倡新文学为文化革命的两大旗帜,立下了伟大的功劳。"[1]旧文学的清算与旧道德的批判紧密相连,新文学的建设与新道德的提倡彼此结缘,其间所有的巨大落差和回旋空间显示着文化的可能性和文化范畴的历史场域。

似乎有一种神秘的拉力,当然是来自于文化的,虽然有时候是徒劳地,但经常是有效地阻碍新文化倡导者真正进入文学,同时,将那个时代一些真正的文学者及其关注与思考引向文学以外的文化领域,甚至集中于社会批评和文明批评。鲁迅在新文化倡导中做出了巨大贡献,他在社会批评和文明批评方面所做的贡献其影响力和号召力并不下于他在《狂人日记》等作品的贡献,而且发声更早,力量更大。《坟》中所收的杂文,以及为历史和时代所倍加珍惜的《新青年》"随感录"文字,常常越出文学领域,常常偏离文学话题,这时候作为文学家的鲁迅,无疑是用笔在文化领域冲锋陷阵的战士。其他如胡适、周作人、刘半农等文学家,也都纵横决荡于文学以外的文化批判和文化论辩之中。对于这群为进入新文学做了充分准备的文学家来说,新文化的倡导和建设乃是这场文化运动的本体,新文学只是新文化发展的必经路径、可靠工具与应有之义。在这样的意义上,他们以及相关的言论从未离开过文学,他们作为文学者在社会批评和文明批评领域行使着批评本体的文化职责。

中国新文化意义上的文学革命,实际上是以文学的名目公然进行的文

---

[1] 毛泽东:《毛泽东选集》第2卷,第700页,北京:人民出版社,1991年。

化革命。对于旧文学的批判从来就是在疏离文学自身的文化层面逐次展开的。批判旧文学承载旧思想和旧道德,乃是在思想文化和道德文化层面反思旧文学。周作人倡导"人的文学",成为新文化运动的一个重要关键词,其实所阐述的乃是社会文化层面的思想,甚至是道德判断的文化主张。他认为"用这人道主义为本,对于人生诸问题,加以记录研究的文字,便谓之人的文学",这里的"人的文学"所呈现的乃是"个人主义的人间本位主义"。[1] 这是一种以社会文化甚至是社会道德文化的判断代替文学判断的新文学理论,更多地体现为新文化理论。

周作人"人的文学"学说之所以影响巨大,就是因为他从文学文化的角度而不是单纯文学的角度提出了旧文学批判和新文学建设的重大命题。稍后在《新文学的要求》一文中,他进一步强调文学的人性和人类性问题:"一,这文学是人性的,不是兽性的,也不是神性的;二,这文学是人类的,也是个人的,却不是种族的,国家的,乡土及家族的。"[2] 这样的理念较之"个人主义的人间本位主义",社会文化的成分减少了,但仍然是明确地将文学当作一种文化的品类加以对待。他们所从事的一切都是围绕着新文化运作和新文化建设,只不过是更多地从新文学的角度切入了这样的运作与建设。这同时也解释了为什么包括文学研究会、创造社在内的新文学团体,其关注的重心往往总是从文学偏离出去,逐步挪移到社会文化甚至政治文化方面。无论从其基本的立意还是从其努力的目标方面分析,这些文学社团其实是围绕着新文化倡导与建设展开的文化社团,他们的文学观念和文学主张乃是新的时代与历史条件下文学文化建设的观念与主张。

## 二、文学革命的论争:在新文化范畴内进行

与此相适应,表面上站在新文学对立面,实际上则是在充任新文学倡

---

[1] 周作人:《人的文学》,《新青年》,1918年第5卷第6号。
[2] 周作人:《新文学的要求》,《晨报副刊》,1920年1月8日。

导的制衡力量的所谓复古派、守旧派,包括甲寅派、学衡派,也同样是从文化的角度,以文化的态度对待新文学倡导中的种种论题的。林纾等反对"引车卖浆者流所操语"进入文学,难道是真正的文学态度?作为文学阅读者、欣赏者、翻译者和写作者,他不会不知道,自古以来,中外皆然,文学的人物语言原本就是要符合人物的身份,文学作品中只要出现"引车卖浆者流",则这样的人物的发声越是"引车卖浆者流所操语"越好。在文学理论和文学规律意义上,"引车卖浆者流所操语"不会形成任何问题,只有到了文化态度和文化取向的层面,是否认同和取用这样的语言,才成为一个原则性的问题。因此,他在致蔡元培"太史"的那封著名的信中,指斥新文化运动倡导者"覆孔孟,铲伦常",这种文化上的颠覆才是他所不能容忍的,在文学上所显示的"尽废古书,行用土语为文字"的危险,也是一种文化倾向上的危险。

在新文学和新文化倡导过程中,明确反对新文学的许多所谓的"封建复古派"文人,其实都不会真正反对以白话文为主要载体的新文学,因为,诸如刘师培、章士钊等人都曾和陈独秀一样,积极参与过白话文学的写作,而且,他们的白话文写作曾是如此的认真,以至于章士钊感叹:写白话文比写文言文还难。他们后来之所以"反叛",主要是从文化上感受到来自于新文学界对于自己文化底线的威胁,与林纾等人对新文化倡导中"覆孔孟,铲伦常"文化倾向的深沉忧虑。因此,无论是"国故"派还是甲寅派,对新文学的责难和抨击主要是从文化倾向和文化立场出发的,他们敏感到作为一种文化导向,白话文学在风格上会使得文化中的典雅与庄重的内涵流失,在内涵上会使得传统文化遭到颠覆与瓦解。

在新文学与新文化的倡导中,头脑特别清醒的是胡适。他积极推进白话文,倡导文学改良和文学革命,但他意识到这样的倡导不应危及传统文化的根基,于是在文化上又加入了整理国故之类的运作。这是一个试图将新文学的倡导与新文化的提倡加以某种区隔的新派人士。然而在将新文学与新文化天然地牵扯在一起的习惯思维之下,胡适被视为一个不折不扣的矛盾体,甚至被当作新文学建设的一个不坚定分子。其实他是一个清醒的新文学倡导者,只是他的清醒在时代文化的运作中显得不合时宜。

在文学的层面,吴宓等学衡派人物并不排斥新文学的西化因素。吴宓的诗歌尽管多为旧体,但情感多流于西方式的浪漫,甚至他的恋爱经历和情感方式都迫近西方风格和现代模式。但在文化态度和文化理想的表述上,他更愿意坚守传统化的理性精神,并以此批判新文化的浪漫倾向。吴宓对于新文学的理论论辩通常都是在文化倾向上展开的,这方面影响最大的是他的《论新文化运动》一文,以及梅光迪的《评提倡新文化者》。吴宓在文化意义上将人的境界分为三级,即"天界"、"人界"、"物界",认为"人界"以道德为本,"凡人之天性皆有相同之处,以此自别于禽兽,道德仁义,礼乐政刑,皆本此而立者也"。而人的理想境界是抵达"天界":"人可日趋于高明,而社会得受其福。吾国孔孟之教,西洋苏格拉底、柏拉图、亚力士多德以下之说,皆属此类。近人或称之为人本主义。又曰人文主义(Humanism)。"[1]这些在人文意义上展开的思辨与论辩,早已超越了文学的考量和展述。可以说,他们与新文学倡导者的格格不入,主要体现在文化倾向上,而不是文学倾向上。

受特别服膺传统文化和文化传统的新人文主义的影响,学衡派以及稍后的梁实秋都标举古典主义。如将这样的情形理解为一种文学思潮和文学流派的倡导性运作,进而得出他们反对新文学的进化理念,那就是一种皮毛之见。其实,他们标举古典主义批判浪漫主义的同时,并不妨碍他们在文学情绪的表现方面甚至在文学创作方面倾向于浪漫主义的实践。对此一种可靠的解释便是,他们在文化倾向上钟情于古典主义,但在文学趣味方面,在真正的文学感性表现中,却适应于浪漫主义。吴宓等人在《学衡》杂志上大量介绍蒲伯、伏尔泰等古典主义文学家,大肆阐发古典主义的模仿理论,这体现出一种文化态度,与其文学兴趣方面显示出的浪漫化的倾向并不处在同一层面,也不构成事实上的冲突。这是一种错层结构,文化思维方面的古典主义倾向与文学兴味方面的浪漫主义倾向相伴而行,但

---

[1] 吴宓:《论新文化运动》,《学衡》,1922年第4期。

并不相向交会,因而也不至于相互冲突。

梁实秋是一位浪漫主义文学倾向相当浓厚的作家,他早期的文学兴趣与创造社颇为相投,因而以较浓厚的热忱参与了创造社的初期活动。即便是进入美国力图拜于新人文主义者白璧德门下之际,他也没有放弃研究卢梭的设想,尽管他知道白璧德一向将浪漫主义始作俑者的卢梭视为思想上的死敌。后来他在散文写作时常显露出古雅的趣味和理性的精神,但并不乏性情的表现和灵性的炫张,这些都可以归入到浪漫主义的文学趣味。然而,他的文学倾向却趋向于古典主义,于是在这样的文化层面,他热切地批判中国现代文学的浪漫化趋势,以极大的热忱鼓吹古典主义及其文化精神。[1] 在这样一种文学与文化的错层构架中,梁实秋所表现出来的思想的定力远逊于吴宓等前辈,他大规模地倡导与鼓吹人性,并且在神圣化的话题上展开人性论,在很大程度上睽违于新人文主义的理性精神。诚如上文所揭示,吴宓等在推介新人文主义文化理念的时候,将人性集中体现的"人界"视为应当克服和防范的精神境界,这表明,梁实秋其实没有真正理解新人文主义理性精神的精髓。然而他批判自己所欣赏的浪漫主义,倡言自己所不能守护的"文学的纪律",显然是从文化的立场理解文学之后的一种精神扭曲的现象。

热热闹闹甚至轰轰烈烈的文学革命的论争,必须从新文化乃至整个文化的角度考察才能厘清各种复杂的问题,才能理清各种深刻的关系。单纯从新文学乃至文学的角度分析各个流派,确实很容易将他们区分为新文学的促进派与新文学的反对派或者背叛者,但从新文化的范畴加以甄别,就会显露出无可置疑的复杂性。学衡派表面上是新文学的反对者,他们从理念到创作都明显倾向于传统文学,但他们的文化倾向则是属于现代主义范畴的新人文主义[2],只不过是对传统特别加以尊崇的现代主义思想理念

---

[1] 梁实秋:《浪漫的与古典的》,《浪漫的与古典的 文学的纪律》,北京:人民文学出版社,1988年。
[2] 伍蠡甫在《现代西方文论选》这部现代主义文论选本中,将新人文主义理论家白璧德的论述收入其中。

而已。他们在文化观念上取法于西方文化系统,哪怕是在尊崇中国文化传统的话题上都不过是西方人文主义价值的理论呈现,因而,他们的文化理念和文化倾向与开放的新文化倡导正相吻合,完全可以视为新文化运作的一个重要方面军。甲寅派从新文学方面考察似乎是章士钊式的"反叛"者,是站在新文学对立面的"复古派",然而从文化角度看,甲寅派从来就不是真正的复古派、守旧派。有人分析出甲寅派的政治文化理论带有浓厚的西方宪政理论的痕迹。[1]这进一步说明,它至少在某种政治文化倾向方面应该属于新文化的范畴。

新文化的思想论域本来相当宽阔,参与新文化倡导与建设的历史与理论元素本来相当复杂,但在以新文学为论述重心的学术研究中,这样的论域被人为设限,这样的元素被二元对立地简单化。必须从新文化的宽阔视野和多元参照中体认文学革命论争,才能准确地把握这场论争中的许多本质性的文化问题,也才能真正理解新文化的价值内涵与历史形态。

## 三、新文化价值立场对新文学的统摄

文学,从一般的概念出发,是作家以一定的语言文字塑造形象、刻画意象以反映人生、表现自我的一种艺术创造的结果。但这种一般化的文学概念与新文学倡导者和建设者的文学价值理念相距甚远。他们的新文学概念完全避开了"表现自我"这样相对"狭隘"的理解,以至于创造社最初提出"表现自我"的情绪化理论之际,立即遭到了新文学界的警觉甚至忌嫉,包括这种理论的主倡者郁达夫在内的创造社作家纷纷进行自我辩解甚至是自我否定,被动地接受文学"为人生"的主流价值观。此外,新文学倡导者也不倾向于文学消极地"反映人生"、"表现人生",而是要积极地"为人生"。"为人生"的文学观念成为从《新青年》时代经《新潮》时代到文学研究会时

---

[1] 陈友良:《民初留英学人的思想世界——从〈甲寅〉到〈太平洋〉的政论研究》,北京:社会科学文献出版社,2013年。

代最基本、最稳定也最有力的主流观念,它为几乎所有最重要的新文学倡导者所接受,其中包括新文学的直接缔造者之一鲁迅。在鲁迅看来,"为人生,并且改造这人生",是他一直坚信不疑的文学信念,而且他确信这样的文学理念来自俄罗斯,是一种深有根基、广有影响的价值理念。

当文学被认定为具有"为人生"(而不是为文学自身)的价值功能时,它实际上已经被定位为一种社会角色和文化角色,这样的文学必须以相应的社会和文化角色的承担与完成为价值使命。当这种文学的倡导者和参与者对这样的价值功能和文化使命深信不疑的时候,文学的文化定位便不可避免地衍化为一种事实。五四新文学因此可以被锁定为一种新文学的文化现象。

在这种新文学的文化现象中,文学家被普遍地界定为文化人,文学作品被普遍地定位为文化认知和文化批判的文本。

当文学研究会在自己的成立宣言中宣布,"将文艺当作高兴时的游戏或失意时的消遣的时候,现在已经过去了",强调"文学是一种工作,而且又是于人生很切要的一种工作",[1]这时他们就是将文学视为一种文化,将文学工作视为一种文化工作,进而将文学创作者视为更加社会化的文化人。这样的文学宣言其实是文学文化宣言。也正因如此,文学研究会除了从事文学创作而外,还致力于文学研究甚至文化研究,《小说月报》不仅发表小说创作,还发表文学研究论文、文学批评和文学理论探讨,更发表一些历史文化和美学的文章。文学研究会以自己的实际作为否定了将其局限于文学领域甚至小说领域的狭隘理解,它的成员被理所当然地定位为"为人生"的工作者,通过文学进行"为人生"工作的人士也就是文化人。于是,从20世纪20年代到30年代,文学家和作家被广泛地视为或称为文化人。这样的角色定位实际上体现着新文化运动中将文学视为文化、将文学创作视为文化工作的新传统。

这样的传统使得鲁迅等许多新文学家并不专以文学创作为要,而是通

---

[1] 周作人等:《文学研究会宣言》,《小说月报》,1921年第12卷第1号。(原文未署名)

过通常被称为杂文写作的方式进行社会批评和文明批评。鲁迅、周作人等所参与的语丝社运作,陈西滢等主导的《现代评论》派的运作,都主要在文学创作以外的社会批评和文明批评方面展开,体现出新文学家较为普遍的文化工作倾向。在中国现代文学研究中,学者为了将价值至高的鲁迅杂文等等纳入文学范畴,费尽心机论述杂文写作属于文学创作的类型,杂文文本属于文学作品的范畴,或者致力于分析杂文的抒情性、形象性,或者努力寻找杂文中的艺术美因素。事实证明,长期以来研究者类似的学术努力终究是徒劳的,至少类似结论的论证显得非常勉强——包括鲁迅杂文在内的现代杂文文本实际上很难归结为文学作品,它们只能属于文学家进行社会批评和文明批评的特殊的写作文本,属于文学中的"批评本体"的写作结果[1],与创作本体的作品有很大的差异。其实,文学家的"批评本体"的写作体现的乃是文化工作的成就,是典型的文学文化的结果。新文学建设的起步阶段,几乎所有重要的新文学倡导者都热衷于社会批评和文明批评的杂文写作,乃是这一时段的新文学更集中地体现出"文学文化"特征的重要标志。

在这种非常强烈的文学文化语境和背景下,新文学创作的传统常常"外化"为非文学性的文化品质。中国新文学的研究者曾经对史上第一篇新文学小说展开过一些争辩,不少人倾向于确认陈衡哲写于美国反映留学生生活的《一日》为新小说的开篇之作。否定的意见则认为这不是一篇完整意义上的小说,不过是一篇生活散记。显然,倾向于确认此为首篇小说的研究者基本上没有从文学内部的文体状貌、文体特征考虑问题,而是从白话文化,从留学生现代文化生活表现的角度考察文本,这样的考察一个显著的特征便是经常越过作品的文学价值和文学魅力,从文化倾向、文化批判的力度甚至文化认知的价值确认作品的意义。这种充满文化意味的文学价值确认从一开始就成为中国新文学研究和批评的主流意向,这种主

---

[1] 徐志啸、朱寿桐:《宏观认识中国文学——关于文学史若干问题的对话》,《文艺研究》,2014年第4期。

流意向决定了研究者和批评家对于文学价值很高的作品同样作如此理解和确认。鲁迅的《狂人日记》在更广泛的学术认知中被确认为是中国新文学的第一篇小说作品,可是从它诞生之日起直到差不多一百年后,研究者和批评家都习惯于从反对礼教、反思历史与传统并奏振聋发聩之效的文化批判意义上确认其价值,对此作品的文学分析并不罕见,但对其文学史地位的认定一般还是锁定在文化含量和文化意义上。虽然鲁迅同样习惯于从文化含量和文化意义上解析和确认文学作品,但对自己最初发表于《新青年》并产生新文学原初影响力的作品如《狂人日记》等还是倾向于文学的分析与认定,他认为这些作品之所以产生影响,之所以能够显示"'文学革命'的实绩","颇激动了一部分青年读者的心",乃是因为它们显示着"表现的深切和格式的特别"这样的文学魅力和文体风格。[1] 至今,研究者对鲁迅自我表述的"表现的深切和格式的特别"缺乏得力的论证,因为对《狂人日记》等代表性新文学作品的学术兴奋点从来都集中在它们的文化批判意义和文化倡导功能上。

更重要的是,基于对此类文化批判意义和文化倡导功能的某种兴奋,中国现代文学研究对待那些有一定新文化内涵但在文学价值方面明显欠缺的新文学作品,往往采取泛滥的"历史主义"态度,予以最大度的接纳和体谅化的理解。这就导致新文学初创时期的许多文学作品其文学价值在文化倾向的撺掇下被普遍高估,一些含有某种新文化倾向但文学素质较差的作品公然被当作精品和名品推介,如《新潮》时期罗家伦的《是爱情还是苦痛》,汪敬熙的《雪夜》、《一个勤学的学生》,杨振声的《渔家》、《贞女》,叶绍钧的《这也是一个人?》以及俞平伯的《花匠》,等等。这些作品或是简单地阐述了一种新文化思想,或是表达了一种新文化倾向的情绪,情节单一甚至单薄,描写拙朴甚至生硬,抒情直接甚至做作,缺乏文学的生动性及魅力。但就是这样的作品,长期以来一直被定位为新文学的初期代表性作品,甚至被当作新文学的典范。这些作品被高估,乃是文学界和文化界以

---

[1] 鲁迅:《导言》,《中国新文学大系·小说二集》,上海:上海良友图书印刷公司,1935年。

文化思维要求文学、以文化内涵理解文学、以文化精神统摄文学的必然的学术结果。这样的结果对于文化——当然是先驱者兢兢追求的新文化非常有帮助,至少可以助其声势,增其威力,然而对于文学自身建设来说,未必是一种助力,因为它基本上没有从文学的创作与接受规律出发构思与规范作品,也不可能符合读者对于文学作品的一般性阅读与欣赏要求。重要的是,这样的思维和批评定势会降低人们对新文学作品的艺术要求和审美要求,最终连文学自身应有的文化深度也趋于忽略。沈雁冰在主持《小说月报》编务的时候,就非常重视《三天劳工的自述》、《偏枯》、《买死的》等小说,因为这些小说表现了下层贫民的人生。这是从基本的平民主义文化倾向看取文学作品价值的结果。其实这些作品平民主义倾向虽然明显,但并不深刻,仍然浮掠在人道主义甚至是周作人所批评的那种悲天悯人的人道主义层次。这些作品文字拙涩,描写僵硬,叙事平朴,情节简单,水平非常一般。但在用新文化的价值立场进行批评的时候,它们的上述文学素质都可以忽略不计。

以文化要求文学,以文化倾向的正当性高估文学进而让文学素质一般的作品晋升为新文学的经典,这是新文化运作中的一种普遍现象,甚至可以理解为是一种新文化传统。这样的传统有效地强化了新文化的声势,但终究影响了新文学的成熟与经典化建设。

中国新文化已经走过一百年曲折而辉煌的历史。虽然它正在被经历、被体现、被建构,但它过去了的历史也迅速成为记忆的对象,成为记忆的内涵甚至是记忆的方式。

新文化的历史毕竟是现当代历史,它与我们的经验和体验很近,这使得有关它的记忆不仅成为可能而且非常方便。但这样的记忆绝不简单。这里所包含的许多文化记忆现象需要从学理上进行把握。

## 四、社会记忆与文化记忆

如果以《青年杂志》的创刊为标志,中国新文化拥有一百年的发展历史。而此前,在发生学意义上的新文化运作,可以追溯到1840年鸦片战争爆发,中国被迫打开大门与西方世界进行政治、军事和文化对话,沉积着差不多八十年的被动的新文化思想观念碎片。面对新文化发生、发展的历史,中国人不会有陌生感,也就是说,我们拥有着或清晰或模糊的记忆。

然而,关于新文化的这种记忆,其真实程度、真切程度都是值得研究的问题。一般来说,作为人生经历或切身体验的结果,个人记忆常常具有相对的真实性和可靠的真切性,而社会记忆(在这里,避开了心理主义色彩相对浓烈的"集体记忆"这一概念)消除了个人化的经验感、体验性的痛切感,往往呈现出两方面的记忆特性:第一是习惯的认知性记忆——凭借着宣传媒介、教科书和历史故事的多载体演绎而产生并形成强烈思维定式和价值倾向的社会记忆;第二是学理范式的总结性记忆——凭借着某些文献资料、统计数据以及各种历史陈述而综合或演绎形成的体现着浓厚的学术认知和逻辑阐释特性的社会记忆。显然,这两种社会记忆都疏离了人们个我的生命体验和人生经历,有时候甚至还以某种怀疑的态度和不信任的眼光对待这种有血有肉的生命记忆,质疑生命记忆的学理性和客观性,因而这样的社会记忆都同时存在着这样的现象:习惯性认知的某种惯性会大于某种历史事实及具体内涵的确认,对于历史运行范式的提炼与表述,以及包容在这种提炼与表述中的某种观念,会强于某种历史本真及具体呈现形态的追寻。又由于上述社会记忆都呈现出习惯性大于历史的真切性,或者范式提炼强于历史的真实性的特性,因此这类社会记忆都不过是一种文化记忆。

这是支配着一个族群、种群甚至整个社会的一种深刻的文化记忆。这样的文化记忆所显示的"一切历史都是当代史"的思想文化特征最为显著,通常也是最为普遍的社会记忆。在对中国新文化史的许多问题的解读、许多事件的判断、许多人物的评价等方面,即便疏离了人们习惯的意识形态,可特定的意识形态所形成的认知影响已经深入到一定社会人们的思维范式之中,成为集体记忆的一种习惯或者固定范式,这样的社会记忆就只能是文化记忆。近期的现代历史研究以及相关的政治、军事史研究已经揭示出国民党军队在抗日战争中担负正面战场的角色与作用,但对这种正面战场角色与作用的民族记忆却是那样的单薄,以至于一时间很难冲击人们已经习惯性地认知的抗战游击场面的相关记忆。即便在学术上拥有相当厚重的评估数据足以让人们改变某种习惯性的认知,但人们对于"抗战范式"的提炼和表述,却仍然难以摆脱甚至修正长期以来宣传媒体强化记忆所造成的种种既定的历史印象。当历史记忆成为疏离了生命体验和人生本真的历史印象的时候,这种记忆就成了地地道道的文化记忆。

关于新文化兴起以后的派别性判断,由于我们的历史印象来自教科书或被整理过及被规范化了的学术表述,类似的记忆就只能是经过逻辑化处理的、范式化的、文化的记忆。一位作家曾经感叹:"人们对历史和知识的记忆,往往只是对于正统典籍的记忆,没有人在乎也很少有人注意,养活了历史和知识的工具。"[1]这样的感叹非常有道理,人们在正统记忆的时候往往忘却了最不该忘却的造成这种历史的方式与工具,其实就是这个历史所蕴含的文化。真正的文化记忆必须从正统逻辑化、范式化的记忆中离析出来,返回到文化原态的复杂性和文化展开方式的多向度。绝大多数人心目中的五四文坛都被划分为新旧两派阵营,旧派阵营如国故派、甲寅派、学衡派之类,为旧文学和旧文化辩护;而新派阵营,当然是以《新青年》和《新潮》为中心,则是批判旧文学和旧文化的急先锋,是倡导新文学和新文化的生力军。新派与旧派之间壁垒森严,不可调和。至于有论者将这两个阵营比附于历史上的"今文派"、"古文派",分别将胡适称为"今文派领袖",将章士钊称为"古文派的代表",显然并不合适,但反映出这种习惯性认知和范式化理解的共同结果。[2] 于是,当胡适与章士钊坐在一个板凳上照相,赠言"同是曾开风气人,愿长相亲不相鄙",后来的人就觉得颇为不堪,因为这与记忆中的新旧两派始终剑拔弩张不相调和的印象很不相符,人们在文化"逻辑"上很难通得过。其实,这种不堪来自于文化记忆的某种习惯和固定

---

[1] 李锐:《前言》,《太平风物:农具系列小说展览》,北京:生活·读书·新知三联书店,2006年。
[2] 白吉庵:《略论章士钊与胡适》,《社会科学战线》,1996年第2期。

范式,而不是来自于历史自身。新旧两派其实并不像范式化了的新文化史表述那样水火不容,始终敌对,一些所谓复古势力的干将,如与胡适坐在一起的章士钊,其实当初就是白话文的勇敢实践者,只是后来觉得写白话文比写文言文更难,转而反对白话文而捍卫文言文。类似的情形至少还有刘师培。胡适因此将章士钊引为与他自己"同是曾开风气人"。章士钊也没有那么干脆地放弃白话文,且看他在这次合影后对胡适的戏谑表白:"你姓胡、我姓章,你讲什么新文学,我开口还是我的老腔。你不攻来我不驳,双口并座,各有各的心肠。将来三五十年后,这个相片好作文学纪念看。哈哈,我写白话歪词送把你,总算是老章投了降。"正像胡适、鲁迅等在倡导白话文、实践白话文的同时还免不了用文言文写信,写日记,甚至有时还用文言文写文章一样,章士钊等人在倡导文言文、捍卫文言文的同时,也还会用白话文进行某种必要的写作。白话与文言,新派与旧派,实际上构成了你中有我我中有你的融合格局。这种复杂的格局恰恰是规范化了、范式化了的文化记忆所难以接受的事实。

习惯性的历史认知其实最习惯于范式化甚至是概念化的历史把握,因为这样的历史把握线索较为单纯,层次较为清晰,逻辑较为简单,有利于时过境迁之后人们对于历史作条分缕析的揭示,更有利于在一般社会阅读层面和接受层面普及这种历史记忆和历史揭示的结果。正像一般的电影、故事在走向大众之际需要对其中的人物进行壁垒分明的好人与坏人,正派与反派的设定,都是为了人们在阅读之中或阅读之后能够迅速地分析出人物关系与矛盾节点,为了一般的社会阅读层面和接受层面能够很自然地进入作品并进行判断与记忆。同样面对新文化与旧文化的历史对垒,我们习惯于将两个阵营从观念到平台再到人员都进行清晰的划分并作始终对立的想象,这实际上就是文化记忆中的习惯性与范式化的结果。其实,学衡派的成员大多是留学美国的新派人士,不过他们对白话文运动乃至对新文化的主流倾向保持批判的态度,从美国新人文主义大师白璧德的学说出发,鼓吹一个民族一个社会继承传统,崇尚理性的重要性,因此他们尊崇儒学,尊崇文言文,尊崇中国古代的圣贤;与此同时,他们又同其他所有新派人士一样强调文化开放的重要性,强调对西方文明、文化和文学的接受与借鉴。将这样的对象划分为新派或者旧派人士,其实都有相当大的问题。然而在习惯性的历史认知或范式化的历史记忆中,学衡派就是站立在新文化对立面的旧派人士。

这就是习惯性认知和范式化记忆所形成的社会记忆经常出现的歧误,至少是简单化导致的偏差。一个社会关于一定历史普泛化的文化记忆往往不可能是历史自身的呈现,而是这个社会能够接受的,符合这个社会认知规律和秩序要求的现实文化的一种呈现。

什么是文化记忆?它并不像德国学者阿斯曼所说的那么神秘,尤其不应该与集体无意识(所谓集体灵魂的价值观念体系)相联系。如果说文化是关于人们认知和人生的一种自然的习惯性概括,或者一种有意识的范式的提炼,那么一切的社会记忆其实都是文化记忆,因为几乎所有的社会记忆不过是一种关于历史认知、历史评价的习惯性的体现,或者是一种关于历史认知和历史评价的范式的提炼。从这个意义上说,离开了自身体验和人生经历的所有记忆行为都可以是文化记忆。只有离开了自身体验和人生经历的记忆行为,能够有效地接受宣传载体或艺术载体的影响,才能有效地接受各种政治表述或学术表述的影响,才可能认同于一般的甚至流行的历史观而融入社会记忆之中,这样的社会记忆便是文化记忆。几乎一切的社会记忆都是文化记忆:文化记忆面临着习惯性的认同,面临着历史认知范式的调整。

一个很容易设问却很难回答的问题是:什么是社会记忆?社会记忆当然是存在的,对于重要历史时期的各种故事,对于重要的社会运作,对于重要的社会人物和社会事件,都会分别拥有着或浅显或深刻的社会记忆。如果不是通过一定的文学形态或艺术文本进行传达,这样的社会记忆都会被某种政治宣传载体,被一定的社会传播媒体,被一种学术陈述所制约,所规范,并且慢慢地形成一种历史认知和历史表述的习惯,成为人们不得不接受的共同记忆。无疑,这种经过种种范式化处理的社会记忆早已经离开了当事人体验的那种生动、本真、鲜活和复杂。西方学者注意到"个人回忆的社会形式"这一现象,殊不知离开了文学或艺术性以及相应的学术性表述的"个人回忆",都不可能是真正的个人回忆,而只能是社会共同回忆的某一部分,是一种文化记忆的部分。作为这种文化记忆的社会共同记忆不可能传达历史事实的生动、本真、鲜活与复杂,它只能属于"构建过去"的那一类,面对的是构建的过去,是一种文化认知的结果。[1]

既然一切社会记忆都是文化记忆,那么真正的中国现代历史表述都可以归结为中国现代文化史的表述。以文化记忆的方式传达中国现当代历史的社会记忆,也许是能符合历史记忆本身,最能克服社会记忆的碎片性、习惯性和范式化(其实很自然地会通向公式化)的弱质。

## 五、文化记忆与文学艺术记忆

作为文化记忆的另一种形态,文学和艺术的记忆将凸显出自身的优势。

既然非个我体验和人生实历的记忆都属于文化记忆,则文学艺术记忆在文化记忆中享有特殊的地位、品质与分量。

当然,具有社会历史记忆功能的文学、艺术,或者说称得上文学艺术记忆文本的那些文艺成果,一定不是仅凭想象、虚构或者仅仅用于戏说、演义的作品,而是严肃地面对历史进行文学性或艺术性讲述、承载,并在讲述、承载中个性化、自然化地呈现历史的生动、本真、鲜活与复杂。这样的文艺作品可以使历史题材的表现,更多的是现实题材的深度展示。伟大的文学家之所以被称为历史的镜子,例如托尔斯泰之于俄国革命,例如王蒙之于中国的社会主义建设,例如莫言之于中国近代以来社会底层生活的播弄,并不是因为他们正面描写了或者客观展现了其所对应的历史,其所对应的历史事件和历史人物,而是因为他们的作品或从背景与场景的刻画,或从

---

[1] 参见[德]哈拉尔德·韦尔策主编:《社会记忆:历史、回忆、传承》,白锡堃译,北京:北京大学出版社,2007年。

历史与现实的关联揭示,或从人物命运及其相互关系的阐解,以深厚的历史、生命、生活和人情内容,展示了相应时代、相应历史、相应人生的生动、本真、鲜活与复杂,这些艺术展示较之于规范的历史文件、历史教科书甚至历史回忆录的书写,更能还原历史事件的生动场景,更能准确揭示历史人物本真的心理状态,更能深入到细节层次复现历史的内涵与滋味,更能从一种类似于可能的混沌中将历史的全部复杂性、丰富性呈现出来。

　　文学和艺术在文化记忆的意义上可以将历史场景的种种生动性以一种更加翔实、更加饱满、更加立体的方式呈现出来。李劼人的《死水微澜》、《暴风雨前》、《大波》等系列小说不仅强化了中国现代所谓"大河小说"的阵容,而且也以斑斓的笔墨展现了成都乃至四川地区近代以来特别是20世纪初年社会动荡、波澜起伏的壮阔的历史场景,完成了中国近代史诗般的艺术呈现。作品不仅是历史的演绎与重写,不仅是像郭沫若评论的那样是"近代的《华阳国志》",不仅是"小说的近代史",[1]而且是有关近代中国西南地区社会生活、社会状况,特别是以保路运动为核心的社会动荡及相应风潮的最生动、最丰富、最全面和立体的艺术展现。这种展现的生活深度,时代脉搏的准确度和历史的巨大含量,毫无疑问将超过任何一种历史学术陈述或历史文献、历史数据的承载。从这个意义上说,将李劼人的这一系列小说比喻为《华阳国志》之类的历史资料书籍,类比为"小说的近代史",不仅不是过誉,而且相当不充分。这一系列小说的历史及场景呈现不仅以具体生动的人生境况,丰富厚重的社会生活背景,将历史事件和历史故事凸显得特别生动、鲜活,而且以活灵活现的人物行动,情节复杂的生活故事,线索纷纭的社会矛盾构架,将历史的厚重,将意识到的和尚未意识到的全部历史内容,艺术地然而又十分真切地展现出来。这种文学和艺术的展现还不会像历史数据和历史文献那样单调、死板(用学术的表述则为集中、严谨),小说还包含着上流社会的堕落与下流社会的不幸,交织着上流社会的精英文化思维与下流社会的种种污秽与不堪,包含着庙堂之上的运作与

---

[1] 郭沫若:《中国左拉之待望》,《中国文艺》,1937年第1卷第2期。

民俗民间的世态,包含着政治、军事文化的喧嚣杂乱与宗教尘俗文化的杂糅。从这个意义上说,郭沫若将李劼人期许为"中国的左拉",负载着中国产生"伟大的作品"历史待望,[1]同样不是过誉。从中国现代文化的历史展示而言,这样的小说作品相对于相应的历史文献,包括相应的历史研究成果,其真切性毫不逊色,而其生动性则无与伦比。

　　文学艺术作品,特别是文学描写,能够通过具体而微的社会心态和个人心理的刻画,将历史的厚重感、层次感和真切生动性表现得淋漓尽致,这样的文化记忆其本真意义或许会超过任何教条的历史文献或僵死的数据统计。人们从历史的论述和革命史的逻辑推证中,很容易理解民族资产阶级的如下属性:

**民族资产阶级的两重性**

| 革命性 | 妥协性 |
| --- | --- |
| 反对外国资本主义与本国封建统治者的双重压迫,具有革命性。 | 生产发展依赖于外国资本主义与本国封建统治者,具有妥协性。 |
| 生长于半殖民地半封建社会,希望改变为适合资本主义发展的社会。 | 自身资金少、规模小、技术力量薄弱,既不敢也无力推动社会变革。 |

　　当然,论者早就意识到,中国民族资产阶级的这种两面性还在随着时代的推衍而发展变异。[2]但始终是"两面性"的论定与记忆其实就带着明显的习惯性认知和范式化解读的痕迹。所有这些关于民族资产阶级的两面性属性的论述都是概念化的记忆,是"理解记忆"结果,它的真实性需要经过逻辑的推证和理论的阐析,而不能直接诉诸感性认知。离开了感性认知的"理解记忆"常常很容易游离历史史实的本真状态,真正的历史本真状态的记忆应该是感性的,具体的,真切的,形象的。在这样的意义上,文学记忆就显露出它固有的优势。伟大的现实主义小说家茅盾通过不朽名作《子夜》及其所塑造的吴荪甫,非常真切地,有血有肉地刻画了民族资产阶

---

[1] 郭沫若:《中国左拉之待望》,《中国文艺》,1937年第1卷第2期。
[2] 陈建章:《论中国民族资产阶级两面性的发展变化》,《湖南师院学报》(哲学社会科学版),1982年第4期。

级的两重属性,以及由于其妥协性而显露的软弱性。吴荪甫与买办资产阶级代表人物赵伯韬构成了不可调和的矛盾,但只要条件许可,特别是在故事一开始,他们之间的联合也并非难事。吴荪甫对于工人阶级的防范和瓦解,甚至在某种意义上的敌对情绪,其实与赵伯韬如出一辙。吴荪甫与赵伯韬之间的斗争和较量是那样的跌宕起伏,那样的曲折回环,所体现出的患得患失、又恨又惧,乃至孤注一掷、背水一战的心理状态,活灵活现,非常真切地展示了那个时代特定人物的社会处境和人格心理,不仅对于人们认知那个时代那一类特定人群有着直接的感性帮助,便是对于若干年以后的人们认知那样的历史环境和历史人物也有切实的、鲜活的、生动的参考价值。美国作家爱默生曾这样评价莎士比亚及其文学作品对社会心理和社会历史生动性的文化记忆:"他写出了近代生活的教科书,风俗教科书……他洞察男男女女的心,了解他们的诚实,他们进一步的考虑和诡计。"[1]总之,文学和戏剧的记忆能够还原历史的本真与鲜活,能够立体地呈现历史的生动与丰富。

陈寅恪

其实,从陈寅恪的治史经验已足以得出这样的结论:文学作品所包含的全息化的文化记忆,其优越程度、真切程度明显地超过很多历史文献,于是他习惯于采用以诗证史的研究方法,并且取得了辉煌的成就。陈寅恪以诗证史或诗史互证的学术方法成功地运用于《元白诗笺证稿》和《柳如是别传》等著作,这样的学术方法强调将诗文或文学当作史料对待,以达到诗史互证的局面。这种学术方法,以及相应的学术观念,并不是自陈寅恪始有,明人黄宗羲借助于杜甫的"诗史"之说加

---

[1] [英]爱默生:《爱默生集:论文与讲演录》,赵一凡等译,第796页,北京:生活·读书·新知三联书店,1993年。

以发挥,暗昧地提出了以诗证史、诗史互证的学术理念:"今之称杜诗者以为诗史,亦信然矣。然注杜诗者,但见以史证诗,未闻以诗补史之阙。虽曰诗史,史固无借乎诗也。"[1]无论是黄宗羲还是陈寅恪,自觉到了方法论上以诗证史、诗史互证的可能性,但他们并不能确知,何以文学——诗文之于历史记忆和历史陈述具有特别的真切性、本真性,其关键乃在于文学包括诗歌具有历史人物心理保鲜和历史情节全息还原的特别功能,这样的功能远远超过历史的逻辑推论或基本数据的说明。

历史记忆的鲜活度,除了要求丰富的心理含量、生动的事件与情节性,还需要保留相当多的历史细节,保留丰富的个性化细节记忆。在这方面,任何历史文献都不能取代文学作品,当然也无法超过文学作品的相应功效。关于大革命期间社会运动和社会革命的记忆,历史资料和教科书等都提到了"痞子运动"之争论,各种政治力量从各自的政治立场论证"痞子运动"的有无,由此莫衷一是。茅盾的《蚀》三部曲虽然艺术价值不及《子夜》,但小说通过孙舞阳等一定区域时尚人物和风云人物的生动而激烈的言论,刻画出相当精彩的历史细节,包括"拥护野男人,打倒封建老公"、"多者分其妻"等反映妇女斗争痕迹的"奇葩"口号,包括成立"打倒夫权会"之类的历史细节,将那段历史表述常常语焉不详的时代风云描述得惟妙惟肖,活色生香。这部小说中的《动摇》所表现的是农村和小县城的革命运动,它颇具历史说服力地证明,大革命在相当一段时间和在相当的区域范围内,存在着"进步的乡村,落后的城市",以及"激进的女性,保守的男性"等异常的历史现象。这是小说解释的历史细节和时代环节,而它显然不符合一般的历史逻辑。不过如果承认茅盾所刻画的"异常"的历史情形具有相当具体、真切的历史记忆性质,那么这样的历史才具有鲜明的时代特征,也才具有超越于一般历史叙述的鲜活与真切。

历史是复杂的,而即便是亲身经历相关历史阶段的人士,他的记忆正如他的观察一样往往有可能是片面的,片段的,碎片化的,历史文献虽然可

---

[1] 黄宗羲:《南雷文定·前集》卷一,上海:商务印书馆,1936年。

能全面，但往往是僵硬的统计或者抽象化、逻辑化的表述，而文学在其作为历史记忆材料的时候，有可能从多方位的视角，甚至是全知视角审视和呈现记忆中的历史，更有可能从人性的复杂性和社会的深层次理解和表现这种记忆中的历史。文献资料或统计数据等等无论多详密，所演示的图表、曲线等等可能看上去会非常复杂，但它们的还原甚至也无法准确地呈现历史的立体交汇关系和社会的多层次、多元格局，而原汁原味的文学描写，保持着人生和社会的原生态混沌状态记忆的文学表现，成功地避免了学理的提炼，数据的处理，逻辑的抽象，才可能对一定的历史丰富性、原生态进行文学形象的保鲜，进而也在相应的历史记忆中维护生活的丰富性、鲜活性和复杂性。例如对20世纪40年代后期知识分子生活状况的记忆，再详密的统计数据，再有说服力的文献材料，甚至包括朱自清这样的大知识分子宁可饿死不领美国的救济粮之类的故事，都不能让人们立体地、全面地、有深度地认知那样的人生，那样的社会境况。但人们通过电影如《万家灯火》，通过小说如《寒夜》，就能身临其境般地体验到那种人生的困顿、绝望、悲凉、凄恻，特别是，正如电影《万家灯火》中所展示的，知识分子作为弱势群体其人生的苦况甚至连劳工大众还不及，只有到了民众之中，他们似乎才可能有生活下去的希望与能力。其实这样的情形在《一江春水向东流》、《乌鸦与麻雀》等电影作品中都有不同程度的展现。这样的历史情形在历史的逻辑推论中是不可想象的，是无法成立的，但在特定的战时条件下，在民生凋敝、百业荒芜、就业艰难的情势下，民不聊生的首当其冲者是靠就业为生的知识分子，相比之下，普通劳工的日子较之于以前的生活倒也没有多大的落差，这就造成了知识分子的生活比一般劳工更凄惨的复杂的历史情形。只有文学艺术作品有可能呈示、表现出这种复杂的社会现象。这可是在社会的复杂性上超越于一般的逻辑推论和一般的社会经济状况统计数据的一种特殊的历史记忆。

## 六、文化艺术记忆对于社会记忆的可能矫正

当文学艺术记忆作为历史文化记忆的主要承载物发挥作用的时候,它们的文化功能和文化意义之大常常超出人们的想象。只要文学艺术记忆完全是从历史的本真与鲜活出发,而不是从一般正统的历史记忆所必然包含的逻辑化和范式化出发,那么,不仅能够以更加鲜活更加丰富的态势还原被记忆的历史与生活,而且还能够带着较大的思想穿透力和历史洞察力,矫正历史认知的某种歧误与迷误,让历史文化在文艺的记忆中变得更加真实,更具有历史的合理性。

当然,并非进入文学艺术的记忆便一定体现历史的丰富与本真。如果文学艺术的记忆不是从生活的混沌和原态出发,而是从某种正统记忆的逻辑性和范式化出发,那么同样会出现对生活本真的背叛现象。在这个意义上可以列举到农民与土地关系的复杂性和真实性问题。农民确实与土地应有很深的感情,因为他们祖祖辈辈与土地建立了紧密的命运联系。但经过种种革命和社会运作,土地之于农民具有更其复杂的意义,有时候它是生命的依靠、生活的源泉,有时候又可能是灾难的渊薮,生活的累赘,这从余华的著名小说《活着》中可有较深入的领略:在特定的历史环境下,拥有土地意味着拥有杀身之祸,失去土地意味着失去灾难。这种经济和社会文化现象是那样真实地呈现在历史面前,但许多文学家在表现现代历史的时候,依然死抱着传统社会农民与土地关系的逻辑不放,将农民对土地的热爱、深入骨髓的执着通过许多明显带有编造痕迹的作品呈现出来,如《狗儿爷涅槃》等有影响的戏剧作品就是如此。其实经历过多次革命和斗争的农民,对土地的感情早已变得非常复杂甚至非常尴尬,离开土地,追求新的世界早已是现代农民的意志行为和文化重心。李锐作为一个对农村和农民有着深入了解的作家,明确指出了农民疏离土地这种文化记忆的必然性,并从现代文化意识的角度为这样的现代农民辩护:"所谓历史的诗意,田园的风光,早已经淹没在现实的血污、挣扎和冷酷当中……无论是以田园的

名义,还是以革命的名义,把亿万人世世代代绑在土地上是这个世界最不人道、最为残忍的一件事。"[1]诚哉斯言!当代文学记忆中的农民与土地的关系常常远离了现代历史的真实,远离了现代农民文化心理的真实;许多农民不再是那么刻骨铭心、呕心沥血地珍爱土地,而是那么撕心裂肺、痛心疾首地憎恨土地,那么急不可耐、迫不及待地离开土地。

这就是说,关于历史和文化的文学艺术记忆,只有离开了历史正统记忆的逻辑化、范式化,才有可能以较大的精神穿透力和思想深度矫正历史认知的种种歧误与迷误。

台湾小说家舒畅善于表现过去了的战争场面,他的作品当然就有了关于战争记忆的所有文化因素。然而他的主旨不是简单地正面描写战争以及战争中的人,而是战争未来之际或者战争既来之际的人物心理,那样一种恐惧,等待的恐惧:"我们一般人在日常生活里,最恼人的莫过于'等待',等公车,等电话,等约会中的人……对军人来说,最残忍的不是战争本身,或者死亡,而是在'等待战争'的那种莫名的煎熬。"[2]或许有人认为这是特定的人群,例如是临战之际的国民党军人的心理,因为在许多表现别的战斗群体的文学作品中,面临战争的人们总被描写得那么热血沸腾、斗志昂扬,前赴后继献身沙场的意志覆盖了所有的恐惧与煎熬。他们盼望战斗的到来犹如盼望一场激烈的狂欢与丰美的盛宴,如果意识到此次战斗与自己无关,他们一定痛苦不堪、焦虑异常。这种充满着英雄主义和牺牲精神的惯性心理的表现充斥着我们的文学,同样也充满着我们的文学记忆,几乎形成了一种战争定式、心理定式,然而这样的定式都可能包含着某种关于战争与人的逻辑化、范式化处理的痕迹,都可能忽略了舒畅这种致力于表现的文学记忆更加贴近人性的本真,更加贴近战争与人关系的心理常态,更能真切地反映战争的残酷及其对于社会和人的文化影响。

无论是文学的还是非文学的文化记忆,只有脱离了一般先验的认知习

---

[1] 李锐:《前言》,《太平风物:农具系列小说展览》,北京:生活·读书·新知三联书店,2006年。
[2] 舒畅:《那年在特约茶室》,第3页,台北:九歌出版社,2008年。

惯,远离历史认知的固有逻辑或既成范式,才可能真正回到历史的本真,才可能保持文化记忆的清晰可靠。我们对中国现代文化史甚至政治历史的许多记忆都可能是逻辑性的、范式化的,有时候是想当然的,要回到历史的真实,借助于文学记忆是一种重要途径,当然也可以借助历史资料和记忆材料的重新梳理。例如关于左联的记忆,在人们一般印象中,按照一般的历史逻辑和观念范式推断,左翼作家联盟的成立及其机关刊物的出版,都是将太阳社和后期创造社推动的革命文学运动整合为更加布尔什维克化的左翼阵营,而真实的情形是,左联的成立恰好是为了扩大革命力量的范畴,团结更广大的知识分子和文化人,克服原来在革命文学倡导中的宗派主义,诚如茅盾后来所总结的,左联的成立部分地是因为创造社和太阳社"不能吸引一些对于现实不满的既成的中间作家到左翼革命文学阵营,却反而取了敌视的态度,他们当时的'左'倾幼稚病实在很严重",左联对此要做必要的矫正。[1] 夏衍甚至直接概括说:左联不过是革命文学和文化阵营中"反对教条主义和宗派主义的具体行动"[2]。这样来认知革命文学运动与左翼文学运动的关系才可能较为符合历史的本真,但却挑战了人们关于这段历史的一般逻辑性记忆。

如果从历史记忆的角度来分析,文学艺术由于其自身必然带有的虚构性、想象性等特性,通常被视为最不可靠、最富水分的一种文化记忆。但实际上它可能因为其丰富、真切、具体、全息特性而使得相关的文化记忆表现得更为生动、本真、鲜活与复杂。由此可见,文学艺术记忆有其自身的优势,它的更其生动、本真、鲜活与复杂的特性不仅使得那种以诗文证史的学术研究和学术记忆成为可能并显示优势,而且也为人类的社会记忆准备了最为真切甚至最具全息品性的活性材料。

中国新文化百年的历史记忆,也只有通过文学艺术作品才能获取如此

---

[1] 茅盾:《关于左联》,中国社会科学院文学研究所《左联回忆录》编辑组编:《左联回忆录》(上),第150页,北京:中国社会科学出版社,1982年。
[2] 夏衍:《左联杂忆》,薛绥之主编:《鲁迅生平史料汇编》第5辑,天津:天津人民出版社,1981年。

真切甚至具有全息品性的活性材料。于是,我们的整个选题偏重于文学艺术的专题性文化记忆。

不过,伴随着宣传教化类或学术文化类的社会记忆总是面临着必然的片面化、抽象的概念化和僵硬的数据化,文学艺术类的文化记忆也存在着一些天然的缺陷,而且它最有特点、最具优势的方面往往也正是它在文化记忆中最劣势的所在。例如文艺当中允许和鼓励的偶然性巧合因素,如果在文化记忆的意义上转化为某种必然因素,那就对文化记忆造成了伤害。因此,将文学艺术当作文化记忆活性材料的同时,必须以学术的审察作为基本判断的手段,以学术的把握作为文化表述的基础。这就意味着首先要通过文学艺术研究者而不是通过文学艺术家研究和重述文化记忆中的文学艺术记忆。同样,这也为我们的新文化百年史研究提出了超越文学艺术史研究的学术要求。

# 第一章
# 新文学文化的预备形态

中国的新文学文化,在五四新文化运动之前业已酝酿与预演。此种预演最典型的莫过于早期话剧运动。早期话剧运动其实是新文化运动的全面提前与实践,而且对于后来的新文化运动的缺陷做出了一定的弥补。早期话剧开创了中国新文学文化的先河。

如果将1906—1907年之交的上海开明演剧会和成立于日本的春柳社的新剧活动算作是中国话剧运动的起点,[1]则这个起点可以说相当辉煌:这一两年活跃于国内和日本的新剧团体近30个[2],它们的新剧演出造成

---

[1] 关于中国话剧发生的起点有多种说法,有人将这起点追溯到1899年上海圣约翰书院庆祝圣诞活动中的西洋式演剧,也有人将一年后南洋公学演出朱双云的剧作算作起点,还有人将1905年汪优游在民生中学组织文友社作为中国话剧发生的起点。上述三说各有道理,1899年的圣约翰书院演剧是迄今最早演出西洋式剧目的纪录,1900年南洋公学开启了演出剧作家编剧目的历史,1905年民生中学组织文友社的演出开辟了创立新剧团体的历史。不过这些演剧活动还都是学生演剧,未造成相当的社会影响,只能说是在某一方面为中国话剧的诞生做准备。而1906—1907年之交,开明演剧会开始了售票公演新剧的历史,春柳社的演出赢得了艺术评论界的现场关注,从演出方式、演出规模、社会影响和经济效益等方面综合分析,这应该算是中国话剧历史的真正开端。

[2] 除了上述两个影响最大的新剧团体而外,至少还有文友会、益友社、春阳社、奇生社、可社、仁社、中西会、一社、天义社、上海沪学会演剧部、上海学生联合会演剧部、群学会演剧部、青年会演剧部、明德学校演剧部、商学会演艺部、上海环球中国学生会等。还有相当一批无法统计的学生演剧团体。

了相当大的社会影响并产生了一定的经济效益。[1] 早期话剧运动虽然显得非常稚拙却充满时代气息,引进并传达西方先进的文化信息和文学内容,鼓吹社会改良与移风易俗,成为辛亥革命前后社会沉闷空气中一道亮丽的文化风景线。这场戏剧运动在内涵和外延上早已逸出了戏剧乃至艺术运作的范畴,它实际上应该被视为20世纪中国文明史上第一波新文化运动,虽然在深度和广度上为五四新文化运动的巨大身影所遮蔽,但它所显示出来的历史啮合度却使它牢牢地楔入民族的文化记忆,具有一种与传统和时代紧密相连的深厚力量。现代戏剧史家一般皆因"文明戏的堕落"而对中国早期话剧运动评价不高,[2]这往往是从戏剧文学本位的通常视角看待话剧运动的结果,而且正是囿于这样的视角,学术界不仅最大限度地忽略了早期话剧运动在现代戏剧史上的地位,而且也一直漠视了这场运动所具有的新文化运动性质,当然也漠视了这场运动对于五四新文化运动的导引、补充和启迪作用。确认早期话剧运动的新文化品质及其价值,不仅可以相对公正地评价这场运动本身,而且有利于以一种历史比照的方法总结五四新文化运动乃至整个新文化运作的经验与缺失。

## 一、与新文化同构的早期话剧运动

学术界很少将早期话剧运动纳入中国新文化运动的范畴之内。其实,早期话剧运动一点也不缺少陈独秀所界定的新文化运动的基本要素:"要注重团体的活动";"要注重创造的精神";"要影响到别的运动上面"。[3]

---

[1] 当时的演出尽管常带有赈灾义演或募捐的性质,但往往产生较好的经济效益,如朱双云在《新剧史》(上海新剧小说社,1914年)中提供的资料说,开明演剧会1906年年底演出六大改良新剧,"演出计三日,售券所得,约二百金,而为剧情所感动,解囊捐助者,亦在百五十金以上"。正因为新剧演出有如此良好的经济效益,后来才会导致职业演剧的出现。

[2] 据朱双云于20世纪40年代所言,"时人往往鄙弃初期话剧,以为这是文明戏,不合话剧所必备的条件"。见朱双云:《初期职业话剧史料》,第43页,上海:独立出版社,1942年。

[3] 陈独秀:《新文化运动是什么》,《新青年》,1920年第7卷第5号。

就陈独秀所论述的这些形式特征、精神特征和内涵特征而言,早期话剧运动所显示的新文化运动品质甚至比五四新文化运动都更为鲜明、强烈,尤其是在最能体现新文化运动本质特性的精神特征和内涵特征方面,其所显示的价值风貌即使对于影响超卓的五四新文化运动亦不无深刻的借鉴意义。

1. 文学文化的团体运作

如果说"团体的活动"是陈独秀意念中的新文化运动的形式特征,则早期话剧运动在这方面表现得要比五四新文化运动本身更加典型。早期话剧运动肇端于春柳社等戏剧团体的成立及其卓有成效的运行,1907年以后的几年间前后数十个戏剧演出团体,以及包括《二十世纪大舞台》在内的若干个戏剧文化改革研究团体交相呼应,彼此推动,使得这场运动从一开始就显示出"团体的活动"这一新文化运动特征;考虑到五四新文化运动在其起始阶段"团体的活动"色彩并不十分明显,《新青年》杂志社起初并不具有明显的"社团"性质[1],显然,早期话剧运动"团体的活动"的新文化运动特征更为显著。

当然,一场新文化运动的本质特性主要不应该从形式特征上去把握,而应该着眼于它的内涵特征和价值特征。从内涵特征来看,以陈独秀"要影响到别的运动上面"的理论设定作参照,早期话剧运动从来就不是局限于戏剧领域的内向型艺术运作,而是外摄于政治、社会、文化各个方面的思想文化艺术运动。作为一种时代性的新文化运作,其价值指归并不在戏剧本身,而在于国家的富强和民族的复兴。

1906年12月,朱双云、汪优游等在上海成立开明演剧会,进行新剧写作和演出,排演了一批"改良"标牌的戏剧界目,包括《军事改良》、《家庭改良》、《教育改良》、《僧道改良》、《社会改良》、《官吏改良》等等。春柳社的成

---

[1] 庄森:《飞扬跋扈为谁雄:作为文学社团的新青年社研究》,上海:东方出版中心,2006年。这是首次将《新青年》杂志社与一个文化社团联系起来。一般而言,人们更愿意从流派的角度把握这个编辑群体。

立和活动乃得力于日本早稻田大学文艺协会的启发,该协会的宗旨不局限于文艺,而是"适应国势振兴文运,提高社会风尚";于是春柳社演艺宗旨也就不仅仅在于"艺界改良",而在于"开通智识、鼓舞精神"。[1] 如果说梁启超的改良主义思潮已经认定小说等文学类型对于"群治"以及"新民"的重要性,那么早期话剧运动的倡导者们则确信戏剧在"提高社会风尚"、"开通智识"方面的巨大效用。他们认为,"戏剧之效力,影响于社会较小说尤大"。[2] 虽未参与早期话剧运动但对新文化运动早有准备的陈独秀对这样的观点显然乐于认同,他后来分析说:"编小说,开报馆,然不能开通不识字人,益亦罕矣。惟戏曲改良,则可感动全社会,虽聋得见,虽盲可闻,诚改良社会之不二法门也。"[3] 正是本着这样的认识,早期话剧运动者所选择或所创作的剧目都以社会改良甚至国家思想为第一要务,包括春柳社最初演出的《茶花女》和《黑奴吁天录》。

柳亚子等人虽未粉墨登场实施戏剧改革,但通过其所创办的《二十世纪大舞台》,同样致力于有新文化运动之实的戏剧运作。与当时的早期话剧实践者相呼应,同时也与梁启超的改良主义文化观念相衔接,他们在戏剧功能和戏剧意义上强调的仍然是社会改良的时代主题:"今兹《二十世纪大舞台》,乃为优伶社会之机关,而实行改良之政策。"因为他们目睹到的情形往往是"民族大义,不能普及,亡国之仇,迁延未复",需要从革命的意义上运用戏剧"开通民智",直至实现光复,这便是戏剧运动的理想目标:"他日民智大开,河山还我,建独立之阁,撞自由之钟,以演光复旧物推倒虏朝之壮剧、快剧……"[4] 从19世纪末到20世纪初,黄遵宪、梁启超等人倡导的文化改良主义思潮提出了一系列革命性口号,诸如"诗界革命"、"文界革命"、"小说界革命"等,这些革命也曾由于倡导者的身体力行积累了一定的

---

[1] 黄爱华:《中国早期话剧与日本》,第31页,长沙:岳麓书社,2001年。
[2] 铁:《铁瓮烬余》,《小说林》,1908年第12期。
[3] 陈独秀:《论戏曲》,《新小说》,1905年第2卷第2期。
[4] 柳亚子:《二十世纪大舞台发刊词》,《中国近代文学大系·文学理论集二》,上海:上海书店,1995年。

成果,诸如黄遵宪《以莲菊桃杂供一瓶作歌》之类的诗歌,以及梁启超等人的政治小说,不过这些革命性的文学实践早已作为文明的碎屑被委弃在历史的尘埃之中,其真正拥有经典性意义的业绩的呈现则是在"五四"新文化疾风骤雨冲洗过之后。"戏剧界革命"的口号即使有所出现也并不如上述诗界、文界和小说界的革命口号那么响亮[1],然而这番革命通过早期话剧运动却比任何其他领域的革命都更加富有声势,参加者众多而社会影响甚巨,其所开辟的新剧传统,其所拥有的经典性成果,都实实在在地酿成了一场轰轰烈烈的新文化运动的声势。这场以戏剧改革为核心的新文化运动以其一定规模和影响成为五四新文化运动的精彩预演。从这一意义上说,早期话剧运动是世纪之交改良主义思潮的历史运作,是改良主义思潮和五四新文化运动两脉崛起的山势挤逼、推涌而起的另一脉耸峙的时代文化峰峦。

2. 艺术创新的精神

早期话剧运动在社会改革的价值指向上与五四新文化运动相吻合,同时在向西方文化开放、激烈地反对中国文化传统等方面与后者有明显的同构关系。无论是早期话剧的倡导者还是后来关注早期话剧运动的评论者,都毫不含糊地确认并肯定了早期话剧在文化理念和艺术形式上的舶来品质,这种借西方文化之力革故鼎新的思路大大拓展和深化了改良主义思潮的思维框架,取得了与后起的五四新文化运动相类似的精神素质。早期话剧倡导者之所以特别重视戏剧之于民众的训导和教育作用,并不完全是出于梁启超的改良主义文化观的领悟,而主要是出于对外国戏剧"经验"的借鉴。他们循着梁启超等人的思维方法,从西洋各国对戏剧教育作用特别倚重的"事实"中得到启示,以不无夸张的口吻强调剧院、演员之于社会改革

---

[1] 梁启超在1899年的《夏威夷日记》中基于黄遵宪以及他自己的有关文学改革成就,提出了"诗界革命"、"文界革命"的口号,后又有大规模的"小说界革命"的实践,而"曲界革命"虽然在1902年《释革》中提及,但只是与"文界革命"、"诗界革命"、"小说界革命"、"音乐界革命"、"文字革命"等"种种名词"排比并举的结果,没有较为严密的理论阐解,也很少有实际的文字实验,更谈不上任何演艺实验。

和民众启蒙的作用。他们普遍注意到西方各国在国家振兴的关键时刻往往对戏剧高度倚重,始终认为"自由戏院是要拿艺术化的戏剧表现人类高尚的理想",促进社会的改革,于是他们言之凿凿地描述说:"我们翻开各国的近代戏剧史,到处都见有这种的自由戏院运动";他们由此看到并领悟到,"戏院……是推动社会使之前进的一个轮子"。这就让人联想到萧伯纳所谓"戏剧是宣传主义的地方"[1]。春柳社的早期话剧倡导和实践便是受到西方戏剧的如此启发与激励:"欧美优伶,靡不学博洽多闻,大儒愧弗及……"[2]只有这样的学者型优伶,才可能成为开通民智的启蒙教师,而这些人或许并不能掌握传统戏曲的表演技艺,于是理所当然地须引进"新派演艺",也就是"以言语动作感人为主,即今欧美所流行者"的话剧。由此看来,引进西方流行的话剧艺术,乃是改良社会、开通民智的现实需要,而不仅仅是艺术革新或文学革命的特别要求。这就是说,话剧艺术的舶进与其说体现着"戏剧界革命"的内在要求,不如说体现着社会文化运动的时代要求,以话剧引进为中心的新剧运动实际上是一场旨在促进社会改革和开通民智的新文化运动。

为了倡导以现代文明为内涵的新文化,基于对早期话剧的思考,陈独秀提出了戏剧须"采用西法"的观点,说是西方的话剧形式"戏中有演说,最可长人之见识,或演光学、电学各种戏法,则又可练习格致之学",[3]这样的观点正点示了早期话剧倡导的新文化运动的内涵与性质,其中甚至涉及对现代科学文明的普及。陈独秀提到的话剧中的"演说"或许是早期话剧倡导者片面地理解话剧"宣教"功能的"附属产品"——其实西洋话剧并不必然带有外乎于剧情的"演说",是中国的话剧倡导者偏执地看中了话剧可以摒弃传统戏曲繁复的表演程式,而质直地表达对于社会改造的思想,于

---

[1] 见《戏剧》,1921年第1卷第1期。
[2] 《春柳社演艺部专章》,《北新杂志》,1907年第30卷,见《中国近代文学大系·文学理论集二》,上海:上海书店,1995年。
[3] 另外还有不可演神仙鬼怪之戏、不可演淫戏、除富贵功名之俗套等共五个方面的改良。陈独秀:《论戏曲》,《新小说》,1905年第2卷第2期,见《中国近代文学大系·文学理论集二》,上海:上海书店,1995年。

是想当然地将"演说"这一外在环节引入了话剧演出之中。但这样的认知正好说明,话剧倡导者确实是在新文化运动的意义上而不是仅仅在戏剧改革的意义上理解话剧并倡导话剧。改良社会的动因决定了早期话剧的演出形式和特色。被后来的研究者称为所谓"幕外戏"的附属"演说",体现着早期话剧运动向社会文化运动提升的鲜明的社会功利色彩和社会文化运作的痕迹——这样的戏剧演出面对的从来就不是观众,而是话剧倡导者要唤起要启蒙的民众。早期话剧《黄金赤血》较为鲜活地展演了那时候"幕外戏"出笼的契机和情形。剧中主人公调梅的女儿爱儿,在经历一阵离乱后被戏班收留,戏班进行赈灾演出之时与已经成了革命者的父亲相遇,爱儿便向戏班建议说:"家父在戏剧上,不知费了多少脑筋,按我意见,不如开场的时候,也照寻常开会的样子,请一位将家父的心愿代表一番,然后再让家父上场演说一回,我们接着演戏,叫台下的看客先听了家父的演说,再看我们演戏,发出热忱,或可多捐些钱出来,岂不两得其便?"她的建议为戏班欣然采纳,于是演出之前主持人向观众宣布,由调梅先生"先演说一回,然后跟着演戏",还询问"列位"是否赞成——结果自然是"杂然相许"。

对于这种演出方式,中国现代戏剧家们往往斥之为浅薄,因为它外在于剧情,同时也带着硬性的宣传鼓动意味,似乎是对戏剧艺术规律的一种公然的挑战。曾有现代戏剧家如此不屑地描述早期话剧的这种演出形式,说是这样的戏剧往往"台幕外不布一点景,也可以演一幕戏",常常会有"一个不疯不癫的人跑上台去念一长篇说白",甚至,"天天扮'激烈派'的,扭转身子,把头去凑上手腕擦眼泪,去正经角色的开口就是'四万万同胞','手枪','炸弹','革命','流血'。说几句肤浅的时髦新名词与爱国话,包管得一个'满堂彩'"。[1] 在这种不屑的语气中,我们仍然能够捕捉到这样的信息:当时的文明戏很有市场,虽然早期话剧的演出方式较为稚拙,作为幕外戏的讲演内容或许真的失之于简单和浅显,但它在那个时候是得到社会鼓励和民众认可的艺术形式,或者说是一种文化运作方式。相比之下,现代

---

[1] 陈大悲:《戏剧指导社会与社会指导戏剧》,《戏剧》,1921年第1卷第2期。

话剧的奠基人洪深对早期话剧的这种超越于文字与戏剧的文化意义乃至社会意义有着更为准确的把握，他认为："及至辛亥革命成功以后，在日本的春柳社回来了。在上海出演，大为观众称道。于是新组织的表演文明戏的团体，乃如风起云涌。"这时正好处"在一个政治和社会大变动之后，人民正是极愿听指导，极愿受训练的时候"，早期话剧团体演出的鼓吹改良、攻击官僚的戏，正投合着广大民众的心机，而且，"那时人民兴高望奢，正欲与世界大国，较长争强，凡是叙说外国的情形，如《不如归》、《空谷兰》等戏，也是人们所要看的……在看戏的人，正热诚的希望着文明戏成功"。[1] 于是，无论是演戏者还是借助戏剧演出之机实施讲演者，抑或是"热诚的希望着文明戏的成功"的观赏者，他们都不是普通意义上的演员和观众，而是一起参与到这场社会运作和文化运动的同志，他们共同的努力构成了早期话剧的新文化运动格局。

3. 影响到别的方面

作为一场有声有色的新文化运动，早期话剧运动向西方文化开放仍然建立在比较激烈地反传统的文化基础之上。他们毅然取消旧剧的唱腔，毅然摘下代表旧剧的脸谱，在影响深远的戏剧领域发动了一场较为深刻的革命。一般为了突出"五四"以后现代话剧的历史地位和艺术功绩，人们并不愿意给予早期话剧运动以革命性评价，倒是堪称现代戏剧行家的洪深论断颇为公允，称赞早期话剧倡导者，特别是春柳社，表现出了"那勇敢而毫不顾忌地，去革旧有戏剧的命"的精神与气魄。[2] 有时候他们不一定直接使用"革命"这一词，但却毫不含糊地包含着革命的意绪。倡导新剧的进化团，其"进化"在他们的理解上就几乎与"革命"相当，正像英文中的两个词

---

[1] 洪深：《从中国的新戏说到话剧》，原载广州《民国日报》，1929年2月，又见马彦祥《戏剧概论》序，上海：光华书局，1929年。
[2] 洪深：《从中国的新戏说到话剧》，原载广州《民国日报》，1929年2月，又见马彦祥《戏剧概论》序，上海：光华书局，1929年。

语本来就十分相当一样;[1]进化团演出的早期话剧《黄鹤楼》中,黎元洪与刘宗耀讨论武昌起义,黎元洪提到瑞澂、铁良在准备大规模迫害新军,刘宗耀议论道:"现在时势,越凑越紧。天意到了这个时候,促成我们的进化,因此失败而收大功,也未可定。"这里的"进化",显然就是"革命"的意思。当然,在早期话剧运动中还有直接、自觉地为辛亥革命张目并作宣传的组织运作和艺术运作。1904 年汪笑侬编演的《党人碑》,在当时就被公认为切合时事的悲剧,对于未来的革命起到了舆论呼吁的作用;王钟声所写的《春阳社意见书》,刊于 1907 年 10 月 15 日天津《大公报》,即号召以演剧手段"唤起沉沉之睡狮",正是从演剧的角度呼应日益逼近的革命宣传热潮的言论。

总之,早期话剧在全面向西方文化开放、趋近的意义上,在激烈地、具体地叛逆传统的意义上,在相当的广度和深度上实现了改良主义思潮与新文化运动的实际勾连,是近代改良主义思潮通过戏剧在文化领域的具体实践,是标志着中国现代文化崛起的新文化运动不可或缺的准备与预演,或者甚至可以说是新文化运动的前奏。这场运动各种新思想的主张几乎触及五四新文化运动所有的革新主题,因而可以在一定意义上将其视为新文化运动的"提前"开张——如果说一定要按照习惯将中国的新文化运动定义为五四新文化运动。这就是说,我国新文化运动的实际开场的历史,由于早期话剧运动,被提早了整整 10 个年头。仍然按照新文化运动的领军人物之一的蔡元培等人的观点,将我国的新文化运动与欧洲的文艺复兴运动直接比照起来,那么,一向被称为 15—16 世纪的文艺复兴其实也已被有些理论家阐解为足以提早 300 多年——美国学者哈斯金斯认为文艺复兴在 12 世纪就已经开始了,人们不应夸大 15 世纪所具有的文化和社会大变动的意义:"伟大的文艺复兴并不像所设想的那样举世无双和生死攸关。文化的反差并没有人文主义者和他们的追随者所认为的那么巨大,在中世纪也有多次知识的复兴,其影响并没有为后来的岁月所淹没,也同样具有

---

[1] 英文中的"进化"为"evolution",与"革命"的词形"revolution"非常接近,其内涵也相当接近。

人们熟知的15世纪的大变动所具有的特性。"[1]套用哈斯金斯的这段富有学术穿透力的论述,五四新文化运动相对于早期话剧运动而言也并非具有"举世无双和生死攸关"的意义,发生在那个时代的文化反差也并没有后来人们强调的那么巨大,因为在10年之前已经有了相当规模、深度和影响的早期话剧运动,这场运动在内容上和价值指向上与五四新文化运动有着相当明显的同构关系,它也应该具有人们熟知的五四新文化运动的某种特性。

## 二、新文化与新文学的"前摄"

早期话剧运动具有历史的啮合度和艺术的归宿感;它当然不是对后来新文化运动的简单模拟,而是体现一定深度,体现一定的历史啮合度和艺术品质,体现出中国新文化某种理想的时代运作,试图构成新文学的基本资源和基本范式。

如果不一定将早期话剧运动表述为中国新文化运动的提前,那么,它之于五四新文化运动的前摄性意义应毋庸置疑。所谓前摄性意义是指前一个事物及其运作过程对后一个事物及其运作过程客观上所起到的建构、启迪并使之更加趋于充实的作用。五四新文化运动以彻底的反传统和无比坚定地向西方开放的姿态致力于中国政治理念、社会道德和文化形态的全方位改革,其所体现的文化特征属于典型的新文化运作而不是局限于戏剧领域的革新;而早期话剧运动除了在基本规模和影响面上略逊于五四新文化运动而外,基本具有后起新文化运动所具有的几乎所有素质,如渗透于社会改革和文化重建的精神特征,立足于思想、观念革命的新文化策略,旨在道德意义上改变国人精神面貌的价值目标等,这一切都实实在在地显示出其作为一场新文化运动的模态与品性。虽然不能说早期话剧运动为

---

[1] [美]查尔斯·霍默·哈斯金斯:《12世纪文艺复兴》,第3页,上海:上海人民出版社,2005年。

五四新文化运动提供了运作的模板和精神框架,但如果不把五四新文化运动理解为横空出世的无本之木和无源之水,则这"木本"之中自然较多地含有早期话剧倡导者的思想养料,这"水源"之中自然较多地印刻着早期话剧运动的波痕浪迹。

1. 新文化的"前摄"

更重要的是,早期话剧运动作为中国新文化运动的前摄性运作,并不是五四新文化运动的简单预演或简短序幕,它在运作过程中提出的许多时代命题及其表现出的精神原创性,远远未能为后来更其轰轰烈烈的新文化运动所覆盖,因而成为中国现代文化史上特异而有价值的历史现象,理应受到足够的学术关注。

在人们普遍的印象中,轰轰烈烈的五四新文化运动改变了中国的历史,造就了一个新的时代;在一些冷静而深刻的学术描述中,它同时带着时代的偏激和粗疏,带着历史的简单与片面。殊不知这两个方面只不过是这场新文化运动必然联系着的两重品质,是历史老人祭起的这柄历史之剑固有的两重锋刃。没有人能够轻易否定五四新文化运动的伟大历史功绩,它为中华民族现代发展开辟了新的文化传统,使得绵延五千年的传统文明面临着从未有过的巨大的和深刻的断裂,不过它在拥有如此巨大的冲击力和历史深度的同时,却最大限度地忽略了与近代以来改良主义思潮的啮合,忽略了与辛亥革命以后中国的政治、社会、文化现实的啮合,似一潮汹涌澎湃的巨浪骤起于水波不兴的湖海,既气势磅礴又兀然奇崛。相比之下,早期话剧运动并没有能够给历史留下类似于此的气势磅礴而兀然奇崛的印象,甚至在人们有意的抹煞或无意的忽略中早已淡漠了其历史痕迹,这是因为它既承改良主义思潮之波澜,又与辛亥革命相接力,后为五四新文化运动所掩映,终未能凸现其特立独行的价值风采。在学术反思和价值重估的现实语境下,人们更应该重视早期话剧运动的经验,它以无与伦比的历史啮合度克服了五四新文化运动所体现出来的历史粗疏和文化隐疾,客观上为中国新文化的发轫与发展提供了更加合理和更加科学的模式,为人们全面、科学地总结五四新文化运动提供了有价值的借鉴。

早期话剧运动对于传统文化实施了彻底的批判，不过由于侧重于对传统戏曲的否定和抨击，这种批判的广度当然难以与五四新文化运动相比，但其所显示的深度以及激烈程度完全不让于后者，一个突出的表征是，五四新文化运动及其所派生的文学革命不过是在思想观念和语言工具两方面革了传统文学的命，而早期话剧运动除了这两方面而外，更彰明较著地对旧剧传统作了更加深刻更加彻底的艺术体制革命，用西洋话剧的演出体制否定并取代了传统戏曲的"唱做念打"等"行当"体制，并且涉及对戏剧本质认知的革命性变化。一场新文化运动必然带来文学艺术领域的变革，而在文学艺术领域的变革中，观念体系的变革相当于精神、灵魂的变革，语言体格的变革相当于器质、工具的变革，文体或艺术体制的变革真正触及了原则、制度的变革，这样的变革往往更见深度与难度，需要付出更大的勇气和冒险精神。此情形颇类同于中国近代的社会政治改良运动，人们最初是在器质、工具意义上展开，"师夷之长技以制夷"，然后试图从制度层面入手，发动了维新变法，当这些都宣告失败之后才回到观念变革的话题上。人们一般认为，从观念层面进行变革体现着更加深刻的理性自觉，不过更不应该忽略的是，这三个层面的变革，让变革者付出最惨痛代价乃至鲜血和生命的，乃是制度层面的变革，这一事实足以说明，体制的变革才是真正能够直接触动传统势力最敏感神经的变革，因而也可以被视为对传统势力最有冲击性的变革。早期话剧运动对于传统戏曲的冲击力正是这样，显得巨大而实在，它在体制上对于传统的反叛无论是在深度还是在力度上都足以垂范于后起的新文化运动。也正是由于它在艺术体制和制度层面颇为成功地完成了对传统的反叛和变革，诸如演出用白话这样的器质性、工具性的变革对于早期话剧运动而言就显得轻而易举，游刃有余；当时演出的话剧白话表达已经相当纯熟而富有个性化，其纯熟度和个性化表现的能力应该可以相当于中国现代小说、散文发展到 30 年代的水平。[1] 与此相对照，五四新文化运动兴起以后，必须花很大的精力倡导白话文，并以此作为

---

[1] 可以参看包天笑等人的成熟剧作，人物语言已经相当纯熟。

重大收获。从这个意义上说,早期话剧运动不仅在戏剧领域,实际上是在文学乃至文化领域显示出了足以与五四新文化运动相媲的革命性和冲击力。

但早期话剧运动并没有以彻底地割裂与传统的联系来作为其反抗传统的代价。任何文化革新运动都要以比较激烈的态度反抗传统,一场信誓旦旦的文化革新往往特别在意于全面摆开反抗传统的架势,从而造成在割裂传统的简单意义上重建传统。成熟而稳健的新文化运动则往往特别强调与传统的某种啮合与对接,正如文艺复兴运动的倡导者所理解的那样,他们的运动不过是与传统文化的曾有辉煌相对接与相啮合的一种运作。早期话剧运动虽然并没有将自己的倡导与某种传统的"复兴"联系起来,但在反抗传统的同时又注重维持与传统的某些方面的天然联系,从而构成了这场运动及其产出品与传统戏剧及其所代表的传统文化之间的啮合关系。

早期话剧的倡导者深受中国传统戏曲的熏陶,他们在引进和建设西洋话剧的时候虽然对传统戏曲从思想内容到演出形式作了较为彻底的反思与批判,但在戏剧的结构理念方面却保持着许多传统的认知,在戏剧的情节处理、人物把握乃至于剧本写法等一些具体的操作习惯上都沿袭了传统戏曲的原有模态,这正是早期话剧与现代话剧的重要区别:前者体现着早期话剧运动与传统文化较多啮合的特征,较之后者更鲜明、更自觉地显现出与传统戏曲相啮合的艺术特征。在戏剧的结构理念方面,早期话剧继承和发扬了传统戏曲注重选材的传奇性的艺术传统,往往对那些富于传奇色彩或是反映个人命运之间强烈反差的题材特别感兴趣,在具体的情节刻画中又不避天缘巧合之类的因素,从而与现代话剧追求戏剧的日常人生化以及尽量淡化"戏"的特征[1]的美学趋向拉开了很大距离。《黄金赤血》、《恨海》等早期话剧都围绕着突如其来的乱离导致一家人星散漂流,然后又由于各种奇特的机缘聚合团圆这样的模式结构戏剧情境,其中的传奇性自然非常突出,故事性也非常丰富。其他如《一圆钱》等等,也都分别从命运突

---

[1] 曹禺说他不满意自己的《雷雨》"太像戏"了。

变、造化弄人的角度展开了一个个悲欢离合的故事,其中又包含着恩仇相报的内容。这些都是中国传统戏曲情节模式的自然套用或批判继承,剧中宣传的虽然是新思想新观念,但通过这种结构方式所传达出来的构思理念以及对于戏剧的理解却是传统戏曲的固有套路。对此,早期话剧运动的提倡者并不讳言,春柳社演出《孝女藏儿》时在《申报》上所刊载的广告就明确承认:"新剧能离奇曲折,观之方有趣味。"在这一前提下推荐《孝女藏儿》:"剧离奇之至,曲折之至,文情并茂,庄谐杂出。"[1]这虽然是广告中所包含的不无炫耀和虚夸之词,却反映着早期话剧的一般特色,而且也是很可以理解的特色:一方面是因为需要调动观众的观赏热忱,为话剧这一新生事物在中国或华语世界的生存发展创造出令人接受的条件;另一方面是因为新剧家毕竟非常稔熟于传统戏曲的套路,在仓促倡导话剧之初沿用原有套路才能驾轻就熟地进入状态。有些戏剧家认为,早期话剧的传奇性和情节的复杂性是模仿日本"'新派'所采的佳制剧(Well-made-play)的方法",而"不是近代剧的方法",并以此判断"春柳的戏是比较整齐的闹剧(Melodrama)"。[2]欧阳予倩看出了这种注重传奇性、追求故事的复杂性的方法类同于"佳制剧",并判断这不是近代(其实就是现代)通常所用的戏剧结构方法,这无疑是方家之论,同时也能佐证早期话剧构思模式与旧剧相啮合的基本判断;不过他认为这样的构思特色乃是从日本新派剧那里模仿来的,显然是有意无意地忽略了传统戏曲的固有特色及其巨大的影响作用。其实,早期话剧界从日本新派戏剧中引进的剧目可能带有各种新剧信息,但就是早期话剧很在意的传奇性少一些,例如《新村正》、《不如归》等,时代色彩很浓,思想含量充沛,但就是剧情平淡,论辩繁复,缺乏丰富、生动的情节性。因此,将早期话剧对于剧情传奇性的注重归结于同传统戏曲模态的啮合,显然比归结于日本新派局的影响更为准确。

早期话剧虽然在演出体制上颠覆了以"唱做念打"为支配形式的中国

---

[1] 黄爱华:《中国早期话剧与日本》,第167页,长沙:岳麓书社,2001年。
[2] 欧阳予倩:《欧阳予倩全集》第6卷,第64页,上海:上海文艺出版社,1990年。

戏曲传统，但在剧本操作和说白安排上却又延续着传统戏曲的习惯策略，在艺术形式上终究取得了与传统戏曲相啮合的特征。早期话剧一度沿用了非常古老的旦（末）本戏套路，国语说白体现的是主角的角色与特权，配角丑角只能讲各地方言；虽然古代地方戏曲常常相反，让丑角说国语，主角倒是说方言，但这种分角色安排语言，以语言划分角色等次的做法无论如何都是传统戏曲的延续。相应地，早期话剧剧本也一度直接继承了传统戏曲剧本的写法，其场景的安排，念白与动作的提示，常常一应古制。例如在任天知创作的话剧剧本《黄金赤血》中，凡是动作提示都采用"介"这样的古式后缀，诸如"惊介"、"阻止介"之类比比皆是。甚至在话剧语言普遍白话化了的文化背景下，剧作者还是未能彻底斩断与旧剧语言习惯的某种关联，出现了类似于"女儿何事这样惊惶"之类的戏曲腔。这是一出宣传革命的戏，也是一出彻底革除了"唱做念打"等传统戏曲要素的话剧，不过它在文字表现的形式上却显示出向传统戏曲趋近的意向，这正是那时候的话剧运动注意与传统啮合的一种表征。

对中外文化历史运作深有心得的陈寅恪认为，一种外来文化如果不注意与中国文化的底蕴和框架相结合，那么很可能在中国的文化土壤上趋于枯萎。[1] 西方话剧也是如此，如果不与中国传统戏曲的文化底蕴和艺术框架相啮合，也可能会迅速枯萎。于是，早期话剧运动倡导者注重在与传统戏曲相啮合的意义上推介西方话剧，正体现着难能可贵的"文艺复兴式的"理性精神。

这种与传统文化相啮合的理性精神虽然不是通向"文艺复兴"，但非常有可能是通向中西文化交融的理想的艺术硕果。其实，尽管始终有类似于"全盘西化"的偏激之论隐现于文坛与读书界，但中国新文化运动在任何时

---

[1] 陈寅恪以佛教学说的输入为例，说明文化的引进必须与中国本民族的思想相啮合。说是，如果所输入的学说"不改本来面目"，像玄奘的唯识之学一样，"虽震动一时之人心，而卒归于消沉歇绝"；因此，"能于吾国思想史上发生重大久远之影响者，皆经国人吸收改造之过程"。见陈寅恪为冯友兰《中国哲学史》所写的《审查报告》，转引自张岱年：《国学大师丛书》总序，见刘炎生：《林语堂评传》，第3页，南昌：百花洲文艺出版社，1997年。

段都从未在完全以西方文化覆盖并克服中国传统文化的意义上展开,中西合璧、古今交融,在任何时代的文化建设者心目中都是一种价值理想。改良主义思潮便是以这样的价值理想作自我期许,梁启超坦言,"康有为、梁启超、谭嗣同辈"改良主义者认识到"固有之旧思想,既根深蒂固,而外来之新思想,又来源浅觳,汲而易竭,其支绌灭裂,固宜然矣",因此"欲以构成一种不中不西即中即西之新学派"。[1] 早期话剧运动通过与传统艺术的啮合性运作,继承了改良主义中西合璧的价值理想,在戏剧领域开辟了"即中即西"的话剧模式,为后来的新文化运动和戏剧改革设计了一条较为科学的路径,虽然这样一条较为科学的路径并不被后来者看好,而是在迅速被遗忘被漠视的情形下日益荒芜,但这只不过是这场话剧运动之于后来新文化运动的前摄作用未能得到应有的承认的结果,作为改良主义思潮与五四新文化运动之间的一个必不可少的、其价值和作用在严肃的学术析示中越来越得到凸显的中介性运作,其所设定的较为科学的路径应该得到历史的确认。

五四新文化运动不仅在理论上和观念上拒绝与传统文化相啮合,而且以一种超越无待的气势回避与改良主义思潮和早期话剧运动的啮合,其在文化态度上显示出来的对内开放度甚至不及现代政治革命在政治态度上的对内开放度——现代政治革命的核心力量在强调无产阶级领导和马克思主义指导等本质性因素的同时,并不排斥戊戌维新特别是辛亥革命的巨大历史功绩以及精神财富意义,五四新文化运动倡导者却宁愿对改良主义文化思潮和早期话剧运动视而不见,或者即使有所涉及,也总是力揭其短,往往并不十分爽快地肯定其历史价值,更不乐于承认自身之于它们的任何承继性。这种非历史主义的态度强化了这场新文化运动的偏激性,使得它失去了理直气壮地吸收改良主义思潮和早期话剧运动积极成果的坦荡和开阔的胸怀,从而影响了新文化乃至新文学发展和成熟的进度,影响了新文化发展的后劲。如果五四新文化运动能够旗帜鲜明地竭诚吸收改良主

---

[1] 梁启超:《清代学术概论》,第93页,长沙:岳麓书社,2010年。

义的思想成果,则诸如文学救国、教育救国等新文化思想就可能在"新民"理论的基础上有着更加深刻的阐述,革命文学时期的政治化文学也就可能在接受梁启超政治小说经验和教训的基础上较多地克服其浅显、幼稚性;如果"五四"文学革命勇于承认改良主义"新文体",特别是早期话剧运动的艺术成果,则至少在白话文的倡导方面不会从头来过,有关白话文规范的探索也不会像现在看到的这样缓慢,令白话文倡导者倍觉汗颜的"新文艺腔"也不会困扰新文学几乎长达10年之久。其实,早期话剧已经在不声不响之间基本上普及了白话文,除了刘半农的《战后》等少量剧作仍是以文言写作剧本而外,大多数剧作的对话都使用白话,而且往往是相当纯熟的白话。天津南开学校新剧团演出的《一圆钱》、《一念差》、《新村正》等虽然由于剧本整理者的原因,坚持使用第一人称代词"吾",出现了诸如《一圆钱》中的"姑爷见了吾们老爷,直说了半天,吾们老爷才给一圆钱"之类的别扭台词,但这别扭只属于书面记录,其实在演出中完全是白话。《新村正》中的洋奴魏经理在催交房租时这样威吓村民:"吾告诉你,今天要是短一个大子,回去吾就告诉吾们外国人,管叫你卖人也得给钱。"将书面的"吾"替换成白话的"我",正是非常纯熟、流利而饱含幽默的白话文。"五四"新文学在倡导白话文的时候,完全忽略了白话文在早期话剧中已经有了如此成功的经验,如此成熟的果实,竟然煞有介事地认为,"现在的社会里,居然有人相信白话,肯用白话,真所谓难能可贵"。[1] 于是他们将自己的白话文倡导同时也视作白话文写作领域筚路蓝缕的开拓,在荣膺了开拓者的光耀的同时也人为地承受了开拓者的艰辛,他们是那样努力地将白话文写得有模有样,有声有色,其实不知道在他们之前,在早期话剧乃至通俗小说的操作中,白话早已登堂入室并有着丰富的实践成就和经验积累。"五四"新文化的倡导者拒绝与早期话剧运动寻求历史的啮合,结果便是在白话文的实践方面付出了不必有的代价。如果新文学的实践者坦率地承认早期话剧乃

---

[1] 傅斯年:《白话文学与心理的改革》,《中国新文学大系·建设理论集》,第203页,上海:上海良友图书印刷公司,1935年。原文有"居然有人相信的白话","的"显系误置。

至通俗小说的白话文写作经验,便无须在白话文的倡导问题上大动干戈;如果他们能够直接继承早期话剧以及通俗小说已有的白话文成果,新文学的白话文起点就会大大提高,所谓"新文艺腔"便可能不会出现且形成风气,至少不可能一直延续到30年代,新文学的建设也就无须在语言之用方面花费太多的功夫。

早期话剧运动从社会价值理念到艺术观念都立足于西方先进的文化背景,但是,当倡导者和实践者将西方文化引入旧有文化的批判和新文化的建设之时,他们十分注重这些舶来的思想、艺术与中国社会现实的具体问题和艺术现实的具体形态之间的啮合。与后起的新文化运动相比,早期话剧运动缺少连篇累牍的理论阐介和宏观论析,也很少后来引起争议的"主义"的宣扬与研讨,所涉及的问题往往非常具体甚至琐碎,但这恰恰避免了一场新文化运作难以避免的虚张与空洞,使得西方思想理念和艺术形态在具有封闭性传统的中国实现了一次"软着陆"。

2. 新文学的"前摄"

不仅与引起过"问题与主义"之争的五四新文化运动不同,即使与"欲新一国之民"、处处从国家民族的宏观视野出发的改良主义思潮也并不一样,早期话剧运动及其所倡导的话剧作品,总是将社会人生的具体问题在比较微观的意义上加以展开,并且似乎也只是热衷于这些具体的微观问题,诸如家庭问题、个人品德问题,虽然早期话剧的倡导者也从改良主义者那里接受了用西方现代文化"提高社会风尚"、对于民众"开通智识"的价值观念,但他们更倾向于将这种理念落实到这些具体而微的人生命题上。他们所创作、翻译或推介的戏剧作品,如果按权威选本《中国早期话剧选》[1]进行统计,在所选的15部剧作中,则有66%涉及家庭改良问题,30%涉及个人道德改良的问题,另有34%表现的是社会改革主题。即使是像《新村正》这样表现社会改革的作品,也仍然是扣紧一些具体的技术性的问题展

---

[1] 王卫民编:《中国早期话剧选》,北京:中国戏剧出版社,1989年。其选本的代表性、作品的可靠性以及资料的原真性,已经得到了人们的普遍承认。

开，正如作品中的主要人物，从外面上学后回到本村的李壮图所言，"计划的大策，不外乎两件：一件是贫民的生计；一件是教育"。所思考和鼓吹的都是非常实际的改革。这也只是译介的外国作品才会涉及如此较为"重大"的社会改革的问题，所涉及的也不过是一个"村"的"计划"与"民生"。至于早期话剧倡导者自己创作的作品，即使像《黄金赤血》这样的表现社会革命的宏大主题的，也都与具体的人生道德问题联系起来，最后解决的仍然是个人道德修养问题。《恨海》一剧虽然有意要引申出社会改革之类的宏大主题，让经过堕落在生命的最后一刻怀有悔意的陈伯和指责"这个万恶的社会"，但这样的指责只是浅乏的议论，只是个别的台词，整个剧作完全围绕着陈伯和的堕落与张棣华的宽容展开。

显然，这样的艺术构思和戏剧操作缺乏深刻的思想意蕴，缺少与政治"主义"相关的思想感动力，因此，现代戏剧家对早期话剧运动的成就总是不予爽快地承认，其基本观念依据往往便是如洪深所表述的："现代话剧的重要价值，就是因为有主义。"[1]而早期话剧运动恰恰不注重"主义"的论辩与宣扬，也并不是过分关注所谓"国家思想"[2]的输入和表现，而是以更踏实更具体的人生问题作为其切入点和关注重心。虽然这确实是在相对浅泛的意义上处理了戏剧的题材与主题，但它在最实在最本原的意义上实现了与社会现实和人生现实的啮合，有效地避免了一般思想文化创新运动常常难以避免的凌虚蹈空的缺憾。

将家庭、道德之类的人生问题等当作运动的切入点和关注重心，将一切社会改革乃至时代革命的反映都落实到具体的人生方面加以探讨，这是早期话剧运动的基本特色，也是这场艺术运动的思想方法；这样的特色与方法对于后来的新文化运动倡导者而言具有了一定的先导意义，包括鲁迅在内的新文学家后来都十分关注人生问题讨论。当五四新文化运动家试图对改良主义者及其自身的改革思想进行深刻的反省和修正的时候，他们

---

[1] 洪深：《从中国的新戏说到话剧》，马彦祥《戏剧概论》序，上海：光华书局，1929年。
[2] "当以输入国家思想为第一义，……舍戏剧末由。"见天僇生：《剧场之教育》，《月月小说》，1907年第2卷第1期。

打出了人生牌,认为一切社会改革必须从人生开始,文学也应该关注人生,这个时代"为人生的文学"和人生问题的讨论同时成为时代的热点。这种对人生的关注,诚如《人生问题发端》所说,是寻求踏踏实实的文化改革,是新文化运动的特征性体现。其实,更加扎实、平实地体现这种新文化运动本质特性的,是早期话剧运动。

在人生表现和人生问题探究上的扎实、平实之风,决定了早期话剧运动所表现的人生问题往往并不包含那种诸如"人生究竟"之类的抽象的观念化的内容,这虽然影响了思想的深度,实在也避免了主题的空洞。"五四"新文学一度较为流行这种空洞的深刻,将人生问题抽象化,在一种思辨的深度上展开冰心《超人》式的诘问或庐隐《海滨故人》式的焦虑,于是作品的情境以及人物关系都带着明显的假定性,问题的设定也被置于超越一般人生的观念层面上,这样的深刻带着人为的痕迹,是一种空洞的深刻,或许能对所谓"时代病"、"世纪病"之类的病症有所反映,但达不到任何疗治的效果,因此经历过稍显即逝的"感动"之后,[1]便很快为人们所淡忘。早期话剧则从来没有追求这种空洞的深刻的意向,无论在观念倡导还是在戏剧实践中,都取向于具体、实在的人生问题,其实,早期话剧乃至整个新剧运动的发生,就不是像其先前的改良主义思潮或后来的五四新文化运动那样,以观念的倡导为基础,以"主义"的弘扬为指归,而是以现实社会问题的回应与解决为目的——最初的"新剧"演出,包括春柳社开创早期话剧新世纪的春季演出,都是为国内赈灾而举行的活动的结果。[2] 更是由于早期话剧特别注重啮合于现实的具体事务,当事人回忆说,那时的话剧作品一度不知道采用杜撰故事作为情节:"当时的编戏尚不懂得杜造故事,全是撷

---

[1] 据说"感动"了冬芬(董秋芳)。
[2] "阳历2月11日,日本东京留学界因祖国江北水灾,特开救济慈善音乐会,聚资助赈。其中春柳社社员数人,节取《茶花女》事,仿西法,组织新剧,登台扮演。"佚名:《记东京留学界演剧助赈事》,《时报》,1907年3月20日。同样,开明社也是为了赈灾:"丙午冬十二月","是年,江皖患水,饿殍载道。双云、优游辈,谋有以振之者,乃发起开明演剧会,演剧助赈"。见朱双云:《新剧史》,第4页,上海:上海新剧小说社,1914年。

拾时事而成。"[1]诸如《黄金赤血》以及反映辛亥革命的作品等正是这样,将报章上的新闻和传说中的时事加以戏剧性的编排,敷衍成剧。至于后来的现代戏剧家嘲笑早期话剧倡导者"专取坊间流行的弹词唱本,如《珍珠塔》、《珍珠衫》、《三笑姻缘》等,第三四流腐败的故事",[2]显然是偏见之言。作为早期话剧运动的主体,早期话剧创作者非常注重的显然不是坊间流行唱本,也不是外国文学名著,甚至还不是自己的编剧构思,而是现实的人生事务和人生的现实问题。

**早期文明戏的演出场景**

五四新文化运动和新文学创作的一个集中主题就是人生,然而这个主题除了引发出一系列诸如"人生究竟"之类空洞的深刻的思考,以及"爱与美"之类虚幻的美丽的想象而外,除了在婚姻自由等具体的人生问题上有明显的拓展而外,并没有落实到具体的人生问题之上,以至于一番热闹无比的人生论析和表现之后,人生问题对于那些热衷于新文化和新文学的青年来说反而更加突出。早期话剧运动虽然未必能够对文学青年和时代新

---

[1] 汪优游:《我的俳优生活》,《社会月报》,1934年第1卷第1期。
[2] 洪深在《从中国的新戏说到话剧》中言:新剧家们"从心所欲","戏剧的取材,不但不直接向人生里寻觅(所谓创作),甚至外国的好剧本小说,亦无能使用,而专取坊间流行的弹词唱本,如《珍珠塔》、《珍珠衫》、《三笑姻缘》等,第三四流腐败的故事了,……他们在剧场以外的生活,至少要与他们在台上无聊的行为,同受责备……深夜不睡,Wine, Woman and Song"。

人作出富有实际意义的人生指引,但它将关注的目光集中在具体的人生事务和现实问题上,即使拿不出理想的解决办法(例如"根本解决"之类),也不会产生新的人生困惑与迷茫。实实在在的早期话剧运动以它的低调高度啮合于现实与人生,提前实施了五四新文化运动以及文学革命运动的"人生"指向和价值目标,如此务实的态度正应该视为后来新文化运动的某种疏漏和缺陷的弥补,可惜的是,新文化运动倡导者、参与者以及拥护者、研究者往往众口一词排斥早期话剧运动的这种难能可贵的文化啮合现象及其价值,反而将于事无补的所谓空洞的深刻和虚幻的美丽当作新文化与新文学运作的重要收获,这其实大大影响了后者在它原有发展矢向上的质量与质地。

早期话剧运动在文化上介乎于改良主义思潮与五四新文化运动之间,是一种具有历史啮合度的新文化运动的预演。理论界对早期话剧运动的文学艺术价值评价固然不高,对这场运动的新文化运动性质及其意义则更为忽略,特别是后来的五四新文化运动,以深刻的思想革命为底蕴,以彻底的社会改革为指归,从深度和广度上对早期话剧运动作了全面的覆盖,致使其固有的新文化运动意义得以漫漶、模糊,其真实的历史面貌和曾有的时代文化影响便在这种漫漶、模糊中被人为地抹煞。但在五四新文化运动频遭反思、中国话剧的发展屡有痛感的情势下,早期话剧运动既洋溢着革命和改良的热情又紧紧啮合于历史文化辙印的优良传统,便以一种深厚的力度刺激着历史深沉的记忆,成为不可小视更不容忽略的学术对象。

第一编

民主与科学

# 第二章
# 五四新文化运动与新文学的思想文化传统

汉语新文学的审美传统处在不断的时代变异和美学修正之中,但其思想传统则主要来自于五四新文化运动。五四新文化为新文学准备了坚实基础和传统根柢,而新文学是五四新文化运动的直接产物乃至核心内容。不过,随着新文学运动研究的深入,随着中国近现代文学一体化学术思维的逐渐普遍化,新文学与新文化运动的内在链接关系正不断遭遇质疑与挑战,新文学常常在与五四新文化运动的断裂状态下被阐析与讨论。研究的深入和观点的出新固然比墨守公认陈说可贵,但如果这种深入旨在生硬地剥离新文学与新文化运动之间历史联系的内在必然性,这种出新只是在脱离必然律的关系链接状态下无源之水般地言说和阐解新文学的生成机制,则极有可能陷入为创新而创新的被动的学术境地。至少对于新文学与新文化之内在关系这一重大话题而言,由于其历史联系相当复杂,文化关联非常广泛,现实影响仍然重要,片面的学术创新会带来诸多学术风险,相比之下,学术方法论意义上的"利不百,不变法;功不十,不易器"之类审慎态度倒很值得借鉴。

## 一、碎片与本体的辩证:新文学的起点理应回到五四

几乎所有新文学的倡导者和最初建设者都愿意将新文学的正式形成

和实际起点归结为五四新文化运动和文学革命的发动,因而鲁迅在为《中国新文学大系》中的《小说二集》写导言的时候,确信"凡是关心现代中国文学的人","谁都知道《新青年》对"文学改良"的提倡和对"文学革命"的号召,[1]他代表着这批人将此理解为新文学的"发难"的肇端,其实也就是新文学产生的肇端。新文化运动的掌舵人蔡元培同样认为新文学的产生直接导源于文学革命运动,而"文学革命的风潮,托始于《新青年》"[2],与鲁迅的历史记忆和学术认知完全一致。

如此强烈而深刻的文学革命,如此规模浩大且影响深远的新文学倡导,当然并非一朝一夕之功;在《新青年》"发难"之前,围绕着白话文写作和世界性观照的各种文化倡导和文学实践,以及其间纠集的各种论争和相关事件,实际上都以一定的能量参与到新文学形态的构成及其运作之中。但如果将这种种"文明的碎片"[3]全都当作新文学主体形态的发生标志,便借此将新文学发生的"起点"前移到离五四新文化运动越来越远的时间点,那就可能犯了以偏概全、以碎片当主体的错误。

必须承认,严家炎先生所总结的新文学三要素相当精辟:一是其主体由新式白话文所构成,而非由文言所主宰;二是具有鲜明的现代性,并且这种现代性是与深厚的民族性相交融的;三是大背景下与"世界的文学"相互交流、相互参照。[4]然而历史事实是,在新文化运动和文学革命运动之

---

[1] 鲁迅:《导言》,《中国新文学大系·小说二集》,上海:上海良友图书印刷公司,1935年。
[2] 蔡元培:《新文学概述》,《蔡元培文集》第8卷,第669页,台北:锦绣出版事业股份有限公司,1995年。
[3] "文明的碎片",在汉语中与"历史的碎片"可以互通,是指构成某种文明和历史的零散的累积物,其具备这种文明及相关历史表述的某种或某一方面的特质,但尚不足以用来指代这种文明和历史本身。作为一种理论范畴至少在20世纪90年代初已经普遍使用,如美国克林伯格(Kleinberg, Patrice Greenwood)所著的《文明的碎片》(*Pieces of Civilization: the Wailuku Female Seminary Samplers*, San Francisco State University,1990)一书便很能说明问题。当然,"文明的碎片"(pieces of civilization)还远远没有专名化,有人表示为"文明的碎片基质"(civilizations on a piecemeal basis)似乎更加明确。参见 Timur Kuran, Explaining the Economic Trajectories of Civilizations: The Systemic Approach. *Journal of Economic Behavior & Organization*, 2009(3).
[4] 严家炎:《中国现代文学的"起点"问题》,《文学评论》,2014年第2期。

前,能够满足这三要素条件的文学作品,能够体现这三要素的文学倡导,其实并不仅仅是严家炎充分关注到的1890年出版的《黄衫客传奇》及其已形成"世界的文学"观念的作者陈季同,从而将新文学的起点放在甲午前夕[1],不少人观察到新文学起点应在20世纪初年[2],也有人提出文明戏运动是"一场被忽略了的新文化运作",可以视为新文化和新文学的起点。[3] 有些学者认为新文学的诞生期应该更早,是在戊戌维新时期[4]或者辛亥革命时期[5],也不乏有人将黄遵宪的"我手写吾口"的倡导乃至魏源的改革思想表述都追溯为新文学的起点。[6] 这些学说虽然未必都能自觉地按照严家炎先生"三要素"观判定新文学的身份标志,但都各有相当的理由,即范伯群先生所表述的那样,尽可能将新文学的起点"向前移",似乎离五四新文化运动越远越安全,也越有见地,于是终于引发了"没有晚清,何来五四"的学术讨论。这波学术讨论的"发难者"王德威虽然大有将五四新文化溯源至更广阔的晚清时期的学术推动之势,但仍然承认"五四运动以石破天惊之姿,批判古典,迎向未来,无疑可视为'现代'文学的绝佳起点"[7]。这样,既将新文学运作的远因回溯到更加远离五四的晚清,同时又审慎地承认新文学的"绝佳起点"仍在五四,在大胆的突破中显露出理论的严密与精审。

关于新文学起点如此杂多的可能性论定,也说明了在五四新文化运动之前的相当一段时间内,从晚清到民国初年,体现新文学品质和特性的相

---

[1] 严家炎认为:"中国现代文学的开辟和建立,是经历了一个过程的。它的最初的起点,根据我们现在掌握的史料,是在19世纪80年代末、90年代初,也就是甲午的前夕。"严家炎:《中国现代文学的"起点"问题》,《文学评论》,2014年第2期。
[2] 在尽量免除刻板印象的意义上倡导此一起点,陈平原、黄子平、钱理群等人的《论二十世纪中国文学》最具代表性,见《文学评论》,1985年第5期。
[3] 朱寿桐:《论文明戏在新文化运动中的历史价值》,《广东社会科学》,2007年第5期。
[4] 范伯群:《论中国现代文学史起点的"向前移"问题》,《江苏大学学报》,2006年第5期。
[5] 侯敏:《关于中国现代文学起点问题的再思考》,《辽宁师范大学学报》,2014年第2期。
[6] 郑子瑜:《新文化运动的先驱黄遵宪》,《郑子瑜学术论著自选集》,北京:首都师范大学出版社,1994年。
[7] [美]王德威:《没有晚清,何来五四?》,《被压抑的现代性:晚清小说新论》,宋伟杰译,北京:北京大学出版社,2005年。

关"文明的碎片"已呈较为密集的散落状态，从那些散落在时代尘埃和历史地壳中的"文明的碎片"中，很容易找寻到可以与新文学的起点相联系的某些文化和文学现象。五四新文化运动之前，那些带有新文学素质和信息源的"文明的碎片"其实都是新文化和新文学历史因素的有效积累，它们被揭示得越多、越密集，就更能说明这场新文化运动对于汉语新文学产生的社会势能越大，历史必然性越强烈。或许可以借助天体形成的一般理论加以譬喻：新文学形态犹如是在中国文学的历史和世界文学的空间相交织的文化宇宙中具有自身运行轨道的一个独立星体，在其正式聚合成型之前，经过了碎片式的星系际弥漫物质逐渐集聚的过程，然后终于形成星系云，并逐渐聚合成中国新文学乃至汉语新文学这样的星系集团。上述各路研究者所揭示的各种"文明的碎片"，譬如展示了新文化和新文学聚合成星系集团之前所呈现的星系际弥漫物质，也集体展现了这些弥漫物质聚合成新文化的星际云并最终聚合成新文学星系集团的丰富而生动的过程。

关于汉语新文学"文明的碎片"的种种论述，不仅没有对新文学之于五四新文化的学理联系构成冲击与否定，而且在一定意义上强化了这种联系的内在必然性。几乎所有关于新文学"文明的碎片"的揭示，包括严家炎先生关于新文学三要素的提炼以及在清末流寓海外的文学中的投射，其实都以五四新文化和文学革命的重要命题和精神内涵作为学术皈依的目标和学术参照的范本，所有关于新文学"文明的碎片"之所以被屡屡发现便得到不同程度的重视，乃是因为五四新文化精神价值照亮了这些"文明的碎片"或历史碎片。

## 二、历史必然性与能量动员及积聚

从自然时序和文化积累的角度而言，"没有晚清，何来五四"的设问非常精彩，也充满着严正的逻辑性；但从新文化运动的酝酿与新文学的倡导、建设而论，这样的设问隐含着巨大的学术危机，那就是混淆了"文明的碎片"与文化本体之间的本质区别。历史的必然性并不总是直接寓含于历史的自然时序之中。对于离经叛道且轰轰烈烈的新文学倡导和建设而言,它所需要的是巨大能量的推动,这种能量包括西方文学输送的热能,新文化运动的动能,以及新文学在与旧文学断裂之中的势能。只有到了规模浩大且声势明显的新文化运动和文学革命热潮到来之际,这些能量才真正聚合成势,才真正能够推动新文学的产生和发展。这实际上就是中国新文学必然依赖于五四新文化运动的内在逻辑,也是再多的"文明的碎片"都不足以标志新文学本体正式成立的重要原因。

汉语新文学的产生离不开西方文学榜样的范导。梁启超撰文介绍欧西文学,林纾对英美文学的大量翻译,都对一代中国文学启蒙者产生了积极影响,自此之后,西方文学对于汉语新文学的引导和示范作用日趋明显。不过将西方文学的介绍转化为新文学发生的热能,则应以《青年杂志》推出的《现代欧洲文艺史谭》以及稍后陈独秀的《文学革命论》为标志,对西方文学的思潮、流派所作的全面引介与积极评价,为汉语新文学发生、发展明确了时代的动力和巨大的历史牵引力。陈独秀在这些文稿中,总是将西方文学思潮的发展序列与中国文学的现实联系起来,指明中国文学犹在"古典主义时代",今后当趋向于写实主义和自然主义,以此揭示了汉语新文学的发生、发展的关键动力系统。此后,包括北大青年作者为主体的《新潮》,文学研究会的《小说月报》,创造社的《创造季刊》、《创造周报》,都习惯于从思潮、流派的角度引介西方文学,更习惯于将西方文学思潮、流派与汉语新文学建设的实际紧密结合起来,敏锐地提出诸如"我们现在可以提倡表象主义的文学么"这类先锋性的问题,[1]使得汉语新文学在西方文学的有力牵引和整体推动下找到了发生、发展的可靠热能。甚至连学衡派的《学衡》杂志,也注重从思潮、流派的角度引介西方经典文学,以此作为反观甚至批判中国新文学和新文化的参照系。正是轰轰烈烈的五四新文化和文学革命运动使得西方文学不再以散兵游勇的方式"进入"中国文坛,而是以一种"主义"的姿态,以某种思潮、流派的整体力

---

[1] 沈雁冰:《我们现在可以提倡表象主义的文学么》,《小说月报》,1920年第11卷第2号。

量给汉语新文学提供发展、壮大的热能。

　　陈独秀明确认为,《青年杂志》的创办以及新文化运动的发动足以成为改变整个中国历史的划时代运动。在《青年杂志》成功登场以后,他以"以前种种譬如昨日死,以后种种譬如今日生"的历史转折感迎接1916年的新年:"吾国人对此一九一六年,尤应有特别之感情,绝伦之希望。盖吾人自有史以讫一九一五年,于政治,于社会,于道德,于学术,所造之罪孽,所蒙之羞辱,虽倾江、汉不可浣也。当此除旧布新之际,理应从头忏悔,改过自新。"于是宣布1915年与1916年之间,应"在历史上画一鸿沟之界":以前种种"皆以古代史目之",而今后则是"首当一新其心血,以新人格;以新国家;以新社会;以新家庭;以新民族"的新气象。[1] 这与其说是一种充满自信的历史预言,不如说是一种充满能量和运动欲望的行动宣言。如此这般的宣言激发和调动了胡适、鲁迅、周作人、钱玄同、刘半农、李大钊等一大批文化精英的参与,波澜壮阔的新文化倡导运动由此产生了巨大的动能,推动了新文学的闪亮登场。

　　而此前的种种白话创作的鳞爪,现代性表现的痕迹,世界文学观照的影迹,不过是新文学发生的胎象萌动,是新文学之乘扬鞭奋蹄之前的预备动作,是新文学"文明的碎片"或疏松或密集的历史呈现。

　　在催生和推动新文学的能量中,倡导者还通过偏激性的文化批判,人为造成新旧文学之间的断裂,夸大新旧文化之间的落差,以此形成有助于新文化和新文学脱颖而出的势能。新文化倡导者"石破天惊"般地批判旧文化,否定旧文学,不揣偏激地鼓吹西方化和世界化,不仅胡适等提出"全盘西化"和"充分的世界化",甚至连新文化中流砥柱的鲁迅都主张青年人"要少——或者竟不——看中国书,多看外国书"[2],这种从未有过的彻底偏激,对于现代中国思想秩序和文化理性建设而言固然值得反思与商榷,但对于旧文化的批判和对于旧文学的否定,对于新文化的呼唤和对于新文

---

[1] 陈独秀:《一九一六年》,《青年杂志》,1916年第1卷第5号。
[2] 鲁迅:《青年必读书》,《鲁迅全集》第3卷,第12页,北京:人民文学出版社,2005年。

学的催生,却不啻是一番海啸和一场地震,一派暴风骤雨和一波恣肆汪洋——先驱者的偏激正是要表现这样的大气磅礴和一往无前,不如此不足以锻造出新文化和新文学的新质,不足以冲刷出新文化和新文学的锐气与活力,不足以冲击出新文化和新文学的定力与气派。

## 三、民主与科学:新文化运动对新文学思想新质的决定

如果说,五四新文化运动的诸多能量推动了汉语新文学的产生与发展,这显示出新文学与新文化运动之间必然的历史联系,那么,新文化运动所倡导的"民主与科学"的时代主题,决定了新文学的精神内涵与思想质地,显示出新文学与新文化运动之间的必然的逻辑联系。

李大钊在解释"什么是新文学"时,明确强调具有新的思想质地的重要性。他指出:"用白话作的文章,算不得新文学;刚是介绍点新学说、新事实,叙述点新人物,罗列点新名辞,也算不得新文学。"而"宏深的思想、学理,坚信的主义,优美的文艺,博爱的精神,就是新文学新运动的土壤、根基"。[1] 除了"博爱"而外,李大钊在这里没有点明"宏深的思想、学理,坚信的主义"究何所指,不过作为《新青年》编辑集体的一员,他应能对陈独秀概括的"民主与科学"有基本的认同,因为陈独秀对"德先生"和"赛先生"的概括代表了《新青年》("本志")的集体意志,反映了《新青年》一贯的价值立场。《新青年》创刊之初提出的"自主的"、"进步的"、"进取的"、"世界的"、"实利的"和"科学的"价值观,基本可以对应"民主与科学"两大命题,也就是陈独秀在《敬告青年》中阐述的"科学与人权并重"的理念。[2] 新文化的价值理念还可以进行多种描述,便是陈独秀自己,还在1919年12月所撰写的《新青年》宣言中提出:"我们理想的新时代、新社会,是诚实的、进步的、积极的、自由的、平等的、创造的、美的、善的、和平的、相爱互助的、劳动

---

[1] 李大钊:《什么是新文学》,《李大钊全集》第3卷,第445—446页,石家庄:河北教育出版社,1999年。
[2] 陈独秀:《敬告青年》,《青年杂志》,1915年第1卷第1号。

而愉快的、全社会幸福的。"[1]虽然"民主与科学"并不能完全涵盖上述新文化内涵的全部命题,而蔡元培、胡适等都曾设想过用人文主义概括五四时代新文化和新文学的传统,[2]但陈独秀提炼的"民主与科学"以其简洁、生动、鲜明的时代感以及几乎是无限开放的理论包容性,成了新文化运动和新文学倡导的"理想类型"的精炼表述。它们的内涵不仅驳杂,而且可能混乱无章,但它们毕竟是那个时代人马克斯·韦伯所说的"理想类型"[3]的最精粹、最稳定且最具涵盖力的表述,它们足以担当起那个时代所有"正能量"理念的价值意义,同时也能够充任李大钊所呼求的新文学"宏深的思想"的代表性阐述。

民主寄寓着平等、自由、博爱等现代文明"理想类型"的全部可能性,乃是新文学乐于并善于表现的价值对象;科学鼓励"自崇所信"的观念正义,要求"吾人对于事物之概念,综合客观之现象,诉之主观之理性而不矛盾",[4]仍然为了最大限度地调动人的主观理性与自主意识,同样适合于新文学的建设。新文化倡导者正是从"民主与科学"的"理想类型"出发论证了批判旧文学的必要性,从而反证了倡导新文学的必然性:"要拥护那德先生,便不得不反对孔教、礼法、贞节、旧伦理、旧政治;要拥护那赛先生,便不得不反对旧艺术、旧宗教;要拥护德先生又要拥护赛先生,便不得不反对国粹和旧文学。"[5]这是从旧文学的否定方面进行的阐发,而从新文学的肯定角度论,"文学者,国民最高精神之表现也"[6]。新文学就是应该表现"民主与科学"之类的"国民最高精神"。按照陈独秀的逻辑,政治、伦理、教

---

[1] 陈独秀:《〈新青年〉宣言》,《独秀文存》,第244页,合肥:安徽人民出版社,1996年。
[2] 参见蔡元培为《中国新文学大系》所写的《总序》,见《中国新文学大系·建设理论集》,上海:上海良友图书印刷公司,1935年。另,1933年,胡适在美国芝加哥大学发表了题为《中国的文艺复兴》的著名演讲,在论及五四新文化运动及其意义时,胡适说:"它也是一场人文主义运动。"见朱维铮《何谓"人文精神"?》,《探索与争鸣》,1994年第10期。
[3] Max Weber, *The Protestant Ethic and the Spirit of Capitalism*, p.147, George Allen & Unwin (Publishers) Ltd. 1976.
[4] 陈独秀:《敬告青年》,《青年杂志》,1915年第1卷第1号。
[5] 陈独秀:《本志罪案之答辩书》,《新青年》,1919年第6卷第1号。
[6] 陈独秀:《记者识》,谢无量《寄会稽山人八十四韵》所附,《青年杂志》,1915年第1卷第3号。

育对应着"德先生",艺术和宗教对应着"赛先生",同时对应"德先生"和"赛先生"的便只有文学。因而,新文化运动的主体价值理念必须通过批判旧文学、建立新文学才能得以实现。这正是新文化运动主将们都将主要精力放在文学革命和新文学倡导之上的内在逻辑。

新文化价值理念赋予了新文学稳定的思想格局和精神的"理想类型",这使得新文学甫一产生便获得了观念的定力,获得了文化精神充实、有力的自信,获得了"不囿于传统思想之创造的精神"[1]的欢悦。新文学在此后的发展中,在任何历史境况下都重视思想内涵的开掘,无论是创作还是批评,这形成了新文学的一种文化特质,甚至是文化传统,其文化基因则是在新文化运动孕育过程中种下的。

这一简单然而又是确凿的文化基因,清楚地说明汉语新文学的诞生和最初发展与五四新文化运动的内在联系。五四新文化运动及其"民主与科学"的核心价值观对新文学的思想品质、精神面貌和文化特性产生了本源性的决定作用。新文学鲜明的思想新质只有在"民主与科学"的新文化价值体系中才能真正养成,作为"文明的碎片"的"史前"新文学现象则因无法获得如此鲜明的思想新质而无法承担起新文学起点的宣示责任。

## 四、新文学传统与五四新文化基因

新文学在其诞生的时候,其文化品质定位在它的倡导者那里就存有严重分歧。胡适比较强调单纯的白话文学的因素,李大钊强调学理与主义,陈独秀坚持民主与科学的文化内涵,这些都在为新文学揭示和概述其文化基因。其实,白话只是新文学的语言前提,是语言承载的形态,并不是新文化的精神传统。李大钊所强调的学理和主义,包括博爱的精神,在他的表述中应该与陈独秀的民主与科学很相接近。而民主与科学既成了新文化的重要内涵,也成了新文学的精神传统,这一传统注定了新文学所重视的

---

[1] 佚名:《改革宣言》,《小说月报》,1921年第12卷第1期。

是其文化形态而不是文学魅力。将文学的文化功能,例如民主与科学精神的表现和张扬,视为文学应有的魅力,从而将功能与魅力一体化,这是新文学和新文化共同的价值准则。

在这样的意义上,《新青年》这个既是政治刊物又是文化刊物还是文学刊物的著名出版物理所当然就成了新文化与新文学传统的共同奠基者。"《新青年》到底是一个文化批判的刊物,而'新青年社'的主要人物也大多数是文化批判者"[1];不过,它同时又"自然是鼓吹'新文学'的大本营",是中国新文学的伟大保姆。虽然有关中国新文学起点的说法是那么繁多,尤其是许多"文明的碎片"的陆续发现,但从精神传统上说,新文学无论如何都绕不开五四新文化运动,绕不开《新青年》关键性的倡导与推动。《新青年》、《新潮》、《少年中国》以及《晨报副刊》、《京报副刊》等新文化载体,都致力于以民主、科学等新文化精神注入新文学的倡导与建设,同时又热衷于从文学批判、文学革命和新文学建设的角度推动新文化运动乃至政治运动,这就构成了中国新文学的文化传统,或者也可以说是中国新文化的文学运作传统。

发表《狂人日记》的《新青年》

可以以其中的杰出代表《新青年》为例,阐述这一伟大的文学文化传统。其实只要略作考察,便很容易发现,《新青年》作为综合性期刊,文学性气氛其实相当浓厚,文学性色彩其实相当强烈,它的特征是由文化切入文学倡导,由文学推动文化建设,是典型的文学文化运作团体。

《新青年》对文学的关注,对文学事业的投入,一直是它重要的办刊特色。一般认为《新青年》对文学的关注和投入始于第2卷

---

[1] 茅盾:《导言》,《中国新文学大系·小说一集》,第2页,上海:上海良友图书印刷公司,1935年。

第 5 期胡适《文学改良刍议》的发表,其实从《青年杂志》创刊之始,文学便已在陈独秀和《新青年》社同人的心目中占据相当重要的位置。《青年杂志》第 1 期有关文学虽只推出了陈嘏翻译的屠格涅夫的《春潮》,但紧接着的第 2 期除连载陈嘏的译作之外,又增加薛琪英对王尔德剧本《意中人》的翻译,以及陈独秀自己对泰戈尔《赞歌》的翻译,第 3、4 期则由陈独秀亲自出马撰写《现代欧洲文艺史谭》,同时出现旧体诗的创作,此后刘半农、胡适的杂记,苏曼殊的小说纷纷登场,总体上凸显出越来越关注文学的办刊倾向。《文学改良刍议》和《文学革命论》这两篇最著名的文学革命发难之作的发表,开始将文学问题的讨论推向《新青年》的重要位置,从第 2 卷第 5、6 期开始,有关文学的文字每期显著增加,特别是胡适《白话诗八首》在第 2 卷第 6 期闪亮登场,以及第 3 卷各期关于文学革命和新文学讨论和通信的热络化,使得《新青年》"文学性"气氛越来越浓厚。

直至第 4 卷第 1 期,《新青年》正式宣告改制为同人刊物,[1]主要同人是陈独秀、李大钊、胡适、刘半农、沈尹默、钱玄同、周作人等,这些文学家多是由文化切入文学,由文学推动文化的先驱者。于是此时所组建的《新青年》社实际上可以视为一个倡导新文学文化的社团。《新青年》杂志在此期刊载的文章,多为新文学的创作、建设和理论探讨,其中有胡适、沈尹默、刘半农的白话诗,有胡适的杂感,有周作人对于陀思妥耶夫斯基小说的介绍,有胡适和钱玄同关于白话文学用韵问题的讨论,而钱玄同的《论注音字母》和刘半农的《应用文之教授》也都是围绕着新文学建设展开的议论和设计,即连没有算作与文学有关的陶履恭《女子问题》一文,其实也联系着那时候已成气候的文学关怀,都是文学文化的当然内容。一期杂志大约有 4/5 的篇幅和 5/6 的篇目属于文学创作、介绍和探讨的内容,《新青年》几乎就与专业的文学杂志无异。以如此浓烈的文学性出现的《新青年》非常自然地迎来了鲁迅的参与,《狂人日记》的一炮打响,"随感录"文体的历史性开创,

---

[1] 《新青年》1918 年第 4 卷第 2 号《本志编辑部启事》:"本志自第四卷一号起,投稿章程,业已取消。所有撰译,悉由编辑部同人共同担任……"

更大量的外国文学作品和作家的翻译介绍,使得《新青年》一度变成了新文学倡导和实践的核心杂志,而且《新青年》编辑集体也越来越显露出一个文学团体的取势与锋芒,连被鲁迅称为与自己等搞文学的人"所执的业,彼此不同"[1]的李大钊,也开始发表《山中即景》之类的诗歌。随着"文学"内容的增加,"文学性"的加强,《新青年》广泛涉及文学文化,热衷于探讨文学文化,利用文学进行新文化倡导与实验的意象也更加突出,更加明显。在这里,新文学及其探讨带有强烈的新文化探索和实践意味,而所有文化乃至社会政治的探讨又都往往与文学批判和文学思考联系在一起。这既是《新青年》几乎所有文化内容的倡导和建设都离不开文学话题的原因,也是《新青年》即便有更大比例的新文学内容也最终不可能被视为文学杂志的原因。

陈独秀的表述非常清楚,所有的关于文学的讨论和引介,与其说是为了推出多少审美的文学作品,不如说是为了建设(他更说是"创造")"新时代新社会生活进步所需要的文学道德",也就是文学的文化规范及其相应观念。陈独秀认为文学道德同政治道德同样重要,而诉诸教育似乎更加繁难。显然,《新青年》在走向文化甚至走向政治的时候,依然不能忘怀对于文学的热视,因为它更看重"文学道德"的创造;它所有的文化运作都离不开文学的参与,正像它所有的文学运作都离不开文化倡导的精神。这正是中国新文学初创期所形成的文化传统,包括对于旧文化传统的批判和对于以民主与科学为核心的文化精神的坚守。文学表现中的新思想新文化意义最为重要,于是"血和泪"的文学,"劳工神圣"的文学对应了"民主"精神中的现代民本观念,也就是周作人概括的"平民文学",而妇女解放、个性要求甚至"爱的要求"对应了"民主"价值中的个性独立意识,同样对应着周作人那著名的"人的文学",这两种文学在新文学建设之初大行其道,即便是文学技巧粗拙,文学风格粗粝也不影响其地位崇高,那是因为这样的文

---

[1] 鲁迅:《〈守常全集〉题记》,《鲁迅全集》第4卷,第539页,北京:人民文学出版社,2005年。

学符合新"文学道德",也就是符合新文化的方向。

《新青年》和新文化倡导者关于新文学文化的传统建设还包括一系列文学史概念,包括胡适在《文学改良刍议》中提出"一时代有一时代之文学"、"今日之中国,当造今日之文学"的文学进化观,这一观念不仅没有随着新文化人士对进化论的反思而隐退,而且在不同的新文学发展时期都在发挥着巨大的影响力。新文化百年历史的演进伴随着新文学不同时代的风貌更替和观念更新,其实都是"今日之文学"的观念呈现,直至今日仍尤为鲜明。

《新青年》和新文化倡导者还为中国新文学开辟了现实主义的道路,使得现实主义在相当长一段时间成为新文学发展的"理想类型",从而发展成新文学传统中最庞大最可靠的体系。早在《现代欧洲文艺史谭》中,陈独秀就显示出对于欧洲现实主义的绝大兴趣,在《文学革命论》中,又旗帜鲜明地打出"建立新鲜的立诚的写实文学"的旗号,为新文学的未来发展定下了原则性的基调。胡适和鲁迅等热衷介绍的易卜生文学及"易卜生主义",都体现着现实主义的思想质地。鲁迅辉煌的文学思想和创作业绩,连同他深刻犀利的表述,为新文学现实主义体系的建立作了卓越的开拓。至于文学研究会的"人生"关怀和"人的文学"建设等新文学道统内涵,在文学呈现的方法论上都直接联系着现实主义的体统。在中国新文学近百年的发展中,现实主义在众多流派阵脚中之所以能够始终处于主流位置,成为中国新文学传统中最为厚重丰富、波澜壮阔的一脉,《新青年》立下的这种牢固的始基是最为基础也至为关键的一个决定性因素。

## 五、民主科学与新文学文化的短板效应

如果单从文学的角度分析,民主和科学显然不是最好的文学表现内容的概括,自由与爱情才称得上永恒的主题,并且古今亦然。新文化倡导者敏觉地涉及了自由命题,但没有将它与文学的表现联系起来;新文学家当然离不开爱情的表现,但他们似乎并不愿意将爱情的主题上升为文学的"理想的类型",于是,茅盾在编《小说月报》的时候还对恋爱文学的大量涌

现加以批评。[1]这说明新文化的倡导者和新文学的最初建设者其实都很少单纯从文学的角度考虑问题。从社会和文化的角度他们总结出了民主与科学,这是两个诉诸文学并不十分合适至少并不具有优势的概念,但由于文学被赋予了"表现思想"的责任,而且是"文学的道德"责任,新文化倡导者便想尽一切办法将其交付给新文学来承载。事实上,民主与科学的表现和承载任务并没有给新文学带来新的刺激与推动,相反,它们给新文学带来了某种发展的迟滞和理念的拖累。这样的迟滞与拖累作为文化效应甚至作用于整个新文学发展的历史阶段。

毫无疑问,民主与科学是新文化理想形态的概括,陈独秀明确指出:之所以倡导德先生与赛先生,是因为"只有这两位先生可以救治中国政治上、道德上、学术上、思想上一切的黑暗"[2]。他非常清楚,其实这两个"先生"并不是文学的独有命题,甚至不是主要针对文学的命题。对于新文学来说,这两位先生经常扮演着外来者的角色。在这样的思想结构和理性类型中形成的新文学势必带有文学文化的基本态势。

如果说"民主"是新文学的应有内容,则这样的内容由于其天生的普泛化意义在文学表现上往往自然趋向于平面化和浅泛化。陈独秀在《旧思想与国体问题》中这样解释"民主":"民主共和,重在平等精神",包括"其他自由、人权、平等、自治、博爱"等等精神。[3]但这些关键概念如何交付给文学承载?陈独秀找到了相对于"贵族文学"的"国民文学"和相对于"山林文学"的"社会文学",蔡元培找到了"劳工神圣"的时代主题,周作人找到了"平民文学",新潮社和文学研究会作家找到了"血和泪"的文学和"第四阶级文学",等等。这些概念表述不同,含义参差,但都是德先生歌喉发出的四散的回声。问题是,这些民主意义的文学道德在实际运作中都往往被阐释为人道主义,包括先驱者们所反思和批判过的"悲天悯人的人道主义"。人道主义之所以成为新文化倡导者曾经反思和批判的对象,是因为它与某

---

[1] 郎损:《评四五六月的创作》,《小说月报》,1921年第12卷第8号。
[2] 陈独秀:《本志罪案之答辩书》,《新青年》,1919年第6卷第1号。
[3] 陈独秀:《旧思想与国体问题》,《新青年》,1917年第3卷第3号。

种旧文学传统有着千丝万缕的联系,在新文化和新文学的意义上则容易对新思想新道德构成某种浅泛性的化解。正因如此,美国新人文主义思想家白璧德才始终在反对人道主义观念的基础上高张人文主义的旗帜,周作人则在警惕地反思人道主义观念的基础上倡扬"人间本位主义"。然而新文化范畴的这种思想深化的努力,在新文学实践中便无可挽回地朝着所谓"浅薄的人道主义"方向趋近。特别是《新潮》时期叶绍钧的创作,以及《小说月报》时期备受沈雁冰推荐的如王思玷、李渺世等人的作品。与之相附和的还有同情被压迫被奴役的人民乃至民族的思潮等等。在这种将民主观念浅泛化为人道主义的时代思潮中,鲁迅的同类创作坚持在表现下层劳动人民血和泪的同时还残酷地、韧性地揭示和批判他们所受的"精神奴役的创伤"[1],乃成为特别珍惜的个案,也是非常特别的文学文化现象。鲁迅以他无往而不批判的风格在新文学中保持了德先生应有的时代深度。

在一般的理解中,除非是在新文学倡导之初一度得到认同的自然主义观念系统之中,或者除非是在科学文学的范畴内,科学很难进入文学的理念世界。科学方法和科学原则常常有碍于或有悖于文学的虚构与想象的逻辑。黑格尔甚至认为,想象是诗的根本的思维方法,"诗人必须把他的意象(腹稿)体现于文字而且用语言传达出去"[2]。他甚至认为,诗属于"纯然宗教性的表象",与之相对的则是"科学思维的散文"。[3]他这里的散文当然不是文艺性的写作成果,实际上所指的是科学类论文。但新文化倡导者显然侧重于科学的文化精神,充分利用其文化批判意义,并将这样的精神和意义挪移到新文学的理念世界。陈独秀声言:"现在世上有两条道路:一条是向共和国的科学的无神的光明道路;一条是向专制的迷信的神权的黑暗道路。"[4]而"要拥护那赛先生,便不得不反对旧艺术、旧宗教"[5]。他

---

[1] "精神奴役的创伤"这一命题是胡风在《置身为民主的斗争里面》一文中提出的,见《胡风全集》第3卷,第189页,武汉:湖北人民出版社,1999年。
[2] [德]黑格尔:《美学》第三卷(下),第63页,北京:商务印书馆,1982年。
[3] [德]黑格尔:《美学》第三卷(下),第15页,北京:商务印书馆,1982年。
[4] 陈独秀:《克林德碑》,《新青年》,1918年第5卷第5号。
[5] 陈独秀:《本志罪案之答辩书》,《新青年》,1919年第6卷第1号。

所强调的正是科学的文化精神,认为科学精神才能发挥艺术和宗教领域的文化批判意义。

新文化人士都倾向于将科学理解为文化的内涵,甚至是文学的一部分,他们认为"无科学则无文化,无文化则无民族":"根据最近的'科学革命',科学乃是变化无穷的艺术。所以科学不但是'文化'的一部,而将是'文艺'的一种",于是,"新时代乃是'科学的群众时代'。这个新时代的来临,正需要新思想的建立和新文艺的创造"。[1] 蔡元培也倾向于这样看待科学及其与文学的关系。他认为科学与文学的联系是一种文化的精神的基础:"治文学者,恒蔑视科学,而不知近世文学,全以科学为基础。"[2] 他这时候的学理认知完全是将科学与文学等放在同一范畴加以把握,与他1935年明确将科学与美术置于两个相对应的范畴的情形形成某种对照:那时候他意识到,"欧洲文化,不外乎科学与美术";文学自然在美术的范畴之内。[3] 从许多思想家那里可以知道,将科学与艺术理解为两个相对应的范畴代表着一种相当普遍的其至是相当通俗的学术认知,"一种文化中的智慧,我们的社会遗产,从来都存在于该文化的科学与艺术中"[4]。但在五四新文化和新文学倡导时期,科学与文学就是被人为地扭结在了一起,因为新起的文学需要借助科学的文化精神和科学的文化批判力量。

然而新文学不可能永远在对旧文学和旧文化进行批判的先导下艰难和偏执地前行,它需要自身的美学建设,需要营构文学自身的发展规律。这时候,民主概念的空泛性和浅泛性将逐渐得以暴露,科学也会迅速回归到它自身的学科意义上而与文学的行程拉开距离。当新文学一旦疏远了或者离开了民主与科学的时代文化主题,它或者取得了相对于社会文化的独立发展资格,或者为新的时代文化精神和意义表述所覆盖。

---

[1] 顾毓琇:《中国的文艺复兴》,第23页,北京:科学出版社,2011年。
[2] 蔡元培:《致〈公言报〉并答林琴南君函》,《公言报》,1919年3月18日。
[3] 蔡元培:《总序》,《中国新文学大系·建设理论集》,上海:上海良友图书印刷公司,1935年。
[4] [英]考德威尔:《考德威尔文学论文集》,第273页,南昌:百花洲文艺出版社,1995年。

# 第三章
# 新文学与民主文化

"德先生"(民主)是五四新文化运动中具有统领作用的重要关键词,体现着新文化的本质内涵。作为时代的"理想类型",新文化选择了其中理念价值的部分,而没有将重点放在社会政治制度的设计方面。在现代民主理念的笼罩下,五四新文学重新唤起了人道主义的创作热情,以及与个性主义的思想相通的民主主义平等意识和人权意识,所有这些思想都在"民主"的名义下取得了时代性的品质。

在社会发展进程中,会出现各种新的文化思潮,并被概括为各种新的"主义"。但通常这样的新文化不过是对已有传统思潮的理论阐释,或者是文学呈现。文学作为一种文化载体更大可能承担的是对传统文化思潮和"主义"的一种新的呈现。于是,五四新文学对新文化中涌现的"民主"文化("德先生"),包括民主主义和人道主义文化思潮,与其说作出了全新的阐释,不如说进行了全新的呈现。

## 一、"理想类型"与新文化呈现的选择性

"民主"作为一种政治制度的概括,早在梁启超时代就已经颇成气候。梁启超并不简单地认同这样的判断:中国古代即有民主制度,但他坚信"民

主制度,天下之公理"[1]。他提醒"近世言民权大同者":"古尧舜禅让之事实于今日之新主义无甚影响"。这说明他比他同时代的论家更清楚现代"民主"的政体意义。即便是在政治话语场域,启蒙思潮中对"民主"的讨论也相当浅泛。那是一个可以任意引进民主、谈论民主甚至设计民主的时代,乃是因为这个时代是周作人所说的"王纲解纽"时代[2]。

民主,本来是典型的政治范式,但在五四新文化运动中,在新文学的艺术表现中,则主要体现为一种文化诉求,一种文化理念,以及一种可以进行学理性分解并分别诉诸各种体裁的文化精神。人类政治文明经历过以神权为主宰的神主文化,以君权为主宰的君主文化,以精神贵族意志为主宰的英哲文化(所谓 Aristocracy)以及以民权为主宰的民主文化。民主文化是迄今政治文明发展过程中最先进的文化类型,其中尤以社会主义民主文化更具优越性。民主的基础是人格的自由平等,人格自由平等的前提是人人享有生存的权力与发展的可能。在民主意识仍然只是作为启蒙价值理念而非政治参与价值理念的历史阶段,人格平等要求主要体现为尊重个人生存权的人道主义范畴,而人格发展要求则主要体现为肯定个人幸福选择权的个性主义诉求。

为什么在引进民主、人权等先进概念的时候,民主未能在政治体制和社会制度意义上得到充分展开? 这首先是因为一个概念进入异质文化境域的时候,总是以价值理性的形态最先占据理念阵地,而在制度层面的方法论和体制建设上的工具理性则一般会滞后于理念的倡导。在新文化初倡时期,民主作为新引入的概念,一定先呈现价值理性的理念意义,关于体制建设和工具理性的实施等等,则需滞后展开。其次,民主概念引进的时候,中国社会正从封建君主制中走出来,中国政治仍然处于探索阶段;缺少政治集权"高压"的"王纲解纽"时代,是亲历者和弄潮儿周作人对那个特定

---

[1] 梁启超:《尧舜为中国君权滥觞考》,《饮冰室合集·文集1》,第25页,北京:中华书局,1989年。
[2] 周作人原语:"小品文是文学发达的极致,它的兴盛必须在王纲解纽的时代。"见《〈冰雪小品选〉序》,《周作人散文全集》第5卷,桂林:广西师范大学出版社,2009年。

时代的精彩概括,它意味着那是一个政治混乱甚至在许多场合下政治力量缺席的时代。新生的中华民国不仅在军事上面临着严重的挑战和威胁,在政治体制方面也处在艰难的探索和动荡的实践之中,由议会内阁制过渡到总统制,然后又上演"君主立宪"的闹剧。这一闹剧不仅导致了民国梦的时代性破灭,也使得中国的民主制度建设遭到了历史性的嘲弄。此后相当一段时间,民主的讨论在理论上可谓相当自由,甚至成为那个时代最为新潮且最具有价值感的语汇。

实际政治力量越是缺席,"民主"之类的政治话题就可能越活跃。于是那个时代,三民主义固然在主流意识形态自行其道,保皇思潮照样在许多情形下登堂入室,其他各种政治文化思潮都奔腾汹涌,虽无大洋湖海的波澜壮阔,浪卷千钧,但却有河道波流的层层推涌,叠叠递进。以《共产党宣言》的翻译为典型标志的共产主义政治理念,裹挟着俄国十月革命的风潮,化合各种社会主义学说,国家主义的鼓噪,甚至无政府主义的同路人理念,在中国现代历史上非常特别的政治高压缺场的时代,多元汇集的民主思想形成了时代潮流,在众声的嘈杂中喧嚣,在孤独的呐喊中闪烁,通过文学、艺术和思想文化的承载与表现,鼓吹与倡扬,已逐渐演化为新时代的人文价值观甚至沉淀为新的社会伦理,融入新的道德文明范畴。

因而,"民主"至少在五四时代,是中国政治文化界乃至学术界愿意运用的"理想类型"。理想类型是马克斯·韦伯提出的一种分析概念或逻辑工具,是指高度抽象出来的、反映事物本质特征的分类概念。从运用时间方面看,理想类型的概念意味着在一定的历史范畴和一定的历史语境中凝合着时代价值或者体现着时代价值的命题,这样的命题通常是新颖的,能够引领时代的,具有鼓动力和策动力的理论、观念的概括。毫无疑问,"民主"在那个时代充任了这样的理论角色,成为那个时代社会政治、文化、学术表述的"理想类型"。

五四新文学是在五四新文化直接催生下产生的艺术形态,对于包括民主在内的新文化思想价值体系必然作出创作上的回应。然而,文学作出的这种回应可能非常积极,甚至非常强烈,但绝非全方位覆盖,不可能将新文化的思想体系完整地、全面地表现于文学创作之中,文学创作对于一定思想体系的选择规律在这时候同样会得到凸显。越是在思想解放的时代,新思想越是呈现出复杂多元的局面,文学对新思想内涵的选择往往聚焦更为集中,并由此形成强烈的时代文学主题。因此,凡是开放、活跃的时代背景下,文学呈现的文化思想总是那么鲜明、集中,并在文化历史上留下深深的印记。

## 二、新文学人道主义的民主呈现

新文学在批评和理论建设方面应该说全面地回应并阐述了新文化思想体系中的民主主题,但在创作方面则选择并聚焦于民主价值理念中的部分思想内涵。民主理念中最适合文学表现的内容是人道主义的社会伦理,平民主义的现代风尚以及个性主义的心理情绪。人道主义及类似的思想主题与中外文学传统主流紧密呼应,无论在中国还是在西方,都属于最容易为普通读者所接受的思想主题,既体现着充分人性化的传统伦理,同时又能反映现代社会意义上的某种叛逆心理,因而可以成为新文学的重要思想主题。平民主义一定意义上可以视为人道主义的现代形态,具有强烈的现代政治和道德色彩,与现代民主意识的联系至为紧密。个性主义与人道主义、平民主义具有相克相生的关系,但本质上仍然属于民主思潮的应有之义。个性主义以强烈的反传统和自我张扬为鲜明的特色,既具有近代启蒙主义色彩,又洋溢着现代主义热忱,常通过文学表现将现代民主意识推向极致。

民权文化与民粹倾向应该是现代民主文化的主要内涵,也是新文学建设时期主要的文化精神。民主作为政治体制内涵可能较为单一,可作为文化内涵所包括的内容相当广泛,几乎新文化运动的所有精神价值,以及新文学倡导的所有思想内容,都可以涵盖在民主的文化范畴之中。如鲁迅对于国民劣根性的批判,其精神价值乃基于新民学说,是一种"欲新一国之民"的文化愿景所促发的对于国民爱之深、责之切的心理表现,无疑属于民主意识的范畴。在《狂人日记》和《孔乙己》等新文学初期小说中表现的对于传统文化的批判与反思,也是基于对现代人权、人格和人性的捍卫、尊重,同样属于现代民主观念的价值体系。从新潮社罗家伦的《是爱情还是苦痛》到郁达夫的《沉沦》,连同五四时代一度非常流行的恋爱文学,其思想基调都在于个人权力的腔调,在于成仿吾所说的"求爱的心"[1]的伸张,其人权结构意义上的民主意识更为浓厚。

在一个时代潮流急遽变异的时代,人生充满着奋斗的机遇与希望,同时也充满着深刻的疑问与困惑,这样的时代之病凝结成时代的问题,导致新文学和新文化兴起之初"易卜生主义"的迅速流行。"易卜生主义"是胡适等新文学家直接倡导并进行论证的文学文化思潮。该思潮通过挪威剧作家易卜生的一系列戏剧作品的翻译、介绍和评论,引进了风靡世界的"社会问题剧"的命题,社会问题剧中提出的问题往往是社会转型时期具有普遍意义的人生和社会思考,大到国家社会关怀与思想独立、人格独立的可能性,小到家庭生活中的男女平等和人格自主,其中特别是以易卜生的《国民之敌》为代表的深刻批判国民劣根性的问题剧,深深契合着鲁迅、陈独秀等对国民性的思考,故而产生了广泛的影响。易卜生的《玩偶之家》尖锐地提出了妇女人格独立和社会解放的问题,深受世界瞩目,中国新文学界也特别加以关注,胡适的《终身大事》一剧即是对《玩偶之家》的一种中国"问题"的回应,而鲁迅《娜拉走后怎样》等著名文章则是对易卜生主义更其深刻的分析与探讨,其文化价值甚至延伸到差不多一个世纪以后。

直接或间接地受到易卜生主义特别是社会问题剧的影响,新文学创始之初经常流行通过文学作品提出社会、文化疑问的现象,由此构成了新文学文化的重要特征,实际上也代表了现代民主意识的多个向度。

鲁迅的《狂人日记》,率先提出了中国新文学文化的第一问:"从来如

---

[1] 成仿吾在《〈沉沦〉的评论》中指出,这个作品表现的主要内容是"可以用爱的要求或求爱的心来表示"。见《创造季刊》,1923年第1卷第4期。

此,便对么?"这是对传统文化及其价值的深刻而猛烈的诘问,表现出五四时代怀疑一切、重新估价一切的时代精神。大胆的怀疑通向对传统文化"吃人"本质的批判与讨伐,鲁迅的发问本质上体现着人道主义的思想光辉。鲁迅自己就曾说,《狂人日记》的写作"原意其实只不过想将这示给读者,提出一些问题而已"[1],这些问题包括振聋发聩的"从来如此,便对么"式的发问。民主的精神就是这样一种大胆怀疑,大胆否定,在怀疑和否定中申述自我、张扬自我的精神。鲁迅同时指出,他创作《狂人日记》的时候,除了提出一些问题而外,"并不是为了当时的文学家之所谓艺术"[2]。提出问题的文学并不是为了艺术和文学自身,而是建构起一种与民主思潮相吻合,与人道主义精神相呼应的文学文化及意识形态。

新文学人道主义最为微弱但同时也最为深刻的发问来自叶绍钧:"这也是一个人?"小说素材又题为《一生》。这是一个充满血泪和悲哀的帮佣夫人的一生,她不仅经济上没有任何地位,在人格上也没有任何自主权。作为帮佣者,她是劳动的奴隶;作为女人,她还是婚姻的奴隶。具有类似命运和遭遇的是后来家喻户晓的祥林嫂,在鲁迅的小说《祝福》中对其有着更为生动深刻的刻画。这是乡土中国下等妇女普遍的命运,她们没有独立的经济权,更没有独立的人格和自主权。鲁迅在祥林嫂的刻画中除了突出祥林嫂如此悲惨的命运而外,还描画其饱受侮辱和毒害的灵魂的麻木和愚昧,这是鲁迅的《祝福》远胜于叶绍钧的《一生》的深刻之处。

"人生究竟是什么?"是五四新文学文化中最具普遍性,同时也最具代表性的时代性问题。按照茅盾的说法,这个问题在冰心的"问题小说"中被提出来而且也表现得最为突出,但它同时也是文学研究会"为人生"创作中共同面临的问题。"在当时一般青年的心里,正是一个极大的问题。"冰心通过《超人》、《斯人独憔悴》等问题小说试图解答这个问题,而庐隐也让"我

---

[1] 鲁迅:《英译本〈短篇小说选集〉自序》,《鲁迅全集》第7卷,第411页,北京:人民文学出版社,2005年。
[2] 鲁迅:《英译本〈短篇小说选集〉自序》,《鲁迅全集》第7卷,第411—412页,北京:人民文学出版社,2005年。

们看见了同样的对于'人生问题'的苦索"[1]。"人生究竟"的问题反映的是"五四"个性解放的潜在命题，不过作为普遍人生关怀的设问，所关注的还是人的价值和人生走向等现实问题，在较大的范围内属于人道主义的时代发问。

新文化场域中的"问题"意识经常被时代唤起，形成了一种只有新文化历史时期才会出现并凸显的"问题"文化。五四新文学及其理论圈刮起了一股以易卜生主义为核心的"问题"文学的旋风，反映了那个时代敏感的知识分子和文化人普遍的"问题"意识；同时，作为中国的文人和知识分子，作为新文学作家，他们更多地将"问题"与"人生"联系起来，构成的"人生问题"复杂到几乎任何时代都可能无解。于是，诚如庐隐小说《海滨故人》所揭示的，那时的青年人几乎以一种时髦的方式抒发着"人生"的焦虑，从而构成一个时代性的"问题"——小说中的云青在与宗莹讨论的时候说："人生有限的精力，消磨完了就结束了。"宗莹回答说："人生都是苦恼，但能不想就可以不苦了！"露沙和朋友们一起谈论，内容依然是"她们谈到人生聚散的无定"。不过她们的体验其实非常肤浅："什么是人生！什么是究竟！不过嘴里说说，真的苦趣还一点没尝到呢！"露沙在听哲学课时也有一番感慨："人生到底作什么？……牵来牵去，忽然到恋爱的问题上去"——"爱恋的花"照例是"衬着苦恼的叶子"。露沙常常犯着"哲学病"，针对好友梓青的言论"枯寂的人生真未免太单调了"，她的回复同样是消极而冰冷："人生不过尔尔。"

无论是感情的还是理智的，无论是抽象的还是具体的，人生的思考无论深与浅，人生问题的解决无论是否妥当，几乎一切的创作都围绕着人生和人生问题展开，这构成了"五四"新文学的时代精神，也构成了"五四"文学文化的基本内容。这是那个时代人道主义的精神显现。人道主义是文明社会最为普遍的道德立场、价值理念和文化情怀，其反映的内容至为广

---

[1] 茅盾：《导言》，《中国新文学大系·小说一集》，第18—19页，上海：上海良友图书印刷公司，1935年。

泛,精神层次感非常明显,这就决定了它在不同的时代不同的社会条件下可能呈现不同的精神品质。孔子时代的"仁者爱人"说,孟子时代的"不忍人之心","吾不忍其觳觫",都是人道主义在那个时代的精神显现;古代政治、军事生活中对"伤生太过"、"杀戮太重"的警示与谴责,也是特定社会条件下人道主义的精神显现;而杜甫的"三吏三别"所表达的怜贫惜老,悲天悯人的思想,更是传统社会相当长一段时间以来人道主义的精神显现。"五四"时代,新文化的气象以及相应的批判精神必然要求古老的精神价值焕发时代的新意,承载批判的热忱,人道主义的精神显现在这时代就必然超越传统的和曾有的精神显现,首先围绕着"人生究竟"展开普遍的、密集的、当然带着时代性焦虑的思考,既包含着时代理性精神,又焕发出时代情绪色调,它通向现代民主意识与个人价值的时代审视,具有鲜明强烈的时代气氛和时代文化品质。

对于这一点,周作人的认知和表述最为清楚。他在《人的文学》一文中,先是道出了"人道主义"的一贯性:"世上生了人,便同时生了人道。"接着他又阐述了"人道"的时代差异,特别是在"五四"新文化的热烈气氛下,"人"和"人道"以及"人道主义"须有自己时代的精神呈现:"我所说的人道主义,并非世间所谓'悲天悯人'或'博施济众'的慈善主义,乃是一种个人主义的人间本位主义。"这一意义上的人道主义,也就是人道主义在这一时代的精神显现,应该是"先使自己有人的资格,占得人的位置",然后"讲人道,爱人类"。[1] 这样的人道主义乃是集感性与理性一体,融个性主义的焦虑与人道主义的同情于一炉的时代文化品质的体现。周作人也不无偏激地认定,这才是真正的"人"的内涵的阐发,而在此时代以前,历史完全失去了"人"的考究能力,于是他所处的这个时代,这样的"人道"的时代,才是真正在那里"辟人荒"。

由此可见,"五四"时代群体性的"人生"焦虑,具有人道主义在特定时

---

[1] 周作人:《人的文学》,《中国新文学大系·建设理论集》,第193—195页,上海:上海良友图书印刷公司,1935年。

代精神显现的意义,虽然表现为一种时代病,但体现出的是这个时代文化必然的精神风貌。

## 三、人道主义与民主主义的时代呈现

从《这也是一个人?》所提出的疑问,到周作人在《人的文学》中否定"悲天悯人"和"博施济众",人道主义在"五四"时代的精神显现早已经不安于怜贫惜老的慈善主义,而是一种以人为本位,以人间的存在为本位的现代思想意念。这样的思想意念与现代民主意识紧密契合,构成了"五四"文学文化的基本品质。

本着传统的人道主义、慈善主义情怀,新文学家和新文化倡导者将同情和慈善的目光投诸国家、民族。陈独秀等提出了同情"弱小民族"的概念[1],后来《文学》杂志还出版过"弱小民族文学专号"。鲁迅从一开始就非常注重译介"被压迫的民族中的作者的作品","所求的作品是叫喊和反抗,势必至于倾向了东欧,因此所看的俄国,波兰以及巴尔干诸小国作家的东西就特别多。也曾热心的搜求印度,埃及的作品,但是得不到"[2]。郭沫若在1920年10月20日《时事新报·学灯》上发表新诗《狼群中一只白羊》,诗序交代,1920年10月5日,世界日曜学校第五次大会在东京举行,世界各地赴会的宗教家达两千余人,当朝鲜老牧师白氏发言申诉由于深受民族灾难致使国中信徒无法来日赴会时,司会者竟强行宣布散会,白牧师只能拭泪呼号。诗人既而为被欺凌的弱小民族的牧师呐喊道:"天国已经倒坏了!天国中的羊群要被狼群吞尽了!"这种悲愤的呼号,表现出人道主义的正义感,表达了对弱小民族的深切同情与强烈声援。这样对弱小民族的同情心实际上是对当时流行的同情下层人民"血和泪"的一种情感放大,体现的仍然是以民主为核心的"五四"时代精神。

---

[1] 陈独秀:《太平洋会议与太平洋弱小民族》,《新青年》,1921年第9卷第5号。
[2] 鲁迅:《我怎么做起小说来》,《鲁迅全集》第4卷,第525页,北京:人民文学出版社,2005年。

从历史的正义出发,对弱小民族的同情所体现的就是民主主义、人道主义的精神内涵,这同时也是人道主义在五四时代的一种价值呈现。民主主义意识用以呈现古老的人道主义,必然焕发出现代正义理念,以及对弱小、被奴役的民族的关怀,由此,使得人道主义从一般社会道德层面上升为现代政治关怀层面,从而构成了中国新文化一道醒目的文学风景。这种人道主义的民主意识呈现不仅体现在国家、民族的正义和大义等宏大意义上,也体现在对待下层劳动人民的具体态度上。

"五四"新文学创作中,反映对待下层劳动人民的具体态度的变异显得非常活跃。《小说月报》改版之后刊载的描写下层人民"血和泪"的作品如《三天劳工的自述》《买死的》,曾经备受主编沈雁冰的推崇,但这种表现苦难、怜悯贫困的作品所呈现的人道主义文学精神毕竟还是相当传统的,因而并不能真正体现那个时代的民主主义文化价值。郁达夫的《薄奠》、《春风沉醉的晚上》等小说同样以下层劳动人民为主人公,但作者的态度早已不是居高临下的同情和怜悯,而是带有一种明显属于时代性的平等意识,至少是在努力表现知识分子与下层劳动者之间的这种平等意识。如果说《春风沉醉的晚上》表现知识分子的"我"与纱厂女工陈二妹之间具有某种"同是天涯沦落人"的温馨与感情幻想,以此掩藏了或者说冲淡了两者之间的平等意识和民主精神,那么,《薄奠》则是以强调和强化的笔触表现了这样的平等意识和民主精神。小说首先通过经济上的贫困诉说将知识分子的"我"降到了与贫病交加的人力车夫平等的地位,从而消解了知识分子对于下层劳动者"居高临下"地施加同情和怜悯的可能性。当"我"带着纸扎的洋车为死去的车夫送葬并遭到城里人围观的时候,其内心是这样活动的:"猪狗!畜生!你们看什么?我的朋友,这可怜的拉车者,是为你们所逼死的呀!你们还看什么?"

这一声"我的朋友",虽然无法真正弥平知识分子与下层劳动者之间的鸿沟,但足以呈现那个时代的文学家愿意放下身段与下层劳动者交朋友的文化态度。这种文化态度乃是现代民主主义思想的体现,所传达的现代意识远远超出了对下层劳动者只是同情和怜悯的传统人道主义情怀。

较之与下层劳动者平等的意识,更早掀起的"劳工神圣"文化更能代表人道主义现代呈现的时代风采,而且可以说是在人道主义意义上民主主义内涵最为强烈、最为具足的呈现。1918年11月蔡元培发表了题为《劳工神圣》的著名演讲,这篇演讲迅速成为迎合于时代民主精神的强劲风

郁达夫

潮,影响所及甚至使得鲁迅这样的新文学缔造者也起而响应。鲁迅的小说《一件小事》,一改其惯常的对笔下人物包括下层劳动者施以"怒其不争"的批判态度,刻意塑造了一个充满正义感和牺牲精神的"刹时高大"且"愈走愈高大"的伟大形象,而且,这位劳工的高大还与充满自私的知识分子的"我"的渺小形成鲜明对比:"他对于我,渐渐的又几乎变成一种威压,甚而至于要榨出皮袍下面藏着的'小'来。"

超越传统的人道主义,而从现代民主主义思想理念出发,五四时代的新文学和新文化领域形成了影响深远的"劳工神圣"文化热潮。李大钊在《庶民的胜利》一文中明确提出,劳工神圣实际上与现代民主主义有着紧密的关系:"民主主义战胜,就是庶民的胜利。"[1]正是现代民主主义思想造就了那个时代较为普遍的"劳工神圣"文化。

这种脱胎于人道主义又明显超越于民主主义的新文化观念,借助于人道主义本来具有的传统之力,在五四时代形成了一股强大的文化热潮。众多人力车夫题材的作品便是这一文化热潮的文学呈现,包括胡适、沈尹默、叶圣陶的同题诗歌《人力车夫》,刘半农的《车毯》,徐志摩的《先生!先生!》,闻一多的《天安门》等。鲁迅的《一件小事》是当时为数极少的人力车

---

[1] 见《新青年》,1918年第5卷第5号。

夫题材小说，不仅如此，它还是最充分地体现了"劳工神圣"时代主题的作品，并对以后的新文化产生着深远的影响。几十年来，几乎所有上过中学的中国人都曾从语文课本上再三读到过这篇小说，并且不止一次写下过各式各样的仿作，塑造过各种类型的"愈走愈高大"的背影。

五四新文化通过文学呈现的人道主义，轻易地超越了传统的同情、怜悯下层平民的"血和泪"的道德惯性，而在政治正义的现代思维中审视弱小民族，在人格平等的意义上平视下层劳动者，在"劳工神圣"的观念中美化下层劳动者的形象，这些都为后来崭新的左翼文学、革命文学、工农兵文学以及社会主义文学准备了文化资源。

# 第四章
# 科学文化与新文学

五四新文学的运作一直以新文化的形态出现,新文学更多地体现着文学文化的特性。构成新文学和新文化的思想因素相当丰富、复杂,有来自欧洲启蒙主义的自由、自然、民主、博爱思想,有来自近代社会改良思潮的改良、维新、革命思想,也有来自第一次世界大战前后民生、自由以及和平主义的思想观念,还有来自俄国革命前后的民粹主义等等。来自西方传统宗教观念的牺牲、宽容、忍耐与博爱精神,来自文艺复兴时代的人本与人道精神,以及来自近代人文主义的人文与人格精神等等,来自近代科学工业文明以及社会生产力发展的科学思潮,也都以各种方式和不同途径参与到新文化的建构与营造之中。陈独秀在《本志罪案之答辩书》中将新文化的上述诸多资源概括为民主与科学,其中,科学与文学本来是相互排斥的,科学的实证精神与文学艺术所鼓励的虚构、想象等存在着对立相克关系。但是,在文学文化的建设意义上,可以看到互相之间的促进和包容关系。

## 一、科学:作为新文化西学资源进入新文学

在新文化倡导中,"科学"作为时代文化表述的"理想类型",同"民主"概念一样,承担着多方面的历史义项,这些义项在新文学建设中和在新文

化运作中都分别展现出一定的意义,施放出一定的影响,并且对后来的文学文化起着一定的决定作用。

科学在五四新文化中所显示的首要意义并不是自然科学的知识信息,尽管,新文化的构成其近代基础包含着非常浓密的自然科学成分。晚清之际,迫于西方列强坚船利炮的攻击,由于西方科学技术的诱引,林则徐、魏源等有识之士大力倡导科学的引进,在19世纪后期设立了各种机构,编印各种书刊,致力于科学技术的钻研、开发与普及,其意义远超师夷制夷的工具性选择,而直接造成了重视和崇尚科学技术的文化氛围。林则徐组织力量翻译了系统介绍世界文明的《四国志》(亦称《四洲志》)。魏源还受林则徐嘱托,将林则徐主持翻译的西方史地资料《四洲志》和历代史志等增补为《海国图志》,介绍世界各国的地理、历史、科学技术发展概况。与此同时,许多有识之士将西方物理学、数学、逻辑学等多个科学领域的论著翻译到中国,当时兴起了"数学"、"重学"、"力学"、"格致学"等等现代科学。来自于西方的现代科学不仅丰富了中国人的科学知识,而且也从理念和实际操作方法上促使中国传统语言文化发生了变异,如,"中国传统的物理学中没有运算符号,无法用独立的式子表达物理内容,西方的数学符号及计算方法的引入改变了我国物理知识多定性描述、少定量计算的现状"[1]。这样的事实实际上宣告了西方科学对于汉字表述的革命性的冲击,同时促成了一种新的西学、科学文化在中国和汉语文化世界的兴起。在某种意义上说,无论是从传教士的文化资源中,还是从近代以来中西方直接的文化交流、教育交流活动中,抑或是从西方科学知识的翻译引进过程中,"西学"至少在中国相应文化起源上是以自然科学为主要承载的一种文化形态。

对于科学作为民族文化的根本性的因素,有一种观点颇可借鉴:"无科学则无文化,无文化则无民族。"[2]虽然这颇有些极而言之的味道,但大抵能揭示科学、文化与民族的本质关系。质之于西方文化,即所谓的西学,道

---

[1] 薄芳珍、仪德刚:《晚清物理学译著中数学符号的演变》,《内蒙古师范大学学报》(自然科学汉文版),2011年第3期。
[2] 顾毓琇:《中国的文艺复兴》,第23页,北京:科学出版社,2011年。

理确实如此:如果没有西方的科学,西学和西方文化也就无从体现,对于古老的中国而言,如果不从西方科学研究起,也就无从把握西学和西方文化。同样,新文化的倡导与展开必须从科学着眼,从科学的引进开始。正因如此,一个有价值的现象就显得顺理成章:在《青年杂志》创刊的半年多以前,1915年1月,一个名叫《科学》的杂志出现在中国文坛,成为引人注目的刊物。这是一份月刊,而且白话文横排"以便插写算术物理化学诸方程式"。

对于中国这样一个拥有古老文明的封闭而独立的东方国度而言,西方传教士如果直接传输他们的宗教价值观念及相应的意识形态,其结果不仅难以成功,而且其作为可能相当危险。任何时代都是如此,不同文明之间成功的相互交流总是需要成功地避开意识形态的碰撞,而且离意识形态越远的文化形态越容易成为被对方接纳的对象。于是,不同文明之间最初的和最粗糙的交流内容往往是科学、医学和文艺的东西。宋元以后的来华传教士深明于此,他们为当时的中国人带来的首先并不是原本的教义,更不是西方的意识形态和价值观念,而是科学、医学以及部分有选择的艺术、文学。有资料表明,金尼阁等传教士从罗马运到中国的7 000余部书籍中,以科学书居多,其中就包括了哥白尼的《天体运行论》和开普勒的《哥白尼天文学概要》。从明末清初开始,欧洲耶稣会士们陆续将西方的数学、天文学、物理学、地理学、气象学、生物学、生理学、医药学、建筑学、水利学,以及部分语言学、哲学、音乐、艺术等内容输入中国,据曾增友《传教士与中国科学》[1]一书统计,西方传教士介绍最多、分量最重的科学乃是数学和天文学。数学科学方面的内容包括欧几里德平面几何学、十进位笔算方法、等差级数、等比级数、平面三角学、球面三角学以及立体几何和对数等。有人曾经对传教士的科学引进功绩持有异议,认为这些数学内容除了对数属于17世纪欧洲数学新成果而外,一般都属西方古典初等数学的范畴,是过时的科学,有人甚至因此推断传教士的科学引进乃是别有用心地阻遏中国科学技术的发展。其实这是一种误解,或者是一种站不住脚的臆测。科学知

---

[1] 曾增友:《传教士与中国科学》,北京:宗教文化出版社,1999年。

识是积累型的文化成果,古典的、初等的科学并不意味着落后及需要淘汰,它是新兴科学的基础,是难以逾越的科学程序之中的必然环节。明代、清代中国学者徐光启、李之藻等与西方传教士利马窦、邓玉函、汤若望等,刻苦钻研西方数学,翻译和编撰了20多部西方数学的著作,推动了中国数学的进步。当年以康熙的名义编撰的《数理精蕴》一书,成为代表当时中国数学水平的官方数学教本,书中除介绍中国古代传统数学外,大量吸纳了由传教士们传入的西方数学,既有古典的欧几里得《几何原本》的介绍,也有对数这样的新数学内容。在天文学方面,对于17世纪欧洲同时并存的三种宇宙体系学说,一是亚里士多德-托勒密的地心说,二是哥白尼的日心说,三是折中托勒密地心说和哥白尼日心说的第谷宇宙体系,都通过利玛窦等传教士介绍进传统的中国。这些科学知识的系统引进,在中国形成了西方科学的文化场域,数百年来由于未经过政治整肃或宗教干预,以科学为核心的西学文化传统便一直在动荡的中国以一种特别的潜在方式存在着,延续着,发展着,构成了中国现代科学文化重要而不间断的资源。

这种潜在的然而又是源源不断地积累着的重视和崇尚科学的文化氛围,并没有随着戊戌变法的失败而烟消云散,它长存于中国的知识界和文化界,成为一种价值观念的时尚,直接参与催生了五四新文化运动,成为新文化的直接资源。如果说陈独秀对新文化精神和内涵作出"民主"、"科学"的概括是一种文化学术的总结,那么则更是基于对新文化思想出版资源和文化来源的一种总结。

科学及科学因素其实从晚清开始就已经酝酿成新文化思潮的重要组成部分,它直接继承了明清之际西方科学文明的尊尚传统。以西学的崛起为中心的中国现代文明,当然包括它的集成五四新文化运动,都直接张扬了西学传统中的科学成分。先于新文化运动而创办的许多杂志如《东方杂志》等,重点都在于"科学传播":"既传播科技知识,又传播科学精神"[1],

---

[1] 陶贤都、邱锐:《五四时期〈东方杂志〉的科学传播》,《科学技术哲学研究》,2011年第6期。

为新文化的酝酿和发动提供了重要助力。那时候各地旅外维新青年纷纷创办各种杂志,如《河南》、《浙江潮》等,都将科学作为重要的学术文化资源加以介绍。以1903年创刊的《浙江潮》为例,其《发刊词》规定,杂志所载文章的主要内容为"学术",因为"绍介新学术于我国,过渡时代所必负之责任也"。而在学术类别中列出八种:

(甲)政法

(乙)实业及经济

(丙)哲理

(丁)教育……女学及儿童教育两种用白话演之

(戊)军事

(己)历史地理……传记附焉

(庚)科学

(辛)文学

可见在新文化酝酿之中,科学较之文学更得到重视。其实,科学之前所列的如地理、实业与经济等等也同样与科学有割不断的联系。

作为新文学创始人的鲁迅,固然自始都非常重视文学,但早期的文言写作多半都在进行科学和科学幻想的著译,同样体现了那个时代的文化风尚。鲁迅的文言作品《科学史教篇》、《人之历史》等等,都是科学史以及从科学角度阐述人类文明史的力作,他翻译的法国科学幻想文学大家儒勒·凡尔纳的科幻小说《月界旅行》(From the Earth to the Moon)和《地底旅行》(Voyage au centre de la Terre),同样体现出鲁迅在科学知识普及方面的热心和自觉。在提及《月界旅行》的翻译初衷时,鲁迅表述了通过小说宣传科学的重要性:

盖胪陈科学,常人厌之,阅不终篇,辄欲睡去,强人所难,势必然矣。惟假小说之能力,被优孟之衣冠,则虽析理谭玄,亦能浸淫脑筋,不生厌倦。

进而鲁迅强调,科学小说的功能在于让读者获得科学知识和科学精神,免于迷信:"故掇取学理,去庄而谐,使读者触目会心,不劳思索,则必能于不知不觉间,获一斑之智识,破遗传之迷信,改良思想,补助文明,势力之伟,有如此者!"

鲁迅的觉悟清晰地表达了这样的时代文化信息:第一,科学是"势之必然"的文化内涵,从读书界到普通读者都应该接触、接受;第二,科学能够克服旧文化强加于今人的迷信,有益于改良思想,促进现代文明;第三,文学的样式可用来帮助科学的普及,促进科学文化的形成。这样的觉悟乃是新文学与科学相连接的经典的逻辑性表述。

## 二、科学与艺术的协调与纠结

对于明清以来西学传统的尊尚,催生了"科学与人权并重"的新文化精神,《新青年》创刊之初的《敬告青年》揭示了"民主"、"科学"主流价值观的理论雏形。科学作为新文化运动主要的思想资源,在新文化倡导者最初的申述中,其概念比"民主"还更加确定。

按照新文化倡导者的理解,科学和艺术是西方文明的两个支撑。"欧洲文化,不外乎科学与美术;自纯粹的科学,理、化、地质、生物等等以外,实业的发达,社会的组织,无一不以科学为基本,均得以广义的科学包括他们。自狭义的美术:建筑、雕刻、绘画等等以外,如音乐、文学及一切精制的物品,美化的都市,皆得以美术包括他们。"[1]广义的科学和广义的美术构成了西方文化的基本价值内涵,那么,新文化的倡导理应包含科学与艺术这两大类。

这当然不是蔡元培的一己之见,文化在概而言之的意义上可分为科学与艺术,几乎成为后来国外社会科学界的一种共识:"一种文化中的智慧,

---

[1] 蔡元培:《总序》,《中国新文学大系·建设理论集》,上海:上海良友图书印刷公司,1935年。

我们的社会遗产,从来都存在于该文化的科学与艺术中。两者中任何单独一面都是片面的智慧,但两者合在一起,就产生成熟的智慧,产生那个面对外在现实、具有自信的有机体的活力与平静。"[1]新文化先驱者蔡元培当时能够有如此清晰的认知实属难能可贵,他还据此揭示了科学进入五四新文化"理想类型"的历史必然与逻辑必然,论证了科学与文学、艺术以及蔡元培所论述的"美术"进行理论联姻的观念基础。

虽然"纯粹的科学"自宋元明清时代就悄然敲开了中国封闭的文化之门,并且处于沉潜状态的发展之中,形成了从未受过巨大挫折的"西学"传统,但在新文化倡导和新文学建设的五四时代,由于社会启蒙文化启蒙的历史任务更显得迫切和繁重,先驱者很少在"纯粹的科学"方面做过多的钻研,而更愿意在"广义的科学"上作出自己的理论解释和实际推行。广义的科学按照蔡元培的理解包括"社会的组织",所涉及的领域既包括陈独秀所念兹在兹的政治、社会、道德、经济、文学、思想等等,"凡是反对专制的、特权的,遍及人间一切生活,几乎没有一处不竖起民治主义的旗帜",当然同时也就可以竖起科学的旗帜。陈独秀认为科学应该发挥比"纯粹的科学"更能对社会运作甚至民族命运有重要作用的社会威力,这就是破除国人的迷信:

> 现在世上有两条道路:一条是向共和的科学的无神的光明道路;一条是向专制的迷信的神权的黑暗道路。[2]

科学引入新文学和新文化的建设,其直接的思想效能便是促使读者和民众破除迷信,解放思想,走向现代文明。走向现代文明需要培养现代人格,而现代人格的标志便是"我有手足,自谋温饱,我有口舌,自陈好恶,我有心思,自崇所信",自崇所信就是祛除迷信,其所依赖的便是科学精神。

---

[1] [英]考德威尔:《考德威尔文学论文集》,第273页,南昌:百花洲文艺出版社,1995年。
[2] 陈独秀:《克林德碑》,《新青年》,1918年第5卷第5号。

新文化倡导时期之所以特别强调"科学",强调科学精神,强调科学对于迷信的制约与克服,一是因为个性主义文化思潮需要激励人们"自崇所信"的精神,培养独立判断的能力,在一个自主、自立、自强的时代氛围中打破思想和社会规范中的专制迷信。既然在一个奴隶的社会建立不了现代国家,则在一个没有科学精神、没有人格自信的社会同样建立不了现代国家,于是,科学特别是破除迷信的科学精神,与一个国家、民族的理性类型的顶层设计有直接关系。二是因为新文化兴起之初,中国的旧文化已经走火入魔般地进入整体上的腐朽、荒诞境地,到处弥漫着卜运、挥鸾等迷信风气,巫术、占卜、扶乩、堪舆之气甚嚣尘上,这样的腐败风气激起了新文化倡导者强烈的反弹与抨击,为了救助这样的社会颓风,科学的引进以及科学精神的弘扬成为势之必然。

除了在《新青年》等重要杂志上强势发表新文化倡导者抨击迷信,崇尚科学的檄文而外,不少新文化人士还身体力行向封建迷信发起攻击,以此来张扬科学精神。其中最具代表性的人物有江绍原,这是位研究哲学与科学并且愿意将其所学贡献给大众与社会的学者,他长期在学校开设反对迷信的专门课程,并且发表大量著述揭示迷信的荒诞本质,其中《发须爪——关于它们的迷信》一书得到胡适、周作人、叶绍钧等人的关注与力推。这部书文字鲜活,视角独到,以大量的科学资料和科学逻辑方法破解各种民间习俗甚至文化典籍中的封建迷信,鞭辟入里,耐人寻味。

陈独秀在《敬告青年》中对他所倡导的科学已经进行了非"狭义"的界定:"科学者何? 吾人对于事物之概念,综合客观之现象,诉之主观之理性而不矛盾之谓也。"他认为社会中"凡此无常识之思维,无理由之信仰,欲根治之,阙维科学"。[1] 这里所阐述的不是具体的"纯粹的"科学,而是科学精神和科学方法论。1918年年底,蔡元培为《北京大学学刊》撰写的发刊词则进一步明确了科学的方法论,要求"必以科学方法,揭国粹之真相"。他呼吁文学家也要重视科学:"治文学者,恒蔑视科学,而不知近世文学,全以

---

[1] 见《青年杂志》,1915年第1卷第1号。

科学为基础",明确揭示了文学与科学的内在联系。科学精神和科学方法论在新文化结构中的使用成为新文学建设者自觉承担的一项课题,在这方面几乎所有人都作出了出色的努力,并且交出了令历史满意的答卷。胡适在《尝试集》的创作过程中,不断思考和建构"新诗"的文体体式,力图对此文体进行较为科学的把握。他的名文《论短篇小说》更是对小说文体进行科学界定和阐释的思想成果。作为新文化倡导和新文学建设的主要平台,《新青年》杂志刊载的文章,多围绕着新文学的语言建构、文体建构以及问题探讨等,展开了贯彻科学精神和科学方法的讨论。其中有胡适和钱玄同关于白话文学用韵问题的讨论,而钱玄同的《论注音字母》和刘半农的《应用文之教授》也都是围绕着新文学建设展开的议论和设计。1918年年初到1919年年底,恰好是中国新文学奠基并创立的时期,《新青年》致力于文学文化倡导的意识极为明显。第4卷第6期的《易卜生专号》和第5卷第4期的《戏剧改良专号》,以文化引进和文化批判介入新文学的倡导,其重构中国新文学文化的意图相当突出。从第7卷第3期的"人口问题号"和第7卷第6期的"劳动节纪念号"以后,《新青年》逐渐减少了文学文字的分量,将关注的重心和讨论的重点逐渐转移到政治、社会、教育文化方面,对科学精神和科学方法的关注慢慢超越了对文学的关注。总之,科学精神的落实不仅体现在对迷信的破除,还体现在对文化形态的科学整合方面。

民主概念带有具体的政治体制内涵,科学概念也带有具体的知识体系架构,不过在新文化倡导者的理论推介中,民主通常并不呈现具体的政治体制内涵,科学也不是指具体的知识体系构架,它们都被理解为代表着一种时代的价值观,一种通向现代理性的较为理想的理念形态。作为现代社会具有一定普世价值的核心理念,民主思想确实构成了汉语新文学的精神质量,不过它对中国新文化和新文学所起的作用绝不在落实或示范具体的民主体制、政制框架。科学同样如此,它只是中国新文化倡导者借以推动思想文化现代化进程的一个理论范型——当然是"理想"的范型,而不是作为具体的科学知识体系通过文化和文学实施普及和推广。无论是新文化运动还是新文学倡导,几乎所有代表现代人文价值理念和政治社会观念的思想因素都可以用较为宽泛的民主加以概括,五四时代在新文学内外倡导的自由自主、平等博爱、个性主义、人道主义、平民主义、社会主义等等,无一不可以从民主这一博大得始终无法精深的概念内涵进行阐释。然而科学与新文学传统思想要素之间的联姻就不会这样自然而顺当。即便是在观念意义上,科学并不像民主那样能够顺利地融入新文化和新文学的传统,科学理念强调真确、理性的基本价值指向与强调想象、情感的文学天然地构成了相斥相悖的理论关系,于是科学在新文学建设中势必成为并不和谐的悖离因素,一直未能发育成新文学的一脉主要传统。

事实上,人们在论述新文学传统中的科学因素时,总是无法给出具体的学术分析,或是将科学与民主黏合在一起笼而统之地含糊其辞,或是将科学模糊为科学精神进行远离文学表现自身的宏观的理性把握,然后将新文学具有的科学因素的星星点点夸示为壮丽辉煌的蔚然奇观。其实,文学与科学之间的难以和谐既是近代以来思想家们屡屡面对的理论现实,也是新人文主义者白璧德等现代思想家勉力论证的基本论题,后者始终是在将科学与文学对立起来的意义上阐解和提倡现代人文主义教育,并抨击鼓吹"知识就是力量"的"科学自然主义"者培根之流。[1]中国的新文学也是如此,只要坚持文学和美学的路数前行,就必然疏离甚至远离严格而刻板的科学,而不可能以科学的强调作为自己的传统主脉。新文学中当然包含着科学的因素,除了作为最初的聒噪,以及后来偶然出现的实验,还有为一些敏觉的论者已经详尽地揭示出来的那些林林总总,[2]但这些诸多的科学因素远远不能构成新文学的必然传统,甚至其中许多科学内容并未构成新文学建设的正面因素。科学从新文学的建设过程中,特别是从新文学传统的形成中隐退、转化乃至异变,是新文学发展的一个久被遮蔽的现象,甚至是一个有待总结的历史规律。

---

[1] [美]白璧德:《文学与美国的大学》,张沛等译,第27页,北京:北京大学出版社,2004年。
[2] 最具代表性也最具系统性的专著当推刘为民:《科学与现代中国文学》,合肥:安徽教育出版社,2000年。

中国新文学相对于源远流长的传统文学而言，其独立发展的基本现实依据便是它形成和确立了新的传统，虽然有关这种新传统从概念内涵到外延的探讨尚缺乏应有的理论热忱，[1]但新文学史家们围绕并揭示这一传统（在更显在的流动性意义上则表述为规律）的学术努力却始终旺盛甚至亢奋，将科学因素概括为新文学传统当然的要脉便是这种学术亢奋的某种持久而普遍的体现。

诚然，新文化运动倡导者在设计新文学传统之初确曾考虑过科学因素的重要性。陈独秀在提出"德先生"和"赛先生"这两个历史性命题之时，明确将对旧文学的批判和否定表述为德先生和赛先生的共同要求："要拥护那德先生又要拥护赛先生，便不得不反对国粹和旧文学。"[2]如果说此番议论只是从否定的方面和批判武器的意义上揭示了"赛先生"与旧文学的关系，并没有从肯定的方面明言"赛先生"与新文学建设的关系，那么，经过蔡元培后来的解释和发挥，科学作为新文学建设关键性因素的性质和地位就基本得到了理论上的确认。蔡元培首先将"新文学运动"定义为欧洲的文艺复兴之属，而"复兴"的"欧洲文化""不外乎科学与美术"："近代的科学美术，实皆植基于复兴时代"；接着认为"复兴时代"的精神特征便是文学与科学的合一，如达·芬奇，"固为复兴时代最大美术家"，"同时为科学家及工程师"，甚至追溯到罗马文学时期，揭示出文学（美术）与科学"均有所建树"的内在必然性；然后比照中国新文学运动，认为"由文学而艺术，由文艺而及于科学"会同时革新。[3]

即便如此，蔡元培也仍然是从外部关系上论述了科学与文学、美术的传统与现实的联系，而没有从内部的逻辑关系上论证科学对于新文学传统的决定性意义。陈独秀甚至没有在肯定的意义上建立起科学与其倡导中

---

[1] 迄今最为集中地论述中国新文学传统的文章依然是朱寿桐的《论中国现代文学的伟大传统》一文，见《中国社会科学》，2002年第1期。显然，一旦进入实际的新文学传统内涵的考察，"科学"因素就无法在其中得到揭示。
[2] 陈独秀：《本志罪案之答辩书》，《新青年》，1919年第6卷第1号。
[3] 蔡元培：《总序》，《中国新文学大系·建设理论集》，第3—4页，上海：上海良友图书印刷公司，1935年。

的新文学的直接联系,而只是从批判武器的意义上肯定了科学之于旧文学批判的价值。将科学"内化"为新文学发生的传统因素,认为将科学同民主一样视为新文学发展与生俱来的天然酵素,都不过是后人缺乏内在逻辑必然性的一种人为介入性的理解。

人们往往忽略了五四新文学倡导者对于科学的提倡大多越出了文学自身,而且也没有在科学自身的意义上展开这样的事实,将科学因素外在地介入新文学的理论现象理解为新文学传统建立的某种本源性、必然性、决定性的因素,因而认定,"赛先生"是"'五四'新文学的灵魂之一",[1]"在五四前后从西方传入的各种堪称丰富驳杂的思潮中,民主科学的倡导以及稍后的社会主义共产主义思想体系的传播,构成了一条鲜明的主线,内在地决定着新文学的特质和发展的方向"。[2]——科学因素与民主因素乃至社会主义思想等等因素,共同构成了新文学传统的"内在"因素,相比之下,"五四新文学运动高举民主科学的旗帜"之说倒是一种外在的描述,新文学凭借着"科学"包含其中的内外部因素的共同作用,同载道的旧文学"揖别",从文言的束缚走出,创造了"新鲜活泼的"白话诗和白话小说等新质传统。[3]这样的论断将科学当作新文学根本的传统因素,根据并不充分,虽然从新文化先驱者如蔡元培等人的阐述中可以作类似的推导,从新文学创作的很多个案中也很容易找出对应的实例。然而,蔡元培不过是从文艺与科学发展的方法与途径的角度论证了两者之间的历史联系和可能的现实联系,就像包括鲁迅的《狂人日记》、《不周山》等创作从方法论上借鉴了精神病学和弗洛伊德心理学的科学方法一样。这种文学方法论上对科学的借重与在文学本体论上将科学纳入文学新传统的总体设计显然完全不同。

新文学倡导者之所以最初将科学因素引入文学的批判与方法之中,使得后人误以为科学与民主共同构成了新文学的内在因素和传统主脉,乃是

---

[1] 刘为民:《科学与现代中国文学》,第20页,合肥:安徽教育出版社,2000年。
[2] 冯光廉、刘增人主编:《中国新文学发展史》,第27页,北京:人民文学出版社,1991年。
[3] 关爱和:《二十世纪中国近代文学研究述评》,《中州学刊》,1999年第6期。

因为这场声势浩大的文化革新需要理想的概念作为当时核心价值理念的代表,而相当长时间的文化运作和西化思潮,推涌出了科学概念,科学便代表着一种强烈倾向于现代文明的文化认知。科学的倡导既不是出于文学自身建设的理论需要,也不是从文学内在规律提出的时代要求,因而,它不可能内化为新文学发展的"灵魂"或"内在"因素,更不可能构成新文学传统不可或缺的基本要素。蔡元培等将科学视为文学"复兴"大可借重的新质,体现着一种主观介入性的观念处理,即赋予科学一种超凡的文化意义,使之与理想中的新文学发生概念化的对接。其实,在新思潮的运作中总是如此,当一种体现正面价值的概念得到理论上的强势接受之后,有关这个概念的内涵便不会成为人们精心研琢的对象,人们所乐于做的常常是将这一价值概念人为地引入新思潮的各个热点倡导之中,使之内化为核心价值,其结果便是让它成为新思潮的介入性传统。以文艺复兴时代的核心价值概念"人文主义"(humanist)为例,在15世纪的意大利原只是用来称呼教授古典语言和文学的教师,因为他们所教的科目,主要是语法、修辞、历史、文学、道德哲学等等,被统称为"人文学"(studia humanitatis),这些学科的教学必须阅读基督诞生之前的古典拉丁文本,故名。[1]但当年的文化精英愿意在"古典学问的复活"的意义上延伸开来,将"人学"乃至于万物之灵长的"人"都引入人文主义的表述之中,使这种宽泛得有些含混的人文主义作为马克斯·韦伯所说的"理想类型"[2]介入了文艺复兴价值倡导的传统因素。蔡元培、胡适等都曾想到过用人文主义概括五四时代新文化和新文学的传统,[3]但陈独秀的德先生、赛先生说已经在理论界建立了"理想类型"

---

[1] [英]阿伦·布洛克:《西方人文主义传统》,董乐山译,第6页,北京:生活·读书·新知三联书店,1997年。

[2] Max Weber, *The Protestant Ethic and the Spirit of Capitalism*, p. 147, George Allen & Unwin (Publishers) Ltd, 1976.

[3] 参见蔡元培为《中国新文学大系》所写的总序。另,1933年,胡适在美国芝加哥大学发表了题为《中国的文艺复兴》的著名演讲,在论及五四新文化运动及其意义时,胡适说:"它也是一场人文主义运动。"见朱维铮:《何谓"人文精神"?》,《探索与争鸣》,1994年第10期。

的基本思路和表述模型,民主和科学以其简洁、生动、时代感以及几乎是无限开放的理论包容性,成了新文化运动和新文学倡导的"理想类型"的理想表述。

确实,科学在新文化初潮之中对于立意改革的精英阶层而言就是一种"理想类型",甚至沉淀为一种观念伦理,体现着人们价值判断的某种天然的理论依据。科学作为"理想类型"介入新文化,有着深刻的历史渊源和现实必然性。首先,近代以来的改革精英,特别是梁启超、黄遵宪等,都将西方的文明和强盛与科学联系在一起,梁启超到了20世纪20年代还在论证"科学精神"与西方文化的先进性关系,[1] 这样的观念基础使得科学获得了某种"普世"性的积极意义,使得新文化倡导者有了赖以继承和发扬的观念的"理想类型"。其次,包括达尔文进化论等西方科学思想确实引领着最先进的文化理念,弗洛伊德等人的心理科学又实实在在地影响着艺术、文学的认知和把握,科学作为"理想类型"的理念形态对于新文化和新文学而言便有着"文化场"的辐射意义。再次,新文化倡导之初中国社会充斥着各种迷信现象,《新青年》等新文化阵地在破除这种种迷信陋习之际,当然须倚重于科学,科学作为现代先进观念的代表便理所当然地成为"理想类型"。在这样的理论场域和观念环境中,科学救国的理念便有可能大行其道,人们认识到,"盖今日吾国欲臻富强之域,非昌明科学普及教育不可"。[2] 然而,据此认为中国现代思想史上形成了"唯科学主义"[3] 仍然有夸大其辞的意味:科学不过是新文化倡导者和其他改革精英用于价值倡导的一种"理想类型"。

对于创建中的新文学,这种"理想类型"只是一种外在的参照物,一种批判的武器,在创作者那里可能被工具化地处理为一种构思和写作方法,它从来没有被内化为富有传统意义的价值因素。强调科学作为"理想类型"进而尊称其为"赛先生"的陈独秀,主要不是从新文学的设计与建设,而

---

[1] 梁启超:《科学精神与东西文化》,《晨报附镌》,1922年8月24日。
[2] 李濬镗:《与胡适书》,《新青年》,1917年第3卷第2号。
[3] 郭颖颐:《中国现代思想中的唯科学主义》,南京:江苏人民出版社,1995年。

是从新文化理念设计和青年现代人格培养的角度引入了科学命题及相应思考。他关注的是"新鲜活泼"的生命力，是"自主自由之人格"的解放，在社会进步的意义上倡导"实利"，克服"虚文"，"实利"就意味着科学，正像"虚文"类似于"想象"，"实利的而非虚文的"其另一表述便是"科学的而非想象的"。因此，科学自然会成为他们所乐于标举的旗帜。陈独秀认为"最近""德意志科学大兴"不仅导致"物质文明，造乎其极"，而且导致"制度人心，为之再变"，其结果是"举凡政治之所营，教育之所期，文学技术之所风尚，万马奔驰，无不齐集于厚生利用之一途"。[1] 将文学与技术并论且认为价值在于"厚生利用"，显然脱离了文学自身建设的路数，在这样的逻辑思路上自然会倚重于科学。这样的科学观不仅并未为后来的新文学界所继承，也就是说并未发展成为新文学传统中的一个主要流脉，其实即使在当时的新文化和新文学倡导者中也未必会得到普遍的认同，例如鲁迅主要从新文学的角度倡言和思考重塑国人灵魂的问题，倡导"掊物质而张灵明"，更愿意借重和高估的是文化乃至诗歌之力，而不是陈独秀心目中"理想类型"的科学。

在这一论题上鲁迅的清醒乃至过人之处，在于没有将科学引入新文学建设的传统主脉，而且还对文学中的科学因素保持着相当的警惕，以至于屡次反思类似于弗洛伊德这样的"科学家似的专断"对文学理论的干扰作用。[2] 不过他对于科学所具有的"理想类型"的时代意义却并未加以否定。他努力研求科学知识，积极撰著《科学史教篇》等科学普及论文，肯定科学的社会和时代价值，并常用科学对社会文化哪怕是迷信中医等多种现象实施批判。这些都表明，他愿意在新文化的场力之中运用科学这一"理想类型"作为批判的武器。

无论是用于批判的武器还是用于价值倡导的概念，科学作为五四时代"理想类型"的一种理想表述，无论在观念的价值构成还是在作品主题的设

---

[1] 陈独秀：《敬告青年》，《青年杂志》，1915年第1卷第1号。
[2] 鲁迅：《苦闷的象征·引言》，《鲁迅全集》第10卷，第257页，北京：人民文学出版社，2005年。

计营构上，都并没有成为五四新文学的必然内容，更不是决定性的内容，因而除了在批判武器的借重和文学方法的运用方面而外，科学从来就没有成为新文学的内在因素或传统主脉。正因为新文学只是在批判的武器以及创作的方法等方面倚重了科学这样的"理想类型"，从科学命题进入新文学传统的内在动因和发展规律的分析便自然会经受挫折。人们对新文学传统中科学因素的内在必然性的误解，更多地乃是惑于科学在新文化运动中作为"理想类型"所具有的巨大影响力的记忆与误认。新文学运动与新文化运动确有诸多内在联系，但新文学自身的文学特性决定了它不可能完全与新文化处于同构关系之中，科学是新文化倡导的"理想类型"，却不可能内化为新文学的核心价值。

## 三、科学概念在新文学文化运作中的漫漶与变异

科学特别是拟人化为"赛先生"以后，作为"理想类型"在中国现代思想界赢得了极高的美誉度，以至于即便是从文学这种影响人的精神、塑造人的灵魂的事业出发，人们似乎也不敢对科学或"赛先生"的传统性决定性意义有所质疑。任何处于"理想类型"的价值概念都是如此，既然人们在一定时代条件下将这种"理想类型"当作价值理念的理想表述，则会将几乎所有的正面价值的理念思维等等都黏附在其中，使得这样的概念内涵处在逐渐漫漶之中，概念自身的本质内涵往往反而处于被遮蔽的状态。科学在新文学的进一步发展中所面临的正是这样的命运，不断漫漶和变异的概念内涵更加导致它与新文学的内在联系渐行渐远。

由于科学成了新文化运动的"理想类型"，处在新文化潮流中的人们往往不再去考究科学的内涵，而是将各种正面的价值和肯定的理念都往科学概念上黏附，这造成了科学权威话语甚至至尊地位的成立，同时也造成了科学概念的漫漶与变异。胡适在总结科学与人生观讨论时精辟地指出："这三十年来，有一个名词在国内几乎做到了无上尊严的地位；无论懂与不懂的人，无论守旧和维新的人，都不敢公然对他表示轻视或戏侮的态度。

那个名词就是'科学'。这样几乎全国一致的崇信,究竟有无价值,那是另一个问题。我们至少可以说,自从中国讲变法维新以来,没有一个自命为新人物的人敢公然毁谤'科学'的,直到民国八九年间梁任公先生发表他的《欧游心影录》,科学方才在中国文字里正式受了'破产'的宣告。"[1]胡适一方面描述了科学作为"理想类型"享有"无上尊严"和全国"崇信"的威势,另一方面也道出了无论对科学"懂与不懂"都不敢毁谤它,也即很少人去试图弄懂科学再行标举的实情。胡适甚至披露说,陈独秀在撰写《本志罪案之答辩书》一文提出"赛先生"命题之时,其实"对'科学'和'民主'的定义却不甚了了","一般人"对之"也很容易加以曲解"。[2] 在更早些时候的《敬告青年》中,他也只是模糊地得出这样的"科学"结论:"科学者何?吾人对于事物之概念,综合客观之现象,诉之主观之理性而不矛盾之谓也。"[3]又是客观又是主观,又是综合又是逻辑,确实是不甚了了,但却并非令人不知所云:如果说张君劢后来以"科学为客观的"而"人生观为主观的"为基本理由力图将科学与人生观截然分开,[4]则陈独秀就是要在科学万能的意义上将人生观念和艺术观念等等新文化的建构都与科学这一"理想类型"相联系,从而为文学与科学的联系寻找理论依据。

在人类思想运作中的一个重要规律就是,当人们要倡导某种"理想类型",就将所有的正面价值黏附其上,造成有关概念的漫漶模糊,而当人们要摈弃某种价值理念,便将所有的负面价值灌注其间,造成有关概念的支离破碎。科学成为新文化运动的倡导内容和"理想类型"的必然结果,便是它必然因来自于任何正面价值理念的黏附乃至重释,使得它应有的概念内涵面临着不断弱化、软化,而附加的各种正面价值在科学的重释中几呈喧宾夺主之势。因而,即便是新文学建设过程中倡导者乐于谈论科学,其实真实的意涵已经离科学甚远,甚至通向对科学精神的悖离。

---

[1] 胡适:《〈科学与人生观〉序》,《胡适文存》(二),第121页,台北:洛阳图书公司,1985年。
[2] 胡适:《胡适口述自传》,第187页,上海:华东师范大学出版社,1993年。
[3] 陈独秀:《敬告青年》,《青年杂志》,1915年第1卷第1号。
[4] 张君劢:《人生观》,《科学与人生观》,第4—6页,上海:亚东图书馆,1923年。

陈独秀在《敬告青年》中初倡科学的时候，就已在对科学概念的解释中偏离其基本内涵，而走向富于批判性的思维方法论。他指出："凡此无常识之思维，无理由之信仰，欲根治之，厥维科学。夫以科学说明真理，事事求诸证实，较之想象武断之所为，其步度诚缓；然其步步皆踏实地，不若幻想突飞者之终无寸进也。宇宙间之事理无穷，科学领土内之膏腴待辟者，正自广阔。"[1]这种求实证而非想象和幻想的思维方法显然不适用于文学，但它毕竟偏离了科学的核心内涵，而涉及思维的常识与信仰的理由等人文、社会命题。科学从一开始就被当作理想的批判武器，新文化运动倡导者关心的是它在思想文化领域的作用和意义，并且以此将几乎所有能够作用于思想文化的正面价值都与科学联系在一起。与陈独秀的倡导差不多同时出刊的《科学》杂志，在创刊《例言》中这样理解它的主题——科学：《科学》杂志"虽专以传播世界新科学知识为帜志，然以吾国科学程度方在萌芽，亦不敢过求高深，致解人难索，每一题目皆源本卑近，详细解释，使读者由浅入深，渐得科学上智识"，于是，"历史传记、美术音乐之伦虽不在科学范围以内，然以其关系国民性格至重，又为吾国人所最缺乏"，因而也"未便割爱"。既然将科学的疆域扩展到历史传记和美术音乐，文学与科学的联姻自然是顺理成章。其实，美术在当时的表述习惯上即包含着文学。

第一部新诗集《女神》

新文学家们确信科学可以成为新文学用武之地的，首先是在现代科学手段和心理学方法的文学应用，这也是将科学当作新文学精神传统的论者每每愿意津津乐道的内容。除了鲁迅用心理学和精神分析学进行小说创作而外，郭沫若的小说如《残春》以及较多的诗歌创作都融进了现代科学因素。但所有这些文学创作现象都不过是对科学最外在甚至是皮毛的活剥，即便如郭沫若的

---

[1] 陈独秀：《敬告青年》，《青年杂志》，1915年第1卷第1号。

《女神》将"神经"、"脊髓"等人体科学解剖名词当作表现的素材,再如郁达夫在《沉沦》中表现的"忧郁症",以及将性的要求表述成从祖先那里遗传来的"罪孽",等等,虽然将科学的概念性知识用于人生现象的表述和阐释,但并没有将科学作为思想酵素作用于作品主题的提炼,甚至并没有因这些科学因素的引入而使得这些作品呈现出与其他未引入科学因素的作品迥然不同的思想姿态或本质特性。鲁迅的《不周山》引进了弗洛伊德的精神分析学,将性欲解释成"创造——人和文学——的缘起",[1]这应该算是从整篇作品的构思都使用了科学的理念,然而就作品内涵的提炼以及鲁迅惯有的批判性的表现而言,"性的发动"不过是表现手段和技巧上的环节,并不能带来与科学相关的更加深刻和更加强烈的精神震撼效果,更无法增加作品的批判烈度与含量。

如果说新文学创立初期作家们还对文学写作中作为技术环节和表现手段层面的科学因素有着较浓厚的兴趣和较多的关注,那么,新文学趋于成熟之后,人们便疏懒了科学概念和术语的运用,怠慢了科学命题和因素的介入,特别是到了巴金《激流三部曲》的时代,到了戴望舒、艾青的诗歌时代,到了田汉、曹禺的戏剧时代,文学对科学的外在借重也明显减少,诸如《北京人》对考古科学的运用,也多置于人文历史的意义上,而不是在自然科学的层面上。因此,新文学中的科学因素不仅没有成为新文学内在的品质,更没有形成新文学发展的一脉传统。

更重要的是,新文学家普遍感兴趣并愿意在写作中运用的心理学之类有关人心的学科,按照张君劢的说法,并不是科学:"在身、心、社会、历史领域,科学的因果无用无效",因而它们都无法被称为科学。[2]虽然张君劢从严格的实验立场界定科学概念未免过于严苛、偏执,因为后来人们更愿意从"人生科学"的角度理解包括生物学和社会学在内的学问,因此确认

---

[1] 鲁迅:《故事新编·序言》,《鲁迅全集》第2卷,第353页,北京:人民文学出版社,2005年。
[2] 张君劢:《再论人生观与科学并答丁在君》,《科学和人生观》,第67页,上海:亚东图书馆,1923年。

"生物学在科学中享有独特的地位",[1]但张君劢的论述恰好从反面验证了新文化和新文学界对科学的把握过于粗疏、宽泛。

更多的新文化倡导者和新文学家确信,科学在宽泛地加以理解和把握之后,便能够与新文化和新文学的破除迷信传统结合起来,从而使得科学在人文学、思维学和社会学意义上得到重新解释。这显然是五四新文化运动中通行的将人文理性理解为科学理念的思路。其实,陈独秀在《敬告青年》中倡导"自主"精神,号召青年人"自崇所信",也就是"破除迷信";这本来是一种人文理性的倡导,但在后来的文化和新文学运作中则被误解为科学的强调。刘半农认为建设新文学"第一曰破除迷信",人们注意到了,但随即将破除迷信归结为科学理性的胜利,殊不知作者强调的仍然是人文理性:"尝谓吾辈做事,当处处不忘有一个我"[2],仍然是陈独秀"自崇所信"的延伸。周作人在这一点上尤为清醒,他同样指出新文学的建设必须破除对于传统的迷信,但破除迷信并非建构科学的视点和科学理性的法则,而是要建构新的"宗教",新的"信仰",新的"神":"这新时代的文学家,是'偶像破坏者',但他还有他的新宗教——人道主义的理想是他的信仰,人类的意志便是他的神。"[3]周作人没有将破除迷信以后的信仰归结为科学,而是归结为人道主义和人类的意志,由此可见,科学并没有在新文学破除迷信、破坏偶像的传统化运作中起关键作用,更没有如人们所想当然的那样,成为破除迷信破坏偶像的建构目标。

科学不仅没有真正抵达新文学传统建构的核心价值层,没有从文学的意义上真正建构起"理想类型"的权威,而且在新文学和新文化的发展运作中被逐渐虚幻化、漫溢化以至于变异,使得它在不经意间承担起了本属于

---

[1] Angelique Richardson, "The Life Sciences: 'Everybody Nowadays Talks about Evolution'", *A Concise Companion to Modernism*, edited by David Bradsfaw, Blackwell Publishers Ltd. 2003, p. 8.
[2] 刘半农:《我之文学改良观》,《中国新文学大系·建设理论集》,第66页,上海:上海良友图书印刷公司,1935年。
[3] 周作人:《新文学的要求》,《中国新文学大系·文艺论争集》,第144页,上海:上海良友图书印刷公司,1935年。

人文理性的理论职能。或许这正是五四落潮以后兴起科学与玄学大讨论的理论依据。发起这场讨论的张君劢虽然不是清晰地,但却是十分敏感地站出来,提出纯化科学概念的问题,认为不仅要把科学从人文理想和历史学的范畴中离析出来,而且要把它从心理学、生理学和其他各种与人相关的学科陷阱中解脱出来。这是沿着"理想类型"思路试图将科学加以纯化的学术努力,但最终却导致了科学概念在文化运作中被磨蚀和混沌化的事实呈现。无论他的观点有多偏激和片面,他敏觉到并揭示出科学概念早已经漫漶以至于淹滞的历史真相。其实科学概念把握的漫漶化并不是自新文化运动开始,钱钟书在《谈艺录》中说到黄遵宪时代虽然重视科学,但也不过是"差能说西洋制度名物,掎摭声光电化诸学,以为点缀",而至于"西人风雅之妙、性理之微,实少解会","故其诗有新事物,而无新理致"。到了新文学家的创作中更是如此,科学出现在文学之中,许多时候只是点缀,表明新事物,但却并不体现科学的新理致。所有的理致仍然是人文理性的内容。

如果说文学革命运动还在"理想类型"的意义上借重科学概念,则革命文学运动便开始完全将科学纳入人文理性且彻底忽略其科学本体意义。虽然经过科学与玄学的讨论之后,科学概念在文化界和文学界变得更为敏感,但这并不妨碍科学作为"理想类型"继续代表着正面价值,科学概念的美誉度甚至时尚色彩并没有减退。鲁迅经过革命文学论争,愈益坚定了对苏俄文学理论的信赖,将其命名为"科学的艺术论",1930年在上海光华书局组织"科学的艺术论丛书",并将自己亲自翻译的普列汉诺夫的《艺术论》[1]列入其中。后来钱歌川尚提出过《文学科学论》[2],这里的"科学"同鲁迅等人设定的"科学的艺术论"中的"科学"一样,已经完全是社会和人文科学的意思,与作为赛先生的科学本意完全分离了。

其实,从新文学的传统运作乃至从新文化的原初命意来考察,科学在被当作"理想类型"加以提倡之际,就已经带有更为浓重的人文理性内涵;

---

[1] 原署普力汗诺夫著,鲁迅译,列为"科学的艺术论丛书"之一,上海:光华书局,1930年。
[2] 见曾觉之编《文学论文集(一)》,上海:中华书局,1935年。

而人文理性内涵才切合文化改革和新文学发展的基本目标和价值理念,同时又与文学的内部规律相行不悖。新文学从文学革命到革命文学的发展过程,对于科学理念的处理实际上也体现着逐步漫漶科学的自然内涵而较多掺入人文理性内涵最后完全人文科学化的过程。科学的令名一直具有强烈的号召力,但科学的概念在新文学的运作中一直经受着人文理性内涵的挤兑、羼杂,这样的理论事实使得科学在新文学的发展中并未真正产生本质性的影响。因此,从新文学发展的角度看,处在概念漫漶甚至变异中的科学也不可能成为新文学传统的主要脉络和主体品质。新文学传统的主要脉络和主体品质实际上都可以归结为民主这一博大概念所涵盖的那一套思想体系。科学概念的人文理性化,其出发点和归趣点其实就是民主理念。

  被当作"理想类型"的概念必须经得起历史文化的磨蚀和泛化处理,即一方面它必然遭遇到人们将所有正面价值黏附其上的命运,另一方面它必须具有经过这种磨蚀、泛化的处理之后仍能保持自身的价值属性,不至于造成漫漶与模糊。民主这个概念作为"理想类型"在任何时候都相当合格,因为几乎任何政治倾向的理论家都愿意将其所理解的正面价值黏附其上,而这种黏附对民主概念自身所起的磨蚀、泛化作用非常有限,更不会通向对民主自身意义的否定。科学由于以严谨的学科规定性为概念基础,与具体的实用理性范畴密切相连,其自身作为概念的柔性远远弱于民主概念,因此经不起历史的磨蚀和泛化,其漫漶与模糊的直接后果往往通向对自身的否定,这便是科学概念作为"理想类型"必然面临的悖论境况。

  诚然,正如有学者已经论证的,科学作为"实用理性"与新文学的创作和理论发展存在着一定的"逻辑关系"。[1] 但由于科学作为"理想类型"必然面临的理论境况,它与新文学无论在创作意义上还是在理论意义上,更多、更普遍地构成的乃是悖论关系。

---

[1] 宋剑华:《实用科学理性与"五四"新文学结盟的逻辑关系》,《文学评论》,2007年第1期。

新文学创作中确实较明显地也较普遍地引进了现代科学知识与手段，但这些科学词语和科学手段的运用只不过从技术层面凸现了新文学的现代品性，昭示着现代科学的洗礼给新文学带来的新的面貌和新的气象。技术层面或者工具理性意义上的任何创新，如果不伴随着内在精神的深化和审美情致的升华，甚至不伴随着人生经验独特性的开掘，就不可能具有真正的文学史意义。鲁迅小说《补天》的批判性精神并不因为"性的发动"的描写而得到进一步的深化，《女神》的情绪表现也并不因为在脊椎和神经等人体解剖意象而得以升华。整个汉语新文学发展过程中，很少有作品是因为融进了科学因素而成为旷世经典的，即便将潜意识的萌动算作是科学成分的体现，新文学创作都不过是在技术手段意义上运用了这样的科学成分，而且意识流之类的作品也很少拥有突出的文学史地位。类似于无名氏《野兽·野兽·野兽》中对于宇宙空间和时间概念的激情描写，如"四千万万万团太阳在燃烧，宇宙永远是一场大火灾"，银河中的"一颗中等星也比地球大一百万倍"，如此等等，这些虽然具有浓密的科学成分，但这里的科学成分仍然外在于作品情节，外在于思想提炼，甚至外在于人物形象的塑造，它只是成为宇宙胸怀和人生气度的一种外在展示，具有强烈的现代色彩，如此而已。汉语新文学创作甚至都没有形成科学幻想的明显传统，从而错过了文学与科学联姻的最佳契机。

从新文学创作的实际经验分析，科学手段特别是心理科学方法的引入，固然增强了人物行动的内在依据，深化和丰富了人物内心世界的复杂性，但同时也严重地削弱了人物的情感之美和人情之真，具有以心理学甚至生理学意义上的人性之真替代人情之美的学术倾向。从心理学"反向转化"的原理，人们分析出巴金《家》中觉慧对鸣凤自杀之前来求救采取了不自觉的逃避态度，[1]这固然丰富了觉慧的心理层次，而且也更符合"这一个"典型的心理困境，不过这样的分析导致的结果是将科学阐解强加于人物，也强加于作家，觉慧与鸣凤之间的美好情感和民主理想情怀则面临着

---

[1] 参见蓝棣之：《现代文学经典：症候式分析》，北京：清华大学出版社，2006年。

被外来的心理科学分析所人为拆解的命运。更何况,心理学的阐释在张君劢这样的哲学家心目中仍然还不够"科学",真正的科学甚至与人性的考量都没有直接的关系。沈雁冰从自然主义理念出发,成为新文学倡导之初明确倾向于接受科学参与文学的少数理论批评家,不过他认同的作品中一段科学因素,倒非常适合用来说明科学与人性、人情之美的悖离。这段描写来自于沈雁冰叙述的安特列夫剧作,该剧如此"叙述":"一天文学家的长子战死了,次子又给人拿去,他的妻子便告诉丈夫,天文家便谈他妻子不达观,拿全宇宙计算起来,一秒钟中要死去一个人,这样死去了一个,有什么希奇呢?"[1]这段故事依然带着安特列夫式的阴冷,阴气森森之中传达的"科学分析"严重、尴尬地挑战了文学作品应有的人性之美和人情之美。这正是用科学手段写作或分析文学作品的冒险之处:真正的科学因素其实很难进入表现人情和人性的文学的内在结构。

科学之所以难以进入新文学创作的内在结构,成为新文学自身发展的内在动力,是因为它的内容如果不是在科学幻想意义上展开,则远离文学表现内容的"理想类型",甚至不是诸如人性、情感以及与美相关的文学表现的必然内容;即便是科学思想和科学精神,也只能作为外在于文学的思想体系,对文学自身的建设形成某种掣肘作用或构成某种悖论关系。当科学思想成为一种外在于文学的必然内容而仅仅作为正面的文化之道付诸文学表现之际,他也可能与同样外在于文学的政治伦理之道的传达一样,成为"使文学干枯失泽","使文学陷于教训的桎梏中","使文学之树不能充分长成"的负面因素,这样的因素倘若形成"传道派的文学"传统,[2]于文学的妨碍更会彰明较著。

新文学发动之初,虽然提倡科学的文化风气仍然相当浓烈,但先驱者却已经意识到诸如道德、科学之类对于文学而言并不属于"理想类型",而

---

[1] 沈雁冰:《什么是文学》,《中国新文学大系·文艺论争集》,第157页,上海:上海良友图书印刷公司,1935年。
[2] 郑振铎:《新文学观的建设》,《中国新文学大系·建设理论集》,第161页,上海:上海良友图书印刷公司,1935年。

且之间存在着明显的悖论关系。新文学倡导者即便不是文学创作者,也是深通文学之三昧的学者,譬如陈独秀对于中国戏曲文学的研究,以及他高超的古典诗词修养,蔡元培对于《红楼梦》的独到阐解,以及他的美育主张,等等。他们深知文学是心灵的创造,离不开想象,而不是离不开科学。新文学倡导者虽然将科学作为"批判的武器"用以批判旧文化,但从没有拘泥或庸俗到以科学知识质疑旧文学的构思与创作。他们认定《西游记》"其妙处,在于荒唐而有情思,诙谐而有庄意",胡适和钱玄同都认为其属于"第一流小说",[1]"科学的而非想象的"这一新文化原则在文学这里明显成了悖论,这决定了新文学倡导者不愿意也不可能庸俗化地将科学用来鉴别文学。更多的新文学家更加愿意论证文学是"想象的而非科学的",如朱自清认定"感觉与感情是创作的材料,而想象却是创作的骨髓",[2]再如胡愈之认为优秀之作总是"把想象的人物,想象的事情安插进去"。[3]这些重视想象的论点虽然并非针对科学倡导而设,但客观上起到了揭示文学与科学悖论关系的作用。

如果说在提倡民主和科学的新文化语境下人们还可能揭示出科学与新文学之间有限的逻辑联系,那么,从新文学建设的角度便很容易会发现,科学与艺术和文学之间存在着天然的悖论关系。周作人对此阐述得相当明确:"科学与艺术是迥异的。"作为文学的一种起源,周作人认为神话的价值就是"空想与趣味",而不是"事实与知识"。他多次强调:"文艺不是历史或科学的记载,人家都是知道的;如见了化石的故事,便相信人真能变石头,固然是个愚人,或者有背着科学来破除迷信,而争论化石故事之不合真理,也未免成为笨伯了。"[4]这是在事物的科学认知方法与文学表现方法的悖反性角度论述的基本文学原理,在明确的对比中揭示了科学方法与文

---

[1] 钱玄同:《寄胡适之》,《中国新文学大系·文艺论争集》,第79页,上海:上海良友图书印刷公司,1935年。
[2] 朱自清:《文艺的真实性》,《小说月报》,1924年第15卷第1号。
[3] 胡愈之:《新文学与创作》,《小说月报》,1921年第12卷第2号。
[4] 周作人:《神话的辩护》,《自己的园地》,长沙:岳麓书社,1987年。

学方法之间必然的悖论关系。

对于科学方法与文学方法之间的悖论关系,有些新文学家心有不甘,试图从理论上加以黏合。在这方面最为用心的是沈雁冰,他在《什么是文学》一文中提出:"新文学的写实主义,于材料上最注重精密严肃,描写一定要忠实;譬如讲佘山必须至少去过一次,必不能放无的之矢。"[1]这似乎不是在讨论鼓励想象甚至幻想的文学创作,而是在研究科学考察的基本方法,在将文学方法同科学研究方法同一的意义上,直接犯了周作人批评的"笨伯"式的错误。鲁迅没有关注到沈雁冰的如此观点,他如果关注了并且参与讨论,一定不会赞成这种"科学"的文学方法论。他曾明确表示,文学(表现)方法与科学的方法并不一样:"对于历史小说,则以为博考文献,言必有据者,纵使有人讥为'教授小说',其实是很难组织之作……"[2]鲁迅显然是认为将科学的考据法带入文学写作并不可能,而且也无必要,因为这样的"教授小说"不过是科学论著的翻版,其文学性自然受到致命影响。鲁迅这种坚持让科学与文学分离的文学理念是一贯的,他站在美学的立场上一直提醒人们警惕"科学家的专断"对于文学所可能造成的干扰。

沈雁冰这种拘谨而机械的文学方法论显然并非来自于《新青年》"赛先生"倡导的文化传统,而是来自于他一度信奉的自然主义文学观念。他从法国作家左拉以及批评家丹纳那里接受了自然主义的思想精髓,而来自欧洲的这派自然主义通常被认为其"主旨""建立在科学信仰之上",主张将文学创作当作科学实验来对待,显然与科学勃兴时代的科学崇拜思潮有着密切关系。[3]左拉甚至认为小说家的描写不仅要"客观地"记载,还应该符合并用以证明诸如遗传学之类的"科学定理"。[4]这样的机械文学论与新文学家普遍信奉的文学理念同样明显地构成了相悖关系,于是,新文学从

---

[1] 见《中国新文学大系·文艺论争集》,第9页,上海:上海良友图书印刷公司,1935年。
[2] 鲁迅:《故事新编·序言》,《鲁迅全集》第2卷,第354页,北京:人民文学出版社,2005年。
[3] 参见吴建广:《德意志自然主义文学之特点》,《同济大学学报》,2007年第6期。
[4] [法]左拉:《实验小说论》,《文学中的自然主义》,第139页,上海:上海文艺出版社,1992年。

创立之初尽管有陈独秀含混的自然主义倡导（将王尔德、霍普特曼与左拉一起统称为自然主义文学），尽管有沈雁冰对欧洲自然主义的热忱推介，但真正明确拥护自然主义的新文学家非常稀见，倒是从成仿吾等开始，批判自然主义逐渐成为文学理论的时尚，这种批判一方面针对自然主义的"庸俗主义"倾向，另一方面则针对文学的科学化处理趋向。[1] 此后，自然主义逐渐演化成庸俗文学观的代表，甚至在不明就里的批评家和读者那里，自然主义成了色情描写的代名词，长期以来遭到的基本上是唾弃与抨击。与之相对照，现实主义从一开始就被当作新文学思潮的"理想类型"，而现实主义与自然主义的重大区别则常被理解为后者偏重于科学及科学实验型的写作。显然，自然主义在中国新文学发展过程中的遭遇呈现出历史的粗暴和简单化迹象，但它的如此遭遇同样表明，科学的强调由于与文学理论的"理想类型"严重相悖，在理论历史的运行之中有可能遭致被污名化的尴尬境地。其实，早在20世纪20年代，对中国新文学产生直接影响的日本自然主义思潮，就已经在强调潜意识深处的真率之外减弱了科学化倡导的色泽，但粗暴而简单的自然主义批判不会在意这样的区别，自然主义在理论批评中被污名化的运作，使得与之密切相关的科学化倡导更加彻底地脱离了现实主义主流的新文学理念。

在汉语新文学的发展过程中，科学与文学在理论上几乎天然的悖离关系，严重牵制甚至阻碍了作为新文化核心主题的"科学"或"赛先生"对于新文学传统的参与，使得"文艺的科学主义"在现代"文化语境"中"并没有实现彻底的贯彻"，[2] 其实基本上就从未得到"贯彻"。这是科学之于新文学面临的悲剧性的历史宿命，也是科学与文学之间天然相悖的理论关系的必然体现。至于有论者判断说当代政治文化强制地形成了"科学主义在文艺上的话语霸权"，致使"鬼话"和"神话"从文艺文本中几乎完全销声匿迹，这其中包含着误解。造成当代文学这种"唯物"后果的固然是当代政治文化

---

[1] 参见成仿吾：《写实主义与庸俗主义》，《创造周报》，1923年第5号。
[2] 方维保：《叙述祛魅：科学语境中的中国新文学》，《文学评论》，2007年第2期。

中的强制力量,但这种力量与"科学主义"并无关系:科学在新文学发展的长途中从未形成过"话语霸权"。

总之,汉语新文学的最初倡导中显然包含有科学因素的考量,但仅仅是将科学理解为破除迷信、批判旧文学和旧文化的理论手段;作为新文化理论建设的"理想类型",科学理念处于新文学建设的外在参照物的历史层面,而始终没有介入新文学传统的营构和内在发展环节。新文学家常常在知识和技术层面接受并表现科学因素,但这样的文学策略既没有形成可靠的系列和经典的文本,也没有形成发展、完善的传统机制。科学概念的漫漶与变异导致"社会科学"及"人文理性"的文学化,这种文学化的运作反而悖离了科学精神。文学的内在规律和根本理论显然会排斥讲求实用、实利和严酷拘泥的真实性的科学理念,鼓励想象、幻想与情感的汉语新文学从核心理念上更容易构成对科学的悖离。这样的理论悖离关系体现了汉语新文学自身发展的一脉规律,也是文学与科学之关系的必然演绎的结果。

民主与科学,是中国新文化运动的理想类型。这两个关键词能够涵盖所有重要的价值并且有巨大的阐释空间,具有某种类似于伦理力量和不容质疑的权威性,任何人无法正面挑战。陈独秀在《本志罪案之答辩书》中说《新青年》之所以受到攻击不过是因为拥护了德先生和赛先生,这乃是一种现象的直陈和本质的揭示,并不意味着真的有人明目张胆地反对这两位"先生"。一个明显的例子是,那时候便是梅光迪、任叔永这样的白话文学的反对者也都崇尚科学,于是胡适才有这样的底气质问他们:"一次'完全失败',何妨再来? 若一次失败,便'期期以为不可',此岂'科学的精神'所许乎?"[1]可见,反对者也是赞同"科学精神"并用"科学精神"狙击新文学尝试的。

新文化的主要倡导者陈独秀对科学精神的重视导致了他对新文学建设产生浓厚兴趣。他在倡扬科学的同时发现旧文学和旧哲学是科学的死敌,"说到科学思想,实在是一件悲观的事! 我们中国人底脑子被几千年底

---

[1] 见1916年7月26日《与任叔永书》,《胡适文集》(3),第9页,北京:人民文学出版社,1998年。

文学、哲学闹得发昏,此时简直可以说没有科学的头脑和兴趣了"。[1] 傅斯年也有类似的发现:"方今科学输入中国,违反科学之文学,势不能容,利用科学之文学,理必孳育。"[2] 既然旧文学、旧哲学阻遏了科学思想的传播,必须建构一种新文学、新哲学,注入科学精神和科学因素。而按照傅斯年的理解,新兴的文学如"写实表象之派,每利用科学之理,以造其文学,故其精神上之价值有非古典文学所能望其项背者"。于是,新文学必然走与科学相结合的"写实表象"之路,于是,思想界的战士必然重视新文学的建设。这便是新文学文化从"科学"发轫的重要逻辑依据。

新文学倡导者不仅从否定的方面和批判武器的意义上揭示了"赛先生"与旧文学的关系,而且也从肯定的方面明言"赛先生"与新文学建设的关系,由此构成了新文学的一种科学文化。

---

[1] 陈独秀:《答皆平》,《新青年》,1921年第9卷第2号。
[2] 傅斯年:《文学革新申义》,《新青年》,1918年第4卷第1号。

第二编

# 革命与自由

# 第五章
# 革命文化与革命文学文化

革命无疑也是新文化浪潮中涌现出来的另一个重要的"理想类型",一个比"民主"、"科学"等更活跃,更有力度与动感,也更有生命力和影响力的"理性类型",一个足以概括超越于若干时代诸多兴奋点的关键词。对于革命概念、语词和社会运作的热衷形成了一种超越于一个时代的文学文化,而且几乎成了整个20世纪最重要的文学文化热点。陈独秀、胡适等最初探讨文学改良,后终于勇敢地倡导文学革命,而从他们将文学"改良"的口号终于打磨成"革命"的战叫,革命与文学之间构成的紧密关系就逐渐演化为一个时代文化的基本形态。成仿吾的名文《从文学革命到革命文学》清楚地、形象地概括了这种时代文化形态,虽然这样的概括远不能触摸到革命文学文化的综结。革命作为文学文化运作的主题词愈演愈烈地支配着此后半个多世纪的中国文坛,不过其基本精神面貌及其文学表现都在革命文学和左翼文学时代就已具备雏形。

## 一、革命:作为文化力度

一个时代理论和文化表述中的所谓"理想类型",其实就是相应时代某种精神价值的表达被美誉化、高尚化、力度化词语所涵盖的结果。任何一个时代的任何一种精神价值都可能在多种意义、多种层面上被表述,但其文化倡导向度会将相关的表述朝着具有美誉感、高尚感和力度感的时代性表述方面去粘连，去附着，直至达到真正的征用。这其中有勉强，有牵强，甚至有不伦不类的歧误，典型地体现着尼采所说的"普遍的匆忙"，但新文化尤其是文学文化就是如此，它带着某种时代趋尚的力度，以坚定甚至粗疏的方式去趋近、拥抱和猎取时尚词语的魅力与引力。

所谓的文化倡导，从社会舆论和社会影响力的提升方面而言，一般通过这样的运作进行并加以完成。一是通过直接的、正面的观念提倡以及对其反面进行历史、现实的批判，这样的文化倡导令人联想到五四新文化运动和五四文学革命，左翼文学运动以及抗战文艺运动等等。这是一种显在的、声势浩大的文化运作，其历史影响常常具有相当的爆发力。胡适的《文学改良刍议》、陈独秀的《文学革命论》等著名檄文一方面气势磅礴地正面倡言文学革命，甚至社会革命与思想革命，正如陈独秀在文中所言，欧洲文明的光辉灿烂都拜"革命"所赐；另一方面气势凌厉地批判和否定旧文学、旧道德，直陈贵族文学、古典文学、山林文学等旧文学不得不被打倒的理由，大书平民文学、社会文学、写实文学的价值与意义。与此同时，鲁迅、周作人、钱玄同、刘半农等倡导富有革命意义上的"人的文学"、新文学，并以此向"非人的文学"和旧文学发动批判。所有这样的运作都可以被概括为文化革命和文学革命。

有必要指出的是，在胡适的时代表述中，"文学改良"和"文学革命"是可以相互置换的核心概念，在此前后，他可以自由地选用"改良"与"革命"的词语表述自己的新文学理念，而且一般不加以厘定或辨析。这是一种文化意义上的语意模糊，从不标志着理念上的深思熟虑，更不是用语策略上的刻意布局。这样的语意模糊来自于梁启超当年的类似表述，这位政治、文化上的改良家在他的文学表述中常常使用"革命"一词，所谓"小说界革命"、"诗界革命"、"文界革命"等等，其实不过是他一以贯之的文体改良的表述。显然，用"革命"比用"改良"或别的词语更具有冲击力，更富于力度。胡适显然意识到"革命"一词的文化力度，他作为"文学革命"的首举义旗者，本来就已经娴熟地运用了这样的概念，但在正是发难倡导文学革命之际,他忽然谨慎地选择了《文学改良刍议》的题目,减轻了文学革命所具有的文化力度,为的是给予可能的反对者留下"匡纠是正"的余地。这是一种让步的檄文,是一种有保留的倡导,作者收藏起或规避了"革命"的表述,意图在于减弱观念倡导的文化力度,减弱这种批评的冲击力。

陈独秀的《文学革命论》比胡适的《文学改良刍议》晚一期推出,题目中秉笔直书"文学革命",其文化力度、言语气势较之胡适的发难文章显然更鲜明更强烈。"必不容匡纠是正之余地"是陈独秀的基本态度,这一态度与胡适的"刍议"态度形成了鲜明的对照。陈独秀的态度更加坚决,力度也更加明显。这一基本事实表明,文学革命倡导之际,首倡者的见识和理论阐述实际上非常相近,所差异的乃在表述力度。革命,是相关文化力度的典型概括。

成仿吾敏锐地总结出 20 世纪 20 年代新文学文化运作的轨迹是"从文学革命到革命文学",其中革命成了这一时期社会文化运作的中心词。如果从文化力度方面而言,文学革命较之革命文学更加突出,其历史影响更加深入。文学革命运动成功地发动了对于源远流长的传统文学和文化的否定与批判,使得传统文学文化迅速地,虽然不能说是彻底地,但毕竟是大规模地撤离了中国文学文化的主流阵地,从语言形态、文体形态到意识形态退出了文学文化的主流位置,让新文学和新文化在不长的时间内甚至未经过成熟可靠的实验便取得了决定性的胜利与支配性的影响力。甚至北洋政府在 1920 年就匆忙接受了新文化和新文学的基本成果,通令小学禁用文言文。白话文学革命口号在 1917 年被喊出来之后,白话文势力进展迅猛,速度之快,连文学革命的首倡者胡适都惊叹:"白话文学运动开始后的第三年,北京政府的教育部就下令改用白话作小学第一二年级的教科书了! 民国十一年的新学制不但完全采用国语作小学教科书,中学也局部的用国语了! 这是白话文学运动开始后第五年的事!"[1]他所说的是 1920

---

[1] 胡适:《所谓"中小学语文运动"》,《胡适学术文集·新文学运动》,第 223 页,北京:中华书局,1993 年。

年，北洋政府教育部正式规定小学课本用语体文，这清楚地表明白话文已经成为政府乐于认同的教育文体，可见白话文的主体地位已经得到官方的确立。有资料证明，早在1918年，阎锡山就已下令在山西的政府文告以及社会教育机构改用白话文，[1]白话文运动一方面由文学而渐于教育，另一方面由官方而至于民间，这种双向运作和多方位推动足以显示出其充裕的文化力度。

革命在新文化运动的许多情形下都失去了原有的政治与改朝换代等宏大意义，而在一种文化态度和文化的社会功能意义上被浅泛地使用。没有任何一个时代，包括真正意义上的革命时代，革命这一概念被如此广泛地使用，而且是在浅泛的意义上被使用。梁启超显然不是一个政治上的革命者，但这并不妨碍他当年那么频繁地使用"革命"一词。

也正是在这种浅泛性使用的意义上，革命成了一种时尚文化的表述。有时候，它被用来表述男女重新组合的勇敢行为。张资平的恋爱小说常常如此，一对因种种原因被迫分开的情侣终于有机会遇合，一方虽已身有所属，但另一方还是提出了这种尝试性的要求："能革命么？"这里的革命是反抗的意思，向家庭反抗，向父母反抗，向婚姻反抗，向社会道德反抗，但倘用反抗二字，个人意味非常明显，社会意义却不够强烈，而改用"革命"，这一期求立即就获得了足够的社会力度，获得了时代文化的趋尚意义。当然，这样的社会力度必然以"革命"概念的浅泛化为代价。

在新文学创作中，"革命"概念的浅泛化与"革命"词语的力度感相伴而行，而且愈益明显。在正面涉及"革命"话语的《阿Q正传》中，"革命"一词的深刻性得到了完整的虽然不免是简单的保存和使用，"革命就是造反"。

> 不准我造反，只准你造反？妈妈的假洋鬼子，——好，你造反！造反是杀头的罪名呵，我总要告一状，看你抓进县里去杀

---

[1] 参见申国昌主编：《守本与开新——阎锡山与山西教育》，济南：山东教育出版社，2008年。

头,——满门抄斩,——嚓!嚓!

"造反是杀头的罪名!"在阿 Q 的简单认知中,革命的第一步就是让富人害怕,让那些平常压迫他的人感到恐惧;革命的第二步就是索要,要什么就是什么,要谁就是谁,而这种"要"是日常生活中想都不敢想的人生要求,实际上是一种财富和占有权力的掠夺,有"剥夺剥夺者"的浓厚意味;革命的第三步就是造反,但阿 Q 不知道如何夺权,如何造反,只是简单地去欺负尼姑庵,盘算着如何除掉小 D,如何向王胡和尼姑庵复仇。一般而言,人们会指责阿 Q"革命"的"不彻底性",这并没有错,因为真正意义上的革命与改朝换代有关,问题是我们的阿 Q 根本不知道"朝代"在哪里,"朝代"与他有什么关系,直至他被莫名其妙地推上断头台,他还是不知道革命和造反的真正对象应该是什么人,或者应该具有怎样的诉求。但无论如何,鲁迅笔下的这个愚弱的"革命"幻想者和"革命"梦游者所触及的革命已经是新文学表现中最具有实质性内涵的"革命"了。此后的文学创作虽然屡屡都涉及革命话题甚至革命题材,但都是借"革命"更有力度地表述知识分子和一般平民的个人解放愿望,而且大部分都集中在婚姻自由、恋爱自主和有限的性解放的浅泛诉求方面,很少有人像阿 Q 那样将"革命"与"造反"乃至"杀头"联系起来。

即便是在激进的诗人如郭沫若的笔下,革命的概念也很少涉及阿 Q 所理解的那种政治深度。他理解的革命是这样的浅显而宽泛:

> 反抗王政的罪魁,敢行称乱的克伦威尔呀!
> 私行割据的草寇,抗粮拒税的华盛顿呀!
> 图谋恢复的顽民,死有余辜的黎塞尔(菲律宾的志士)呀!
> 西北南东去来今,
> 一切政治革命的匪徒们呀!
> 万岁!万岁!万岁!

鼓动阶级斗争的谬论,饿不死的马克思呀!
不能克绍其裘,甘心附逆的恩格斯呀!
恒古的大盗,实行"布尔什维克"的列宁呀!
西北南东去来今,
一切社会革命的匪徒们呀!
万岁!万岁!万岁!

反抗婆罗门的妙谛,倡导涅槃邪说的释迦牟尼呀!
兼爱无父,禽兽一样的墨家巨子呀!
反抗法王的天启,开创邪宗的马丁路德呀!
西北南东去来今,
一切宗教革命的匪徒们呀!
万岁!万岁!万岁!

倡导太阳系统的妖魔,离经叛道的哥白尼呀!
倡导人猿同祖的畜牲,毁宗谤祖的达尔文呀!
倡导超人哲学的疯癫,欺神灭像的尼采呀!
西北南东去来今,
一切学说革命的匪徒们呀!
万岁!万岁!万岁!

反抗古典三昧的艺风,丑态百出的罗丹呀!
反抗王道堂皇的诗风,饕餮粗笨的惠特曼呀!
反抗贵族神圣的文风,不得善终的托尔斯泰呀!
西北南东去来今,
一切文艺革命的匪徒们呀!
万岁!万岁!万岁!

不安本分的野蛮人,教人"返自然"的卢梭呀!

不修边幅的无赖汉,善与恶疾儿童共寝的丕时大罗启呀!

不受约束的亡国奴,私建自然学园的泰戈尔呀!

西北南东去来今,

一切教育革命的匪徒们呀!

万岁!万岁!万岁!

这是他的新诗《匪徒颂》,这些"匪徒"作为各种各样的"革命者"备受赞赏,同样是对革命概念进行了时尚化和浅泛化的使用。

这样的浅泛化表现抽取了革命的政治名义,使它在时代性、力度化的意义上形成较大的言语冲击效应。一些与革命运动离得很远的文学,也都懂得用革命的字眼表达有力度的生命节奏,以传达时代性的风格与韵律。胡适曾为了表现革命和反抗的力度,创作新诗《四烈士冢上的没字碑歌》,作品小序言道:"辛亥革命时,杨禹昌,张先培,黄之萌用炸弹炸袁世凯,不成而死;彭家珍炸良弼,成功而死。后来中华民国成立了,民国政府把他们合葬在三贝子公园里,名为'四烈士冢'。冢旁有一座四面的碑台,顶备给四烈士每人刻碑的。但只有一面刻着杨烈士的碑,其余三面都无一个字。十年五月一夜,我在天津,住在青年会里,梦中游四烈士冢,醒时作此歌。"歌中写道:

他们是谁?

三个失败的英雄,

一个成功的好汉!

他们的武器:

炸弹!炸弹!

他们的精神:

干!干!干!

他们干了些什么？

一弹使奸雄破胆！

一弹把帝制推翻！

他们的武器：

炸弹！炸弹！

他们的精神：

干！干！干！

他们不能咬文嚼字，

他们不肯痛哭流涕，

他们更不屑长吁短叹！

他们的武器：

炸弹！炸弹！

他们的精神：

干！干！干！

他们用不着纪功碑，

他们用不着墓志铭：

死文字赞不了不死汉！

他们的纪功碑：

炸弹！炸弹！

他们的墓志铭：

干！干！干！

在革命文学倡导时期，许多文学家重新唤起了对胡适这首颇有力度的诗的记忆，报刊的版面上一度流行"革命！革命！炸弹！炸弹！干！干！干！"的力度表现字眼，甚至一时之间成为革命题材标语口号式文学表现的样板，被反复引用，当然也曾面临着诸多指责。不过，这反映了一种文学时尚,以革命的名义追求力度表现的时尚。

钱杏邨曾著文论述过《力的文艺》,对以革命为主导的文艺文化和审美风格进行了较为系统的理论阐释,应该被视为新文学革命文化的理论建设的最重要成果。

## 二、革命:作为时代文化

历代文学家的特点大多带着怨天尤人、自命不凡、所遇非命、自怨自艾的悲观情调。新文学家尽管经历了新文化的洗礼,但也不会减轻这样的情调,因为他们在所接受的外国文学素养中,特别是汲取的"世纪末的果汁"中,这样的情调不会减弱反而会得到强化。于是,他们基本上向往革命,赞赏革命,乐于标举革命的旗号,善于祭起革命的法宝,以革命这一强有力的表述承载自己对于一种乌托邦和罗曼司的文化想象。正如鲁迅所说,革命者大多因为感受到黑暗和绝望的压迫才奋起革命,"倘必须前面贴着'光明'和'出路'的包票,这才雄赳赳地去革命,那就不但不是革命者,简直连投机家都不如了"。[1] 这是鲁迅针对革命文化和文学潮流中的罗曼蒂克倾向提出的革命观,虽然显得有些消极,但却道出了革命与知识分子真实关系的真谛。

大多数文学家对革命的认知保持在幻想的水平上。他们对革命有强烈的热忱,但他们对革命事业完全陌生;他们对革命心向往之,但同时对革命的情形往往身不能至,缺乏必要的体验,却又充满谈论和描写的激情,于是只好将革命当作想象的对象,通过幻想的情节、人物和情境,演绎对革命的理解和情感的寄托。

从 20 世纪 20 年代中期开始,中国新文学家中越来越多的成员投入了与革命文学相关的写作。其原因首先当然是北伐革命的影响。国共两党合作和北伐战争的全面动员,客观上形成了全国革命的时代气氛,对于经

---

[1] 鲁迅:《铲共大观》,《鲁迅全集》第 4 卷,第 107 页,北京:人民文学出版社,2005 年。

历过新文化运动洗礼的知识界和文学界而言,革命热情的高涨乃是势之必然。早在1924年,革命文学的口号就开始在文坛上崛起,涌动,此后的三四年间,迅速汇聚成巨大的文化洪流,冲击着一度沉静寂寞的新文苑,革命文学终于发展成这个时代最新潮、最活跃、最激烈的文学类型,主宰着这一时代文学和文化运作的方向。1928年,在创造社和太阳社之间,以及创造社、太阳社与鲁迅之间,还有创造社、太阳社和鲁迅等与新月派之间,发生了错综复杂的革命文学论争,革命被文学界推涌到了时代文化的顶点。这样的推涌与其说是革命运动的结果,还不如说是文人在新文学低落之际营造的一种文学气氛和文学文化。

鲁迅作为一个对革命话题十分敏感的新文学家,曾怀疑过这样的现象:1927年北伐革命受到严重挫折,革命处于相对低潮的时候,革命文学却显得非常热闹,这样的情形很难说是正常的。不过,这正是文学和文化界的实情:革命即使处在低潮的时刻,革命文学和革命文化照样蓬蓬勃勃,热热闹闹,这一方面说明,文学家和文化人其实并没有真正融入革命的实际行动,他们与真正的革命运动相互隔膜,革命即使从现实政治运作中消失了,也能够非常鲜亮地存在于他们所创作的文学和所营构的文化之中;另一方面说明,那时候的革命,被文学作品所表现和被文化运动所环绕的革命,其实与实际的中国革命有时并没有真正联系在一起,革命的言说,革命的写照,可能是文艺家的臆想与创造,而不是革命的写真与纪实。在文学和文化艺术作品中的革命,一定程度上乃是文学文化和艺术文化的创造物。

鲁迅曾经对最先倡导和鼓噪革命文学的创造社、太阳社以及他们的革命文学倡导持有明显的怀疑和讽刺态度,因为他比那个时代几乎所有的人更清楚,革命是残酷的厮杀与拼搏,而不是口称革命的文学家坐在咖啡馆里不痛不痒的高谈阔论或歇斯底里的喊叫。他讽刺后期创造社人物的"革命"架构:"革命文学家,要年青貌美,齿白唇红,如潘汉年叶灵凤辈。"[1]显

---

[1] 鲁迅:《革命咖啡店》,《鲁迅全集》第4卷,第118页,北京:人民文学出版社,2005年。

然，在鲁迅看来，这样的"革命"与真正的革命相去甚远，不过是文学青年的一种文化运作甚至是文化讨论而已。然而，这样的讨论还很热烈，并形成了重大趋势："今年在南方，听得大家叫'革命'，正如去年在北方，听得大家叫'讨赤'的一样盛大。"问题是"今年"（1927年）的情形有所不同："而这'革命'还侵入文艺界里了。"[1]在一封通信里，鲁迅也非常不屑地提到"今年"的革命文学家："那些革命文学家，大抵是今年发生的，有一大串。"[2]显然，他这里不屑的是创造社的革命文学家：

> 创造社前年招股本，去年请律师，今年才揭起"革命文学"的旗子，复活的批评家成仿吾总算离开守护"艺术之宫"的职掌，要去"获得大众"，并且给革命文学家"保障最后的胜利"了。这飞跃也可以说是必然的。弄文艺的人们大抵敏感，时时也感到，而且防着自己的没落，如漂浮在大海里一般，拼命向各处抓攫。[3]

"获得大众"是创造社革命文学倡导者成仿吾的名言，他的革命文学倡导明确号召革命的知识分子，所谓"小资产阶级的革命的'印贴利更追亚'"，"以明了的意识努力你的工作，驱逐资产阶级的'意德沃罗基'在大众中的流毒与影响，获得大众，不断地给他们以勇气，维持他们的自信"[4]。鲁迅对创造社的"革命文学"的批判，集中在他们的"敏感"，不过是乘着某种时潮玩弄革命的噱头而挽救自己的没落。这样的观察当然过于负面，也不无偏激，但却切中要害，道出了革命文学倡导者在革命认知方面的软肋，那就是远离革命的实际，属于咖啡馆内的空谈。革命文学在知识分子的运作中严重疏离了革命的主体——工农大众，而工农大众的意识并非文人所

---

[1] 鲁迅：《革命文学》，《鲁迅全集》第3卷，第567页，北京：人民文学出版社，2005年。
[2] 鲁迅：《通信（并Y来信）》，《鲁迅全集》第4卷，第99页，北京：人民文学出版社，2005年。
[3] 鲁迅："醉眼"中的朦胧》，《鲁迅全集》第4卷，第63页，北京：人民文学出版社，2005年。
[4] 成仿吾：《从文学革命到革命文学》，《创造月刊》，1928年第1卷第9期。

能轻易"获得"的,革命文学不是靠空谈和倡导能够建设起来的,关键是创作者和运作者是否是"革命人",而且不是创造社所说的"获得"式的"革命人"。在鲁迅的心目中,革命是多种多样的,有阿Q式的革命,有假洋鬼子式的革命,有实际战斗中的革命,有咖啡馆里的革命,有客厅与沙龙上的革命,有报纸杂志上的革命,有血与火的革命,有秋瑾、夏瑜式的革命,各种革命呈现的方式不一样,革命的动机与结果大不同,鲁迅所向往和赞赏的乃是实际的革命运动,是血与火考验的革命动作。

显然,早就关注革命、向往革命,并且曾经身体力行投入革命,同时也曾经言辞犀利地批判革命的鲁迅,非常盼望着中国真正发生革命,虽然他对中国发生革命的结果从未有过乐观的估计,也未有过非常积极的评价,但他对真正的革命行动始终保持着尊重,并且希望听听革命炮弹爆炸的声音。他在黄埔军校演讲中明确表示,就革命而言,大炮的声音比文学的声音要好听得多:"中国现在的社会情状,止有实地的革命战争,一首诗吓不走孙传芳,一炮就把孙传芳轰走了。"因此他"自然倒愿意听听大炮的声音"。[1]

鲁迅经常将真正的革命战斗与革命文学家的革命宣传和文字上的革命进行鲜明的对比,并对后者大加鞭策。鲁迅曾满怀深情地表述过:"远地方在革命,不相识的人们在革命,我是的确有点高兴听的,然而——没有法子,索性老实说罢,——如果我的身边革起命来,或者我所熟识的人去革命,我就没有这么高兴听。有人说我应该拼命去革命,我自然不敢不以为然,但如叫我静静地坐下,调给我一杯罐头牛奶喝,我往往更感激。"[2]有人据此认为这是鲁迅"不革命"的证据,其实他的喝牛奶之说显然讽刺那种"革命咖啡店"的空谈和时尚"革命"现象,他表述的重心仍然在于对远方实际革命的向往与赞赏。林语堂还曾经讽刺过"与一个女学生去吃瑞士的巧

---

[1] 鲁迅:《革命时代的文学》,《鲁迅全集》第3卷,第442页,北京:人民文学出版社,2005年。
[2] 鲁迅:《在钟楼上》,《鲁迅全集》第4卷,第36页,北京:人民文学出版社,2005年。

克力牛奶糖,却是'进步的'与'革命的'"这样畸形的革命文化现象,[1]可见知识分子的革命理念的浅泛与可笑。鲁迅对于咖啡店里的革命,显然更愿意表示嘲讽,喝一杯罐头牛奶的说法正是这种嘲讽的幽默表述。

创造社等革命文学家所代表的"小资产阶级的革命的'印贴利更追亚'",虽然可能成为革命的力量,可能参与革命,但对于革命的热忱往往更多地局限于文字方面和文化层次,真正的实际的革命运动还是需要工农大众和英雄式的革命者。小资产阶级知识分子往往不具备这种革命素质,他们常常在革命与非革命之间摇摆不定。冯雪峰曾撰文分析过《革命与知识阶级》,他认为革命的"印贴利更追亚"在革命运动中具有两面性:"其一,他毅然决然的反过来,毫无痛惜地弃去个人主义的立场,投入社会主义,以同样的坚信和断然的勇猛去毁弃旧的文化与其所依赖的社会。其二,他也承受革命,向往革命,但他同时又反顾旧的,依恋旧的;而他又怀疑自己的反顾和依恋,也怀疑自己的承受与向往,结局是他徘徊着,苦痛着。"[2]鲁迅也有这样的认知,他将这种小资产阶级知识分子革命者称为"翻着筋斗的小资产阶级":"这样的翻着筋斗的小资产阶级,即使是在做革命文学家,写着革命文学的时候,也最容易将革命写歪;写歪了,反于革命有害,所以他们的转变,是毫不足惜的。当革命文学的运动勃兴时,许多小资产阶级的文学家忽然变过来了……实际上却并没有变,所以有些忽然一天晚上自称突变过来的小资产阶级革命文学家,不久就又突变回去了。"[3]同理,鲁迅还认定知识分子的革命文学家在革命与文学之间的动摇性:"当环境较好的时候,作者就在革命这一只船上踏得重一点,分明是革命者,待到革命一被压迫,则在文学的船上踏得重一点,他变了不过是文学家了",他们的要

---

[1] 林语堂:《清算月亮》,《林语堂散文经典全集》,第210页,北京:北京出版社,2007年。
[2] 冯雪峰:《革命与知识阶级》,《雪峰文集》第2卷,第288页,北京:人民文学出版社,1985年。
[3] 鲁迅:《上海文艺之一瞥》,《鲁迅全集》第4卷,第306页,北京:人民文学出版社,2005年。

害是"要有革命者的名声,却不肯吃一点革命者往往难免的辛苦"。[1] 鲁迅还进一步分析过小资产阶级的动摇性在革命的罗曼蒂克和革命的恐怖想象之间摇摆,小资产阶级革命文学家一方面幻想着革命会带来浪漫的际遇和理想的待遇,另一方面又恐惧革命的残酷与血腥:"例如,第一,他们对于中国社会,未曾加以细密的分析,便将在苏维埃政权之下才能运用的方法,来机械地运用了。再则他们,尤其是成仿吾先生,将革命使一般人理解为非常可怕的事,摆着一种极左倾的凶恶的面貌,好似革命一到,一切非革命者就都得死,令人对革命只抱着恐怖。其实革命是并非教人死而是教人活的。这种令人'知道点革命的厉害',只图自己说得畅快的态度,也还是中了才子+流氓的毒。"[2]

在革命文学倡导中,革命文学家非常注意身体力行创作革命文学。他们非常稔熟于革命诗歌的写作,红色鼓动诗已经成为一种特别的文学文体和文化样本,与左翼文学运动相衔接,构成了革命文学的一道引人注目的风景线。当然少不了战斗的檄文和犀利的散文,少不了以马克思主义以及同路人理论武装的各种批评文字。不过在叙事性文学写作和虚构性文学创作方面,革命文学家也照样出击,留下了一批足以代表那个时代革命文学水准的作品,成为革命文学文化的一种记忆标本。

值得纪念的革命文学作品包括郭沫若创作的"献给新时代的小朋友们"的《一只手》,这个童话体小说讲述在尼尔更达海里尼尔更达岛上的革命故事,那岛上已经有像上海这样的繁华都市了,因而也有了资本家的压迫和无产者的受罪。有一位名叫孛罗的盲目老人和一位半身不遂的老妈妈同住在一座小屋子里面,他们的一个儿子在八九岁的时候就做起苦工,现在已经十五岁了,在一家炼钢工厂里做工;他们就全靠这个儿子过活。这个儿子一般叫作小孛罗,这位少年是可爱的。他的父母爱他,他同事的

---

[1] 鲁迅:《文谈的掌故》,《鲁迅全集》第 4 卷,第 123—124 页,北京:人民文学出版社,2005 年。
[2] 鲁迅:《上海文艺之一瞥》,《鲁迅全集》第 4 卷,第 302 页,北京:人民文学出版社,2005 年。

工友们爱他,就是工厂的管理人也很爱他。工厂的管理人为什么也很爱他呢？因为他很驯善,肯卖气力,就跟很驯善的小马儿或者小牛儿不大受它主人的鞭打一样。小孛罗不幸的一天降临了,他褴褛的衣袖被切钢板的机轮卷了去,他的右手完全被机轮切断了。鲜红的血液向四方飞溅,切断了的右手和半死的少年被撩在地上。工人们停止工作前来救助,但黑心肠的管理者勒令不能停工,不能给工厂造成损失,他举起鞭子来劈头劈脑地向着工人们乱打。同时不给小孛罗输血,也不给医疗。工人们愤怒了,有些暴躁的工人便放出声音大吼：

——"我们来捣毁机器罢！"
——"我们放火烧工厂罢！"
——"杀尽资本家！"
——"杀尽资本家的走狗！"

只见那绝望的少年猛然拿起一只断臂从地上跃起,打了那鲍尔爵爷。他虽然牺牲了,但工厂立即发动了大暴动。工人们燃烧了工厂："痛快！痛快,几千百年来被压伏在胸中的无产阶级的怒火,在这时候尽量的迸发了出来。"

这个作品充满概念化的描写与理论化的说教,情节构思非常粗糙,人物塑造僵硬、呆板,对话如同科白,生硬而无生趣,显然不是一个精彩的作品。其实郭沫若也深知这样的缺失,于是从不敢标示为小说,只说是一种童话。这样的粗糙、僵硬是革命文学难以避免的,因为创作者只能凭想象构思他们的作品与人物,编写故事与情节,全然脱离了生活的浸润与体验,造成了必然的干瘪与枯燥。但通过这样的作品努力表现革命的发动,努力呈现革命的激情,仍然不失为一种文学努力和文化建设的样本。这一图解革命和暴动的作品显然在当时的革命文学倡导中有一定的影响,于是鲁迅都知道了这一小说,并且也知道有人推其为佳作：

> 郭沫若的《一只手》是很有人推为佳作的,但内容说一个革命者革命之后失了一只手,所余的一只还能和爱人握手的事,却未免"失"得太巧。五体,四肢之中,倘要失去其一,实在还不如一只手;一条腿就不便,头自然更不行了。只准备失去一只手,是能减少战斗的勇往之气的;我想,革命者所不惜牺牲的,一定不只这一点。《一只手》也还是穷秀才落难,后来终于中状元,谐花烛的老调。[1]

鲁迅虽然知道这一作品,但他显然没有读过,而且采用不读而论的傲慢方式对待这一"佳作"。鲁迅完全没有兴趣关心这个作品究竟写了怎样的故事与人物,以及作者如何构思了故事情节与刻画了人物形象,他甚至知道他的"解读"和评论带有先入为主的强加意味,但他面对粗糙的革命文学作品毫不在乎。事实上,《一只手》完全没有"中状元、谐花烛"的老调意味,也没有任何用另一只手拥抱爱人的情节,但鲁迅愿意作这种强加性的解读,以显示其对创造社和郭沫若作品的不屑与轻蔑。

这样的不屑与轻蔑实际上是对文学中的革命以及革命文学的。因为革命文学毕竟形成了谁也无法绕过的势头,形成了一种连鲁迅也必须身陷其中的文化。

与创造社革命文学倡导相伴随的,还有太阳社的革命文学倡导,以及"揭起小资产阶级革命文学之旗"的杨邨人等人的运作,他们以激昂得有些空洞的文章,以空洞得有些干瘪的创作,以干瘪得有些稚拙的口号,推涌起革命文学的文化波涛,虽然遭到包括鲁迅在内的对革命和革命文学持理性态度的文化界的质疑与商榷,但他们毕竟以特别强大的声势和影响力造就了一种文学潮流和时尚,造就了一种文化氛围和历史。

---

[1] 鲁迅:《现今的新文学的概观》,《鲁迅全集》第 4 卷,第 138—139 页,北京:人民文学出版社,2005 年。

## 三、革命:作为文化想象

革命文学家通过革命的宣传创造了影响一时的时代文化,同时也通过对于革命的文化想象,创作了那个时代所特有的表现虚构中的革命题材、表现虚构中的革命的罗曼蒂克文化的新文学作品。这些作品从来没有也不可能被当作革命的教科书或者当作革命历史的记录,但它们作为一种文化遗存,从思想史、文化史和文学史的角度呈现了一个时代关于革命的想象的记忆,仍然值得关注与研究。

尽管那个时代革命的火焰已经燃烧到社会生活的方方面面,但那时候的民众都无法从政府、军方那里获得关于革命的宣传信息,于是,那个时代关于革命的理念和信息都只能通过革命文化团体的自由创作来散播。

自辛亥革命以来国民政府一直无暇顾及政治宣传工作,政府设立的文官处仅设有文官长、秘书、参事、文书局局长、印铸局局长等职衔的官员,根本未考虑政治宣传与政治理念的民众普及,北伐革命时期,国民革命军设立总政治部,由邓演达任主任,铁罗尼任总顾问,旗下召集了郭沫若等一些杰出文人,但其工作范围仍然在军队,未能顾及社会的革命宣传。关于国民革命宣传的乏力应该不至于导致辛亥革命的失败和袁世凯称帝与张勋复辟,也不会直接导致北伐的挫折与国共两党分裂,也正是由于当局者主要从政权和军事角度考量,才最大限度地忽略了用于革命宣传的力度与资源投入。然而,革命宣传的乏力至少导致了以下的文化后果。

第一是导致社会民众对于革命普遍的隔膜甚至无知,以及对于革命者的严重不理解和冷漠。鲁迅的《药》和《阿Q正传》等小说集中反映了这样的社会情形。鲁迅一向同情革命,赞赏革命,唯其如此,对于来自民间和社会底层对革命的隔膜以及来自革命者的寂寞有着痛切的体验与深刻的揭示。他将《药》中的革命者命名为夏瑜,与乡贤英雄秋瑾相训,可见他对革命和革命党人的态度。夏瑜为了老百姓革命,为国家和民族牺牲,但老百姓却对他们的志业完全不理解,甚至将他们的牺牲理解为大逆不道的"造反";他们走上断头台无人同情甚至无人问津,对于华老栓这样的普通民众而言,革命者流血的唯一价值就是能够让他们买得人血馒头作为偏方治疗痨病。华家、夏家本来就是一家,在鲁迅心目中是我们这个古老而多难的民族的集体意象,但这场轰轰烈烈的革命却让我们一家人之间完全无法沟通,无法理解,以至于相互仇视,至少是相互误解。连夏瑜的母亲也不能理解自己儿子的革命行为,儿子牺牲以后,她心目中祈求的最理想的结果是儿子被冤枉、被误杀:她不希望自己的儿子是革命党,是造反者。母子之间的隔膜与不理解尚且如此,况乎芸芸众生之于革命党人?一般老百姓与阿Q一样,能够知道革命就是造反就已经相当消息灵通了,而紧接着的联想便是:造反乃是杀头的罪名,那样的罪名本来离他们非常遥远,因为他们都是顺民、臣民。

革命进入到军政时代武装斗争的环节,同样为人民大众和工农群众所隔膜。作为革命历史的负面背景,军阀混战给苦难的中国留下了累累创痕,这样的创痕在文学上留下的痕迹便是大量"仇兵"作品,如陈楚淮的独幕剧《浦口之悲剧》,叶圣陶的小说《潘先生在难中》等。众多"仇兵"作品以敌对的态度描写兵丁伍卒,对革命队伍的宣传往往又与对革命道理的宣传一样难以普及,致使兵匪一家、天下兵家一般黑的陈旧印象对革命队伍造成不良的舆论影响,这是革命宣传难以普及和深入的关键。

革命政府和革命队伍对革命的宣传都浅泛乏力,导致革命宣传的声音主要来自并无真正革命经验的小资产阶级知识分子的想象与鼓噪,也就是鲁迅大为不满的革命文学文化的倡导。于是,革命的文化认知经常表现在知识分子的革命想象之中,而想象中的革命经过文学表现必然罗曼蒂克化,必然充满着书生气和奶油气,这样的革命文学文化就必然陷入鲁迅所憎恶和批判的那种带有咖啡馆味道的风格与情调。

带着对革命的深情向往,文学家们往往将革命的过程与结局作过于理想化的想象,这一点与鲁迅的想法正好相反。鲁迅一直告诫人们,革命非常艰苦,革命成功以后可能会更加艰苦,甚至更加不堪:

革命是痛苦,其中也必然混有污秽和血,决不是如诗人所想像的那般有趣,那般完美;革命尤其是现实的事,需要各种卑贱的,麻烦的工作,决不如诗人所想像的那般浪漫;革命当然有破坏,然而更需要建设,破坏是痛快的,但建设却是麻烦的事。所以对于革命抱着浪漫谛克的幻想的人,一和革命接近,一到革命进行,便容易失望。[1]

许多文学家对革命的认识没有这样深刻、透辟,他们在社会生活中体验到各种艰难与不平,遭受到各种压迫与痛苦,既希望通过革命的过程缓释这样的痛苦,又希望通过革命的实现彻底摆脱这样的痛苦,于是对革命和革命胜利产生了不切实际的罗曼蒂克的幻想。创造社革命文学家冯乃超于1928年1月号的《文化批判》上发表独幕话剧《同在黑暗的路上走》,刻画一个妓女和一个小偷在黑暗的路上相遇,互相诉说自己迫于无奈只好在黑暗中寻求生存的机会,然后相互勉励,为了摆脱生活的不幸,须勇敢地投入反抗。

野雉:我再不怕黑暗了。
偷儿:我们反抗去!

鲁迅讽刺说这思想内容应该是"很革命底"了,因为作者"将剧本的动作辞句都推到演员的'昨日的文学家'身上去"了。[2] 正是《同在黑暗的路上走》的作者冯乃超,也正是在这部戏剧作品的"附识"中,作出了这样的放弃艺术性的宣告:

戏曲的本质应该在人物的动作上面去求,洗练的会话,深刻

---

[1] 鲁迅:《对于左翼作家联盟的意见》,《鲁迅全集》第4卷,第238—239页,北京:人民文学出版社,2005年。
[2] 鲁迅:《文艺与革命》,《鲁迅全集》第4卷,第85页,北京:人民文学出版社,2005年。

的事实,那些工作让给昨日的文学家去努力吧。[1]

关键不在于放弃了"洗练的会话"和"深刻的事实",而在于简单化地理解了革命和反抗,以为无论遭遇到多沉重的社会不公,无论陷入多痛苦的生活境况,只要叫喊一声革命和反抗,一切问题就可以迎刃而解。这是最为浅薄的革命理解,也是鲁迅最担心和最看不上的革命认知。

不幸的是许多革命文学家以及对革命有认同倾向的新文学家都会这样理想化地认识革命。诚如郭沫若的《一只手》所宣扬的那样,无论经历了怎样的苦难,无论陷入了怎样的绝境,只要革命了,只要反抗了,就会迎来未来的曙光,就会迎来胜利的希望。就是叶圣陶这样侧身于革命文学边缘之外的作家,也将人物的命运寄托在他并不十分了解的革命和反抗运动那一面。倪焕之转向革命,其妻金佩璋作为一个带着"传统性格"的女性,并不十分了解和支持他,然而在倪焕之去世以后,在一切都面临绝望的关头,金佩璋却能"萌生着长征战士整装待发的勇气",决定投入革命,"为自己,为社会"做事,一般认为这显示了叶圣陶对革命的积极态度。

相比之下,茅盾对革命的认知比他同时代的革命文学家和新文学家深刻得多,他通过《蚀》三部曲非常曲折地展示了革命运动中人物的复杂,斗争的残酷和形势的严峻,但他的作品仍然无法阻遏一股为革命文学所鼓动起来的创作潮流对革命理想化的写照。郁达夫的《她是一个弱女子》将性解放的前途和希望寄托在革命运作,正像茅盾的《动摇》所展示的,将性别解放的各种问题也都付诸革命手段加以解决。革命是乌托邦,任何理想都可能在那里得到实现;革命是神奇境,任何希望和梦想都可能在那里找到寄托;革命是遁逃薮,任何走投无路的人都可以在那里找到自己的出路。这种将革命理想化的理念构成了革命的罗曼蒂克文化的思想基础。

革命需要情感的激发,而通过文艺激发革命情感的基本途径有二:一是充分表现被压迫、被剥削的人生苦难,充分揭示生命、生活的绝望境地,

---

[1] 冯乃超:《同在黑暗的路上走》"附识",《文化批判》,1928年第1号。

以此激发革命与反抗的豪情壮志;二是通过浪漫的动员,美好的启示,美妙的吸引,激发青年人的革命热情,以此投入革命的运作。革命文学家继承了新文学建设初期现实主义创作的传统,在血和泪的文学基础上进一步发掘革命的情感,从挣扎在绝望边缘的人生中寻找不得不革命、不能不反抗的文学素材,由此创作出一批为革命呐喊、呼吁的作品。创造社在倡导和发动革命文学的《创造月刊》时期,最擅长表现这种激发革命情感的题材。

这种表现人生苦难的作品都通向对革命的呐喊,作品中的主人公往往都被置于绝望的人生边缘,如果不反抗,不革命,就无法得到解脱,无法走出困境,无法获得新生。这样的作品不约而同地将革命处理成对于现实危机的拯救力量,所造成的是一种乌托邦式的革命想象与寄托:革命能够解决一切人生问题,一切社会问题,甚至一切精神、信仰的危机。这是一种革命理想主义的信念表达,以鲜明的亮色抵消了现实主义文学固有的沉重与黑暗,呈现出革命的罗曼蒂克的基本原色。

革命的罗曼蒂克有利于激发青年的革命激情,这是革命文学倡导中经常运用的文学手法,并由此形成了一种革命文化。革命是青年人向往的境界,也是青年人为主体的事业,同时还是青年人聚集的理由,更是青年人走向人生的一种方式。青年人向往革命的动力很自然地与爱的呼唤,美的吸引有关。于是,对革命并不熟悉的革命文学家通过想当然的构思设计出革命动员的浪漫方式。华汉的小说《马林英》可以成为经典:马林英作为相貌出众的女革命者,在一批青年男性那里有着天然的号召力,她利用这个条件宣传革命很有效果。

虽然那是一个革命的时代,但在文学领域,在文化市场,流行的还是卿卿我我、哥哥妹妹的软性文学,于是,革命文学也不免带着这个时代的文化记忆,刚性的革命和血性的反抗描写往往带着罗曼蒂克的柔性笔调。有的革命文学家并不满足于此,身体力行革命文学最勤奋也最有成果同时也最受争议的蒋光慈,在他的《少年漂泊者》的自序中这样表述自己的创作:

  在现在唯美派小说盛行的文学界中,我知道我这一本东西,

> 是不会博得人们喝彩的。人们方沉醉于什么花呀，月呀，好哥哥，甜妹妹的软香巢中，我忽然跳出来做粗暴的叫喊，似觉有点太不识趣了。

他想要在香艳柔软的文化风气中"做粗暴的叫喊"，表现革命的信息和战斗的意气，于是接连创作了《少年漂泊者》、《野祭》、《菊芬》、《冲出云围的太阳》、《田野的风》等小说，大多正面表现革命的斗争和血与火的考验，属于"粗暴的叫喊"一类，但也常穿插着革命挫折后的悲情与哀怨，感伤与苦闷，类似于《丽莎的哀怨》这样的小说这种气息更加浓厚，这种情调更加鲜明，当然，这样的柔性成分增加引起了革命文学和左翼文学界的警觉，人们为此取了一个充满警觉性的题名——"光赤式的陷阱"！包括丁玲、胡也频、华汉在内的一批革命文学家都一度走着蒋光慈的文学道路，以小资产阶级个人情感的柔性包装和检点革命与战斗的刚性，显示出的仍然是革命的罗曼蒂克精神。这些革命的罗曼蒂克作品虽然不回避革命斗争，正像蒋光慈的作品一样，有时候还直接描写革命斗争，但往往从小资产阶级个人情感及精神冒险出发，从罗曼蒂克的文学和文化情调出发，而不是真正作革命的粗暴的叫喊。《少年漂泊者》是蒋光慈自叙传式的小说，虽然正面表现黄埔军校的生活以及北伐革命的场景，但包装这些生活和场景的情调却是卢梭《忏悔录》的风格和拜伦式英雄的风采。这部小说的开章乃是引用的一首《怀拜伦》的诗：

> 拜轮啊！
> 你是黑暗的反抗者，
> 你是上帝的不肖子，
> 你是自由的歌者，
> 你是强暴的劲敌。
> 飘零啊，毁谤啊……
> 这是你的命运罢，

抑或是社会对于天才的敬礼？——

自由的反抗,天才的冒险,英雄的牺牲,这些洋溢在遥远的历史和美曼的传奇之中的罗曼蒂克情调才是蒋光慈创作的动力。他在小说中描写了少年漂泊者汪中的历险故事和恋爱传奇,充满着拜伦式英雄的传奇色彩,不过,人生的历险和生活的磨难锤炼了他的革命意志:

> 出了狱来到上海,不觉又忽忽地过了五六个月。现在我又要到广东入黄埔军官学校去,预备在疆场上战死。我几经忧患余生,死之于我,已经不算什么一回事了。倘若我能拿着枪将敌人打死几个,将人类中的蠹贼多铲除几个,倒也了却我平生的愿望。

英雄的汪中,这个漂泊的革命者,带着满腔的热忱,带着美妙的幻想,带着英雄主义和浪漫的牺牲精神,如愿地倒在了北伐的战场。他应该想象到美人的眼泪,鲜美的花朵,动人的音乐和华丽的葬礼,这一切才符合革命的罗曼蒂克的情境,才能体现唯美主义色彩的革命献祭的仪式感。《野祭》《菊芬》等作品正是这样展现革命和牺牲的,幸好《少年漂泊者》没有做得这样彻底,根据汪中的友人维嘉的记载,他的牺牲充满了刚性的悲壮:

> 我想起来他临死的情状,我悲哀与敬佩的两种心不禁同时发作了。攻惠州城的时候,你先生在报纸上大约看见了罢,我们军官学校学生硬拼着命向前冲,而汪中就是不怕死的一个人。我与他离不多远,他打仗的情况我都看得清清楚楚地。他的确是英雄!在枪林弹雨之中,他丝毫没有一点惧色,并大声争呼"杀贼呀!杀贼呀!前进呀!……"我向你说老实话,我真被他鼓励了不少!但是枪弹是无灵性的,汪中在呼喊"打倒军阀,打倒帝国主义"的声中,忽然被敌人的飞弹打倒了——于是汪中,汪中永远地离我们而去……

非常熟悉的冲锋的口号。田汉的话剧《回春之曲》中,一位从南洋回国参加抗战的青年高维汉,在战场上头脑震荡,失去了记忆,整天叫出来的就只有这样的口号:"冲啊,杀啊!前进呀!"这样的口号和呼喊显然是远离革命战场的文学家所能设想或设计出来的,因而在不同的作品中会惊人相似地出现。但无论如何,革命者汪中还是英勇牺牲了。他成就了一个英雄,虽然作为革命英雄毕竟有些单薄和苍白,但他集中了献身的精神和勇毅的品质,展现了英雄时代的英雄素质,足以让有志者寄托自己的革命情怀与幻想。

巴金创作于那个革命时代的《灭亡》,同样具有这样的革命罗曼蒂克的情调,虽然它的革命更多地带有无政府主义思想品质。小说同样是一篇历险和传奇,是一部罗曼司,是一部忏悔录,是革命和反抗的宣言书,也是一部爱情与浪漫的感人故事。作品塑造了一个以生命向黑暗社会复仇的职业革命者杜大心的形象,他虽得了严重的肺结核病,却忍住巨大的痛苦为反抗黑暗社会而拼命工作,准备刺杀无恶不作的军阀。"凡是曾经把自己的幸福建筑在别人的痛苦上面的人都应该灭亡。"而"为了我至爱的被压迫的同胞,我甘愿灭亡",这就是作品的主题,也是杜大心的信仰。伴随着这番信仰,主人公杜大心充满着对黑暗社会和各种罪恶的憎恨,也充满着对自己同胞以及对自己爱人的热爱。作为"无边的黑暗中一个灵魂",杜大心在游走,在呻吟,在呐喊,在奋斗,他恨透了这个社会,像鲁迅所塑造的狂人那样:"我要叫那些正被吃,快被吃底人不要像羔羊一般送进敌人底口里,就是死,也要像狼一般底奋斗而死,总得把敌人咬几口才行!只要能做到这一步,我自己底短促底一生又算得了什么。"他对同胞又充满了热爱,以救济苍生为旨,甘愿鞠躬尽瘁,死而后已。他这样的信念决定了他只能像英雄那样放弃自己的幸福,放弃自己的生命,以自己高贵的全部与黑暗世界共同灭亡。

这可不是一般的"时日曷丧,予及汝偕亡"的拼命式的灭亡,而是一种以革命者高贵的精神,高贵的品质,高贵的才华,高贵的理想,高贵的生命和高贵的爱情,一切高贵的素质,去引爆黑暗世道,并向广大民众献祭的牺牲,这样的灭亡和牺牲是崇高的,伟美的,庄严的,浪漫的!杜大心可能直到灭亡的时候也未必真正理解和懂得革命的实义,但他的复仇,他的爱情,他的灭亡,就是一场革命,罗曼蒂克式的革命,植根在革命文学家幻想中的革命。

从胡适开始,经由鲁迅,到创造社的文学创作以及后来革命文学社团太阳社的积极推动,革命作为一种充满力度的时尚文化几乎几度风靡了左翼文学运动兴起以前的全部中国文坛。绝大多数革命文学家以及认同革命乐于表现革命的新文学家都未曾体验过真正的革命,他们非常明智同时也非常稔熟地利用间接的阅读经验甚至用幻想构思革命的境界和战斗的场景,构思血与火的演练与牺牲的悲壮,虽然不免显得单薄、苍白和概念化,但这样的革命书写毕竟可以点燃那个时代人们的革命热情,可以寄托人们对于革命的期盼、向往与崇尚心理。革命的写照以及革命文学的倡导营造了那个时代独特的文化,通过文学,革命与知识分子和一般民众之间建立了非常紧密和坚固的联系。

革命通过文学设计过的社会行为,或者通过文学的宣传与鼓吹,对中国民众和社会生活施放的一定层次和一定程度的影响力,这是历史性的文化存在。革命在社会文化表述乃至日常艺术文化形态的表达中,被长期锁定为一种新型的概念和词语,并且对之加以"理想的类型"化,不断提升这些概念、术语的精神美誉度、价值高尚度和社会力度,以此形成了超越时代的文化精神、文化品质和文化风范,在这样的意义上,革命历史性地拥有了时尚文化的符码价值。在时尚文化特别是在概念的美誉化、高尚化、力度化又被扁平化、抽象化的运作中,革命发育成现代中国文化的主题精神,发育成现代中国文化的价值取向。

# 第六章
# 自由文化与革命文学

　　五卅运动之后,特别是北伐革命以后,时代潮流不再满足于文化探讨和文化倡导层面的运作,而是要急切地诉诸社会运作、政治运作甚至军事运作。民主与科学这样的文化命题迅速让位于革命与自由等实际的政治社会运作,当然其中仍然包含着文化探讨的热忱,特别是关于自由的命题,既是实际的社会问题,是许多人必然面对的社会境遇,同时又是引人入胜的文化问题,是与价值观紧密联系在一起的人生态度。

## 一、争自由的波浪

　　当时代推涌着革命的浪潮向最险峻处奔腾的时候,文化界和文学界的兴奋点便非常自然地退向对于革命时潮的追逐与欢呼,以文化或者文学引领时潮的情形暂且告一段落。文化和文学在这一时期以反映和表现时代的革命主题和自由要求为主要内涵和宗旨,这是这一时期文学文化的重要特征。

　　在民主与科学的时代,自由虽然是民主追求的应有之义,但同时也成了民主与科学的前提,因而不会得到大力的强调。更重要的是,在这个自由并不怎么成为问题的时代,尤其是在知识分子和社会精英的思想、文化、文学作为并不会受到如何严重的不自由之限制的时代,群体放弃自由的时代命题或竟然放弃坚持自由主义的价值体系,是一件非常容易理解而且能够顺理成章的事情。

进入到社会和政治革命时代,自由问题就得到了凸显。从积极的方面言之,自由往往是革命动员的需要。任何一场革命,都会借助自由的理由进行动员和号召,形成一种自由呼号的强气流,造成一种革命的声势。对于革命的动员而言,没有什么比争取自由的号召更加有力和更加有效了。文化运作特别是文化批判,也常常是以自由作为一种观念的期许和精神指向。新文学的倡导需要批判旧文学,胡适等就从否定创作和表达受到严重束缚的文言文着眼,以文学语言表达的自由和自然为价值目标,在这样的意义上他们非常敞亮地提出了文学"革命"并成为一种文化时尚。

虽然革命时代的文学和文化不再充当倡导和唤起的时代角色,但由于革命的题材和革命的话语天然地带有激活时代文化的功能,很容易成为文化围绕的对象,而且文学表现中的自由内涵具有吸附和融入所有时代精神的自然张力,在这个革命与自由相克相生的时代表现得更为活跃。

早在1926年,董秋芳将他翻译的外国文学作品结集为《争自由的波浪》出版,鲁迅为此书作《小引》,指出,"英雄的血,始终是无味的国土里的人生的盐,而且大抵是给闲人们作生活的盐"[1]。这体现出处在大革命时代的鲁迅对于革命及其残酷现实有一种深刻的理解,同时也表明了他对于"争自由的波浪"的一种认同和支持。正是在这一时期,随着革命热潮的兴起,中国现代文化和文学呈现出"争自由的波浪",那一番"争自由的波浪"比起五四新文化倡导时期更为汹涌奔腾,更加鲜明强烈。

在北伐革命的浪潮中,这首《国民革命歌》表达的就是工农兵当家作主的民主思想、革命思想和自由思想的融合为一:

打倒土豪,打倒土豪,分田地,分田地。

---

[1] 鲁迅:《〈争自由的波浪〉小引》,《鲁迅全集》第7卷,第317页,北京:人民文学出版社,2005年。

我们要做主人,我们要做主人,真欢喜,真欢喜!

打土豪,分田地,翻身做主人,这是民主思想和革命思想的统一,而"做主人"就意味着自由与解放。只是,这首传说中的"准国歌"始终没有点示出"自由"一词。据说《国民革命歌》原词由黄埔军官学校军官廖干五创作,1926年7月1日发布:

> 打倒列强,打倒列强,
> 除军阀,除军阀;
> 努力国民革命,努力国民革命,
> 齐奋斗,齐奋斗。
> 工农学兵,工农学兵,
> 大联合!大联合!
> 打倒帝国主义,打倒帝国主义,
> 齐奋斗,齐奋斗。
> 打倒列强,打倒列强,
> 除军阀,除军阀;
> 国民革命成功,国民革命成功,
> 齐欢唱,齐欢唱!

这曲原创歌词中同样没有"自由"的字眼。显然"自由"并不像民主那样容易成为时代精神表述的"理想类型",在正式的场合和文献中,它不是一个受普遍欢迎并得到广泛使用的词语。相对于"革命"等宏观抒情的概念,"自由"明显属于历史的甚至是个人的微观抒情。如果说革命是那个时代掀起的社会巨浪,那么"争自由"确乎只是知识分子世界的一波浪花。

作为文学主题,自由被赋予了太多的意义。最常见的文学主题是婚姻自由、恋爱自由,这在新文学初创时期已经形成了令人厌腻的一道风景线,以至于《小说月报》的编者不得不祭出评论的撒手锏——对这种泛滥的描写加以警示。[1] 其次可能是胡适表述过和激励过的人格的自由,鲁迅的小说《伤逝》实际上已将这个主题推向了最高的思想境界,涓生之所以不安于在子君的温柔乡中赍志以殁,是因为他的人格和灵魂永远向往着奋斗与人生的冒险:他脑海中不断出现的意象是"怒涛中的渔夫,战壕中的兵士,摩托车中的贵人,洋场上的投机家,深山密林中的豪杰,讲台上的教授,昏夜的运动者和深夜的偷儿……"走上这种冒险和奋斗之路,就必须完全自由,精神上和生活上没有牵挂,那自由的感觉便如鲁迅所写和涓生所感受的那样:"我便轻如行云,漂浮空际,上有蔚蓝的天,下是深山大海,广厦高楼,战场,摩托车,洋场,公馆,晴明的闹市,黑暗的夜……"涓生和子君在恋爱自由的意义上取得了胜利,但在人格自由尤其是精神自由的意义上遭到了失败:子君同居以后的生活意味着对这种自由的放弃,涓生的意志追求则总是受到挫折。

自由意志的抒写曾经是时代精神的体现。郭沫若的《女神》曾被闻一多概括为"时代精神"的体现,那"二十世纪底时代的精神"被闻一多描述为:"'自由'底伸张给了我们一个对待权威的利器,因此革命流血成了现代文明底一个特色了。"[2] 在《女神》中的《匪徒颂》、《天狗》、《浴海》、《凤凰涅槃》等诗章,都典型地表现了一种这个世纪才得以解放出来的自由气息和自由情绪,同时也传达着反抗与革命的时代主题。

新文学产生之初确实存在着围绕恋爱自由、婚姻自由等等展开的时代自由主题,这体现在新潮社时期和文学研究会的文学运作之中。新潮社的文学创作以罗家伦的《是爱情还是苦痛》为代表,习惯以哭诉的调子谴责不自由的婚姻,柔弱但坚定地表达了知识分子的自由诉求。这样的自由诉求落实在婚姻、恋爱等人生俗务方面,但却通向精神自由、情感自由、灵魂自由的高大境界。郁达夫的小说如《沉沦》等所集中表现的就是这样的诉求。成仿吾评论《沉沦》的精神品质是"求爱的心":主人公"对于爱的要求异常

---

[1] 郎损:《评四五六月的创作》,《小说月报》,1919年第12卷第8号。
[2] 闻一多:《〈女神〉之时代精神》,《创造周报》,1923年第4号。

强烈","他的感情,不仅比我们平常的人强烈,是忍不住要发泄出来的",因而这就不是一般的爱的要求,而是在求爱意义上的自由意志的体现。[1]

革命的时代主题给予自由带来了巨大的激励,与革命相联系的自由早已跨越了恋爱自由和人格自由这样的境界,而在革命、斗争的意义上建立了新的自由观,可能涉及民众的自由、阶级的自由和社会的自由,而反映在个人方面则是革命的意志自由。这样的自由境界显然不同于个人主义和个性主义,作为一种文化时尚,它被赋予了迥然不同于五四时代的新的时代内容。茅盾的《蚀》三部曲非常集中地表现了革命与自由的关系问题。《幻灭》中的章静、《动摇》中的孙舞阳和《追求》中的章秋柳、史循等时代知识分子,因为革命的激励走上争自由的道路,但所得到的却多是理想幻灭、精神消沉甚至自暴自弃的结果。革命或许是自由的动因,却绝不是自由的归属,甚至不是自由的伴侣。怀着自由的心性,或者带着寻求自由的理想投入革命,必然遭到上述时代英雄的挫折。其实,郁达夫的《她是一个弱女子》也同样表现了这样的时代思绪,只不过郁达夫对革命的理解更隔膜,更悲观,因而女主人公郑秀岳的命运更加凄惨,更为不堪。

这样的文学表现正寓含了现代中国文化中革命与自由的复杂而真实的关系:最初它们像连体动物,在文学的平台上出双入对,但真正进入革命的时代,它们则成了一对怨偶,利用文学展开了对垒与角逐。宣扬自由往往是在革命的动员时期,革命过程之中则需千方百计反对自由和肃清自由,因此,真正的革命力量和革命文化总是忌惮自由的文化,总是想克服自由的意志。在20世纪20年代末至30年代,革命与自由就处于这种联合互动、相互忌惮、相互克服的角逐游戏之中。

## 二、革命文学与自由意志的基础

革命时代的来临顺理成章地解放了一批自觉者,个人主义和个性主义

---

[1] 成仿吾:《〈沉沦〉的评论》,《创造季刊》,1923年第1卷第4期。

意义上的自由早已经成了这个时代的必有之义,这样的自由也就不可能成为时代文化解读的必然对象。作为革命时代文化解读必然对象的自由,便是革命的自由意志以及革命民众的群体自由,这两种革命的自由文化都会要求对个人主义和个性主义的自由实施批判。这样的理论逻辑描述了20世纪20年代后期革命文学文化的一种基本态势。

"革命文学"概念出现在1923年至1924年之间,那时候的《中国青年》曾刊载邓中夏、恽代英、萧楚女等共产党人讨论"革命文化"和"革命文学"的言论,《民国日报》副刊《觉悟》也从那时起开始较多使用这一概念。这可以说是"革命时代"到来之前的一种舆论预演,其实际的内容即便较为充实也很少产生大的影响,因而不会催生出革命文学文化。正是在1925年1月1日,《民国日报》副刊《觉悟》上,蒋光慈以"光赤"的笔名发表《现代中国社会与革命文学》一文,在太阳社与创造社进行革命文学论争时被认定为"革命文学"倡导的开篇之作。不过这时候他所提出的"革命文学"作为概念其内涵还相当简单:"谁个能够将社会的缺点、罪恶、黑暗……痛痛快快地写将出来,谁个能高喊着人们向这缺点、罪恶、黑暗……奋斗,则他就是革命的文学家,他的作品就是革命的文学。"如果说只要揭示了社会的黑暗与罪恶,就是革命文学,则这样的革命文学也就太简单了。蒋光慈最先就是这样简单地提出了革命文学的概念。

真正营构起革命文学的文化环境和概念内涵的,还是在北伐革命时代正式来临的1926年。这一年,郭沫若所领导的创造社以新创刊的《创造月刊》和已创刊的《洪水》加入了革命文学的倡导,以此对时代革命的主题予以策应。1926年1月1日,《洪水》第1卷第3期发表洪为法的《木兰歌·革命文学及其它》等文章,使得这些刊物讨论"革命文学"的文章及相应的概念应用迅速密集化。这年的5月1日,郭沫若在《文艺家的觉悟》一文中,明确提出了这个"革命"时代的阶级属性:每个人都不可能"不受社会的影响",现在是"第四阶级革命的时代","我们现在所需要的文艺是站在第四阶级说话的文艺,这种文艺在形式上是现实主义的,在内容上是社会主义的"。[1] 同月,郭沫若在《创造月刊》第1卷第3期上发表《革命与文学》一文,进一步明确:"在精神上是彻底同情于无产阶级的社会主义文艺,在形式上是彻底反对浪漫主义的写实主义文艺",乃是"最新最进步的革命文学",同时响亮地提出知识分子"到兵间去,民间去,工厂间去,到革命的漩涡中去"的号召。

这一革命的战叫明确了这个革命时代的特别内涵:阶级革命,而且是第四阶级(即无产阶级)革命。如果说这种革命也是争自由的社会运作,则这已经不是个人的自由,不是个性主义意义上的自由,而是阶级的自由,革命阶级的自由,也就是第四阶级的自由。个人的自由,包括个性主义意义上的自由,必须在阶级的自由意义上才被赋予真正的意义。用革命导师的话说,"现在已经达到这样一个阶段,即被剥削被压迫的阶级(无产阶级),如果不同时使整个社会一劳永逸地摆脱任何剥削、压迫以及阶级划分和阶级斗争,就不能使自己从进行剥削和统治的那个阶级(资产阶级)的控制下解放出来"[2]。通俗地说,无产阶级必须解放全人类,才能最后解放自己。洪灵菲在小说《家信》中正是这样对"革命"进行阐释:"革命能够解放你们。革命不但能够使受压逼最厉害的工农从十八层地狱下面解放出来,它同时能够使一班穷苦的小商人从苛捐杂税,重利剥削的两层压逼下面解放出来。革命给一切在过着牛马似的生活的人们以更生的机会。它的目的是把特权阶级打得粉碎。这是一种伟大的企图,光明的策划。"知识分子的自由和解放当然必须在"把特权阶级打得粉碎"之后才可能获得。郭沫若明确指出:

> 在大众未得发展其个性,未得生活于自由之时,少数先觉者无宁牺牲自己的个性,牺牲自己的自由,以为大众人请命,以争回

---

[1] 郭沫若:《文艺家的觉悟》,《洪水》,1926年第2卷第16期。
[2] [德]恩格斯:《〈共产党宣言〉1888年英文版序言》,《马克思恩格斯选集》第1卷,第237页,北京:人民出版社,1972年。

大众人的个性与自由![1]

"牺牲了自己的个性和自由去为大众人的个性和自由请命",不是一种简单的观念置换,而是需要经过一番痛苦的努力与斗争,这些被称为"先觉者"的革命知识分子必须像郭沫若所说的那样,到兵间去,到民间去,到工厂间去,到革命的漩涡中去,必须走上为大众人争回自由的革命之路。

其实郭沫若早在1923年就发出了"到兵间去、到民间去"的号召,相信他就像田汉那样也是从俄国民粹派在19世纪70年代发动的影响深远的"到民间去"运动获得了启发。郭沫若惊异地发现:"朋友们怆聚在囚牢里!"这时候他就有了模糊的否定个人主义的倾向。当革命运动山雨欲来或者风起云涌的时候,他重新吹响起了"到民间去"的时代号角,也正是在这一时期,田汉组织了南国电影剧社,筹拍他自己编导的影片《到民间去》。他喜欢日本明治时代的诗人石川啄木的同题诗,诗中的诗句这样激励着中国的年轻诗人和电影梦想追逐者:

> 我们知道我们要求的是什么,
> 我们也知道民众要求的是什么。
> 我们并且知道我们该怎么做,
> 我们实在比五十年前的俄国青年晓得更多,
> 可是没有一个人握着拳头,打着桌子,高叫"到民间去"![2]

"我们"和民众的要求就是自由,就是革命,但自由和革命必须借助于民间力量,投身于大众群体才能得以实现。因此,知识分子对自由的争取需要与人民大众的解放和革命联系起来,如果他们不是致力于为大众人和第四阶级的人争回自由,而仍然沉浸在为个人和为自我争自由的小圈子

---

[1] 郭沫若:《文艺家的觉悟》,《洪水》,1926年第2卷第16期。
[2] 田汉:《影事追怀录》,《田汉文集》第11卷,第453页,北京:中国戏剧出版社,1983年。

里,那么就不是真正的革命人,就要受到指责和批判,这是革命时代的逻辑。正是在这样的革命逻辑上,革命文学家明确提出了否定五四新文化运动中大力提倡的个人主义和个性主义,实际上是通过对这种个人主义或个性主义的自由范式的否定来强调对阶级自由和革命自由意志的倡导。何畏于1926年5月发表《个人主义艺术的灭亡》[1],吹响了革命文学向个人主义文学的进剿号角。

在1926年前后,新文学界的大多数文学家和文学团体都曾面临着所谓的"方向转换"。大多数新文学家的"方向转换"都以克服个人主义和个性主义为基本内容。成仿吾处在"方向转换"的潮头地位,他的上述倾向最为明显。他所阐述的"革命文学"内涵就是克服个人主义。他发出了这样的号召:"我们努力!把这个人主义的妖魔屠倒!"[2]率先倡导革命文学的蒋光慈同样声明个人主义是革命的对象,他指出:

> 革命文学应当是反个人主义的文学,它的主人翁应当是群众,而不是个人;它的倾向应当是集体主义,而不是个人主义……革命文学的任务,是要在此斗争生活中,表现出旗帜的力量,暗示人们以集体主义的倾向。[3]

集体主义是革命的要求,而个人主义被理解为集体主义的对立面,这就是文学界面临的方向转换的要害。田汉为此方向转换专门写了一本小书,题为《我们的自己批判》。他之所以如此洋洋洒洒地展开自己批判,是因为他领导着并代表着一个叫作南国社的群体,而且是一个一直活跃着的兼具戏剧演出和电影拍摄以及杂志出版诸多艺术职能的社团。田汉的"自己批判"同样是围绕着个人主义和小资产阶级感伤情绪的批判,以及对于民众需求的趋近。在《我们的自己批判》中,田汉检讨自己虽然处身于"民

---

[1] 见《创造月刊》,1926年第1卷第3期。
[2] 成仿吾:《文学家与个人主义》,《洪水》,1927年第3卷第34期。
[3] 蒋光慈:《关于革命文学》,《太阳月刊》,1928年2月号。

间",但没有认清应该以"民众"为本,没能够真正"认定南国艺术运动的对象是劳苦大众,并且把我们的努力的焦点放在如何使我们的艺术真成为民众的,并如何使民众认识艺术的真价上面",所以,"我们的剧本除了略略可以听见民众之声的《火之跳舞》与《第五号病室》外,依旧有所谓悠久的,神秘的《古潭的声音》,依旧有充满着诗,充满着泪的感伤情调的《南归》"。

田汉

郭沫若以及创造社的"方向转换",田汉以及南国社的"自己批判",在20世纪20年代末到30年代初的新文学家中具有典型意义。他们都一度徘徊、动摇在个人主义、个性主义的自由价值与革命的、人民大众的集体主义意识之间,在革命形势的感召和革命热潮的推动下都自觉地转向后一方面并对前一方面进行痛切的反思和检讨。这种方向转换和自我批判是时代性的文化运作,只是落实到各个新文学家那里表现形态有所不一。鲁迅也同样在1926年程度不同地经历了这样的转换,他于6月1日购读了《无产阶级艺术论》,为他以后对革命文学所发的精彩议论做了理论和资料的准备。

这一方向转换的基本意义是,知识分子放弃了个我情怀和个人主义的价值理念,转向了广大民众,并且以大众的意志作为自由的意志。这种意志被理解为革命的成分占据主导方面,自由成为个人主义的标识而遭到批判和唾弃,一切有关自由的论调都有可能成为革命文学和革命文化所警惕和排斥的对象。20世纪30年代左翼文学运动掀起规模宏大且旷日持久的对于自由派文学的批判,原因便在这里。

除了文学自由论的倡导者继续抱着自由的命题不放而外,无政府主义者以及对无政府主义抱有同情的文人继续在为自由而战,他们的抗争部分地反映到革命文学之中,成为左翼文学兴起前后一股不可小视的文学和文化时潮,曾被概括为革命的罗曼蒂克。当然,革命的罗曼蒂克不光是无政府主义一脉的青年所禀赋的气质,也是一些同情共产主义和无产阶级革命的知识者所常有的姿态,其关键在于他们既想投入革命,又想保持个我,既致力于人民大众的解放,又保持自己的自由幻想。从巴金的《灭亡》等系列作品,到蒋光慈的《野祭》、《菊芬》,再到胡也频的《到莫斯科去》,丁玲的《一九三〇春上海》等,以及当时的左翼文学家认为最典型的华汉的《地泉》,所体现的都是这样的文化心态和心理轨迹。于是,革命时代的自由要求呈现出一种非常特别的知识分子文化景观,革命的罗曼蒂克是这种景观的集中表现。这就是说,革命的罗曼蒂克是一种时代的文化,是革命与自由交响的时代文化,它不仅仅是文学现象,更不仅仅是文学中的某种病态。

## 三、革命文化对自由文化的克服

最早从个人主义"囚牢"中冲突出来、解放出来的文学者,充满着小资产阶级知识分子的狂热与想象,对革命与自由充满着同等的热望。这时期,革命与自由高度统一,这样的时代意识和时代热情表现在文学界"方向转换"的历史运作中,一般来说还来不及诉诸文学作品。革命的罗曼蒂克作为文学文化,体现的是革命与自由在时代运作中所必然产生的砥砺,革命文学创作热潮中大量涌现的是这一类作品。在革命的同时渴望着自由,同时在自由的争胜中又需借助于革命,而革命与自由总是处在纠结的状态,让处身于其间的青年人两方面既难以割舍,又无法真正协调。这样的时代文化心态在革命家恋爱的题材表现中,在革命的罗曼蒂克的时代书写中,独自形成了一种文化,一种值得珍视的文学文化。

这种时代的书写在继续。在左翼文化运作中,革命与自由呈现出某种对立状态,至少在青年文学家的从消极的方面而论,自由会成为革命运动中的突出问题。革命意味着暴力,无论是在军事意义上还是在文化意义上,都充满着暴力意向。这种暴力会形成一种新的压迫,并直接干涉、限制社会文化领域另一部分人的自由。于是革命伴随着自由的声浪,但同时革命在某种绝对性的意义上也可以成为自由的敌人。这便是现代文化的复杂性。反映在文化和文学上也是如此,这就是左翼文化、文学界往往将主要的精力用来对付文学自由论,对付"自由人"和"第三种人"的重要原因。

自由被理解成与革命意志相一致,这是革命的罗曼蒂克的要害。这样的认知在革命文学家中非常普遍,以至于叶紫的《星》,这部很少被作为革命的罗曼蒂克作品看待的小说,所宣扬的革命与自由统一论似乎最为完整:革命到来的时候,受欺压的梅冲出了牢笼般的家庭,与革命者黄勇敢地相爱,自由地结合;革命失败以后,梅只好放弃了自由与幸福,回到从前那个牢笼之中。在这个可怜的革命者那里,有革命就有自由,没有革命就失去了自由,这是革命的罗曼蒂克思路的典型体现。柔石的小说《二月》中的萧涧秋是一位自由知识分子,他想体验自由的人生来到了偏僻的江南小镇芙蓉镇,然而在这里遭受的是黑势力的攻击,爱情的困扰,没有自由可言。他最终选择了前往大都市上海,到那里继续他的自由的寻找。那时候的上海适逢工人革命的高潮,向往上海实际上暗示了向往革命,柔弱的知识分子将争取自由的希望寄托在革命的运动之中。而在此之前,一些与革命的罗曼蒂克写作并无直接关系的文学家,都已经这样理解和处理自由与革命的关系。叶圣陶的长篇小说《倪焕之》就是其中的代表。倪焕之作为一个热爱自由的小知识分子,在偏僻的江南小镇同样遭到了人生的挫折,他同样将未来奋斗的希望寄托在上海这样的大都市,寄托在那里可能掀起的革命热潮之中。

这些作品都呼应着那个时代的革命的罗曼蒂克文化,也构成了这个时代基本的文学文化。

清醒而深刻的现实主义者如鲁迅,就曾善意地告诫过左翼文学青年:革命未必通向自由的实现,革命以后,由于对革命的失望,革命的文学家就容易成为反革命的文学家。用鲁迅的话说,"我以为在现在,'左翼'作家是很容易成为'右翼'作家的"。特别是那些"对于革命抱着浪漫谛克的幻想的人,一和革命接近,一到革命进行,便容易失望"。因为革命并不会像他们设想的那样自由。鲁迅举例说:"听说俄国的诗人叶遂宁,当初也非常欢迎十月革命,当时他叫道,'万岁,天上和地上的革命!'又说'我是一个布尔塞维克了!'然而一到革命后,实际上的情形,完全不是他所想像的那么一回事,终于失望,颓废。"[1]鲁迅的观点虽然有些悲观,但真实地揭示了自由与革命的复杂关系,揭示了革命对于自由所必然产生的制抑、限制甚至忌惮的关系。正是在这样的关系上,革命文学界和左翼文学界对来自于自由知识分子的文学自由论才高度敏感,并且极为反感,从而在文学上的"阶级斗争"极为白热化的情境下,却掀起了清算小资产阶级"自由人"和"第三种人"的高潮,并形成了那个时代最为醒目的文学文化。

左翼作家联盟成立以后,自许为"自由的智识阶级"的苏汶、胡秋原等感觉到革命与自由之间的天然差异,"决心担负起思想批判的天职",为自由而战,[2]强调"文学与艺术,至死也是自由的,民主的"。[3]革命的文学家敏锐地意识到这样的文学自由论不利于无产阶级革命运动的展开,认为这些"自由的智识阶级"作为文艺家实际上也是不自由的,他们的实质"是帮助统治阶级""来实行攻击无产阶级的阶级文艺"。[4]这样的判断表明了革命文学家的两重观点:首先,革命和革命文学绝对不是"自由的",而是有阶级属性的,任何以自由的名义进行革命的行为都不可能是真正的革命行为,这与马克思主义的阶级论及其相关理论紧密联系在一起;其次,所有以自由的名义抗议革命、攻击革命文学的言论,都不可能是自由的言论,而是隶属于统治阶级的言论,是具有阶级属性的反革命言论。显然,第二重理论阐述有些强词夺理,对于"自由人"等带有一种强加式的粗暴。但第一重理论在革命斗争和意识对垒的时代,应该说具有一定的现实性甚至普遍性意义。正因为左翼文学界清楚地意识到,"自由人"和"第三种人"的论调

---

[1] 鲁迅:《对于左翼作家联盟的意见》,《鲁迅全集》第4卷,第238—239页,北京:人民文学出版社,2005年。
[2] 苏汶:《真理之檄》,《文化评论》,1931年第1号。
[3] 胡秋原:《阿狗文艺论》,《文化评论》,1931年第1号。
[4] 瞿秋白:《"自由人"的文化运动——答复胡秋原和〈文化评论〉》,《文艺新闻》,1932年第56号。

实质是在要求"文学脱离无产阶级而自由,脱离广大的群众而自由",[1]他们对于这派人士和这派论调才发起如此大规模的、旷日持久的批判,甚至认为他们比左翼文学真正的"阶级敌人"民族主义文学派更加危险,更加有害,用冯雪峰在《致〈文艺新闻〉的一封信》中的话说,他们"反对普洛革命文学已经比民族主义文学者站在更'前锋'了。对于他及其一派,如今非加紧暴露和斗争不可"。

左翼文化通过文学斗争所显露出来的时代逻辑已经很清楚:自由言论和自由的诉求,由于违背了阶级论,当然也就违背了革命的本旨与革命的原则,就成为革命的必然对象。革命在价值观方面倘若与自由相连接,那往往就脱离了阶级论的轨道,就很容易成为阶级革命所排斥的对象。于是,普罗文学和阶级革命论者就会对自由论者保持高度警惕。阶级论在现代文化中是一种很有吸引力和同化力的观念,它最初为中国共产主义者所秉持,然后迅速影响到并折服了鲁迅这样的向往革命、同情革命的知识分子,从而成为民族革命战争爆发之前的时代主流。因此,鲁迅在《论"第三种人"》中这样讽刺自由派文艺家:"生在有阶级的社会里而要做超阶级的作家,生在战斗的时代而要离开战斗而独立,……这样的人,实在也是一个心造的幻影,在现实世界上是没有的。要做这样的人,恰如用自己的手拔着头发,要离开地球一样,他离不开,焦躁着,然而并非因为有人摇了摇头,使他不敢拔了的缘故。"[2]

---

[1] 易嘉:《文艺的自由和文学家的不自由》,《现代》,1932年第1卷第6期。
[2] 鲁迅:《论"第三种人"》,《鲁迅全集》第4卷,第452页,北京:人民文学出版社,2005年。

第三编

民族与民主

# 第七章
# 民族与民主交织中的文学文化主流

辉煌的20世纪30年代是中国新文学走向全面成熟的时代,具体体现在各种体裁的文学开拓在这一时期取得了较为圆满的成就,产生了一批杰出的代表作品;各种体裁的新文学经典在这时期都已推涌成型,大多代表着中国新文学的最高水平;文学流派各具优势、各显其能且成就不凡;文学论争比任何时候都更为活跃也更见水平,形成了文学空气相对自由的社会文化环境;文学出版机制更为健全也更显强大;文学研究呈现出全面发展的态势,新文学的学术系统建构完备;文学与其他艺术之间的交互运作,如戏剧、电影等等更为频繁,也更加深入。尽管这时期的文学文化斗争相当激烈,特别是左翼革命派文学与自由派文学的斗争,但总体而言,一切都在正常的文化秩序和文学规律范畴之内,属于从各个文化背景将文学推向经典的历史运作。日本帝国主义的侵略中断了新文学向经典化的目标迈进的历史进程,日益高涨的抗日民族意识迅速倡扬并酝酿成了新的文学文化,这便是围绕着民族与民主而展开的超越文学自身的文化运作。

## 一、民族潮流的潮头效应:文学文化地位的"上浮"

早在20世纪20年代甚至更早,敏感的文学家已经意识到日本对中国的觊觎之心日益加剧,便在文学中率先表现出惕日、仇日的情绪。郭沫若的诗歌《狼群中一只白羊》和小说《牧羊哀话》,借朝鲜的民族遭遇发泄对日本侵略的愤懑,表现出与甲午时代悠然相通的民族情绪。郑伯奇的《最初之课》和《莘庄镇》则直接刻画了日本侵略中国的现实图卷,可谓开启了现代抗日文学文化的序幕。随着日本侵略中国的步骤的加快,狼子野心的逐渐暴露,现代文学中的抗日文学逐渐成为不容小觑的一个重要流脉,包括萧军的《八月的乡村》,包括电影《桃李劫》、《毕业歌》,戏剧《回春之曲》,以及《松花江上》、《义勇军进行曲》之类大量高亢的抗日歌曲,汇成了越来越强的时代旋律。这种时代旋律越来越强劲,伴随着日本帝国主义对中华大地全面侵略的步伐加快,伴随着中国各个阶层抗日御侮之民族情绪的日益高涨。这些作品很少有"静穆悠远"之作,但它们汇聚成了一种越来越鲜明的时代文化,并且在社会文化的运作中占据越来越重要的地位。

　　随着"九一八"事变、华北事变等重大事件的发生,日本帝国主义侵略中国的步伐不断加快,中国与日本的民族矛盾迅速上升,革命的时代文化主题迅速让位于民族抗争的主题。一个重要标志便是,在1936年春,左翼作家联盟于仓促中自行解散。尽管左联解散后,鲁迅等还坚持打出"民族革命战争的大众文学"的旗号,与当时已经在文化上占据主流地位的"国防文学"的口号相龃龉。鲁迅此时仍然带着观念的惯性坚守着阶级论的底线,尽管他也意识到大敌当前应该"不分阶级和党派,一致去对外",不过他认为这样的立场,仍然是阶级立场:"这个民族的立场,才真是阶级的立场。"[1]但对于大多数文学家和文化工作者来说,基于"阶级性"的"革命"已经是一个过去了的主题词,民族问题是人人必须立即面对的问题。因此,强调"革命"的鲁迅倡导的那个口号其实并没有产生多大的实际影响力。但是,鲁迅的远见卓识并不因此而减弱其思想的光辉,他的"民族革命战争的大众文学"口号仍然点中了整个抗日战争时期的文化主脉:民族、革命、大众,汇聚成民族与民主的时代文化主题。

---

[1] 鲁迅:《论现在我们的文学运动》,《鲁迅全集》第6卷,第612页,北京:人民文学出版社,2005年。

## 第七章 民族与民主交织中的文学文化主流

民族战争的全面爆发，使得文学文化由革命、自由的主题迅速转换为民族、民主的主题，这是文学文化发生时代性重大转折的第一大标志。另一个重要标志是，文学文化的重要地位在时代意义上得到迅速蹿升，不仅原已相当成气候的抗日文学和民族文化迅速上升为时代的主调，文学在民族战争中的作用同样得到了提升与强调。

卢沟桥事变以后，文学动员的巨大声势构成了时代文化的绝对主旋律。

首先，反映抗战情势的各种文学创作，汇聚成一种时代的报告，一种强势的文化潮流，震荡着读书界、文化界、文学界等社会各界。

文学家以笔作刀枪，积极投入到抗日战争的报道工作中，将日本侵略者的罪恶行径以及中国军民反击的情形作及时、生动的报道，这样的报道文学成为那个时代文学的热点和文化的亮点。这种报道文学有我们已经习惯了并已经趋于成熟了的报告文学，如亦门的《闸北打起来了》、《从攻击到防御》等反映"八一三"战事的报告文学，以及丘东平的系列报告文学如《第七连》等，胡风精辟地概括出这时候的报告文学体现为"一个战斗的文艺形式"："它和战斗者一同怒吼，和受难者一同呻吟，用憎恨的目光注视着残害祖国生命的卑污的势力，也用带泪的感激向献给祖国的神圣的战场敬礼……"[1]另有报告性特别明显的报告诗和报告剧。被誉为"时代的吹鼓手"的田间，便在抗日战争一爆发就发表了《给战斗者》，同时致力于街头诗创作；街头剧等多体现为"活的报纸"、"动的报告"的报告品性，[2]如《三江好》、《最后一计》等，都是这样的报道文学。为了及时、全面地反映抗日壮举，也为了营造、鼓动抗日报道文学的巨大声势，报道文学经常采用多人合作和集体创作的形式。宣传鼓动性是这时期文学的另一重要特性。文学家纷纷将自己的写作频道调谐到大众文学的接收频率之中，以人民大众喜闻乐见的文学形式表现与抗战宣传相关的内容，以利于鼓动全社会的抗战

---

[1] 胡风：《论战争期的一个战斗的文艺形式》，《胡风评论集》（中），第18页，北京：人民文学出版社，1984年。

[2] 葛一虹：《论活报剧》，《中国新文学大系 1937—1949·文学理论》第1卷，第393页，上海：上海文艺出版社，1990年。

热情。

这些文学创作在取材上早已远离了作家自身的日常人生,在创作形式上则纷纷走传播化、大众化的路径,在创作初衷上也疏离了个人情怀和才情的展示,因而它们的艺术性、审美性不可避免地服从于时事性和报道性,服从于宣传鼓动性。这是时代的要求,是时代文化的应有姿态和特质。

一切有利于抗日宣传的文学资源都被发掘和调动起来,用于民众抗日情绪的激发和鼓励。例如陈鲤庭在"九一八"事变后执笔创作的抗日街头剧《放下你的鞭子》等,在抗战的高潮中被文艺家反复演唱,以至于徐悲鸿于1939年在新加坡看到"中国救亡剧团"王莹等人的演出,即乘兴创作出了同题油画,并题名记叙王莹的演出。需要指出的是,这部抗战名剧仍然是集体创作的结晶,它脱胎于田汉根据德国作家歌德的《威廉·迈斯特》中的梅娘故事改编而成的独幕剧,经过陈鲤庭、崔嵬等人的联合改编,融入了吕骥创作的《九一八小调》,从而成为家喻户晓的抗战街头剧。这是抗日战争全面开战以后文艺界对已有文学资源开发利用的典型案例。

在文学表现手法上,这时期的报道文学特别是报告诗发扬了红色鼓动诗的传统。阶级革命的文学历练复又在民族革命如火如荼的宣传中如鱼得水,这是我们面临的这个时代的悲哀,文学文化被迫轮回的悲哀。因为这时候的文学已经锐化为战斗的武器,厮杀的刀枪,它不再直接对新文学自身的建设乃至新文化建设负责,而是直接对民族危亡的艰难时事负责。文学地位被拔高,导致文学的新文化素质要求再也无须得到特别强调,传统文学的因素裹挟着民间文学的要求大规模地突入抗战文学的地盘,一度成为抗日宣传的主导内容,不仅有《新水浒》、《新儿女英雄传》等古籍翻新的作品匐然登场,更多的是鼓词、金钱板、数来宝、快板、歌谣、各种梆子、坠子等等民间形式的蜂拥而上。这并不是用文学的民族化弹压文学的新形式,而是要求文学须以民族形式和民间形式为抗战服务:"采纳流行于大众间的旧的形式的长处,并且结合起旧的为大众所爱好的通俗作家,充实他们的意识,增加通俗作品的创造,印出千千万万的文艺小册子,输送到前线和后方的各地各方面的大众中去,使每个人都沐浴于文艺的光芒,加强抗敌情绪。"[1]抗战压倒一切,抗战文艺压倒一切新旧文学的对垒和争执,这就是时代的文化要求和文化特性。

## 二、抗日民族统一战线中民主问题的提出

然而,抗战绝不仅仅是一个情绪发动的问题,尤其反映在文学和文化方面,事关文学家和文化人的主观精神和创造愿望,势必发生种种复杂的情形。另一方面,民主、自由的观念和要求始终是新文化和新文学界的"理想类型"的体现,任何时候这样的文化呼声都有其正当性。于是,在抗战文学热火朝天的关键时刻,出现了一种向抗战文艺界要民主的时代声响。

1938年成立的中华全国文艺界抗敌协会(简称"文协"),标志着文艺界抗日民族统一战线的形成,也标志着抗日文化正式坐定了时代文化的主流。在这种全面抗战的文化热潮中,各种不同观点、不同文学旨趣的碰撞在所难免,从中摩擦出来的火花,显示出民族文化与民主文化相交汇的亮色与活力。

"文协"成立大会时部分代表合影

---

[1]《全国文艺界抗敌协会成立大会》,文天行等编:《中华全国文艺界抗敌协会资料汇编》,第27页,成都:四川省社会科学院出版社,1983年。

1938年4月,张天翼创作的小说《华威先生》刊载于茅盾主编的《文艺阵地》创刊号。该小说通过一个对抗战工作"包而不办"的文化官僚华威先生,揭示和讽刺了抗战阵营内部国民党官僚争夺领导权、限制普通民众积极抗日的情形,由此引发了一场历时两年之久的关于抗战文学是否应该"暴露黑暗"问题的论争。质疑这篇小说的人首先肯定《华威先生》写得合时,切中时弊。接着,提出了"在一个很奔放的时代与自由的环境里,冷嘲是不是需要"的问题,由此表达了自己善意的担心,担心《华威先生》所暴露的黑暗面可能会影响抗日的"严肃与信心"。[1] 茅盾则认为抗战文学既"要写代表新时代的曙光的典型人物,也要写正在那里作最后挣扎的旧时代的渣滓"。为此,他批评了"抉摘丑恶,实非必要"、"太谑画化"等错误言论,[2] 并强调"现在我们仍旧需要'暴露'与'讽刺'"[3]。1938年11月日本《改造》杂志译载了这篇小说,这无疑起到了火上浇油的作用,因为这似乎更加证明了这篇旨在"暴露"的作品在"灭自己的威风,长他人的志气"。[4] 倒是挑起这场论争的最初质疑者李育中说得明白透彻:《华威先生》"翻译到日本那不可怕",可怕的是华威先生并没有消失,"现实上的'华威先生',忙于开会,忙于讲空话,专做救亡团体和救亡青年的绊脚石",[5] 需要我们时刻警醒。

抗战是一项全国投入、全民参与的伟大斗争,其中当然会有不协调的步伐、不谐和的声音,有相当的黑暗面,对于出现在和存在于抗战热潮中的这种不协调、不谐和的黑暗面,应该有所揭露和批判,以利于防范与肃清。勇于揭露和批判抗战队伍中的不协调或不谐和声音,乃是民族革命战争中运用民主权力的体现,而容许这样的权力的行使,更是民主宽容心态的体现。

---

[1] 李育中:《幽默、严肃与爱》,《救亡日报》(桂林),1938年5月10日。
[2] 茅盾:《八月的感想——抗战文艺一年的回顾》,《文艺阵地》,1938年第9期。
[3] 茅盾:《暴露与讽刺》,《文艺阵地》,1938年第12期。
[4] 林林:《谈〈华威先生〉到日本》,《救亡日报》(桂林),1939年2月22日。
[5] 李育中:《〈华威先生〉的余音》,《救亡日报》(桂林),1939年3月17日。

对抗战文学呈现出大众化、通俗化的趋向,甚至存在公式化、概念化等被喻为"抗战八股"的毛病,梁实秋、沈从文等提出了自己的批评意见。梁实秋以《中央日报》副刊主编的身份表示:"现在抗战高于一切,所以有人一下笔就忘不了抗战。我的意见稍为不同。于抗战有关的材料,我们最为欢迎,但是与抗战无关的材料,只要真实流畅,也是好的,不必勉强把抗战截搭上去。至于空洞的'抗战八股',那是对谁都没有益处的。"[1]这番被罗荪概括为"与抗战无关论"的言论遭到了严厉批判。《新蜀报》、《国民公报》、《大公报》、《抗战文艺》等报刊,陆续发表了多篇批判文章,认为梁实秋的"与抗战无关论"要消灭的不是"抗战八股"而是"抗战"。[2] 张天翼指出梁实秋那些躲在象牙塔里的"无关抗战论"实际上是艺术至上的表现。[3] 沈从文也希望文学家远离"宣传"的空气,远离"文化人"的身份,[4] "反对作家从政",[5] 只是有人攻击其"也无非要造成一批误国的文人!"[6] 抗战文艺界仍然坚持文学家在抗战中的最重要的使命与责任。

在战争的环境下,对梁实秋、沈从文的批判即使有些过激,也具有其现实合理性。战争是残酷的,民族存亡的关键时刻要求文学和文学家哪怕是牺牲了自己的"身份"去做宣传,也体现着一种历史的必然性。但梁实秋、沈从文的议论并未超出一个文艺家的正常要求,他们的言论体现着在抗战文化"大一统"舆论走向中的一种,是在并未违背抗战主旨形势要求之下的一种自主发言,体现着一定意义上的民主文化精神。如果能够对这样的言论加以善意的宽容和必要的修正,则更能体现出抗战文化中非常可贵的民主精神。

在民族矛盾异常激烈的时代,文学家依然保持民主精神,这是中国新文化走向成熟的重要标志。这种民主精神的发挥,除了体现在上述文学论

---

[1] 梁实秋:《编者的话》,《中央日报》副刊《平明》,1938年12月1日。
[2] 巴人:《展开文艺领域中反个人主义斗争》,《文艺阵地》,1939年第1期。
[3] 张天翼:《论"无关"抗战的题材》,《文艺月报》,1940年第6期。
[4] 沈从文:《一般或特殊》,《今日评论》,1939年第4期。
[5] 沈从文:《文学运动的重造》,《文艺先锋》,1942年第2期。
[6] 巴人:《展开文艺领域中反个人主义斗争》,《文艺阵地》,1939年第1期。

争方面而外,还体现在抗战文学的多向度创作上。在共产党控制的边区,丁玲的创作如《我在霞村的时候》、《在医院中》,在热忱讴歌抗战的同时勇敢地揭露抗日根据地的某些落后、阴暗的现象,将民族斗争的大义与民主批判意识结合在一起,成为那个时代可贵的文学和文化成果。在国民党统治区,郭沫若的《屈原》等历史剧,以及阳翰笙、阿英等人创作的历史剧,借古讽今,以史喻时,同样是在结合民族斗争精神与民主批判意识方面建立了辉煌的文化业绩。经过时间的炼滤,经过时代的沉淀,民族情绪高扬的抗战文潮逐渐被凝结着民族斗争精神和民主批判意识的文学创作所取代。这是时代的进步,这是新文化的进步。

## 三、置身在为民主的斗争里面

胡风在1944年的《希望》杂志发表《置身在为民主的斗争里面》,从社会理论和文学舆论上将民主调谐到时代文化主调的位置。胡风在这一时期所要求的民主意识是对五四时期新文化倡导的民主意识的唤起,即主要为了重倡社会现实主义和个性主义的精神批判传统。胡风深刻地认识到:

> 作家应该去深入或结合的人民,并不是抽象的概念,而是活生生的感性的存在。那么,他们的生活欲求或生活斗争,虽然体现着历史的要求,但却是取着千变万化的形态和曲折复杂的路径;他们的精神要求虽然伸向着解放,但随时随地都潜伏着或扩展着几千年的精神奴役的创伤。作家深入他们要不被这种感性存在的海洋所淹没,就得有和他们的生活内容搏斗的批判的力量。[1]

---

[1] 胡风:《置身在为民主的斗争里面》,《胡风全集》第3卷,第189页,武汉:湖北人民出版社,1999年。

这种渗透着鲁迅式的批判意识的理论，在抗战民粹主义的文化气氛中确实显得较为突出，因而一直受到质疑和批判。然而它又以理论的深刻性发扬了鲁迅及新文学的批判现实主义传统，在中国新文学更长的历史镜头中显露出思想的力量和观念的价值。从这一意义上说，胡风的民主文化观和主观战斗精神论带着明显的超前意味，也就是说，在抗日战争和国共内战时期，一般的文学创作甚至新锐的文学理论都很难抵达这种民主意识的深度。这时候的民主意识主要体现在政治上的反抗专制，道德上的民生同情，文化上的民粹倾向。不同的政治语境显露出民主意识的多方面多层次的复杂意蕴，抗战后期及国共内战时期文学所承载的民主正体现出这样的复杂性和多层次性。

从抗战后期到国共内战时期，民族文化趋于落潮，而民主文化持续高扬，这样的文化构成形成了显著的时代文化风貌。尽管民族危亡、民族解放和民族革命仍然是这个时代的主题，但由于民族的文化话语的时代性早已让位于民主文化，民族文化的言说便很容易成为一种尴尬的文化态度。抗战后期，被称为"战国策派"的陈铨、林同济等人鼓吹民族主义文化，落得的正是这样的尴尬境地。陈铨于1943年创办了《民族文学》杂志，提倡具有"强烈的民族意识"的民族文学；林同济则痛感于"民族文学"较多地带有传统文学的温柔敦厚、中庸平和的戾气，呼唤富有活力和创造力甚至是原始强力的文学，即那种"可以撼动六根，可以迫着灵魂发抖"的文学，谈到文学不要一味地涂抹平缓的春山，而要刻画"暴风雪中的挣扎"。[1] 他们还身体力行地通过文学创作，如陈铨的《野玫瑰》、《蓝蝴蝶》、《金指环》、《无情女》等剧作，以及《狂飙》等小说，表现国家、民族至上的意志主义情怀。显然，这种对国家意志的维护触发了新文学家的民主意识，《新华日报》、《文化杂志》等报刊分别发表文章，揭露战国策派的"法西斯主义实质"，而使其被无情地归入了反动的一脉。

---

[1] 独及：《寄语中国艺术人——恐怖·狂欢·虔恪》，《大公报·战国》第8期，1942年1月24日。

战国策派的文化境遇清楚地表明,抗战后期的中国新文化呈现出民主意识上升而民族意识疏淡的格局,上升了的民主意识反过来会对民族意识的强势突入保持高度警惕,并且进行理论排斥。其实,虽然陈铨等人的民族文学观等有某种意志论的色彩,但被扣上"法西斯主义"的帽子并不合适,明显属于过度指责。遭受这样的过度指责,完全是因为战国策派不合时宜地强调国家意志,不自觉地冒犯了新文学家正在恢复和张扬的民主意识。

延续着抗战文学的民主声浪,国民党统治区的民主文学突出地体现在政治上揭露政界的腐败、政治的黑暗,在道德层面控诉民不聊生的社会现实等内容。

政治上的反抗专制和揭露腐败,乃是将抗战初期已初现端倪的暴露黑暗问题运作为一个时代性的文学主题。讽刺和暴露一度成为时代文学的热点,这样的文学热点历来受到重视。诗歌方面最为突出的是袁水拍的《马凡陀的山歌》和《马凡陀山歌续集》,其中既有对政府专制和官僚腐败的讽刺,又有对民生疾苦世道浇漓的人生现实的表现。其他的代表作品,小说方面有张恨水的《五子登科》、《八十一梦》,茅盾的《腐蚀》,戏剧方面则有宋之的的《群猴》、陈白尘的《升官图》,吴祖光的《捉鬼传》等。这些作品以辛辣的讽刺笔法和对黑暗腐败现象的入木三分的抨击,凸显了战乱年代弥足珍贵的民主意识,这样的民主意识接续了五四新文化的伟大传统。

对于特殊年代民不聊生状况的揭示与表现,也是文学家民主意识的基本担当。随着战乱的加深,破产失业、流离失所、妻离子散、饥荒短缺等等社会灾难以前所未有的深广度在中国社会蔓延,普通人民的生活越发艰难,便是知识分子也多在贫困线上挣扎。于是一大批表现各社会阶层民生灾难的作品纷纷涌现,尤其引人注目的是表现知识分子面对人生的行路难而彷徨歧路的作品,较为典型的有巴金的小说《寒夜》,电影《一江春水向东流》、《万家灯火》等。

在共产党领导的边区及解放区,民主文化较为集中地体现在无产阶级民粹倾向的表现方面,也体现在对于封建文化的现代批判。这两方面同样都是对五四新文化民主传统的回应与发扬。

胡风的"主观战斗精神"论是对鲁迅深刻的灵魂解剖传统的呼唤、阐扬与继承,巴金的《激流》等系列作品,曹禺的《雷雨》和《原野》等,是从爱的要求发出了对于个性解放、人性尊严的呼吁,20世纪40年代后期揭示民生凋敝的作品,则延续了五四人道主义的传统以及老舍《骆驼祥子》的路数,揭示了黑暗社会对人生的摧残与盘剥。这样的民主文化传统在共产党领导的边区文学和解放区文学中得到了延续,但由于无产阶级的阶级意识在社会价值判断中起着主导作用,现代民粹思想处于这个特定时空文化的支配地位,鲁迅式的揭示人的灵魂戕害的思想深度便难以得到掘进,于是,"还是杂文时代"的缅怀鲁迅批判传统的论调,以及胡风的"精神奴役的创伤"论便会受到排斥与批判。民主意识在这一时空的文学文化中,从另一角度走向理念的深层,那就是对封建土地制度及其对中国农村社会秩序的决定性意义的揭露,丁玲的《桑干河上》,周立波的《暴风骤雨》在这一方面建立了殊勋。至于揭露封建传统势力对青年人爱情的干预,赵树理的《小二黑结婚》,李季的《王贵与李香香》等作品有影响深远的表现。当然,《白毛女》等作品从揭示下层劳动人民的苦难的角度控诉封建土地制度的罪恶,具有民主文学更加传统的感化力。

发扬五四时期"劳工神圣"的现代民粹传统,边区文学界掀起了以延安文艺整风为中心事件的工农兵文学的方向性调整。毛泽东的《在延安文艺座谈会上的讲话》(以下简称《讲话》),将工农兵文学的方向确定为党对文艺的要求,也确定为文艺界人士应有素质的标志。《讲话》以前所未有的严肃性强调了知识分子与工农兵的道德差距,以绝对化的语气发展了"劳工神圣"的文化观念,要求文艺工作者向工农兵学习,为工农兵服务。只有这样的文艺才是有力量的文艺,才能成为打击敌人、消灭敌人的有力武器。文艺的工农兵方向体现了共产党的政治文明的内涵,但从文化属性上分析,乃是五四以来现代民粹倾向的集大成体现,而民粹意识乃是民主意识的应有之义。

现代民粹意识及其所体现的工农兵文艺,对启蒙主义意义上的民主作出了反思和批判，是在特定的历史条件下对民主意识进行内容更新的思想文化成果。这一思想倾向可以视为是一种新民主意识，与作为启蒙主义的民主具有某种历史联系，但同时也有重要的时代性区别。毛泽东的《新民主主义论》是这种新民主意识的高度概括。这是共产党领导的，具有阶级分析成果的新民主主义文化和意识。这样的新民主主义文化意识在不断地向前推进，直接与社会主义、共产主义文化意识相啮合。

# 第八章
# 文学中的民族意识与民族的文学文化

当抗日战争的硝烟从东北飘散到华北,进而飘散到全国各地的时候,中国现代文化仍然被左翼文化、自由文化以及它们之间的角斗争持所笼罩。非常吊诡的是,在自由文化和左翼文化之外,又形成了一股一向都受到历史排斥和理论声讨的民族主义文学文化。在民族矛盾上升为社会主要矛盾的过程中,民族主义文化倡导应该得到拥护和响应,而不是多方一致的声讨以及剑拔弩张的讨伐,但情形远比我们推论的复杂,因为这股民族主义文化所宣扬的居然不是抗拒日本侵略的内容,而包含着"联合""黄人"抵御俄罗斯人的极端错误乃至荒唐的政治要素,因而在当时就为左翼文艺界以及其他正义文化人所排拒。

日益严峻的抗日战争形势呼唤着各路文学家清醒、明确的民族意识,民族革命战争的日趋逼近急切地引爆了时代的鼓点,深蕴于左翼文艺运动中,交织在革命与自由的论辩中,民族的文学文化正迅速生成,迅速坐大,逐渐成为那个时代的文化主旋律,最终在抗日战争全面爆发的前夕,取代了左翼文学文化,在中国人的文化生活中占据支配地位。

## 一、义勇军之歌:现代民族文化的兴起

中国的北伐革命,世界资本主义世界普遍的经济危机,来自苏俄文坛、

世界左翼文坛乃至日本文坛社会主义文学文化的影响,从20世纪20年代末开始,中国文化潮流为左翼文化和普罗文化所主导。左翼文化界一方面反对自由主义文化的干扰,对自由人、"第三种人"以及各种揭起小资产阶级革命之旗的派别文人进行批判与斗争;另一方面清算来自左翼内部的各派理论偏向,同时又联合理论界对来自国民党官方的民族主义文学进行声讨与批驳。这是一种立体交叉式的文化砥砺与斗争。"九一八"事变以后,中日民族矛盾迅速上升,民族意识的强化随之进入现代文化的运作之中,进入到新文学的创作和评论之中,由此增进了现代文化的精神构成。民族意识的增强带动了民族文化的兴盛,这样的文化通过文学运作显得更加生动、鲜活。

左翼文化诞生于革命意识和民族意识同样高涨的时代,出于与生俱来的社会责任感和民族使命感,它天然地将民族文化融入革命文化的建设之中,从而创造出唱响并引领那个时代的民族文化。

左翼文艺界首先从"九一八"事变的枪炮声后投入了巨大的文学艺术热忱,运作了声势浩大的民族文艺热潮。这一热潮首先从义勇军颂歌开始。"九一八"事变后,国民政府还处在迟疑乃至观望状态,但各地民众乃至海外侨胞都已经热血沸腾,掀起了逐渐高涨的抗日救亡运动。在抗日最前线的东北地区,由平民、国民警察以及东北军的部分官兵,各种地方武装和自卫队等等组成的武装力量迅速投入了抗击日本侵略的战斗之中,这些自发组成的抗日军队被称为东北义勇军。东北义勇军一度达到50多万的军力。但由于缺乏强有力的政治领导,又受到日本侵略军的集中剿杀,英勇的义勇军遭受残酷的镇压,损失惨重,至1933年即陷入瓦解,一部分退守关内,一部分加入了由共产党领导的抗日武装队伍,后来发展为东北"抗日联军"。

中华民国政府主席林森的对日宣战书是1931年12月9日签署并发布的,在国民政府尚未对日公开宣战之前,义勇军承担了东北前线主要的抗战军务;即便是对日宣战书签署以后,国民政府和国军仍然没有就对日军事行动展开及时有效的部署,这样一种"宣而不战"的状况甚至延续到华北事变之后,直接酿成了震惊中外逼蒋抗日的西安事变,甚至卢沟桥事变之后的相当一段时间仍未有明显改观。前面抗战之前的这五六年间,义勇军和各种抗日联军一方面承担着抗击日本侵略者的主要战斗任务,另一方面,作为中华民族抗日战争中最有号召力、最有影响力的武装力量,义勇军也承载着民族的希望,人民的属望。于是,各种带有明显抗日倾向的文学作品都将义勇军的叙说和歌颂选作主要题材,由此形成了20世纪30年代的文坛最有时代生气、最富民族血性的民族文化。

积极投入义勇军歌颂队伍的文艺家首推田汉、聂耳。他们联手创作的《义勇军进行曲》一直成为中华民族最嘹亮的旋律,鼓舞着千千万万世世代代中国人的血性与精神。在这部时代和民族最强音的创作之前,田汉已经多次用自己的笔加入到歌颂义勇军的时代歌者队伍。作为左翼作家联盟和左翼艺术联盟的主要成员,田汉从1932年起,为左翼外围组织的艺华、联华等影片公司创作了《三个摩登的女性》、《青年进行曲》等具有明显抗日民族倾向的电影文学剧本,使左翼文学和艺术出现了民族文化的新面貌。《三个摩登的女性》叙述大学生张榆因不满家庭包办婚姻,逃离了一个叫周淑贞的姑娘,从东北出走到上海,经过历练成为一名主演爱情电影的明星,并与南方姑娘虞玉相恋。东北沦陷后,周淑贞也偕母逃亡到上海,并自食其力在上海电话公司当接线员。在日本侵华的背景下,观众对爱情片失去了原来的兴趣,张榆的影片票房开始走下坡路。这时候,周淑贞打电话给他,劝告他改变戏路,顺应时代潮流,拍些鼓动民族抗战热情的爱国片。这让张榆茅塞顿开。"一·二八"事变后,张榆到前线投身抗日工作,英勇负伤被送进医院,巧遇参与护理工作的淑贞。他重新燃起了对淑贞的情愫,但淑贞却非常冷淡。"一·二八"事变停火后,已成为富人遗孀的虞玉从香港返沪,常约张榆寻欢作乐,但张榆并不爱她。江南女子陈若英对张榆表现出一片痴情。在与张合拍一部电影时,假戏真做,殉情而死。张榆更清楚地认识到历经生活磨炼的淑贞才是他的真爱,他陪伴淑贞参观码头、工厂、贫民窟,投入社会工作的信念更加坚实。这一电影非常巧妙地结合了左翼革命文化与民族文化的时代因子:走向工农,走向贫民窟,到民间去寻求精神资源,这是左翼革命文化的一贯倡导,而日本侵略下民风的变化,文化市场热点的转移,正是民族文化高涨的直接展示。

《青年进行曲》更直接揭示了民众联合抗击侵略的时代主题。爱国大学生沈元中侦悉奸商囤积粮食,被暗杀。沈元中生前好友王伯麟的父亲王文斋正是勾结日本走私粮食的奸商。女工金弟原与沈元中很熟悉,并被沈元中介绍给好友王伯麟。沈元中死后,在金弟的耐心帮助下,伯麟政治上有了很大进步,并与金弟萌发了爱情。此时,日本侵略华北,局势紧张,王文斋乘机囤积大量粮食,王伯麟劝阻,王文斋非但不听,还阻止儿子参加爱国运动,硬是逼儿子与同行伙伴的女儿蕴玉去上海旅行。王伯麟向金弟辞行,保证回来之后即脱离家庭与她生活在一起。伯麟一旦离开,王文斋即拿出伯麟和蕴玉的合影离间金弟与伯麟的爱情,并唆使工厂将金弟开除。金弟悲愤至极,生病而逝。伯麟从上海回来,得知金弟已死,曾一度消沉,但一想到沈元中的遗言和金弟曾对他的帮助,又重新振作起来。正值日本准备进攻华北要塞,王文斋为谋取利益,把囤积的粮食卖给日本人,并派妾弟宝生去接洽此事。伯麟得知此事,开枪打死了宝生,随后投奔了抗日义勇军的队伍。这部作品可以说是后来的《青春之歌》之类革命与抗日相交织的作品的雏形:革命行动之中交织着爱情故事,而革命的必由之路便是投奔到抗日的队伍,进入义勇军行列。这是一首充满着青春气息和革命激情的义勇军之歌,是革命文化与民族文化进行时代融合的经典之作。

在此期间,田汉还创作了著名戏剧《回春之曲》。作品展现南洋华侨青年回国抗战的故事。"九一八"事变之后,到南洋当教员的高维汉等中国青年,听到中日开战的信息,结伴回国参加义勇军。高维汉的恋人梅娘是侨居南洋的侨生,坚决要求同回国参战,但其父亲违背她本人的愿望,把她许给了一个富商的儿子陈三水,千方百计阻止她与高维汉一同回国。高维汉回国后参加了"一·二八"战役,同敌人战斗,脑部受震荡,失去了记忆,整天只知道叫喊着"冲啊,杀啊!"梅娘闻讯从南洋回来看护他,他却不能认识自己的恋人。祝贺新年的鞭炮声中,梅娘为了唤醒高维汉,便穿上他熟悉的马来装,弹起吉他,唱起他以前一直爱听的歌。经过如此努力,加之新年鞭炮的威力,终于唤醒了高维汉的记忆。高维汉清醒之后,便又急着去前线杀敌。这是一出非常浪漫,带有某种传奇色彩的戏剧,以曲折的故事,优美的音乐,感人的爱情和神奇的情节表现了义勇军的英勇抗战,以及世界华人青年投入民族战争的时代热情。这部戏中的《梅娘曲》因为表现了抗战的激情,也表现了爱情的凄美坚贞,一时之间在海内外中华青年群众中传唱、流行,成为我们这个民族抗战记忆的代表性歌曲:

哥哥,你别忘了我呀,
我是你亲爱的梅娘,
你曾坐在我们家的窗上,
嚼着那鲜红的槟榔,
我曾轻弹着吉他,
伴你慢声儿歌唱,
当我们在遥远的南洋。

哥哥,你别忘了我呀,
我是你亲爱的梅娘,
你曾坐在红河的岸旁,
我们祖宗流血的地方,
送我们的勇士还乡,
我不能和你同来,
我是那样的惆怅。

哥哥,你别忘了我呀,
我是你亲爱的梅娘,
我为你违背了爹娘,
离开那遥远的南洋,
我预备用我的眼泪,

> 搽好你的创伤,
> 但是,但是,
> 你已经不认得我了,
> 你的可怜的梅娘。

　　这首荡气回肠的乐歌乃是剧作家田汉作词、著名作曲家聂耳谱曲,他们以非常和谐的艺术感悟力和息息相通的审美感受力,以及对于那个激情似海年代的社会感动力,珠联璧合地完成了代表一个时代音响的歌曲。当然,最能代表他们的音乐杰作,同时也最能代表那个时代最伟大创作的是《义勇军进行曲》,这一乐曲超越了歌颂义勇军的时代,成为中华人民共和国国歌,从20世纪唱响到21世纪。为整个国家和民族所认可的《义勇军进行曲》,从歌词到旋律都切合了国家的根本精神和民族的文化诉求,这是献给当年义勇军的威武之歌,同时也是献给中华民族的胜利之歌。

　　《义勇军进行曲》是电影《风云儿女》的主题曲,这部电影同样是献给义勇军的威武之歌。同样是"九一八"事变之后,诗人辛白华和老同学梁质甫从东北逃亡到上海,梁质甫因从事革命活动被捕入狱,而辛白华一度堕入了富孀施夫人的情网。当辛白华沉湎于与施夫人的颓废生活,看到平民女子阿凤演出的《铁蹄下的歌女》,又听到好友梁质甫牺牲的消息,精神为之感动,思想发生转变,认识到好男儿应该投入时代风云,于是毅然奔赴抗日前线。

　　20世纪30年代田汉的创作,无论是电影还是戏剧,还有为数众多的歌曲,都习惯于从"九一八"写起,从东北流亡生活写起,这表明这位左翼文学家有着更加浓重的民族文化情感和书写意识。在抗日战争最初的岁月里,东北的沦陷成为民族最深痛的记忆,它激发起血性男儿的民族热情,激发起中国人慷慨赴死的时代精神,激发起中国人骨子里的勇敢与浪漫。田汉等文艺家深刻地感知这一切,清晰地表达这一切,在革命文化主导的时代创作出民族文化浓郁的战歌、壮歌与凯歌。

　　直接表现义勇军和抗日联军战斗场景的作品当推萧军的《八月的乡

村》,这部为鲁迅所称赏过的小说成功地塑造了一系列不同经历、不同思想素质、不同觉悟水平的抗日战士形象,其中有以司令员陈柱、队长铁鹰为代表的坚强的革命战争领导者,有在革命斗争中迅速成长起来的战士陈三弟、萧明和安娜等。这些英雄的战斗者跋涉在东北广袤的大地,穿插在东北的森林和高粱地之中,与日本侵略者周旋,与艰苦卓绝的人生环境周旋,终于以鲜亮的形象、卓越的思想、高拔的精神呈现在作品中,崛现于民族文化的永恒丰碑上。

义勇军和抗日联军是中国抗战史上甚至是中国现代史上特殊的军事力量,是中国政府军尚未有步骤、有计划

电影《风云儿女》海报

地投入抗日战争之前代表民族精神和人民意志自觉履行抗战职责的民间英雄组织,他们代表着中华民族的骄傲,当然同时也传达着中国政坛的耻辱。历史往往忽略他们巨大的历史存在,因为从总体上而言他们消灭敌人、攻城略地的能力和效果毕竟有限。然而,至少是在抗战全面爆发前的五六年中,他们的存在代表着中华民族拼死抵抗的民族精神,承载着中国不亡、神州不倒的英雄气概,他们以有限的力量激发起全中国无限的希望,正如田汉等文艺家所摹写的,真正有血性的中国青年会在灰颓中奋发,从绝望中抬头,从睡梦中惊醒,然后义无反顾地投入其中,奏响那个时代最强劲的民族文化音符。

从法统意义上说,义勇军不是"合法"的队伍,他们或是旧军队的遗部,或是散兵游勇的集合,或是立志抗敌的土匪,或是保家护院的地方武装,但他们在家国危难之际,没有依靠政府的安排,没有想到为自己挣前程、捞名位,以一个个中国男儿的精神和气魄挺身而出,自发地组织起来与敌国作

战,与侵略者叫板!他们与所有的正规军一样,枪林弹雨,浴血奋战,九死一生,出生入死,然而他们毕竟不是官军,基本上没有册封,没有嘉奖,没有高官厚禄,没有论功行赏,甚至没有鲜花锣鼓的迎接,没有箪食壶浆的犒劳,然而他们是英雄,是真正无私的英雄,是特定时代中国的脊梁!关注他们,歌颂他们,是抗日战争兴起以后救亡意识和民族文化的集中体现。

## 二、救亡文化与民族意识

由于日本人的侵略,中日之间处在战争状态,但在远离东北前线的中国大部分地区,人们的生活节奏和生活方式并没有因此改变,因而抗日救亡的意识和民族情绪都没有得到正常的伸张和充分的展现。相当一段时间以来,革命文化、左翼文化仍然占据着20世纪30年代文坛的主要阵地,民族文化相对僻处于时代文化的边缘地位。《前锋月刊》等所作出的民族主义文学的鼓噪在这时候不仅显得极为不合时宜,而且因为包含着偏狭的反俄成分,更显得诡异莫测与暗藏祸心。这应该是民族意识和民族文化空前高涨的时代,但革命的左翼文化抵占了民族文化应有的锋头,城市中心革命的叫喊,普遍乡村普罗文化的呐喊,冲淡了来自边远地区的民族危亡的呐喊,民族文化在相当一段时间只有通过"九一八"的歌调,通过东北义勇军抗日的联想,通过东北逃难的难民的呻吟才能得到唱响与张扬。

1931年夏,苏浙沪一带军阀混战,民不聊生,陈鲤庭在南汇县大团镇小学任教,目睹避战逃难或避灾逃荒的流民的悲惨景象,创作了短剧《放下你的鞭子》,以革命正义抨击贪官污吏、土豪劣绅对人民的残酷剥削和压榨。"九一八"事变后,左翼文艺家田汉、赵铭彝等联合陈鲤庭将剧本修改为揭露日本帝国主义的侵略暴行和东北人民的亡国之痛。伴随着《九一八小调》忧伤而动人的旋律,这幕街头剧迅速在上海、汉口、北平、成都、昆明、重庆、福州以及很多海外地区演出,一时之间成为弘扬民族意识、表现民族情绪、承载民族文化的重要作品。

田汉等在左翼文艺家中最具有民族意识,最注重弘扬民族精神。也许是他自我批判、方向转换以后更关注电影等民众艺术的缘故,也许是他进入左翼阵营以后更关注大众文艺的缘故,他的文学创作非常注意把准时代的脉搏,能够在民众呼声的最深处倾听时代的音响,因而他的作品总是能清晰地传达出民族伤痛的呼告,连同民间疾苦的悲号。不仅《义勇军进行曲》这样的抗日歌曲融入了他几乎全部的创作激情,便是连他参与的作品如《夜半歌声》等等,也同样利用各种机会唱出民族危亡和抗击侵略的歌声。他与聂耳合作的歌剧《扬子江暴风雨》更是直接描写"一·二八"事变后,扬子江码头工人抗日斗争的故事。日本侵略者的"太和丸"停泊在码头,在日军的刺刀皮鞭威逼下,码头工人为此轮装填炸弹,觉悟的工人大声呼吁:不给敌人搬运炸弹,屠杀中国同胞!码头工人当即扔下木箱停止搬运,拿起锄头、锤子打开军火箱,手提炸弹奋勇上前,与敌人作殊死斗争。恰好这时抗日游击队前来攻击敌寇,工人们与之汇合,并在战斗结束后高唱战歌,列队加入抗日游击队。

其他作家的创作虽然没有如此密集地反映抗日生活,虽然没有如此直接地表现抗日战斗,但也都在恰当的情节结构中自觉地融入救亡意识,从而以自己的文学创作壮大了民族文化潮流的声威。在这方面,令人难忘的是夏衍的戏剧《上海屋檐下》。与田汉的许多作品一样,这部戏剧也是以革命文化与民族文化相交织的结构方式展开情节,叙述故事的。革命者匡复受政治迫害被打入监狱,他的家小托付给好朋友林志成照看,而林志成与匡复的妻子杨彩玉日久生情。"一·二八"事变后,匡复得以释放,当他回到妻女身边的时候,悲哀地发现自己成了这个家多余的人。他当然得离开,可是走向哪里?孩子们的抗战童谣点拨了他,他决定走出上海屋檐下,走上抗日的第一线。夏衍不愧是剧作高手,在抗战舆论还属于敏感范畴的时代,他还是充分利用戏剧情境的铺垫,通过戏剧暗示和戏剧烘托的笔法,将革命主题与抗日主题同时呈现在剧作之中。主人公匡复的被捕入狱,点明了国共分裂的时代背景,而他的被释放,则暗示着民族矛盾上升的形势变化。李陵碑时时以"盼娇儿,不由人……"的悲怆唱腔悼念着儿子在"一·二八"抗战中的惨烈牺牲,正从另外一个侧面勾勒出了抗日的大背景。而匡复的女儿葆珍与孩子们唱起的抗日儿歌更是凸显了全民动员挽救国家危亡的民族意志：

> 强盗来，打不打？
> 打打打，一个不够有大家！
> 我们都是勇敢的小娃娃，
> 大家联合起来救国家。

革命者匡复正是从这童谣中受到了震撼与启发，作出了奔赴抗日前线的决定。

对于那时候的文学创作而言，主人公的反抗是比较容易处理的，因为革命文化锤炼了一种反抗性的文化性格，问题是作出反抗选择、采取反抗行为的英雄如何走向自己的未来，如何选择自己的道路，如何寄托自己的情志。20 世纪 30 年代的文学创作在这方面有些显得较为迟钝，如曹禺的戏剧《雷雨》《日出》，可以走出去的鲁大海、方达生的出路就晦暗不明；田汉、夏衍的作品在这方面非常敏感，他们笔下的主人公都会以走向抗日前线为前途，以投入抗战时潮为寄托，这一方面解决了有希望的青年主人公的人生前途乃至政治出路问题，另一方面更凸显了全民奋起抗日救亡的时代气息。

连一直呈现灰色格调的作家张恨水都懂得这样来安排作品人物的前途与出路。张恨水的《啼笑因缘》以青年书生樊家树与鼓书艺人沈凤喜，富家女儿何丽娜，武门侠女关秀姑之间的情缘为情节线索，分别投射出那个动乱年代一群正直善良但又饱经磨难的青年的苦难、奋争与追求，复杂地展现了从军阀统治到民族危亡的时代变迁，间接地表达了对抗日救亡时潮的向往与呼应。作品写到最后，张恨水将主要人物的命运与抗日救亡连接在一起。沈国英毁家纾难去投义勇军，关秀姑等慷慨赴难，感动得樊家树、何丽娜等热血沸腾。小说中刻画的壮士们赴难之前的分别场景令人动容：

何丽娜指着旁边的钢琴道:"我来奏一阕《从军乐》吧。"沈国英道:"不,哀兵必胜! 不要乐,要哀。何小姐能弹《易水吟》的谱子吗?"何丽娜道:"会的。"秀姑道:"好极了,我们都会唱!"于是何丽娜按着琴,大家高声唱着:"风萧萧兮易水寒,壮士一去兮不复还。……"只有樊老太太不唱,两眼望了秀姑,垂出泪珠来。秀姑将手一挥道:"不唱了,我们上车站吧。"

将人物的命运与抗战的召唤如此联系起来,不能不说有些生硬甚至牵强,有些概念化和公式化,这公式化的结果曾被后来的批评家概括为"抗战八股"。这对于文学创作而言,意味着一种套路,意味着一种程式,确实不值得提倡,然而从另一方面看,这意味着一种文化,一种文化趋尚,一种时代文化的势头,它洋溢着时代正义的声音,体现着那个时代文人以及许多有良知的中国人共同的认知、期盼与向往。这是民族意识向文学、文化深处渗透的标志。

国人和文人的民族意识随着敌人炮火的逼近日益彰显,通过各种新闻载体,通过各类文艺创作,通过各种传播渠道,不时地汇聚成时代的音响,这样的音响一方面鼓舞和催动着热衷于阶级文学和革命文学的左翼文化人,让他们在自己的文艺创作中不断加深民族意识的阐发,甚至在田汉、聂耳、夏衍这样的左翼文化人心目中,民族意识的声浪已经足以覆盖革命和阶级的呐喊,于是他们积极投入到《风云儿女》、《夜半歌声》、《壮志凌云》、《青年进行曲》等电影的创作中,投身于《义勇军进行曲》、《救国军歌》、《战歌》等大量抗日救亡歌曲的创作和制作中,由此有效地奏响了时代的歌调,大量的诗歌如蒲风的《我迎着风狂和雨暴》等都加入了这样的时代的歌唱。另一方面,时代的民族意识和相应的文化音响警醒和鞭策着张恨水这样的通俗文学家和一度疏离时代潮流的灰色文学家,他们意识到:"今国难临头,必以语言文字唤醒国人,……略尽吾一点鼓励民气之言,则亦可稍稍自慰矣。若曰作小说者,固不仅徒供人茶余酒后消遣而已。"[1]这分明是说,一个正直的作家在大敌当前应该全身心地投入唤醒国人、鼓励民气的民族文化工作之中,哪怕就此告别小说、离弃文学也在所不惜。在这样的认知基础上所进行的文学工作,必然更多地体现为民族文化的质地。

## 三、口号与文化:主流文坛的方向转换

华北事变以后,全中国抗日民族文化意识迅速高涨,原处于普罗文学或左翼文学边缘地位的民族危亡意识的文学表现,一跃而成为时代文化的主调。这样的时代变异其鲜明标志便是在文学和文化界影响深远的"两个口号的论争"。"两个口号的论争"虽然是在左翼文坛内部爆发并进行的内部"斗争",但它是抗日民族意识迅速高涨的时代性标志,是抗日烽火由东北边关向华北平原甚至向全中国呈燎原式蔓延的时代文化主调的集中体现。这场论争将全国文人的注意力由内部的阶级斗争以及政治与自由的争讼转移到抗日民族文化统一战线的建设方面,是民族文化意识全面覆盖民主文化意识的标志性事件。

20世纪30年代是一个时代文化多主题交叉的复杂时代,也是文化领域"王纲解纽"、多元碰撞的时代,文艺论战在那段时间变得非常频繁,从革命文学论争到普罗文学争讼,从文学自由与不自由的争论到"大众语"的讨论,从"为什么没有伟大作品"的讨论到关于幽默的探讨,大大小小,长长短短,影响不一,热闹相似,以至形成了这个时代的文化热点。"两个口号的论争"是在左翼文坛内部爆发的理论论战,牵涉面很大,效用持久,影响深远。包括鲁迅在内的几乎所有革命文学家都参与了这场论争,包括周瘦鹃在内的"哥哥妹妹,鸳鸯蝴蝶"等远离革命和左翼文学阵营的文人也都被卷入这场论争。这场论争的实质是,作为时代主潮的革命文学和左翼文学,在抗战潮势急剧上升的外部环境逼迫下,不得不转向担当起民族意识的宣

---

[1] 张恨水:《弯弓集·自序》,北平:恒远书社,1932年。

传与鼓动,甚至搁置、放弃他们一贯坚守的革命文学的态度、一贯坚持的阶级文学的立场。

如果说1931年"九一八"事变,动荡的中国就被拖入了抗日战争的烽火炙烤,此后的五六年间,抗日战争的形势还只是以地方性的事件作为标志,包括华北事变、上海事变在内的各种地方性事件显示着日本帝国主义吞并全中国的野心愈益明显,"中华民族到了最危险的时候"之所以作为后来国歌的主题,正是因为它深刻地揭示了民族危机日益严重的残酷现实,揭示了日本帝国主义侵略中国的步伐与野心难以遏止的残酷现实,也揭示了所有中国人必须以民族大义为首选,搁置内部分歧共同抗日,超越各种矛盾一致对外的紧迫性。1935年8月1日,中共中央在发表《为抗日救国告全体同胞书》,即俗称的"八一宣言",号召全国人民团结起来,停止内战,组织国防政府和抗日联军,一致抗日。同年8月,共产国际也作出了建立国际反法西斯主义统一战线的决策。这些号召和决策都及时、充分地反映了当前日趋残酷的形势,同时也反映了全国各界各阶层人民的心声,因而得到了普遍的响应和呼应。从1935年冬天开始,左翼文艺界陆续提出了"国防文学"、"国难文学"、"民族自卫文学"等口号,清楚地表明了主流文坛又一次进行方向转换的意愿。在加强"国防"的宏大历史担当意识迅速增强的时代条件下,多个左翼文艺团体开始自动解散,"国防文学"、"国防戏剧"、"国防音乐"、"国防电影"等口号相继提出,并得到了更多的响应与呼应。

对于"国防"系列口号提出不同意见的最先是徐行、胡风,他们分别发表《我们现在需要什么文学》、《人民大众向文学要求什么?》,指责"国防文学"的倡导表明"'理论家'已经陷在爱国主义的污池里面",应该在注重"国防"的同时勿忘大众文学和革命文学的初衷,胡风并将与冯雪峰、鲁迅讨论过的"民族革命战争的大众文学"口号郑重提出。包括鲁迅在内的所有左翼文学家都随即参与到这场论争之中,几乎上海所有的进步报刊都卷入了这场论争,北平及东京等地的革命作家亦纷纷表态。鲁迅在论争中表现出了拥护抗日的大局胸怀,认为两个口号可以并存,互相补充:"我以为在抗日战线上是任何抗日力量都应当欢迎的,同时在文学上也应当容许各人提出新的意见来讨论";"民族革命战争的大众文学"比"国防文学""意义更明确,更深刻,更有内容"。而"国防文学"可作为我们目前文学运动的具体口号之一,因为它"颇通俗,已经有很多人听惯,它能扩大我们政治的和文学的影响"。[1] 而倡导"国防文学"的周扬、郭沫若、徐懋庸则认为,"国防文学"口号提出最早,理论正确,在群众中已有广泛影响,它应该成为统一战线的口号。两个口号分别得到了不同声音的支持和响应,但这些声音都在文化层面担当起了民族意识和救亡意识。

当然,这样的论争不可能真正影响到抗日文学的基本结构和总体形势,但它标志着整个左翼文坛乃至整个主流文坛在抗日形势下方向转换的全面启动。

同 20 世纪 20 年代中后期主流文坛向革命文学和普罗文学所进行的"方向转换"相比,这次方向转换具有明显的时代特点。

如果说革命文学的方向转换期基本动力在于进步文学家的政治伦理,则抗战文学的方向转换期基本动力在于文学家自身的民族文化伦理。大敌当前,每一个中国文学家都有一定的民族道义承担的责任与使命,这种深刻的民族文化伦理意识是任何人难以回避,难以推脱的,因而其作用于文学家自身的力度更大,作用面也更加广泛。革命文学的方向转换只能在少数革命文学家那里掀起阵阵风浪,不少自由主义文学家如"自由人"、"第三种人"等不仅可以自外于这样的方向转换,而且可以对这种方向转换进行讥讽和责疑。但对于以民族大义的担当为伦理核心的抗战文学的方向转换,任何外部的讥讽和责疑都不可能真正形成,也不可能形成真正的伤害。

抗战文学的方向转换使得中国文学文化在抗日烽火呈燎原之势的时刻,轻便地完成了华丽的转身,宣传民族救亡、抗击日本侵略迅速上升为时代文学文化的中心内容。1937 年抗日战争全面爆发,中国剧作者协会和上

---

[1] 鲁迅:《答徐懋庸并关于抗日统一战线问题》,《作家》,1936 年第 1 卷第 5 期。

海戏剧救亡协会相继成立,集合文学界、戏剧界和电影界的力量集体编导的抗日话剧《保卫卢沟桥》以及类似的集体创作不断涌现,迅速构成救亡文学文化的时代潮头。文学家有感于全国人民高涨的抗日情绪,纷纷投身到抗日救亡的文艺运动中去,这时候迅速反映抗敌斗争,致力于抗战宣传鼓动,为人民大众所喜闻乐见的各种小型抗日作品如战地通讯、报告文学、街头剧、活报剧、街头诗、朗诵诗等等喷涌而出,连老舍都加入了相声、鼓词等民间形式、通俗文艺的创作。文学为抗战服务,为大众服务,为严峻的现实服务,成为一种文化趋尚。所有这样的文化趋尚,都得益于文学界早先完成的面向抗战文学的方向转换。

抗战文学的方向转换必然掀起大众化的高潮,关于文艺民族形式的讨论进一步深化了中国文坛关于文艺大众化的思考。向林冰等提出民族形式的中心源泉是民间形式的命题,遭到葛一虹等旨在捍卫五四新文学和文化传统的文人的强烈反对,但民间文艺确实借助于抗日救亡运动显示出了鲜活的文化生命力,并且在抗战宣传中起到了主导作用。不仅老舍等专业文学家放下架子致力于民间文艺形式的创作,而且有些高级将领也加入了民间文艺的创作队伍。冯玉祥将军就曾利用重庆民间艺术"金钱板"的形式为取得"临沂大胜"的李宗仁将军唱了一曲抗战颂歌。这不是一般的唱和,而是抗战的宣传鼓动,并未采用冯玉祥将军擅长的格律诗词形式,采用的是重庆山地民间的艺术形式。这是整个文坛和政坛转换方向全力打造抗战文学文化的结果。这样的文学文化将文学的艺术属性让位于文学的文化属性,而这种文化属性又自觉地服务于时代要求,民族解放和抗日救亡的要求,它在一定意义上让文学疏离了艺术,但它构成了一种文化,与抗战形势和民族解放意识结合得更加紧密的文学文化。此后中华全国文艺界抗敌协会所做的工作,包括《抗战文艺》的创作等,都是在这样的文学文化营造中履行自己的职能。

# 第九章
# 民族意识与民主文化

民族文学的兴起成为时代文化的主流,虽然较多地借助于中国传统文学和民间文学的资源,但抗战毕竟是新的历史条件下,新文化时代语境下的国家选择和社会行为,民主与科学等新文化因素依旧会在这种特殊的时代发挥其固有的作用。一定意义上说,民族意识与民主意识的交融,是抗战文学乃至内战时期文学的主要文化特性;在民族危亡形势较为严峻的关头,民族意识会在一定程度上超越民主意识占据上风,而在民族危亡形势较为缓和的时刻,民族意识与民主意识会呈现出相互砥砺相互消长的局面,当民族危亡的时代主题退隐,民族内部的争斗上升为社会主要矛盾的时候,民主意识就会迅速上升为主流文化意识。这是抗日战争爆发以后直至国内战争结束之际民族与民主的时代文化主题运作的基本态势和规律。

## 一、抗日民主文化与文学

在政治领域,清醒的政治家从未因为抗战和民族救亡而放弃民主要求;各地相继成立抗日民主政府就是这一清醒的文化意识的精彩显现。各地抗日民主政府是抗日战争期间中国共产党在其活动的各地建立的民主政权,包括各级抗日民主政府和中共各边区政府。根据中国共产党在抗日战争时期的统一战线政权政策,抗日民主政权的组织一般遵循"三三制"原则,即在抗日民主政权中人员的分配,共产党员大体占三分之一,左派进步分子大体占三分之一,中间分子和其他分子大体占三分之一。

在文学文化领域,民主意识曾最大限度地让位于民族意识。最突出的例证便是"国防文学"热的兴起以及左翼文学文化组织的迅速解散。鲁迅正是痛心于这种以民族意识完全覆盖、弹压民主意识的现象,才参与提出"民族革命战争的大众文学"这一口号,并且要求不放弃左翼文学界对抗战文学的领导权和主导权。"民族革命战争的大众文学,正如无产革命文学的口号一样,大概是一个总的口号罢。在总口号之下,再提些随时应变的具体的口号,例如'国防文学'、'救亡文学'、'抗日文艺'……等等,我以为是无碍的。不但没有碍,并且是有益的、需要的。"[1]鲁迅的这番表述,仍是坚持左翼文学和革命文学的运作成果,对抗战文学、民族文学等各种思潮灌注进并保持着民主的意识。

然而,鲁迅坚持抗战文学中的民主意识甚至革命意识的观点事实上被淹没在民族文学的鼓噪之中,救亡形势十分危急的关头,没有多少人能够清醒地意识到民族文化应该坚持民主等新文化的价值内涵。当人们将民族形式的中心源泉理解为民间形式的时候,运作了20年的新文化思想成果实际上正在受到前所未有的动摇与挑战。然而,民族解放并不意味着回到过去,而是要意气风发地走向民族的新生,走向民族的现代性未来,在这样的意义上,新文化的思想成果应该也必须在抗日文化中得到坚持和维护。

在抗日文化中提出民主诉求的非常鲜明的文学文本便是张天翼的《华威先生》。

这篇造成巨大影响并引起强烈争议的小说发表于1938年。当时抗日战事非常紧张,而作为党国要员的华威先生,则天天忙碌着"抗战"工作,不外乎到各个社团开会、讲话、发指示,而每次讲话都不外乎强调抗日活动中"领导中心作用"的重要性,显示出抗日战线领导层中非民主力量的存在以

---

[1] 鲁迅:《论现在我们的文学运动》,《文学界》,1936年第1卷第2号。

及对抗战可能形成的干扰。华威先生是个大忙人,但他忙于巩固自己的领导权。他的基本认知是:"群众是复杂的。工作又很多。我们要是不能起领导作用,那就很危险,很危险。事实上,此地各方面的工作也非有个领导中心不可。我们的担子真是太重了,但是我们不怕怎样的艰苦,也要把这担子担起来。"这个华威先生甚至假借抗日的名义试图打压异己的力量和民主的要求,他经常习惯性地紧张地质问:"有没有不良分子?""到底是什么背景?"一副压制民主、擅权专制的党棍嘴脸昭然若揭。

《华威先生》引发了后来旷日持久的"歌颂与暴露"的论争,这样的论争实质在于在抗战文化中是否需要坚持民主意识。民主意识的显现便是对各种不合理的现实保持清醒的批判态度。浅薄的民族文化意识会担心这样的批判会打击民族文化的推动,干扰抗战工作的部署,影响各方面的抗战积极性,然而,抗战工作是牵动全民族敏感神经的伟大事业,它不光需要时代的激情,更需要时代的理性和价值的支撑。抗战时代最深刻的时代理性仍然是新文化的民主观念,这应该是成为这个时代精神品质的代表,实际上也是抗战取得最后胜利的精神保证。

抗日民主的特定时代主题在老舍的《四世同堂》中也体现得相当突出。这部史诗般的小说一方面正面反映敌占区人民艰难、英勇的抗日斗争,另一方面继续着五四时代批判国民劣根性的主题,在现代民主意识的基础上展开波澜壮阔的抗日生活。他把抗战,尤其是华北沦陷区人民对日寇的抗争,当作是历史给予中国人的一场严峻的考验,经过大浪淘沙,中华民族文化的优良品质得到颂扬和弘扬,而国民劣根性则受到鞭挞和批判。

从民族意识的角度,老舍在小说中表现出对中国优秀文化的高度自信。作品通过北平祁家四代人的复杂的家庭组合,通过祁家、钱家、冠家三个家族的交叉结构,以及他们在敌寇肆虐的情形下不同的人生选择和道德选择,歌颂了正直、善良、有道义担当的民族精神和气节,抨击了贪生求荣的卑劣行径,整部小说渗透着一种博大、厚重的历史感,对传统文化的颂扬与批判相交织,显现出丰富复杂的社会价值内涵和审美特性。

小说在张扬抗日民族文化意识的基础上,继承了五四新文学的民主意识和现实主义精神,立足于对中华文化的反思与对国民劣根性的批判,体现出强烈的抗日民主意识。《四世同堂》从几千年传统文化对市民社会心理的渗透去透视国民劣根性的影响,深刻地揭示在侵略者的高压之下,沦陷区民众封闭自守、苟且敷衍、惶惑偷生的思想弱质和精神病态,以及在这种负面心态下酿成的妥协投降的恶果,从一定的历史纵深度和思想层面揭示出特定时代汉奸文化生成的内在机制,这是特别深刻也特别富有警示意义的艺术阐释,是这部小说特别有思想价值和认知价值的品质体现。

当然,作品更主要的是揭示了大敌当前下层市民艰苦坚韧、正派正直、朴素务实和尊崇伦理的崇高品格和爱国情怀,这样的文化内涵延续着中国传统文化的优秀文脉,搏动着中国优秀文化富有生命力的历史脉搏和时代潜力,代表着民族的希望所在,同时也预示着中华民族永远不亡,抗日战争终当胜利的时代前景。要之,中国文化的这种正面素质在小说中主要不是通过侠肝义胆的盖世英雄传达出来的,而是通过市井民众,通过胡同生活,通过最底层的呻吟和怒吼体现出来的,这种伟岸的民族精神扎扎实实蕴藏在普通民众的普通情感中,带着浓厚的大碗茶、火烧和豆汁的味道,其文化之根在北平的街巷扎得很深。这正是中华传统文化最有根性、最有魅力也最有希望的所在,这样的抗战民粹意识正是新文化传统的民主意识的时代阐释。

在抗日形势下对苦难现实的关注,也是抗日民主意识的文学呈现和文化展示。中国现代作家在抗日战争进入到相持阶段前后,由高涨的抗战怒吼转而关注抗日战争的艰难岁月中普通知识分子和人民大众的人生困境,体现出抗战现实主义的文化情怀。在这方面,巴金的《寒夜》最具代表性。长篇小说《寒夜》是巴金继《激流》三部曲之后的又一部力作。作品写于抗日战争胜利的前一年即1944年冬天,重点关注汪文宣所在的小知识分子家庭在战争磨难中的艰难、挣扎乃至破毁的悲剧性命运,通过一个善良、忠厚、本分的小公务员的抵死挣扎、家破人亡的悲剧,揭示了抗战动乱及经济萧条给普通人民带来的灾难。

小说主人公汪文宣和曾树生都是受过大学教育的现代知识分子,他们

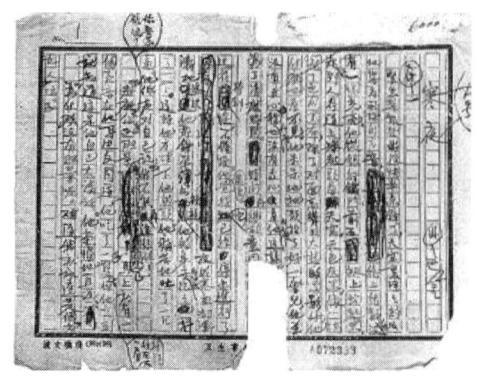

巴金《寒夜》手稿

由自由恋爱而同居,组建了一个受"五四"新文化熏染的新式家庭。他们曾经有着共同的"教育救国"的理想,但在严酷的社会现实的压力下,理想面临破灭,青春也将消逝,所面对的只是生活的悲哀和人性的扭曲。汪文宣在冷酷的世道和艰辛的生活中忍受着繁重的工作,他的人格也被扭曲得异常懦弱,这种懦弱使他既无力应付生活的沉重,也无法应对两个爱他的女人的倾轧。作为一个善良正直的知识分子,作为一个勤劳能干的中年男子,他本应拥有较为安定的生活,较为稳定的收入,但在战争的严酷形势下这一切都成了泡影。于是他不满于黑暗的现实,但无力抗争,甚至无法努力,于是在心中形成巨大的郁积,在这样的郁积与贫病交叉中汪文宣含恨而死。他深爱的妻子曾树生本是一个热情活泼、渴慕自由的新女性,但在残酷的现实摧残了她的理想、前途与丈夫之后,她不得不离家出走,不过她还是未能成功地"救出自己",她仍然挣扎在惨苦而绝望的命运的边缘,像一个孤守寒夜的孀妇得不到任何温暖和希望的慰藉。

这是一个似曾相识的人生境遇和家庭悲剧,很容易令人想起鲁迅笔下的涓生和子君。不过,如果说涓生和子君尚有值得留恋的美好爱情,以及开放在吉兆胡同的略带苦涩的幸福之花,他们曾经那么热烈而浪漫地爱过,汪文宣和曾树生则所有的记忆都清除了浪漫与甜蜜,幸福与希望,他们早就被沉重的生活负担压得喘不过气来,他们的人生早就被笼罩在绝望的寒夜而无法解脱。如果说鲁迅的《伤逝》表达的是对五四时代个性主义精神气质的摹写,巴金的《寒夜》表达的则是抗战时期对知识分子和新的平民人道主义关怀的胸襟。这样的文学表现其思想基础无疑都是作家的民主意识。

抗日民主意识是在抗日战争这个宏大背景下激发出来的民主意识及

相应的人生关怀,是特定时代具有现代品质的现实关怀的文化体现,值得从新文化史的角度加以认真总结。在延安抗日根据地,最典型地代表抗日民主意识的作品应是丁玲的《我在霞村的时候》。这个作品所关注的女主人公贞贞是"一个在遭受日寇凌辱后又忍受着灵与肉的双重折磨而做着地下形态的抗日工作的乡村青年女子的形象",她在自己的家乡以及在自己的亲人面前遭到鄙夷与蔑视,即使有爱也不敢接受与追求。最后她决定离开自己的家和家乡:"我觉得活在不认识的人面前,忙忙碌碌的,比活在家里,比活在有亲人的地方好些。"作家深切地同情这位经受多重侮辱而仍然没有失去生活信念的勇敢的女性,以"仿佛看见了她的光明的前途"作为对她的深深祝福。这篇小说刻画了一个令人情何以堪的女英雄,并在这个被侮辱被摧残的女性身上寄托了由衷的敬意和深切的同情以及美好的祝福,表现出对抗战环境下生活特别艰难、危殆的妇女的人道关怀,所体现的是典型的抗日民主文化意识。

与《我在霞村的时候》形成比翼之势的作品是《在医院中》,这是丁玲表现抗日民主意识的另一篇小说,同样引起了较强烈的争议。小说中的主人公陆萍从上海的产科学校毕业后,到延安进入抗大学习。抗大毕业后,她被分进了抗战后方医院作"产婆"。这个医院中的几乎所有人都与她格格不入,各色人等在她面前都展现出各种各样的自私、狭隘、粗暴和猥琐。

指导员黄守荣"一副八路军里青年队队长的神气,很谨慎,很爱说话,衣服穿得整齐,表现一股很朴直很幼稚的热情,有点羞涩,却又企图装得大方";产科主任显得非常虚伪,"虽说她看得出他只不过是一种资产阶级所惯有的虚伪的应付,然而却有精神,对工作热情"。她喜欢用刻薄的语言来描画周围的女性,对抗大同学张芳子的批评可以说相当苛刻:"这是一个最会糊糊涂涂地懒惰地打发去每一个日子的人。她有着很温柔的性格,不管伸来什么样的臂膀,她都不忍心拒绝,可是她却很少朋友。这并不由于她有什么孤僻的性格,只不过因为她是一个没有骨头的人,烂棉花似的没有弹性,不能把别人的兴趣绊住。"毫无疑问,由于陆萍看几乎所有的人物都充满偏见甚至有些刻毒,整个医院的环境对她自身而言也只能同样如此,于是，这位年轻的医务人员与这个环境处于基本对立的状态，而作者显然将自己的同情倾注在陆萍身上，批评医院中的小环境对陆萍个性主义性格的排拒。如果说《我在霞村的时候》表现出抗日情势下对女性人道主义性质的关怀，《在医院中》则表现出抗日情势下对女性个性主义品质的赞赏，两作都接续着五四新文学的民主传统，分别在人道主义、个性主义的批判视野中重构了抗日民主文化价值观。

抗日战争对于各阶层的人民来说，都是一段苦难的岁月，对于相当多的人来说，还是心灵和精神经过严酷锤炼的灵魂炼狱。所有走过这一段历史并且保持住自己灵魂健全的人们都值得致以崇高的文化敬礼。这样的文化敬礼也许会很迟很迟才姗姗而来，但也有一批时代的和文化的先觉者率先对着这群苦难然而刚强的人们举起了敬礼的手臂。他们的先觉来自于保持在他们内心深处的民主意识，这种与五四新文化紧密联系在一起的民主意识及其固有的批判性充实了抗战时期的时代精神，以其富有内力的方式向那个烽火连天可歌可泣的时代，向这个时代所有高亢地歌吟或者低沉地掩泣的所有声音，表达一种历史性的关切与苦涩的深深眷恋。

## 二、解放语境的民主文化

任何一个经历战争和侵略的民族都是这样：当一场战争取得胜利，当一波侵略被终结的时候，人民会进入狂欢的季节，社会会处在狂欢的状态，历史会走经狂欢的隧道，时代会进入崭新的天地。在外国文学、艺术、文化的记忆中，与战争过后的狂欢季相应的社会心理是一个重要的表现题材，由此积累了非常厚实的文化成果，而且也催生了许多标志性建筑和富有纪念意义的城市雕塑。然而在中国，抗日战争结束之际的情形并不如此。人民没有多少狂欢的记忆，社会似乎从未进入狂欢的频道，历史几乎遗忘了狂欢，本该在历史上重彩浓抹的狂欢时代悄然隐退在痛苦的呻吟与紧张的喧哗中。是的，胜利带来的喜悦完全抹不去伤口正在流的热血，胜利带来的安慰完全抹不去痛失亲人的悲情。而且，战争的阴影并未离去，在两个残酷的战争的极短暂的间隙,我们的同胞没有条件投入狂欢。

1945年的中国在抗日战争宣告结束的时候,本应该有一个属于中华民族自己的狂欢的季节,应该在文学艺术领域,在社会文化层面,在城市建筑方面都留下狂欢文化的深切记忆。应该有大量的诗歌等文学作品抒写日本投降、民族胜利后人民的欢愉与获得新生后的欢欣,大量的美术作品、音乐作品定格此刻的热闹与狂热,大量的新闻图片和文字渲染这样的胜利气氛和美好憧憬。应该从政府到民间召集各种活动进行各种形式的欢庆,包括设立胜利日、敌寇投降日等永久性的公共假日以永志不忘。应该从首都到陪都建起成批的纪念性建筑,包括各种雕像和广场,铭记这场伟大战争的胜利。所有这些都可以构成属于这个民族尊严与自豪的狂欢文化。然而,这样的文化记忆在我们的现代历史上却是那样的模糊、淡薄,我们似乎轻而易举地失去了一次民族狂欢的契机。

抗战胜利未能形成民族的狂欢文化,其历史原因相当复杂。首先是"惨胜犹败"的阴影从日本投降的那一刻开始就没有离开过中国人的心域。这场历时十数年的战争,使得中华民族丧失了3500万儿女宝贵的生命,偌大个政府颠沛流离,大多数民众流离失所,大部分村落十室九空,大部分城镇血迹斑斑,几乎每一个家庭都曾在恐惧和不安中惶惑偷生,几乎每一个家族都有至亲骨肉做出牺牲。这样的胜利,凝结着厚重的血痕,散发着刺鼻的血腥,怎能让人痛而起舞,乐而忘怀!重要的是,处在惨胜中的中国人民,在"胜"刚抵达的时候,"惨"尚未过,基本上没有心思和条件投入庆祝胜利的狂欢。

很多材料表明,中国人民对这场抗战胜利的到来有突如其来之感。由于日本帝国主义气势凌厉的侵略连连重创中国的国家防务和民众生活,让全国上下都做好了"持久战"的准备,而日本侵略者的投降有着强势的国际形势背景,特别是美国在日本广岛、长崎投放的两颗原子弹爆炸,客观上摧毁了日本侵略者称霸世界的野心,他们的投降是急速调整"一亿玉碎"的疯狂战略的结果。因此,这场伟大的胜利在中国人民和中国各阶层始料不及的情势下突然降临,中国人民以及当时的政府,各派政治力量都还没有在心理上做好迎接胜利的准备,因而胜利的到来一度令我们手足无措,无法从容庆祝与狂欢。

中国人民抗日战争的胜利当然是中国人民付出巨大代价拼搏争取来的,而这场胜利以突如其来的方式宣布,则又有浓重的国际反法西斯的伟大背景。这是一场世界性的胜利,而不单单是中国的胜利,这种"共有"胜利的情势也削减了中国人民进行胜利狂欢的热忱。耐人寻味的是,日本天皇宣布投降的那一天,中国报纸报道的角度都是从日本向中美英苏四国投降做文章的,只有《新华日报》发表的社论从中国抗战胜利的角度发言。1945年8月5日,《申报》的头条报道是《非常措置收拾时局 日皇颁和平诏书,命政府接受中美英苏共同宣言》,与一场战争的结束事件相比,这样的报道显得过于平淡。《大公报》打出了"日本投降矣!"的大字号,但报道角度还是日本"答复四国接受规定条款,今晨七时四国首都同时正式宣布"。相比之下,《新华日报》的胜利意识最为清醒,当日的报道虽然仍然以《日本政府无条件投降》为题,但配发的社论却明确喊出了"中国抗战胜利万岁"的狂欢式口号。[1]

导致取得胜利的中国人民没有投入地进行抗战胜利狂欢的最重要的因素,还是挥之不去的内战阴影对每个人形成的重压。抗战过程中,国共两党又联合又斗争,武力摩擦时或不断,特别是抗日战争进入到战略相持阶段后,国共军事较量的态势从未消减。在抗战胜利来临的前夕,共产党人更加紧迫地意识到:"蒋介石在挑动内战!"[2]因而号召人民"准备应付必然到来的内战局面"。抗战虽然胜利了,但战争还将继续,而且是更加凶残的内部战争,这无论如何都会让人无法进入胜利的狂欢,代之而起的是忧心如焚或者忧心忡忡。

胜利狂欢的文化未能如期形成,造成了中国现代文化史的一个重要空

---

[1] 社论全标题为《日本法西斯无条件投降 中国抗战胜利万岁》,《新华日报》,1945年8月15日。
[2] 毛泽东:《蒋介石在挑动内战》,《毛泽东选集》第4卷,第1137页,北京:人民出版社,1991年。此文撰写于1945年8月13日。

白。本来,抗战的胜利结束应该标志着一个伟大时代的结束,此前与此后的文学艺术应该有一种像分水岭效应的主题变异或思想转换。战胜前与战胜后对于政治格局、社会格局,对于人民生活的生活秩序等等,都应有迥然不同的文学反映和艺术传载。十数年的日寇侵略,将中国人民带入了恐怖和屈辱的噩梦之中,当然也激起了中国人民的反抗的意气与战斗的激情,但这一切都应该随着战争的结束而画上值得纪念的句号。此后的文学艺术应该带着风雨过后的欣喜,长夜已明的慰藉,表现出与抗战时期迥然相异的心态与情态,表达出各阶层人民的抗战胜利感、民族解放感和劫后余生的幸福感。然而这样的文化现象并没有出现,无论从哪个角度看待现代历史的这一段,人们都无法从文化面貌和艺术品貌上看出这样的文化转型。抗战胜利后的一段历史不仅没有狂欢,也没有这种文化心态的转型痕迹;既然没有战后的和平感,也就不可能真正获得胜利感、解放感和幸福感。也正因如此,我们在新文化发展阶段上无奈地抹去了1945年这个重要历史节点。

从民族狂欢的角度而言,战争胜利后胜利感和幸福感的表达是历史和时代的应有之义;而从民族主义和民主主义的人生关怀角度而言,反侵略战争的胜利之后的解放感更需要表达,需要进行历史的强调,需要向文学和艺术的各个层面渗透并寻求深刻而优美的表现。然而,中国现代文化发展的节奏甚至没有在这个伟大的、值得永恒纪念的节点形成任何变异的拐角,中国现代文化的音频也没有在这个光辉的声响过后出现明显变奏的旋律。文学艺术上的"抗战后"或者"抗战胜利后"的创作现象没有得到凸显,甚至就没有产生任何值得关注的现象。尽管反映抗战的文艺作品在此后漫长的岁月不断涌现,但围绕着"胜利"节点表达中国人的胜利感、幸福感和解放感的作品完全缺失。这是中国现代文化发展不完备的一个重要方面。

解放区文学以及后来的社会主义文学很好地弥补了这一文化缺憾。虽然民族狂欢的主题依然没有在这样的文学文化中得到充分体现,但表现下层人民政治的解放感以及由此带来的幸福感,是抗战胜利后革命文学家带着民主主义情怀进行文学创作的重要内容。

典型地表现人民的解放感的作品是名为刘西林的作者根据冀鲁民歌填词的一首歌曲,这首歌唱了70多年仍有激动人心的魅力:

> 解放区的天是明朗的天,
> 解放区的人民好喜欢,
> 民主政府爱人民呀,
> 共产党的恩情说不完。
> 呀呼嗨嗨,一个呀嗨,
> 呀呼嗨呼嗨,呀呼嗨嗨嗨,
> 呀呼嗨嗨一个呀嗨!

这首歌创作于1943年,那时候中国抗日战争还没有取得最后胜利,中华民族还没有到达可以狂欢的时节,但共产党领导的解放区却给它的人民开辟了一个新的天地,一个明朗的天,这里的人民切实体验到解放感和幸福感。人们通过对民歌的改造将这种解放感和幸福感传达出来,体现出在新的历史条件下民主主义的社会关怀和政治关怀,从而开启了一种解放的民主文化模式。

所谓解放的民主文化模式,乃是通过人民解放感以及解放以后的幸福感的艺术表达,深刻地体现文艺家对人民生活的关注与聚焦,以此呈现的新文化模式。这种新文化模式在文学作品中体现最多,影响最大,应该是一种值得关注的文学文化现象。

1943年,赵树理向文坛奉献了小说杰作《小二黑结婚》,标志着民主边区解放民主文化的重要文学成果的出现。该小说将生活场景设置在建立了民主政府的一个边区村落,但社会恶势力仍然存在,封建宗法社会和腐败现象仍然存在,这些势力和现象对新生的农村青年的正当爱情和进步要求形成了干扰和迫害。是共产党领导的政府力量又一次介入了边区的农村生活,打击了社会恶势力和腐败的封建道德,以小二黑和小芹为代表的新生力量和进步青年得到了新一轮的解放,他们才又真正拥有了自己的幸福与前途。

这一作品体现的解放的民主文化包含着多重文化要素。首先,共产党的领导是解放人民的可靠力量。正像陕北民歌《东方红》所歌唱的那样,共产党像太阳,为人民谋幸福,并且是人民的拯救力量。哪里有了共产党,哪里人民得解放。《小二黑结婚》表明,尽管有时候党的力量抵达不到特别偏僻和狭小的地区,那样的情形下社会恶势力会有所抬头,会倒行逆施,但只要共产党的阳光照射进来,一切的妖魔鬼怪都会现出原形,人民便会重获解放与自由。其次,越是生活在最底层的人民越是盼望共产党的解放力量,他们所感受的幸福也最强最甜蜜。无疑,小二黑虽然是民兵骨干,但他是边区农村中最底层的一员,是典型的被解放的角色。他的命运必须紧紧依靠共产党的领导。再次,解放赋予了被解放者生命的活力和能动的精神,他们的革命积极性和创造力同他们的人身自由一样得到了解放与激发,正像小二黑和小芹一样,解放不仅赋予了他们相应的人生权力,更赋予了他们在新的时代条件下积极的革命性和鲜活的能动性,使得他们迅速成长为新社会的主人公,新时代的建设者,新文化的捍卫者和忠实的实践者。

这是一种新型的民主文化,体现着共产党领导力量的解放民主文化。解放区的许多文学作品都围绕着这种解放的民主文化展述新社会的故事,抒发新时代的情感,描绘新生活的图景。周立波的《暴风骤雨》成功地刻画了底层英雄赵玉林的形象。他是一个被解放者,在被解放前他是一个赤贫得只能"光腚"的穷人,共产党解放了他的家乡,也解放了他的人身,他充分珍惜解放赋予他的自由与权力,勇敢地投入到土地革命工作之中,最终成为自觉地以生命捍卫革命果实的农民英雄。新歌剧《白毛女》中的王大春和喜儿,长篇叙事诗《王贵与李香香》中的王贵和李香香,都是这样的被解放的人物,他们在获得人身解放的同时也获得了人格和精神的解放,他们运用新生的人格精神反哺革命事业和新的生活,成为新社会新形势下的新型英雄。

关注下层民众的人生状况,是现代民主意识的文化体现,是五四新文学和新文化的精神传统。在战争和灾难的背景下,民主意识更是时代文化之必需,在黑暗中呻吟和挣扎的下层人民的人生状态需要持民主意识的文学家付诸真诚的关注。然而在解放的话语体系中,民主文化发生了某种时代性的变化。解放语境下的民主文化虽依然关注下层人民,但更关注人民的精神解放以及在解放条件下人格活力的激发。新歌剧《白毛女》中唱道:"旧社会把人变成鬼,新社会把鬼变成人。"其中的比喻意味是深刻的,这里的"人"不仅仅是与"鬼"相对的生存物,更重要的是有人格活力和积极的革命精神的现代意义上的"人"。通过民主意识关注到人的灵魂的改铸与复活,关注到人的精神与活力,这是解放的民主文化所达到的时代高度和历史深度。

## 三、战时民主主义文化关怀

抗日战争结束与国内内战之间只给人民余留了极短的时间空隙,这一短暂的空隙完全无法让人民休养生息,有的因抗战流离失所的民众甚至都还没来得及找回自己原来的位置,他们又被重新推到战争的动荡境况之中。战争的历史正义性以及时代必然性可以作学术的论断和政治的判断,但它毫无疑问会给人民带来深重的灾难。未能得到充分休养生息的中国人民面对战乱的灾难几乎无计可施,对这种惨苦人生的揭示便成为时代文学的主脉。这与五四时代"血和泪"的文学以及被压迫被奴役的文学已经有了时代的差异。

在抗战后民主文学的表现中,战乱时代惨苦人生的主人公往往不再是"抹布"阶级,而是一定意义上的社会"精英",是怀有一技之长的知识分子。他们在正常的生活年景本来应有稳定的收入,应有安定的生活,但战争将他们抛离了人生的轨道,在乱离的人生倾轧之中,他们的生存能力甚至还不如普通的普罗大众。乱世遭逢的惨苦人生与他们曾经拥有的安逸舒适甚至浪漫精致的人生形成了巨大的落差,使得他们更加难以适应,于是他们内心里的惨苦更远胜于其他难民。这是战争频仍时代的一种文学发现，是战时民主主义文化情怀和战时现实主义文学关怀的艺术体现。

巴金的《寒夜》实际上已经揭示了战争年代小知识分子的惨苦人生，并且取得了特定时代民主关怀的典型作品地位。汪文宣与一般的被侮辱、被奴役的普罗大众一样，在不正常的年景体验着艰难、惨苦的人生。但他与普罗大众的受苦还不一样。尽管他失业失势，穷困潦倒，家庭生活矛盾百出，风雨飘摇，但他尚能维持一种免于赤贫的生存状态，与那种衣食难周、朝不保夕的人生尚有一定的距离。他和他家的人生惨苦更主要的是体现在绝望而悲凉的心理体验。失业与生计的艰辛使得他惶惶不可终日，毫无希望的前途毁坏了他的一切希冀与梦想，让他变得空虚而绝望。母亲与妻子之间不可调和的矛盾使得他心力交瘁，病魔缠身并得不到医治与调养更让他走投无路，只好坐以待毙。他是一个有知识的人，他想挣扎，想发奋，但他没有了任何资源，没有了气力与精神，他被严酷的现实和惨苦的人生彻底击倒了。他的妻子曾树生更有点像《伤逝》里的涓生，她在惨苦人生的绝望中试图奋力一搏，她选择了一己挣脱，孤身前往，但更加残酷的现实狠狠地教训了她，她回来了，内心几乎遍体鳞伤，面对亡夫的孤冢荒坟，欲哭无泪。

早期"血和泪"的文学以民主情怀观照下层人民的生活，基本上都停留在衣食生活层次上艰难的刻画。"天哪，给我们饭吃！"这是这类文学作品中发出的典型的呐喊。而战时民主主义的文化关怀和战时现实主义的文学关怀却基本上越过了这种物质生活的赤贫，着力表现战时人们精神的绝望与前途的空虚，这才是更加深刻和更加惨苦的人生体验。既然是从心理和精神层面表现战时人生的惨苦，则知识分子和小知识分子便是比普罗大众更为恰当也更为有力的对象。《寒夜》对这样一种特殊身份的小人物的选择，具有时代性的文学文化意义。

巴金的长篇小说《第四病室》同样具有这样的文学文化意义。这部小说写于1946年，融入1944年五六月间自己住进贵阳中央医院的亲身体验，描写了战时一家后方医院设备简陋的三等病房的不堪情景。这个病室摆着24张病床,混杂着各种病人,组成的是一个阴森、黑暗、绝望、面临死亡威胁的世界,这里的人又是那么势利,医生、仆役嫌贫爱富,病人之间没有丝毫同情心,整天嘲笑别人的呻吟,欣赏别人的死亡;金钱的权威高于生命,医院成了商场。所有的人都在这种痛苦、绝望、充满死亡气息的环境中等待着,倾轧着,算计着,走向人生的毁灭。这其中表现的人生的惨苦,同《寒夜》相类似,主要是人内心绝望,毫无前途与希望的人生悲况。

哀莫大于心死。最大的人生悲哀便是人生的绝望,最惨苦的人生体验便是面临的前途漆黑一团。在浪漫主义的文学语境中,文学家最需要克服的就是这样的绝望心理,于是甚至如深刻而伟大的鲁迅,也需要"反抗绝望",将"绝望"处理为一种"虚妄"。他在以悲戚、绝望的心态写《药》的时候,因为考虑到那时的先驱者是不主张消极的,"我于是删削些黑暗,装点些欢容,使作品比较的显出若干亮色",[1]于是"凭空"在夏瑜的坟上添了一些花环。关键的是,这花环是鲁迅"凭空"添加上去的,鲁迅的内心里夏瑜安息的实际上是一座无人问津的荒坟。既然绝望到极致的鲁迅都需要反抗绝望,既然将所有希望理解为"虚妄"的鲁迅都还要在小说创作中点染"希望",则既往中国新文学从精神的惨苦与绝望角度表现人生悲哀的深度从未达到过战时现实主义的水平。这是战时民主主义文化的重要成果。

"这是一沟绝望的死水,清风吹不起半点漪沦。……不如让给丑恶来开垦,看他造出个什么世界。"这是闻一多诗歌《死水》里的几句,抒写出对绝望人生情境的诅咒般的描述。其实在战时现实主义文学家那里,灾难的人生和无希望的日子就呈现出这样的一种绝望,那是一种差堪诅咒的绝望。面对战争年代丛生的黑暗与腐败,带着战争给社会和人民带来的绝望感,新文学家施展各自的才华和招数,揭示绝望,表现绝望,并且表达无法超越、摆脱绝望的那种深刻的绝望。有的选择了嬉笑怒骂的讽刺笔法传达这样的绝望情绪,陈白尘的戏剧《升官图》,张恨水的小说《八十一梦》,以及袁水拍的诗歌《马凡陀的山歌》等等都是这方面的代表性作品。他们表现

---

[1] 鲁迅:《〈自选集〉自序》,《鲁迅全集》第4卷,第469页,北京:人民文学出版社,2005年。

的题材不一,表现的风格不一,但所描绘的社会环境都是那样的一团漆黑,所描绘的社会心理都是那么的一律绝望,所描绘的社会生活都是那么的一潭死水;所有的作品都呈现出战乱的痛苦,都表达着对没有希望、没有前途、没有未来的人生诅咒。

这种诅咒的绝望的描写在茅盾的名作《腐蚀》中表现得同样厚重和沉重。小说通过堕落为特务的女青年赵惠明濒临毁灭时的忏悔与自省、痛诉与呻吟,刻画了一幅如地狱如坟墓的生活图景,其中充满着残暴、血腥、阴冷与颤栗,充满着无际涯的黑暗和无边的痛苦。在这绝望的囚笼般的世界,茅盾因为"一九四一年的读者""要求给予赵惠明以一条自新之路",[1]最终没有让赵惠明走向生命与人格的毁灭,还是在小说的结局上平添了一些亮色,但那陌生的环境,陌生的生活,陌生的人物心理和故事等,也还是令人不寒而栗。这部小说同样是典型的战时现实主义作品,是在一片漆黑的黑暗中关怀生命、关怀人格、关怀生存状态的战时民主主义情怀的文化展现。

当然,即便是战乱年景,黑暗和绝望不过是文化心理体验的结果,并不代表社会生活的本质方面;战争通向和平,通向解放,通向胜利,文学家同样也不会放弃对生活的希冀和对未来的憧憬。在许多文学家战时现实主义的创作中,还是揭示了黑暗中的光明的曙色,绝望中希望的霞光。田汉的戏剧《丽人行》,还有影响较大的电影作品《万家灯火》等,都揭示出打破知识分子生存困境的希望在民间,在工农力量之中,这其实就是从政治文化和社会文化的角度体现了战时民主主义意识的出路与方向。

---

[1] 茅盾:《后记》,《腐蚀》,北京:人民文学出版社,1954年。

第四编

理想与斗争

# 第十章
# 阶级斗争与共产理想的文学文化变奏

新中国的文学文化基本上延续着延安传统,为工农兵服务,文艺从属于政治,这不仅成为一种文化习惯,也成了积淀于文学家和文化人心灵深处的文化信仰。显然,这种革命化的文学文化与新文化最初的民主倾向有某种渊源联系,与革命文学和左翼文学的传统有直接联系。不过中华人民共和国成立以后,在中国共产党的领导下,这样的文学理念和文化信念迅速上升为意识形态,成为自上而下必须遵循的文化戒律。在一个重视意识形态的社会政治环境中,具有权威性和政治性的文学理念和文化信念必然寻求戒律的效用。意识形态的戒律化运作一度成为这个时代文学文化的重要特征。

## 一、阶级文学的意识形态戒律化运作

革命的文学理念早在左翼文化运作中,就已经发展成一种文化信念,它让包括鲁迅在内的一代文学家都对这样的文学文化观念深信不疑,以至国防文学的热潮兴起以后,鲁迅还孤独地坚守着革命文学和左翼文学的"科学的文艺论",为左联的匆促解散扼腕长叹,同时坚持让革命的大众文学作为抗日民族文学的主导力量。

革命文学由文化信念向政治伦理的转化,乃是从延安文艺整风开始。

毛泽东《在延安文艺座谈会上的讲话》,对新形势下的革命文学理念和革命文化信念做出了更加政治化的领袖阐释,将革命文学的文化信念上升为一种政治道德和观念伦理。毛泽东的创造性正体现在,他从人民性和工农兵主体的角度,对于革命队伍的文艺工作者阐明了这样的政治道德和观念伦理:

> 拿未曾改造的知识分子和工人农民比较,就觉得知识分子不干净了,最干净的还是工人农民,尽管他们手是黑的,脚上有牛屎,还是比资产阶级和小资产阶级知识分子都干净。这就叫做感情起了变化,由一个阶级变到另一个阶级。我们知识分子出身的文艺工作者,要使自己的作品为群众所欢迎,就得把自己的思想感情来一个变化,来一番改造。[1]

显然,这里建立并阐释了一种新的伦理观、道德观,以劳动和劳农为上,以心灵、情感之善为美。如果说左翼时期的文化完成了由理念向信念的转变,那么,延安文艺整风乃是实现了由信念向伦理的提升。无产阶级革命文学的文化伦理确立以后,文学为工农兵服务,为无产阶级政治服务,为党领导的革命与斗争服务,就成了文学家必须遵守的道德。道德的基础是善,是一种关于伦理的价值观,它的基本实现方式是主体的自觉,外在的制约和"不德"的惩罚往往通过理论来谴责与批判,一般不会诉诸人身自由的剥夺。

1949年以后,文学、文化迅速被纳入社会主义的体制化对象。从国家管理序列来看,政务院设置文化教育委员会,沈雁冰、郑振铎、田汉等一大批著名文学家进入文化部,成为各个重要机构和委员会的领导人;从党的群团管理序列来看,第一次文代会以后,中华全国文学艺术界联合会(简称

---

[1] 毛泽东:《在延安文艺座谈会上的讲话》,《毛泽东选集》第3卷,第808页,北京:人民出版社,1969年。

"中国文联")以及中华全国文学工作者协会(后称"中国作家协会")正式成立,对中国的文学家和文学事业实施管理。国家还通过高等学校文法两院课程的调整,将文学教育,特别是中国现代文学教学、研究通过课程设置的途径体制化;中国科学院设立文学研究的专属机构,解放军内部设立以总政治部为领导的文艺管理体制;加上各级各种各领域的文学杂志的创办,这些杂志都隶属于上述机构的不同层次及相应的管理序列。新中国的这种文化艺术管理序列的设置吸收了苏联的经验,当然也有自身的创造。中国作家协会的职能及其运行明显受到苏联作家协会的启示,只是中国共产党没有将党的权力直接交付给作家协会来执行,中共中央设立中央宣传部作为全面管治全国文艺工作的最高权力机构。更重要的是,党的最高领导人十分关注文学艺术和新闻宣传,毛泽东不仅对重大的文学和艺术创作及批评动向热切关注,而且还在关键的时刻发出指示、批示和意见,就像他从延安时期就养成的习惯那样,往往自己代党报党刊撰写社论,将自己的巨大影响力直接通过自己的文章公之于众。这样的高端关注及其巨大的影响力使得中国文学迅速进入党的意识形态层面,并参与社会主义上层建筑的环节。

上述严格、全面的组织和机构布局,以及特定的运行机制的形成,实现了中国文学艺术的体制化,文学为政治服务,为无产阶级和工农兵服务的现代伦理,从此演化为社会主义文化的体制要求,秩序要求,甚至是政法要求,各种经过理念化、信念化和伦理化运作的革命文学原则和观念,此时在一定意义上硬化为社会主义文艺的戒律。文学受制于某种政治戒律之后,文学文化才可能真正与政治文化同步,文学的政治化才能真正成为文艺家的自觉行动。无疑,这在文艺管治和文学领导的意义上是非常理想的文化生态。

当无产阶级政党政治甚至一定时期的政治要求作为文学管治的戒律付诸实施之际,党在意识形态建设以及相应运作的许多环节上借道于文学批评和文学批判,就成了顺理成章的事情。

由此,我们应能清楚地理解新中国成立后一系列文学政治运作的逻辑必然性。

新中国甫一成立,就在党的上层爆发了关于电影《清宫秘史》的争议,由此拉开了文学批判意识形态化甚至文学政治戒律化的大幕。这部电影由香港永华影业公司于1948年摄制并公演,编剧姚克,导演朱石麟,主要演员有舒适、周璇、唐若青、洪波等。此影片以清宫上层围绕着戊戌维新所展开的宫廷斗争为题材,对以西太后为代表的封建顽固派以及他们的倒行逆施进行谴责,同情戊戌维新运动及失败了的光绪皇帝。其实,慈禧太后与光绪皇帝所代表的清宫权力结构,对于新中国一开始的权力构架之间存在着某种外人很难理解的隐喻关系,江青对这种隐喻的过敏性反应直接导致了领袖对这一影片的挞伐,并且与党的另一位领导人刘少奇的意见针锋相对。资料记载,江青调看《清宫秘史》后,认为《清宫秘史》是部坏影片,应该进行批判,但胡乔木表态:少奇同志认为这部影片是爱国主义的,不能批判![1] 在毛泽东亲自过问下,这场批判运动才得以展开。

这场文艺批判不是以禁映《清宫秘史》为结局,而是以此为开始。以后的文艺斗争和文学批判乃至政治运动和政治斗争,通常都会追溯到这个影片及其批判。据历史资料显示,从1950年到1964年这十几年间,毛泽东五次在不同场合点名批判《清宫秘史》,其核心内容仍是,这部电影表面上是爱国主义的,实际上是卖国主义的,应该受到批判。最典型的是1954年10月16日,毛泽东在给中央政治局及相关人物写的《关于〈红楼梦研究〉问题的信》中严肃地指出:"被人称为爱国主义影片而实际是卖国主义影片的《清宫秘史》,在全国放映之后,至今没有被批判。"他当然指的是有火力的政治批判和公开批判。

针对这部电影真正体现足够火力的批判到"文化大革命"时期才出现。姚文元的《评反革命两面派周扬》[2]和戚本禹的《爱国主义还是卖国主义?——评反动影片〈清宫秘史〉》两篇最具有杀伤力,也最能揭示这场批判的政治实质。姚文元的文章显然不是为了批判《清宫秘史》而写的,但他

---

[1] 戚本禹:《爱国主义还是卖国主义?——评反动影片〈清宫秘史〉》,《红旗》,1967年第5期。
[2] 见《红旗》,1967年第1期。

的"顺带"批判却权威性地披露了毛泽东1954年关于《红楼梦研究》的那封信中的观点,并暗示须对"鼓吹《清宫秘史》的'大人物'"进行揭露和批判,这个"大人物"就是指"在当前这场无产阶级文化大革命中提出资产阶级反动路线的人"。数月后,戚本禹的文章更加明确,说是"围绕着《清宫秘史》这部反动影片,以毛主席为首的无产阶级革命派同党内一小撮走资本主义道路的当权派,展开了一场严重的斗争"。至此,对于电影《清宫秘史》的批判早已经超出了文艺评论乃至文学批判的范围,"卖国主义"的性质认定足以让这部电影陷入万劫不复的深渊,对待这部影片的态度,也就成了在一定范围内和一定层级上区分党内革命派和反动派的标准与戒律。

显然,戚本禹的文章比姚文元的文章更能迫近毛泽东的思想逻辑,尽管后者明显得到了特别授权披露毛泽东给政治局和其他有关人员那封信的内容。戚本禹分析道:"反动影片《清宫秘史》,是一部所谓历史题材的影片,写的是清代末年戊戌变法运动和义和团斗争。它公开站在帝国主义、封建主义和反动资产阶级的立场上,任意歪曲历史事实,美化帝国主义,美化封建主义和资产阶级改良主义,歌颂保皇党,污蔑革命的群众运动和人民反帝、反封建的英勇斗争,宣扬民族投降主义和阶级投降主义。"这可以说道出了毛泽东心目中的文艺的戒律,也可以说是原则和逻辑:对农民革命起义的历史作用绝不容忍怀疑,更不能鼓吹以其他改良主义运作冲淡或者否定农民革命。正是在这样的政治逻辑上,电影《武训传》遭到了同样的批判。《武训传》中的武训以及历史上的武训,为了兴办"义学",通过讨乞购置大量田产,然后收取田租并放高利贷,由此走上了虽有些苦情但实际上实施剥削的道路,这正是毛泽东从土地革命时代便深恶痛绝的地主阶级的做派。即使没有武训成为地主阶级的那些置办田产、出租土地、放高利贷的恶劣情节,单是他通过出卖穷人人格的病态行为来办义学,也不能赢取重视农民、尊重农民的革命领袖的好感,何况它还明目张胆地否定农民革命,歌颂通过武训体现出来的充满奴性和屈辱的"奋斗"。"……承认或者容忍这种歌颂,就是承认或者容忍诬蔑农民革命斗争,诬蔑中国历史,诬蔑中国民族的反动宣传为正当宣传。"毛泽东对怀疑甚至否定农民革命的艺术企图严词批判，这正是一个革命领袖的政治戒律，也是他的文艺原则。凡是触犯这种戒律、冒犯这种原则的文艺现象，都理所当然地受到批判与清理。

文学必须服从于无产阶级政治，文学及文学理论如果不能与无产阶级政治保持一致，就触犯了革命的政治戒律，就必然成为斗争的对象，成为批判和清算的对象。可以在这个意义上定位仍然由党的领导人发动和主导的关于胡风反革命集团的批判。胡风是一个深刻的现实主义者，一个以鲁迅式的显示"灵魂的深"为价值目标的文学理论家，这样一个理论家即使表现出对于工农兵文学的趋近的热忱，也必然显示其突出的个性。而当这种突出的个性及其显露的深刻是以"肉搏"人民所受的"精神奴役的创伤"为主要内容，其人民观就与革命领袖所确认的革命伦理有了较大参差，那种伦理观认为，农民的思想感情要比资产阶级知识分子干净许多。这种思想认识上的参差，由于同样触犯了革命文化的戒律，因而被夸大为是一种立场的对立，是革命与反革命的对立：

> 胡风和胡风分子确是一切反革命阶级、集团和个人的代言人，……胡风分子是以伪装出现的反革命分子，他们给人以假象，而将真象荫蔽着。但是他们既要反革命，就不可能将其真象荫蔽得十分彻底。作为一个集团的代表人物，在解放以前和解放以后，他们和我们的争论已有多次了。[1]

于是，胡风抢在数十万右派分子之前被确定为反革命集团的头子，被关进监狱20余年。这是革命文学文化戒律化以后的必然后果，而在此之前，当共产党的革命文学和政治文学只是作为信念和文化伦理的时候，对于斗争和批判对象就很少采取这样的法律制裁措施。由此可以联想到延

---

[1] 毛泽东：《〈关于胡风反革命集团的材料〉的序言和按语》，《毛泽东选集》第5卷，第161页，北京：人民出版社，1977年。

安整风时期对王实味的处置,王实味不仅是文学上的异见分子,还是被认定为托派的敌人,即便如此,在延安撤退、中央机关转移的紧要关头被社会部紧急处决后,毛泽东还每每对此耿耿于怀,常常问责于李克农等人。

当革命的政治文学和相应的文学文化进入党和国家的戒律运作序列以后,文学批判和文化斗争就必然与法律制裁措施相联系。其中牵涉面最广,受影响人数最多的当然是对于小说《刘志丹》的批判,这部被最高领导层明确定义为"利用小说反党"的文化

胡 风

和政治事件,致使习仲勋等一万多名领导干部遭受惩处,许多人因此案身陷牢狱。

毛泽东是一个富有理想主义激情的领袖。他和他的党,他的人民一起艰苦卓绝地推翻了旧世界,并满怀豪情地建立一个新世界;他又是一个非常现实的理想主义者,他从来就不相信梦想,他深知未来的新世界不会唾手可得,需经过不断的革命和斗争。他的在无产阶级专政条件下的"不断革命"论,以及"八亿人民,不斗行吗"的斗争哲学,注释了他领导社会主义文艺斗争的历史,也注解了在他的时代文学斗争此起彼伏从未止息的现实。从反右斗争以后的"再批判",到"黑八论"的批判,再到引起轰轰烈烈"无产阶级文化大革命"的对《海瑞罢官》的批判,以及"文化大革命"兴起以后越来越密集、越来越激烈的批判运动,其中荦荦大端者有对"三家村"的批判,对"三十年代文艺黑线"和"十七年"的批判,对各种影片、文学作品的查封,对帝王将相、才子佳人文学的批判,评法批儒运动,评《水浒》运动,等等,这些从文艺战线出发而事实上牵动全国乃至全民政治生活的批判运动,都符合那个讲求阶级斗争时代的文化节奏,同时也构成了那个时代的文化主旋律。

尽管毛泽东发动的文学批判和文化斗争都往往基于一定的原则和戒

律,但也存在着为斗争而斗争的斗争文化现象。1954年秋,毛泽东发动中国知识分子对胡适从政治、哲学、文学、历史、教育等领域展开全面的思想批判,同时又通过对《红楼梦研究》的讨论,进一步肃清胡适在文学学术领域的资产阶级反动毒素。其实,毛泽东对胡适并无天然的恶感,1957年2月16日在颐年堂讲话中明确肯定胡适"对中国的启蒙起了作用",1964年8月18日在北戴河与龚育之、吴江等哲学工作者谈话,又认为比较蔡元培对《红楼梦》的观点,胡适的看法还"比较对一点",进而肯定了"新红学派"的学术贡献。毛泽东对"两个小人物"表示支持的批示,只是坐定俞平伯是胡适派的资产阶级权威,他们的思想具有毒害青年的毒素,明确正确的选择就是对之进行斗争和批判:"出现了容忍俞平伯唯心论和阻拦'小人物'的很有生气的批判文章的奇怪事情,这是值得我们注意的。俞平伯这一类资产阶级知识分子,当然是应当对他们采取团结态度的,但应当批判他们的毒害青年的错误思想,不应当对他们投降。"至于胡适、俞平伯的资产阶级唯心论要害在何处,具体体现在《红楼梦》研究方面出现了哪些大谬不然的观点,则未予指明。

毛泽东非常重视"意识形态领域里的阶级斗争",哪怕这种阶级斗争的对象尚未明确。1962年10月9日,周扬在一次文艺工作座谈会上作出基本估计,说文艺界"基本情况是好的","反党反马克思主义的东西发表的不多"。这样的基本估计其实就与毛泽东极为敏感的"阶级斗争熄灭论"有某种牵连。事实上,毛泽东就认为文艺界存在的问题很多。1963年9月27日,毛泽东就文艺工作发表指示,认为《戏剧报》充满着牛鬼蛇神,戏剧舞台上充斥着的是帝王将相,才子佳人。文化部如果不试图改变,就改名帝王将相部,才子佳人部,或者外国死人部。这样的基本估计实际上埋下了"文化大革命"的伏笔,而且也解释了所谓"十年动乱"为何从文化着手的原因。

显然,斗争是这个时代的政治方略,是这个时代正常的政治生态,是这个时代文学运行的文化形态。几乎所有的政治斗争都从文学批判着手,可能与党的领导人特定地习惯性地对文化和文学关注有关,与他们对意识形态的高度敏感性有关,但更重要的,选择文学批判和文化斗争作为政治斗争、社会运动的实验场和热身赛,在一定程度上可以避免贸然进行的政治斗争、社会运动所造成的更大的政治动荡和更严重的社会损伤,至少理论上是如此。当然,也由于先从文学批判和文化斗争进行实验和热身,其所形成的后果预期至少对于国家政治和社会生活来说不至过于严重,于是导致政治斗争和社会运动的发动者往往不能充分估计斗争、运动所可能造成的对于国家政治、经济、军事、法制以及整个社会体制的巨大伤害和严重后果,对运动采取放任态度,诚如毛泽东在"文化大革命"中对"天下大乱"形势的鼓励与赞赏,最后导致整个社会和国家遭受政治文化的劫难。

## 二、理想之歌的文学文化

新中国文学承载着回顾和反映战争年代英雄人物与英雄故事的伟大任务,更承载着反映和歌颂现实斗争中的时代英雄和当代壮举的光荣使命,因而充满着现实主义的急迫感。然而光是现实主义,尤其是严酷的现实主义并不能满足上述历史任务和时代使命的要求,文学必须担负起理想主义的张扬、高歌与表现。这也许就是毛泽东倡导革命的现实主义与革命的浪漫主义"两结合"的基本理由。的确,在许多人简单而实用的理解中,革命的浪漫主义往往就体现为革命的理想主义和革命的乐观主义。

在这个意义上,一些反思性的文学作品不可能代表这个时代文学文化的主流,相反,它们本来应该招致被整肃的命运。峻青的《黎明的河边》应该是这类作品的代表。该小说叙写抗日战争时期胶东人民以一家人的牺牲掩护武工队干部通过封锁线的故事,在对通讯员小陈一家进行鲜血与生命的礼赞之后,叙述者不无伤感而又十分动情地写道:"姚光中呀,姚光中!你给人民做了些什么?你对党有一点什么贡献?你凭什么让小陈用一家人的性命来掩护你一个人?凭什么?啊?你究竟凭什么?""生命,这一生中只有一次的青春的生命啊!还有什么能比它更值得宝贵,更值得珍惜的啊!"

这样感人的作品却天然地缺少革命的理想主义气息,而且也显得太过压抑,未能焕发出革命的乐观主义的精神。虽然没有遭到批判,但也没有得到文学史家应有的关注与充分的肯定。

革命理想主义的文学文化要求,即便是处在极其恶劣、极其残酷的环境下,革命者也要胸怀无产阶级理想,以更加饱满的激情迎接酷烈战斗的腥风血雨。于是,小说《红岩》中的革命英雄成岗写下了这样的"自白书":"对着死亡我放声大笑,魔鬼的宫殿在笑声中动摇;这就是我——一个共产党员的自白,高唱凯歌埋葬蒋家王朝!"如果说这样的激情只是革命乐观主义和革命信念的表达,则歌剧《洪湖赤卫队》中的韩英所唱出的心声更具有革命英雄主义的气概:"为革命,砍头只当风吹帽!为了党,洒尽鲜血心欢畅!"接着,她唱出了革命英雄主义气概的精神底蕴,完全是革命理想的鼓舞:"娘啊,儿死后,你要把儿埋在那高坡上,将儿的坟墓向东方,儿要看白匪消灭光,儿要看天下的劳苦人民都解放!"到了样板戏时代,革命理想主义与革命英雄主义的结合更为紧密。《红色娘子军》中英勇牺牲的党代表洪常青以自己的生命之诗实践了革命烈士夏明翰的时代壮歌:"砍头不要紧,只要主义真,杀了夏明翰,自有后来人!"《红灯记》中的抗日英雄李玉和在刑场上气昂昂抬头远看:"我看到革命的红旗高举起……新中国如朝阳光照人间!那时候全中国红旗插遍!"这是面临死亡的伟岸气概,这是面临死亡的英勇歌唱,视死如归,从容不迫,英雄盖世,全是革命的理想主义在做支撑。这时候,一切关于生命的赞歌都须让位于对革命胜利的憧憬,一切关于人性的疼痛都须服从于革命理想的畅述,一切关于酷刑的忍受都须受制于革命激情的燃烧。这种文学和文化语境下的革命英雄是理想的超人,是精神境界远超于常人的"特殊材料制成的"人[1]。斯大林所说的这个"特殊材料"不是别的,正是革命的信念和革命的理想。这样的革命理想主义、革命英雄主义和革命乐观主义的融合,形成了那个时代文学文化的主调和主流。

革命的现实主义与革命的理想主义相结合,能够使得文学焕发出革命

---

[1] 斯大林原文:"我们共产党人是具有特殊性格的人,我们是由特殊材料制成的。"《斯大林选集》(上),第169页,北京:人民出版社,1979年。

理想主义的精神风貌,哪怕这种文学表现的是日常琐事和平凡的人生。柳青的《创业史》深得新中国革命文学之三昧,善于在日常化的社会生活描写中展示主要人物的理想,这样的理想使得一个地道的农民如梁生宝,同样焕发出不俗的政治光彩。一个有理想的人不可能是庸常的人,一个闪光的共产党员和农民代表之所以不同于普通群众,就是因为他胸怀革命理想并且善于表达。梁斌的《红旗谱》写农民和农村的土地革命,其引人注目之处在于他不仅描写了农民对苦难的承受,更写出了"人民生活中的欢乐、美好、幸福、明亮的一面"。[1]那个时代的文学关键不在于是否可以写人民的苦难,而在于是否能够描写出苦难中看见光明。老舍1954年修订《骆驼祥子》,对这个19年前的旧作,对这个本来是刻画劳动者悲剧人生的小说却有了时代文化的认识:需要写出理想与光明。他从《骆驼祥子》中看到:"虽然我同情劳苦人民,敬爱他们的好品质,我可是没有给他们找到出路;他们痛苦地活着,委屈地死去。这是因为我只看见了当时社会的黑暗的一面,而没有看到革命的光明,不认识革命的真理。"他甚至引述"出书不久"劳动人民的反馈意见:"照书中所说,我们就太苦,太没希望了!"[2]

在苦难中,在困境中,在平凡中写出希望,写出亮色,写出理想,这是革命理想主义和革命浪漫主义的创作原则,也是革命现实主义深化和升华的基本理路。周扬在《我国社会主义文学艺术的道路》讲话中就指出:"我们所说的革命的浪漫主义,其基本精神就是革命的理想主义,是革命的理想主义在艺术方法上的表现。"[3]显然,这样的写作策略就是社会主义文学的文化特色。

如果说革命历史题材的文学可以通过英雄主义痛快淋漓地展现革命理想主义,在一般现实斗争题材的表现方面,革命理想主义则往往表现为国际胸怀与未来展望。理想的内涵在任何时代的任何文化形态中都是可以进行命名的对象。当代文学家对于革命理想的呈现、表达,在空间意义

---

[1] 冯健男:《论〈红旗谱〉》,《蜜蜂》,1959年第8期。
[2] 老舍:《后记》,《骆驼祥子》,北京:人民文学出版社,1955年。
[3] 见《人民日报》,1960年9月4日第5版。

上往往落实在国际关怀的拓展,以及在时间意义上往往落实在未来形态的展望。这种国际胸怀和未来展望的内容,一度构成了当代文学的一种创作方法,进而凝结为一种文化状态。

国际胸怀与未来展望集中表现在以革命样板戏为典型形态的革命文学中,特别是《海港》和《龙江颂》。如果说《海港》由于其远洋航海的特定题材,涉及国际胸怀的理想内容还属顺理成章,则《龙江颂》的选题点乃在一个农村生产大队,是国家社会中的一个最小单位,但创作者仍然立意于在这样的"舞台"空间表现足够的国际胸怀,以体现作品浓厚的理想主义色彩。剧中的江水英是一个农村大队干部,但她的胸怀则不仅仅是一个龙江大队,甚至也不仅仅是一个县,她将"四海风云胸中装",更多的是在胸怀全人类的解放。

理想的光芒常常体现为一种理念的鲜亮,国际胸怀的无限阔大和未来展望的无限远大如果停留在理念意义上容易走向空洞、抽象。革命文学家注意到这样的危险,即使是在"文化大革命"那个偏激得可怕的年代,人们也试图避开将理想主义作空洞、抽象表现的危险。著名的《理想之歌》尽管在诗歌艺术上显示出那个时代难免的粗糙,在思想内容上表现出那个时代惯有的激情,但它却在努力寻求时代的以及新一代人的理想之根,并且把这个"根"深深地扎在延安那个红色都城的泥土中。作者不必匆忙回答什么是"革命青年的理想",只是说那理想是"青年人心中/瑰丽的壮锦/灿烂的诗篇"。在回顾了革命的历史,再凝视火辣的现实之后,才给出了明确的当然是高亢的答案:

  文化大革命在我心中
    埋下了理想的种子;
      "为共产主义奋斗终生!"
  而走与工农结合的道路,
    这才是通向
      革命理想的

> 唯一途径！……

这首《理想之歌》尽可能让理想的歌吟与延安精神和革命传统结合在一起，让理想的抒发与知识青年上山下乡的革命道路联系在一起，体现出那个时代难能可贵的将理想的高歌夯实在现实的道路选择、意向选择的实际行动上。《理想之歌》中的理想尽管仍然显得有些抽象、空洞，但作者以青春的热忱试图弱化这样的抽象，试图弥补这样的空洞的创作意向非常明显。

那是一个革命理想的激情像火一样燃烧的年代，那是一个以斗争换取成功、以理想克服平庸的时代，在那样的时代，缺少革命理想主义乃至缺少理想描写的文学理所当然地受到读者的指责和批评家的诟病，理想的描写和理想主义的展现，是那个时代文学文化的绚丽特色。

# 第十一章
# 中国现当代文学学科文化的形成

中国现代文学学科在正式的官方目录中叫作"中国现当代文学",看上去则是一个非正式的、临时撮合的学科概念,认真考究起来也不甚严谨,因此除了极少部分文学史教材为了机械地配合官方学科目录而采用"中国现当代文学"而外,正式的学术著作一般不会采用这个只剩下官气却缺少严格的学术气息的概念。

人们较习惯地采用"中国现代文学"概念,是出于"约定俗成"的意味。习惯性的理解上,"中国现代文学"似可涵盖"中国当代文学"的内容,勉强从政治逻辑上推论,当然可以将台港澳文学包含其中,至于所谓"海外华文文学",则只能尴尬地置于此概念之外。

中国现代文学作为学科的历史相当复杂,对于其学科历史的阐析,会令人清晰地发现其中的若干"短板"效应,以及由此形成的文学的学科文化。

## 一、中国新文学与中国现代文学

中国现代文学本来被叫作"中国新文学",这一学术和学科概念从新文学尚未正式产生之日起到 20 世纪 50 年代之前,几乎是唯一的正式概念。50 年代以后,随着中国现代文学学科的正式建立,随着政治意识逐步渗入到并且逐渐引领着这个新兴的然而本来也相当学术的学科,中国新文学概念逐渐隐退,中国现代文学和中国当代文学概念占据主流。这一历史情形揭示了"中国新文学"与"中国现代文学"概念的消长关系,同时也显示出中国现代文学学科的某种"短板"现象。

"中国新文学"作为概念起于何时,起自何处,起从何人,需要详加考证。不过至少在《文学改良刍议》的前一年,即1916年春,胡适便在一首《沁园春》中表达了类似文学革命的"文章革命"的某种决心,并正式提出了"新文学"的命题:"为大中华,造新文学,此业吾曹欲让谁?"[1]如果说早在1915年的诗歌中胡适即有"文学革命"之倡——"神州文学久枯馁,百年未有健者起。新潮之来不可止,文学革命其时矣"[2],那么,胡适明确提出并倡导"新文学"概念应该是1916年4月的这首《誓诗》。除了使用"新文学"概念概括或设计"革命"后的文学以外,胡适还常用"活文学"——1916年7月所撰《〈去国集〉自序》中便坦言:"胡适既已自誓将致力于其所谓'活文学'者……"[3]有时候又用"真文学"——胡适在1917年所撰《历史的文学观念论》中认为经过改良之后的"今日之文学"应为"真文学"[4]。不过他最热心使用的概念还是"新文学"。他以"提倡新文学的人"自许,认为"中国"应该"实行预备创造新文学"[5],在这里,"中国新文学"的正式命题已经呼之欲出。而早在1917年1月发表的那篇被称为"文学革命发难篇"的《文学改良刍议》中,胡适已将新文学即"白话文学"论证为"中国文学之正宗"[6],强调了中国新文学与中国文学之间的某种必然联系。周作人在那

---

[1] 胡适:《沁园春·誓诗》,1916年4月12日,《胡适文集》第1卷,第136页,北京:人民文学出版社,1998年。

[2] 胡适:《送梅瑾庄往哈佛大学》,1915年9月17日,《胡适文集》第1卷,第124页,北京:人民文学出版社,1998年。

[3] 原刊1920年3月上海亚东图书馆初版之《尝试集》,参见《胡适文集》第3卷,第5页,北京:人民文学出版社,1998年。

[4] 原载《新青年》,1917年第3卷第3号,参见《胡适文集》第3卷,第32页,北京:人民文学出版社,1998年。

[5] 胡适:《建设的文学革命论》,《胡适文集》第3卷,第64页、第75页,北京:人民文学出版社,1998年。

[6] 胡适:《文学改良刍议》,《胡适文集》第3卷,第28页,北京:人民文学出版社,1998年。

篇非常著名的《人的文学》中,同样将他们正在倡导的这种文学称为"新文学":"我们现在应该提倡的新文学,简单地说一句,是'人的文学'。"这种"新文学"在逻辑上又是属于"中国的",因为"中国文学中,人的文学,本来极少……"[1]李大钊于1920年1月4日在《星期日》周刊的"社会问题"号上发表《什么是新文学》一文,表明这时候"新文学"已经成为一个通行的概念,只是面对一般读者需要提出更详实更权威的解释。1924年,胡毓寰在商务印书馆出版《中国文学源流》一书,有理由相信此书对周作人后来出版《中国新文学的源流》有一定的影响。关键是此书的最后一章是《新文与新诗》,明确标明为新文学的史述,可以视为"中国新文学"作为正式概念最初的学术显现。

中国新文学被约定俗成为专用名词和正式概念,是在20世纪30年代。这十年间出版的有影响的相关学术著作,大多采用"中国新文学"这样的概念。类似的专书计7种:周作人著《中国新文学的源流》[2],王哲甫著《中国新文学运动史》[3],王丰园著《中国新文学运动述评》[4],赵家璧主编《中国新文学大系》10卷本[5],吴文祺著《新文学概要》[6],霍衣仙著《最近二十年中国文学史纲》[7],李何林著《近二十年中国文艺思潮论》[8]等,其中5种直接采用了"中国新文学"概念,只有2种采用了"近二十年中国文学"的计数法概念,"中国新文学"概念的专著采用率为70%。由于钱基博的《现代中国文学史》主要论述的是新文学以前的"现代"文学史,只是到了卷末才附论了新文学的历史,与胡毓寰的《中国文学源流》结构相似,因而在内容上不宜与上述中国新文学专题著作相混淆。

---

[1] 周作人:《人的文学》,《周作人经典》,第3页、第6页,南海出版公司,2001年。
[2] 北平:人文书店,1932年。(本章所涉书籍较多,正文中已出现的著者、书名,注释中可能不再列出。)
[3] 北平:杰成印书局,1933年。
[4] 北平:新新学社,1935年。
[5] 上海:上海良友图书印刷公司,1935年。
[6] 上海:亚细亚书局,1936年。
[7] 广州:北新书局,1936年。
[8] 上海:生活书店,1939年。

20世纪40—50年代,"中国现代文学"作为学术概念进入到中国新文学研究视野,但总体上尚不能取代"中国新文学"作为中心概念的优势地位。这期间出版的中国现代文学史研究专著和教材计有:李一鸣著《中国新文学史讲话》[1],任访秋著《中国现代文学史》[2],李何林等著《中国新文学史研究》[3],王瑶著《中国新文学史稿》[4],蔡仪著《中国新文学史讲话》[5],丁易著《中国现代文学史略》[6],张毕来著《新文学史纲》[7],刘绶松著《中国新文学史初稿》[8],复旦大学中文系现代文学组学生集体编著《中国现代文学史》[9],孙中田、何善周等著《中国现代文学史》[10],吉林大学中文系中国现代文学史教材编写小组编《中国现代文学史》[11]等。为了严格统计口径,期间出版的专题性文学史,如田仲济著《中国抗战文艺史》,蒋祖怡著《中国人民文学史》等,尽管影响很大,但未计入。上述11部著作中,以"中国新文学"作为主题和支撑概念的著作同样占大多数,为此类书出版总数的54%,数量过半,仍然可见"中国新文学"比起"中国现代文学"来,是更容易为人普遍接受的概念。

但是,20世纪40—50年代出现了5部以"中国现代文学"作为支撑概念的文学史专著。这是一个重要信号,表明"中国新文学"学科概念正面临着来自于"中国现代文学"学科概念的有力挑战,"中国现代文学"作为学科概念比例在迅速蹿升。尽管"新文学"概念已经拥有强大的历史惯性,让人们几乎是欲罢不能地沿用这个概念,但它所体现和继承的毕竟是新文化运动和新文学倡导的历史传统,而不是新民主主义革命的伟大传统,后一个

---

[1] 上海:世界书局,1943年。
[2] 南阳:河南前锋报社,1944年。
[3] 内附《〈中国新文学史〉教学大纲(初稿)》,上海:新建设杂志社,1951年。
[4] 上册,上海:开明书店1951年;下册,上海:新文艺出版社,1953年。
[5] 上海:新文艺出版社,1952年。
[6] 北京:作家出版社,1955年。
[7] 北京:作家出版社,1955年。
[8] 北京:作家出版社,1956年。
[9] 上海:上海文艺出版社,1959年。
[10] 长春:吉林人民出版社,1957年。
[11] 长春:吉林人民出版社,1959年。

传统以五四运动和中国共产党走上历史舞台为标志。于是,相对新潮的中国现代文学研究力量开始走出"中国新文学"的概念传统,而逐渐树立起"中国现代文学"的学术异帜。

## 二、"现代"化效应:中国新文学概念的隐退

从"中国新文学"到"中国现代文学",这种学术和学科概念的历史转换,所反映的是这个学科由学术到政治的话语转换。"中国新文学"强调的是以白话文运动为中心、以新文化运动为基础的新文学传统,虽然上述运动都带着强烈的反传统意味,但"中国新文学"概念却是以传统的"中国文学"作为巨大参照,在学理逻辑上承认着其与中国文学的内在联系。相比之下,"中国现代文学"则在概念内涵和外延两方面与中国传统文学进行了人为的区隔,与传统的中国文学形成了一种否定关系。人们在以政治的视角对"现代文学"进行学术认知的时候,所强调的可能是这种文学的"现代"性质,这样的"现代"性质通常以"新民主主义革命"理论加以概括,与传统中国文学的基本性质不仅完全不同,而且两相对立。"中国新文学"暗示着其与"中国文学"必然的历史联系、美学联系、文化联系和艺术联系,而"中国现代文学"则可以完全无视这种联系的必然性,特别是加入政治化的解读以后,以决绝的态度割断这样的联系变得稀松平常。从这一意义上说,"中国新文学"作为学术、学科概念,其学术合理性和文学本体性至少比"中国现代文学"更强。"中国现代文学"作为正式的学科概念,其形成过程其实也是相关学术话语的政治化的过程。历史地看,这种政治化的方向是正确的,但它毕竟克服了"中国新文学"概念的学术合理性和文学本体性,存在着以政治话语取代文学话语和学术话语的潜在危险。

严酷的学术实践证明,这样的推断并非多虑。经过20世纪50年代的政治运作特别是政治对学术的整肃,学界可以说完全放弃了对"中国新文学"学术概念的坚持,而几乎清一色地转向了"中国现代文学"的学科命名。尽管从学理上说,这时期的相关学科的正式名称本来应该是"中国新文

学",因为1951年由老舍、李何林、蔡仪、王瑶联合编撰的《〈中国新文学史〉教学大纲》代表官方立场和言论,具有某种教育行政指导性的意义。不过,有迹象表明,是来自行政方面的意旨改变了这个学科概念。首先是另一个教学大纲的颁布,传达了非常明显的学术指令:将"中国新文学"的学术概念统一置换为"中国现代文学"。1957年,王瑶、刘绶松等编撰的《中国文学史教学大纲》[1]出版,这部大纲明确为教育部审定之综合大学中文系中国文学史教学大纲,这部官制大纲带有标志性地将原来的"新文学"置换为"现代文学",大纲的第9编标题就是"现代文学",这足以表明官方学科名称就此定局。其次,一个重要现象是,当时大学中文系普遍设立的相应学科其关键词是"现代文学"或"中国现代文学",这从复旦大学、吉林大学成立的两个"组"的组名即可看出。1961年中国人民大学出版的《中国现代文学史》,编撰集体也是"文学史教研室现代文学组"。显然,那时的大学中文系所设置的此一专题的教研机构一般都被称为"现代文学"机构,可见,当时该学科的正式名称已经是"中国现代文学"了。

文学史教材或专著的情形也是如此,20世纪60年代以后,不,严格地说应该是1957年王瑶、刘绶松等编撰的《教学大纲》发布以后,出版的相关中国新文学史教材与专著,便以清一色的"中国现代文学史"呈现其专题与概念了,几乎是无一例外。至少是80年代以前,所有中国大陆出版的有一定学术知名度和影响力的"中国现代文学史"都突出了"中国现代文学"这一学术、学科概念[2],同一时期"中国新文学"作为关键词的文学史只有在台湾和香港或有出现[3]。

台港学者之所以使用"中国新文学"概念,是因为他们没有经过1950

---

[1] 北京:高等教育出版社,1957年。
[2] 20世纪60年代出版的《中国现代文学史》有北京大学中文系本,中国人民大学语言文学系文学史教研室现代文学组本;70年代(实际上集中在1978—1979年)出版的《中国现代文学史》有田仲济、孙昌熙主编本,唐弢、严家炎主编本,北京大学、南京大学等九院校编写组本,林志浩主编本,中南七院校中文系现代文学教研室本等。
[3] 如周锦:《中国新文学史》,台北:长歌出版社,1976年;司马长风:《中国新文学史》,香港:昭明出版公司,1978年。

程千帆

年代以后的学术、学科革命,可以借助于由来已久的习惯自然而然地使用这个相沿成习的概念。其实,即便是在中国大陆,许多老学者都习惯于使用"新文学"的概念。从那个时代出来的老先生一般不接受"现代文学"的概念,只习惯于"新文学"。我曾有一篇文章回忆已故的南京大学中文系老教授程千帆先生,他是国学泰斗,中国古典文学的学术权威,学名远播,很多人愿意将自己的著作赠送给他,倘有新诗集、当代散文集之类的书,他常常接到后就转送给我,说是自己很久不接触"新文学",这些书对他没什么用处,但对我的研究或许会有些帮助。[1] 由此可见,像程千帆先生这样的老人,显然也亲历过学术、学科的那场革命,但由于不是直接浸身于"现代文学"之中,也会随着以往的习惯坚持使用"新文学"这个概念。

现在我们不得不接受"中国现代文学"这个并不规范的正式概念。由于这个概念对于"中国新文学"发挥了长期的克服作用、革命作用、颠覆作用、替代作用,我们今天的学科建设、学术研究已经对"中国新文学"产生了习惯性的心理疏离,"新文学"从语感上已经被人为地隐退到是对新文化时代文学现象的某种联想的唤起,而不再有资格充任一种正式的学科概念。

其实,较之于"中国新文学","中国现代文学"不仅显示着以政治话语冲击学术话语的"短板",而且在学科命名的科学性上同样存在着"短板"。

首先,"现代"这个概念的多义性和歧义性。

"现代"作为一个文化概念,在时间上的指涉意义远比我们想象的丰富。我们现在对"现代"概念仅仅从"现代史"的意义上进行前后30年的时

---

[1] 见朱寿桐:《豪华的书籍》,莫砺锋主编:《程千帆先生百年诞辰纪念文集》,南京:江苏古籍出版社,2013年。

间把握,至多再融入"当代史"的概念,将新中国成立以后的时代也算作"现代"的延伸,这样的理解仍然显得相当狭隘。钱基博的《现代中国文学史》[1]将"现代"确定在清末民初,将这一历史转折时期的文学分为古文学(传统语体的文学)与"新文学"(现代语体的文学)两大系统,前一系统以王闿运、章太炎、刘师培、陈衍、王国维、吴梅等为代表,后一系统以康有为、梁启超、严复、章士钊、胡适为代表。该书在编首论述了启"现代"文学之先声的上古文学、中古文学、近古文学和近代文学,为"现代中国文学"的前世今生做了详实的学术寻证。这不仅是一部"通古今之变"、"兼新旧之长"的文学史教材,而且也是将"现代"文化概念把握得特别精准,理解得特别深透的学术专著。

钱基博的《现代中国文学史》,是在"中国新文学"的话语场中最早、最醒目地提出"现代文学"概念的专书,虽然以后出现了数以百计的文学史专著都沿用了"现代文学"这一关键词和核心概念,但几乎所有这些后来者在对于"现代"以及"现代文学"的概念把握上都难以对钱著望其项背。钱基博将清末民初理解为"现代"历史概念的开端,将包括当下文学在内的近现代历史现象全都纳入到"现代"范畴,这是在可靠的学术认知基础上对"现代"观念进行最大限度拓展的结果。这种大"现代"概念不仅可以克服后来所习惯的"现代"概念的狭隘与偏执,而且对于认知中国现代文学的现代性起点与标志具有深刻的启发意义。毕竟,辛亥革命是中国历史上千古未见之大变局,从根本上变革了中国社会的政治结构,改变了中国历史的发展方向,这一事件对于文学和文化的影响应该具有划时代的深刻性。虽然将"现代文学"的发端置于新文化时代或者置于五四运动时代各有其学术理据,但不可否认的是,钱基博以清末民初为"现代"历史的开端,为"现代文学"的滥觞,从历史学的角度来看学术理据更加充分,也更值得人们深长思之。

关键更在于,钱基博非常准确地将"现代"定位为历史时代概念,而不

---

[1] 上海:世界书局,1933年。

是像许多后来者那样，模糊了"现代"作为历史时代概念和作为文学性质概念之间不可含混的界限。大部分《中国现代文学史》的编撰者既将"现代文学"理解为现代历史时代的文学，同时又将它理解为现代品性的文学。这样的含混导致了中国现代文学研究人为地产生出许多模糊的学术地带，也导致了"中国现代文学"学术和学科概念缺乏严谨。钱基博认定"现代文学"就是"现代历史时期"的文学，这一历史时期的"新文学"固然应包含其中，便是传统文体的"古文学"，同样也应该涵括其中。在钱基博的《现代中国文学史》中，传统文体的"古文学"的学术阐论还占据着最重要的位置和较大篇幅。他的这种学术眼光和学术魄力远为后来研究"现代文学"的人们所不及，后者往往在"现代文学"中无视传统文体的"古文学"的存在，只是片面地研究新文学。这不光是研究者学术基础相对薄弱，面对"古文学"力不能逮的问题，重要的还是在"现代文学"的学术概念把握上缺少眼光和魄力的问题。

　　的确，"中国新文学"作为概念，其指涉非常清楚，内涵和外延都容易把握，而且不会产生歧义，同时又符合新文学倡导者与最初建设者的认知和使用习惯。而"中国现代文学"单就"现代"的概念把握就存在着许多歧义现象，这样的歧义很容易导致学术的混乱。钱基博最初使用"现代中国文学"概念时认知非常清晰，准备也非常充分，这"现代"就是指历史时代，在这一历史时代中产生的文学，文体无论古今，文艺无论新旧，都是其合理的研究对象。如果对钱基博开辟的"现代文学"研究传统有准确的理解与把握，则以后的各种"中国现代文学史"都应该既研究"中国新文学史"，也研究"现代"时期的"中国文学"史。许多学者做不到这一点，更多学者认识不到这一点，因而"中国现代文学"作为学术和学科概念的天然缺陷，至少相对于"中国新文学"而言，就显得彰明较著。

　　在20世纪30年代，"现代"还包含着与历史时代相联系、但又不单是指历史时代的文化内涵，那就是被音译成"摩登"的那种意思。那时候的各种"现代"文艺，主要体现着文艺上的先锋意义和现代主义，诚如大型文学杂志《现代》所昭示的那样。《现代》杂志的前身是《新文艺》，创刊于1929

年9月,戴望舒、施蛰存等编辑,本来就有追逐文艺新潮的意思。1932年5月,这批新潮文人借现代书局的平台创办《现代》文艺月刊,所要突出的正是"现代"文化价值观:"《现代》中的诗是诗,而且纯然是现代的诗。它们是现代人在现代生活中所感受到的现代的情绪用现代的词藻排列成的现代的诗形。"而"所谓现代生活,这里面包括着各种各样的独特的形态:汇集着大船舶的港湾,轰响着噪音的工场,深入地下的矿坑,奏着Jazz乐的舞场,摩天楼的百货店,飞机的空中战,广大的竞马场……"[1]这是一种典型的"摩登"时代的节奏和"摩登"生活的结构表述,呼唤着的当然也是摩登的文学:那不是一般的现代文学,而是与表现主义、立体主义、荒诞主义有关的新潮文学。20世纪30年代充满着这种"现代"的文化语境,那时候产生的"现代文学"概念便多了一些非历史时代的成分,这也是后来运用"中国现代文学"概念的人们需要明白的历史情形。

当然在当时就有学者彷徨于"新文学"与"现代文学"之间,困惑于这两个概念形成的学术撕裂感和文化张力。他们中有人选择了用年代记数法表述这种学术和学科命题。李何林在1939年出版了一本研究新文学运动的专书,既不用"新文学"也不用"现代文学"作中心词,题为《近二十年中国文艺思潮论》。这个书名体现了当时学术界超越于"中国新文学"和"中国现代文学"之辩的学术用心。早在1930年,上海太平洋书店组织各方面的专家撰著一套总题为"最近三十年"的历史丛书,论述甲午海战至20世纪20年代末中国政治、文学、教育、军事、经济、外交、交通、学术等领域的发展变化情形,陈子展为此丛书撰著了《中国近代文学之变迁·最近三十年中国文学史》一种。显然,李何林这部影响甚巨的思潮论受到了这套丛书的影响,对于他所面临的这一段文学史采用了"近二十年"的纪年概数描述法。

---

[1] 施蛰存:《又关于本刊的诗》,《现代》,1933年第4卷第1期。

## 三、作为学科文化的"短板"效应

从大学教学这一方面而言,"中国新文学"或"中国现代文学"学科走过了一条相当曲折的道路,最终,这一学科以令人难以想象的速度发展壮大,俨然成为中国大陆大学中文专业最重要的学科之一。这其间确实有学科自身克服"短板"蜕变演进的劳绩,但更多的则是借助于政治外力,取得较为显赫的学科地位。一个学科如果不是凭着自身的实力、魅力和潜力赢得了崇高的学术地位,那么在大学教育发展的历史上,即便获取了辉煌,这辉煌也仍然会显示出自身发展的"短板"效应。

现代大学中文教育采用西方学术体制,在文学专业教学方面走出传统的经史子集教学模式,开始以文学史和作品选读等科目落实文学教学,这样的历史可谓相当短暂。北方有京师大学堂的林传甲,南方有东吴学堂的黄人,他们在20世纪初承担起"中国文学史"的教学和教材编写任务,实际上可视为相应学科的中国开山人。中国新文学的课程则在新文学萌发以后的十年左右时间内,也即是在"中国文学史"进入中国大学课堂的二十多年后,赫然以独立开课的方式进入大学中文系教学体系,这反映了这个非常年轻的学科所具有的某种生气与活力。

"中国新文学"最初进入大学课堂的现有记录是1929年,著名新文学家杨振声那年开始在燕京大学开设"新文学"课程。差不多同时,他以清华大学文学院院长兼中国文学系主任的身份支持朱自清开设"中国新文学研究"课程,朱自清开此课的讲课提纲后来被后人整理发表在1982年上海文艺出版社出版的《文艺论丛》第14辑,题为《中国新文学研究纲要》。这是"中国新文学"作为独立课程在大学中文专业正式开设的最早的可靠记录。而周作人应沈兼士之约在辅仁大学开设的相关课程,后来讲义结集为《中国新文学的源流》,虽有"新文学"作为关键词,但主要讲论的还是传统文学,"新文学"只不过是这门功课的附录部分,放在课程后面作为照顾性涉及的内容。这情形类似于陈子展从1928年起在南国艺术学院开设《中国近代文学》讲座,主要讲述《中国近代文学之变迁》的内容,末尾再附属讲论"十年来的文学革命运动"。这种以新文学附于传统文学之骥尾的学术操作方式被黄修己称为"附骥"式的学术结构。[1]

20世纪20年代末至30年代初,"中国新文学"走进大学专业课堂一时之间蔚然成风,除了上述大学开设的相应课程而外,苏雪林在武汉大学亦开设类似的课程。不过,这在当时毕竟是一门边缘性极强的课程,"中国新文学"或"中国现代文学"作为学科远未建立起来。一个中文系的教授最见功力也最显风采的主要不是新文学课程,而是传统文学甚至是考据学和文字、音韵学之类。即便是文学大师和学术大家开设的新文学课程,在各个大学的教学体制内也都没有放置在主干课范围内。这种边缘化的课程安排很难调动起学生选修的热忱和教师开课的积极性,于是有人回忆,朱自清先生在清华大学开设的"中国新文学研究",至1934年还保留在大学的课程目录上,但实际上,朱自清先生当时已经有三四年未开设这门课了。这表明,即便是在现代文明气息非常浓厚的清华大学,即便是朱自清这样的文学大师开设这样的课程,中国新文学研究作为一个学科无论在学生方面还是在教授方面,都可能是灰溜溜的,尽管新文学在当时的文坛上仍然热热闹闹。

抗日战争开始以后,由于形势所迫,我国的大学课程建设显得非常蹇促,"中国新文学"这门边缘性课程很难得到进一步发展。新文学的创作和文学思潮、流派正在运作中,但是有关中国新文学史的教学工作没有明显进展。有资料表明,在西南联大,朱自清又恢复开设"中国新文学研究"课程,闻一多、沈从文都分别讲授过有关新文学的课程。但有关"中国新文学"或"中国现代文学"的学科建设与学术发展始终处于停滞状态。

新中国成立以后,中国现代文学的学科地位发生了翻天覆地的变化。随之,中国现代文学的学术重要性也得到了时代性的凸显。

---

[1] 黄修己:《中国新文学史编纂史(第二版)》,北京:北京大学出版社,2007年。

中国共产党取得全国领导权以后,除了政治、军事、经济、行政体制的调整而外,比较用力的是高等教育体制的调整与设计。如果说全面开展于1952年的院系调整,是中国共产党将全国高等学校进行国有化、专业化调整和社会主义改造的巨大工程,那么,对于包括中国现代文学建设在内的高等学校文法各系专业设计与调整,则是以社会主义观念和方法灌注于意识形态教育体制的系统工程。院系调整的第一步是全面肃清帝国主义在中国进行"文化侵略"的高教机构,全面整顿教会大学;教会大学如燕京大学、辅仁大学、金陵大学、东吴大学、圣约翰大学等等,有些被取消,有些遭合并。第二步将原来"出身不好"的大学,削减其实力和影响力,例如国民党时期的中央大学,原是当时全国规模最大、学科最齐全的大学。在院系调整中,有的学院发配到外地,有的学院独立办学,留在原校的只有文理学院,还被迁出中央大学原址,搬迁到金陵大学所在地,新成立南京大学。南京大学被定性为一般性的综合大学,直至1964年才被教育部列为全国重点大学。第三步是执行苏联高教模式,减少综合性大学的数量,建立各种各样的专科学院。这种模式在国家百废待兴、亟需建设的时候是非常适用的,它特别有利于一些专才的迅速养成。但这样的高教体制造成各学院学科单一,不符合培养复合型人才的要求。总的来说,高等教育院系调整是在特定历史条件下采取的必要而且合理的政治措施,它是中国共产党在上层建筑领域实行全面占领的必然举措。

但中国共产党更重视高等教育在意识形态领域的社会主义改造。早在1950年5月,发动院系调整的两年之前,政务院教育部就颁布了《高等学校文法两学院各系课程草案》,这说明党和国家非常重视这些与意识形态密切相关的学科改造和学科建设工作。这次学科改造和学科建设就使得中国现代文学在中文系的学科群体中得以登堂入室,"中国新文学"立刻被宣布为重要学科;《中国新文学史》作为重要课程,其内容被规定为"着重在各阶段的文艺思想斗争和其发展状况",其由原来在高等教育的课程体制中处在边缘位置,现在急遽上升到学科主流甚至是领导地位。

**原中央大学礼堂**

政治干预导致中国现代文学课程地位急遽上升，在某种意义上它成为在文学和文学史的学术领域为新民主主义和社会主义做宣传的主干课程，成为文学门类中政治色彩最强烈、政治功能也最强势的领导学科。于是，在它正式成为主干学科的20世纪50年代，由什么样的教师来执教这个学科和课程，乃是高校基层党组织都要过问的事情，实际上类似于政治课，任课教师成了一种政治安排。许多在大学中文系执教的著名新文学家，如施蛰存、陈铨等，会由于各种政治原因与此课程无缘，而只能执教别的课程。有资格执教中国现代文学课程的多是被认为又红又专、政历清白的教授，或者是新中国培养起来的"根正苗红"的青年教师。

如果说20世纪50年代初期的文法学院课程调整是中国现代文学学科地位急遽上升的关键点，则50年代末期"中国当代文学"概念的出现，是这个后来并称为"中国现当代文学"学科迅速坐大的关键点。1957年左右，一些敏感的青年教师和大学生意识到新中国快要走过十年的辉煌历程，其文学已经形成不同于中国新文学或中国现代文学的崭新气象，这样的文学应该拥有相应的文学史概念和相应的学术命名。因此,山东大学、北京大学、华中师范学院等学校中的一些老师、学生组成研究小组,利用建国十周年的契机,纷纷撰著《中国当代文学史》,正式提出"中国当代文学"的概念。虽然严家炎、唐弢、施蛰存等专家就这样的文学史命名提出过质疑,但各学校都不约而同地支持"中国当代文学"的学术设想,并进一步支持这一专题的学科建设和课程设置,相当一段时间内,大学中文系往往是中国现代文学和中国当代文学两个教研室并存。无论是从业人员编制数量还是课程量的安排,中国现代文学和中国当代文学在大学中文系都成了最重要而且也最大的学科。源远流长的中国古代文学在相当多的大学里其课程设置、人员安排都与中国现当代文学平分秋色甚至稍逊一筹。中国现当代文学学科在中国高校教研体制中的做大做强,乃是过分地强调文学的政治属性、挟政治以令学术的结果,一定意义上说也是政治令学科布局失控的突出现象。政治力量既成为中国现当代文学学科所历史性凭借的某种优势,同时也成为它不正常发展和畸形壮大的某种短板。

第五编

改革与开放

# 第十二章
# 文学文化中的改革与开放

"文化大革命"结束以后,中国迎来了大建设的时代。那个时候流行的话语是,将"文革"颠倒了的历史颠倒过来,国民经济到了崩溃的边缘。这样的社会话语反映了当时的中国在政治、经济建设两方面的严重性和紧迫感。至少从当时的文化记忆中可以感受到,"中华民族到了最危险的时候"这一旋律似乎又一次回荡在神州大地。政治方面的建设是健全社会主义民主与法治,拨乱反正,正本清源,恢复被"文革"破坏了的正常的国家政治生活秩序,并对不适应以经济建设为中心的政治思想体系和政治体制实行改革。经济方面的建设就是面临百废待举的严峻形势,对外开放,对内搞活经济,改革经济体制,逐步建立和完善社会主义市场经济体制。改革与开放是那个时代政治的标志,是那个时代经济的灵魂,当然也是那个时代文化的精神,相当一段时间还是那个时代文学的主题。

## 一、超越的文学文化

"文革"结束以后,党的工作重心转移到政治上拨乱反正,并且以经济建设为中心的新的轨道之上,在这样的情形下,文学批判和政治批判固然仍然是党的意识形态工作的应有之义,但显然已不是意识形态建设的工作重心。尤其是政治上的拨乱反正,需要的是实事求是的精神和勇于担当的气魄,而不单单是历史清算式的大批判。但拨乱反正面临着许多历史的政治大案,具体的复杂疑案,还有敏感的社会冤案,党有足够的决心将历史上的冤假错案全部进行平反,但如何掌握这些案件平反的节奏、次序,不能不说是一个需要特别慎重的相当棘手的问题。正是在这样的时候,文学创作以特有的政治敏锐性配合默契地为当时政治决策"试水",建立了非凡的政治功勋和文学业绩。那个时代,电影《洪湖赤卫队》的开禁成为为老一辈革命家贺龙平反的先兆;宗福先创作的话剧《于无声处》在《文汇报》上大篇幅连载,以其罕见的出场方式赢得了举国上下的巨大关注,因为它以艺术的处理方式为"四五运动"的正义性呐喊、呼吁,它的强势演出果然成为为这场影响深远的群众运动政治平反的先导。

那是一个文学成为政治引擎的伟大时代,人们的政治判断常常通过文学信息来实施。一部电影的解禁,一部小说的出版,一本戏剧的上演,甚至一首诗歌的发表,都可能被解读为一种政治风向的启导,一种政治决策的暗喻。这是解放思想、实事求是的时代气氛赐予文学的特别的权力以及给文学带来的机遇,这使得那时候的文学文化取得了超越于一般社会文化甚至政治文化的影响力。

那是一个文学思想与政治思想可以贯通的年代,文学创作可以凭借十分敏觉的思考将读者的思维引向政治的深处和敏感处,小说《伤痕》是那个时代一个很典型的个案。小说中的主人公是一位被时代政治环境严重包裹着的"时代的女儿",她非常"革命",为此舍弃了亲情,不能原谅政治上有问题的妈妈,尽管她深知妈妈是那么爱她。所有的亲情与爱在政治大义的笼罩下都苍白无力,这就是那个时代理想的激情和斗争的气氛对人的心理和社会心理改铸的结果。当这位心灵备受母亲"叛党"损伤的革命女儿唤起自己的亲情和爱的时候,那时候组织结论已经作出,母亲原来是好人。这篇影响巨大的小说其实并没有非常明确地从"政治"文化的角度进行反思与批判,政治只是小说中的一种时代条件和环境气氛,作家所立意反省和批判的是扭曲、变形以至到了彻底变态的文化人格:一种凭借着外在力量就可以加以放弃并力图忘却的刻骨铭心的亲情与爱。但在那个时代,人们无一例外地将这一切都归入政治条件和政治环境,将《伤痕》以及它所标志的"伤痕文学"都理解为政治文化的产物。这样的理解无疑降低了这类作品的文化深度,虽然这样的理解在那个时代实际上是一种必然。这样的现象同样反映了文学文化的超越性、非凡性的影响力。一旦人们将对文学关注的热情等同于对政治关注的热情,文学的文化地位和文化影响力就会得到超越性的提升。据说刊载卢新华小说《伤痕》的《文汇报》1978年8月11日那一期,直接加印了150万份。这一数字庶几能说明当年文学被全社会所关注的程度。

**卢新华**

随着清算"文革"的政治批判风潮的兴起,文学一度热衷于表现"文化大革命"中的各种积案,但其思想重心并非停留在控诉层面,而是直接冲击造成"文革"悲剧的各种体制,进而对那个时代的改革主题进行强烈的呼唤。在这方面,刘心武的《班主任》较有代表性。这篇小说一般划归为"伤痕文学",殊不知它更应该归属于呼唤改革文学的先声。小说正面揭示了"文革"对于教育事业的严重影响,而且其影响的严重性不仅仅反映在"坏学生"宋宝琦令人担心的言行作为,更反映在"好学生"谢慧敏令人痛心的思维方法。一向被视为积极分子的谢慧敏被传统的政治意识和阶级斗争观念教育得思想僵化,人情淡薄,成为拨乱反正时期比宋宝琦还难教育和挽回的青年学生。这样的小说从生活的深层呼吁教育界特别是思想政治教育的改革,具有震撼人心的文学反思力量。这一时期出现过不少类似的文学作品，表面上并没有触及改革的呼唤，但实际上是从生活的更深层次发出了这样的呼唤，而且那么强烈、急切。从维熙的《大墙下的红玉兰》是当时热闹一时的"大墙文学"的代表，其实它所发出的对于改革的呼告更令人警醒。作品描写一个革命干部受到迫害锒铛入狱，为了取得监狱围墙上的玉兰花给人民的好总理扎花圈，不惜牺牲自己的生命。而这个悲剧英雄正是为了反对对毛泽东的个人崇拜被打入监狱的。作者在写作这个小说的时候没有意识到，但这个作品在不自觉的意识状态下写出了惊人的启示：原来我们的思维即便是在反对个人崇拜的意义上也仍然摆脱不了个人崇拜意识的束缚。那个悲剧英雄正是以对周总理的崇拜覆盖了对毛主席的崇拜，这种循环崇拜的思维方式正是对于思想解放运动的一种深刻的现实呼唤，是对于政治文明改革的一种强烈的吁求。

几乎所有以后被定名为"伤痕文学"的文学创作，后来都比《伤痕》本身含有更为敏锐的政治反思内容，并且都触及到了当时社会、政治的敏感问题。刘心武的小说《醒来吧，弟弟》，提出了一代青年人在饱受磨难以后的精神危机问题；宗福先的《入党》更敏锐地提出了在饱受创伤之后的信仰危机问题；陈国凯的小说《代价》，通过一个家庭在"文革"动荡的岁月分崩离析的故事，重点关注在"浩劫"过后"重逢"之际关系复杂的人们如何彼此面对并进而彼此合作。这的确是一个敏感的社会问题甚至是政治问题，其所提出的乃是在新的形势下如何解决人们的感情危机问题。这些都是新时代的问题文学，它们敏感地提出了那个时代政治所必然面临的各种问题，事实上也像是社会政治的晴雨表那样预告了这些问题，虽然像"五四"时代的问题文学一样提不出解决的办法，然而仍然同它的前身一样具有深远的历史影响和文学意义，而且，它还紧密配合着那个充满思想解放之欢欣的时代政治。

尤为重要的是，当政治上的拨乱反正主要还聚焦于"文革"积案的处理的时候，文学表现的触角则率先伸向历史的深远处，通过强有力的历史反思，提出了政治上拨乱反正的历史要求，从而使得文学的政治思考超越了现实，获得了巨大的历史厚度。茹志鹃的小说《剪辑错了的故事》，围绕着老农民老寿和党的干部老甘,将革命战争年代的军民关系与"大跃进"时代的党群关系进行了深入的对比,揭示了"左"的错误对人民的利益和党的形象所造成的巨大伤害。高晓声的小说《李顺大造屋》,将"文革"的灾难与大跃进中的"左"倾错误联系起来,综合地、历史地声讨了"左"倾思想带给农村和农民的伤害:农民李顺大从年轻时候就想凭借着以"吃三年薄粥,买一头黄牛"的精神自己造三间屋,但好不容易积累起可以建三间屋的材料,却被"大跃进"中的"共产风"全部"刮"到了集体的建筑上,"文革"来了,既受到计划物资政策的掣肘,又被造反派所骗,因而这点可怜的梦想一直难以实现。鲁彦周的中篇小说《天云山传奇》,通过"右派分子"罗群与领导干部吴遥之间的复杂关系,以及围绕着罗群、吴遥和宋薇的感情纠葛,则将"文革"中的人物命运与反右派斗争扩大化的不正常政治生活联系起来,从而揭示出"左"的政治灾难的历史链接。这样的反思性作品同样具有强烈的历史穿透力,同时也为政治上更有深度和历史厚度的拨乱反正提供了文学依据。固然,政治运作不可能按照文学设计亦步亦趋地进行,政治上的拨乱反正举措也还是主要聚焦于"文革"的错案,"大跃进"、"共产风"的"左"倾错误通过人民公社制度的废止而得到事实上的纠正,反右斗争也被正式宣布为犯了扩大化的错误,所有这些政治意义上的拨乱反正,都有文学创作的呼唤、陪伴与推动。

李国文的小说《冬天里的春天》,将揭露的笔触伸向久远的战争年代,通过革命干部于而龙追究当年革命烈士芦花死因的情节,挖出了隐藏在革命队伍中几十年的异己分子王纬宇,而正是这个异己分子,在"文化大革命"中表现得比一般人都积极、"左"倾。这显然属于更深层次的反思性作品,由"文革"时代的现实积案反溯到战争年代的历史积垢,在历史的长镜头中透视党内的腐败问题及其与"文革"的灾难性联系。

这段时间的文学集中体现着政治文化,但同时给这段时间的政治提供了正面的、积极的能量,起到了超越于文学自身的时代作用。

## 二、改革文学文化

新时期文学呈现出的这种由揭露"文革"灾难到追溯历史错误的深度掘进的势头,通向一个尖锐的问题,那就是"文革"的灾难具有很深的历史渊源,党内民主生活的不正常,以及社会体制内存在的各种问题,都是这种渊源的逻辑构成。因此,广义上的"伤痕文学"必然通向党内民主改革的话题,"伤痕文学"因而成为改革文学的先锋,至少它们以某种现实观照和历史反思的强度与深度吁求着、呼应着改革的浪潮。

沙叶新于1986年发表的话剧作品《寻找男子汉》,女主角舒欢是一个大龄青年,男主角江毅是一个只有六七个工人的小厂厂长,但他们的改革理念却是那样的鲜明而强烈,深刻而抽象:

舒　欢:你怎么理解改革?
江　毅:改革应成为一种历史性的思考,成为中华民族深刻
　　　　的自我意识的又一次觉醒,成为民族精神的更新。

这样的改革议论显然都是一些大道理,尤其是对于两个连婚姻恋爱的个人事务都屡遭挫折的年轻人来说,实在过于夸大其辞甚至空洞抽象。不过这是那个时代的一种文化,是以改革为"理想类型"的一种普遍的思维方式,对于改革的态度如何往往体现一个人的社会道德和政治正义是否正面。这是改革时代的文化,是这个时代的改革文化,这种文化较为生动地贯穿于自1979年至1984年这段较为集中的改革文学时代。

改革文学最先触碰的是对思想僵化现象的抨击,这种思想僵化现象其实是"两个凡是"观念在具体工作中的体现。1979年赵梓雄的戏剧《未来在召唤》发表,剧本以某飞机厂试制新型飞机为背景,刻画新任党委书记梁言明和他的老战友、分厂党委书记于冠群在要否改革、应否解放思想问题上的分歧与冲突。于冠群思想僵化,不能适应新的形势,甚至对思想解放运

动有所抵触，他甚至绷紧"阶级斗争"之弦，以致让政治上"不可靠"的工程专家隔离在玻璃房子里研究技术问题。梁言明积极解放思想，落实知识分子政策，坚持实践检验真理的原则，终于取得了新型飞机试制的成功。这是一部认同社会改革、倡言思想解放的戏剧，同时也通过于冠群这样的干部几乎有些"标签化"的言论，甚至有些夸张的行为，表明了改革的刻不容缓，解放思想的极其重要。

从促动改革文学和倡言思想解放文学这一角度看，有些作品即便未涉及改革话题，也同样具有这种改革文学的意义。白桦发表于 1979 年第 3 期《十月》杂志上的电影剧本《苦恋》就是这样的作品。旅居国外的著名画家凌晨光夫妇从海外归来，本想一心报效祖国，但在"文革"中被打得遍体鳞伤。但他仍然苦恋着祖国。这个凌晨光颇有些像《未来在召唤》中的总工程师陈学海，空怀报国之志却在极"左"思潮下得不到信任和尊重。这样的作品正是在适当的时候以适当的方式向社会发出呼吁：思想僵化的阶级斗争理论，给善良的人们带来了巨大的伤害，应该通过思想的改革和思维的革新彻底克服之。

一般认为改革文学的前驱是蒋子龙发表于 1979 年的短篇小说《乔厂长上任记》。这篇小说叙述的正是一场改革的故事：电器公司经理乔光朴自愿到公司所属的机电厂担任厂长，上任后打破条条框框，大胆从实际出发，采取一系列改革措施，使工厂的生产局面迅速改观，使工人的生活状况得以改善。这篇小说不仅正面讴歌了改革者的形象，而且对工厂改革的可能措施作了某种设计，如，让乔光朴到工厂以后便将全厂九千多名职工推上了大考核、大评议的比赛场，让过关的精兵强将承担主要的生产和管理责任，而将那些考核不合格的人员编为服务大队，替代农民工做辅助性、服务性的工作。这种重新进行的劳动组合克服了人浮于事、"占着茅坑不拉屎"的现象，工厂的生产力得到了迅速提高，经营成本也随之下降。

改革文学作品中这种富有技巧和智慧的改革策略设计，在文学表现意义上具有丰富的情节性，在改革认知意义上能够让认同者产生某种快感。

这可能让读者忘却了它的文学质素,而在社会剖析甚至政治行政管理的意义上得到深刻的文化印象。1984年发表的柯云路的长篇小说《新星》便具有这样的文化品性。青年干部李向南离开了省委机关,担任黄河流域历史悠久但相当贫穷的古陵县县委书记。他的具体改革措施最常见的是现场办公,往往用半个小时甚至十几分钟就能解决拖延数年解决不了的难题。另外他常采用的办法是落实行政责任制,凡违反政策或违背群众意愿的现象,往往确定一个克服的期限,如果克服不了,直接追究相关负责人的责任。每一道难题的解决都显示出领导魄力和行政智慧,当然更多地带有改革的锐气和无私的精神。这部表现大刀阔斧的县委书记的魄力、智慧的小说,却具有某种基层改革教科书的意味。

类似的作品还有影片《代理市长》。1984年,欧伟雄、杨苗青、姚柱林写成一部戏剧《南方的风》,由广州话剧团搬上舞台,受到热烈欢迎。中共中央办公厅还邀请剧组到中南海礼堂演出。习仲勋祝贺演出成功时特别指出:"你们要解放思想,大胆地写,大胆地演,为城市经济体制改革作出更大贡献。"[1]这无疑为作品点了题:解放思想,改革开放。剧作者在受到各方面鼓励后,将话剧剧本加以扩展,将故事场景从一家企业上升到一个大市,写成了《代理市长》电影剧本,由北京电影制片厂拍摄。作者之一欧伟雄的父亲欧初是一位在改革开放、解放思想方面富有实践经验的领导干部,他对主演杨在葆说:"改革开放,先要解决观念问题。"[2]这句话正好说出了文学文化在改革开放中的巨大作用和重要价值。

《代理市长》叙述归侨工程师萧子云出任瀛洲市代理市长大刀阔斧改革创新的故事。为了缓解交通紧张局势,他号召农民集资建桥;他支持白云制药厂厂长大胆起用尚未平反的技术人员李华心,后者积极研制新药,为国家做出很大贡献;他雷厉风行,整肃干部的工作作风。他代理了三个月市长,做了五件好事,也遭到了多方的责难。影片也是如此,公演非常成

---

[1] 欧初:《胡耀邦与电影〈代理市长〉》,《炎黄春秋》,2007年第5期。
[2] 欧初:《胡耀邦与电影〈代理市长〉》,《炎黄春秋》,2007年第5期。

功,但也招致高层的责难,尤其是萧子云的两句题字"宁犯天条,不触众怒",表达的是领导干部一心为群众,力避思想僵化的意愿,但恰好有思想僵化的领导认为涉事、涉言过于敏感,坚持删改,后来最高领导人做出批示,才得以保留。

《代理市长》的公演及其所经历的风波,非常形象地呈现出那个时代的文化氛围与理念风尚。凡是有利于解放思想,认同改革开放的作品,人物及其言行,即便带有某种瑕疵,也会得到广泛的欢迎乃至最高层次的支持。相反,如果思想僵化,墨守"凡是",就非常不得人心。思想僵化的人物常常都带着"两个凡是"式的思维,这种思维也许是那个时代的文化精神,也是那个时代文学文化的要领。

改革文学具有很大的涵盖面,几乎任何思想解放主题的表现,都可以包容其中。刘心武的小说从来未被纳入改革文学的类属,但他却是在充满理念的紧张感中思考着社会前进道路上的改革命题。《我爱每一片绿叶》是他发出委婉的改革之声的作品,这部作品呼吁社会应该容纳各种个性,应该包涵各类人物,这是对一个健朗社会环境的一种吁求,同样是改革面临的敏感问题。陆文夫的小说《往后的日子》提出了庸庸碌碌的人生现实对于改革社会的掣肘与羁绊。张洁的小说《沉重的翅膀》、柯云路的小说《三千万》都刻画了工业战线改革之路上改革者遇到的风险,贾平凹的《鸡窝洼人家》、高晓声的陈奂生系列,则写出农村改革的痛楚与前途。时代以改革为主题,文化以改革为标识,文学展示了改革的可能性、迫切性以及艰巨性,在未必成熟和完美的状态下伸张着改革的时代精神,承载着改革文化的思想内核。

## 三、开放时代与文学文化

在人们的一般阐解中,改革开放呈现出某种内外分裂的状态,即所谓对内改革,对外开放,其实这样的理解有些片面,难以经受实践的检验。内地的改革,哪怕是经济改革,必须吸收外国资本,引进外国的先进技术,借鉴外国的管理经验,无论如何离不开开放。同样,如果没有改革的意气与魄力,开放可能只是一句空话。因此,必须以开放的心态进行改革,以改革的姿态对外开放。

如果说改革是一种政策性很强的社会运作,牵动面非常广泛,因其具有不可避免的利益触动有时候还非常敏感,那么,开放则常常体现为一种社会文化气氛,体现为一种文化态势。因而,开放主题并不像改革主题那样在文学表现方面留有深深的印记,文学上的开放更多地体现为对外国文学和文学文化思潮的接受,甚至是一种积极的参与,由此形成了现当代文化历史上罕见的开放态势。

当朦胧诗兴起的时候,诗人们在饱受指责的前提下,所接受的还是象征主义和表现主义等等历史意义上的先锋诗派的影响,甚至还通过中国现代文学史上的象征诗派和现代诗派的中介。这种历时性、回顾式的开放,是新时期文学家面对开放形势跃跃欲试但却手足无措的一种很自然的选择,正因如此,20世纪40年代崛起的"新生代诗"(因为江苏人民出版社将这一派诗人的作品编集为《九叶集》,故而俗称"九叶诗派"),带着里尔克、燕卜荪等30年前所展现的先锋姿态,从容地走进了社会主义新时期,为人们所阅读,所朗诵,所欣赏,这无疑是开放时代的一种气象。

开放给了朦胧诗人以及那个时代所有有志向的诗人以无限的机会,但他们的准备并不能跟上这个开放时代的要求,因而常常显示出在创新与继承之间的焦虑。对顾城等杰出的朦胧诗人与西方现代主义诗歌的关系,马悦然发现:"顾城的即兴抒情短诗和西方写像派诗人(如 D. H. 劳伦斯、A. 洛威尔和 H. 杜利特尔)的作品之间的极为相似的特征肯定不是直接影响的结果。"[1]这个外国人显然是想更高地评价顾城,他肯定顾城的诗学创新虽然与劳伦斯、洛威尔和杜利特尔的现代诗极为相似,但并不是模仿而得的结果,而是不折不扣的创新。相信这不是顾城一个人的个别情形,在

---

[1] 马悦然:《今天!——中国当代诗歌选》序言,1985年瑞典版,转引自陈仲义:《中国朦胧诗人论》,第14页,南京:江苏文艺出版社,1996年。

朦胧诗人中这样的与外国现代主义诗作"极为相似的特征肯定不是直接影响的结果"应该说并不鲜见，这是我们相当长一段时间与世界文化和文学相隔绝的酸涩苦果。面对这样的苦果，能有几个评论家和读者像马悦然这样通情达理，拨开时代的沙尘和历史的迷雾显现这群诗人的筚路蓝缕的开辟之功？特别是习惯性地被称为朦胧诗人的那批人，以自己的泣血之泪和殚思之虑艰难地开创着，在一片诗性的沙漠上踽踽地前行着，留下了清晰而突兀的脚印却被人恶谥为"朦胧"，经受过种种不堪的质疑之后，一方面被讥刺为欺世灭宗数典忘祖，一方面又被指责为拾人牙慧食洋不化，所有的开创之功被"肯定"未受到"直接影响"的西方诗歌所无情地遮蔽，同时在其生长的本土却又蒙受着如此的不白之冤，这一代诗人该如何忍受这种厚重而深沉的焦虑？这样的焦虑在他们的生命史和创作史上不断延续，甚至与日俱增。他们已经经受过后来人的更加勤勉也更加富有威胁的指责，他们中的代表者已经遭到口号的"pass"并正在不断遭受现实的忽略与遗忘，反抗这种忽略与遗忘的办法似乎只有冰冷的铁轨之上或激流岛上的自杀，以及围绕着这种自杀的津津乐道，这些都体现着这群诗人极端的焦虑。极端的焦虑对于他们而言正在向前所未有的深层发展。他们为之付出了青春，付出了金钱，付出了满腔的爱乃至付出了可贵的生命的诗正面临着在他们看来也许是恶俗的消解，诗正在商业化的操弄和电子化的唆使下迅速地走向非诗，一种裹挟着巨大的物质力量和体现着汹涌的时代潮流的浪涛正在从根柢上磨蚀着这一世代诗人珍视如命的诗性，并有迹象表明它们将最终摧毁诗的广厦。

　　总之，这一群体焦虑的开放文化气象催生了一批又一批先锋派文学，有些作品对外国先锋文学有所继承，有些则是借助着这股开放的力道别出心裁地大胆仿拟。在这样的意义上，王蒙以及他的意识流小说如《春之声》、《蝴蝶》等具有开创性意义。尽管意识流在国外也算是历时的文学现象，但由于中国文学相较世界文学发展步伐相对滞后，在 20 世纪 80 年代初期引入并实践意识流小说，则可以说是一种非常先锋的文学行为。稍后走出的先锋小说家有刘索拉、残雪、马原、洪峰、格非等等，先锋戏剧家则有高行健、马中骏,诗歌更是派别林立,各有标榜,热闹而纷乱。1986年10月,安徽《诗歌报》、《深圳青年报》举办"中国诗坛1986现代诗群体大展",据不完全统计便有新传统主义、整体主义、群岩突破主义、日常主义、新古典主义、非非主义、莽汉主义、他们派、撒娇派等等诗派的出现。即便是散文,也出现了余秋雨的文化写作,虽然褒贬不一,但毕竟引进了先锋的笔法。这些文学家的先锋而别出心裁的创作与运作,使得中国当代文学文化呈现出开放时代特有的文化狂欢景象。

开放时代对于文学文化的惠滋不仅体现在文学创作上的激励,而且体现在文学理论的大规模译介以及文学学术的开拓性建构。

对外开放打开了文学理论家的视野,使得他们不再封闭在原先苏联文学理论的框架之中,而有可能直接面对新的理论,并且建立起新的系统性文学视观。随着科学理性的大举进入,文学界一度对系统论、信息论、控制论(合称"三论")在文学和美学上的运用大感兴趣,甚至以此作为思想解放与否的判别依据。其他文学批评方法,包括统称为"新批评"的批评理论也大举进入中国,在中国文学文化中占据引人注目的地位。刘再复在此理论背景下提出的文学主体性理论得到了普遍关注。如此开放的理论环境不仅打开了通往西方文学理论的管道,而且也打开了文学通往其他学科领域的管道。以文学社会学、文学心理学、文艺美学的方法研究文学,广泛地接受社会科学乃至自然科学的研究方法进入文学研究,是那个开放时代的热门话题。1986年前后文坛上酝酿起一种令人追怀的社会科学热和文化热,正是文学向这些邻近领域进行理论开放的体现。也是在这样的时代,在这样的气氛中,那套被称为20世纪80年代中国最前沿思考的"走向未来丛书"才非常火爆。与此同时,文学研究界兴起了研究方法热,各种"文学研究方法论"不断涌现,文学研究在那个时候成为跨学科、综合性的研究,成为引领文化时潮的前沿学术。

开放时代的文学学术建构还体现在比较文学等新兴学科的建立与发展。在国际学术界,比较文学学科已经拥有了100多年的历史,并已经形成了法国学派和美国学派等较为稳定的学术流派。但在中国的新时期,完全是一门新学科。在封闭的学术领域,比较文学完全无用武之地。开放的文化氛围自然唤起了文学研究者和文学创作者乃至文学阅读者向外展望或凝视的热忱,文学的比较研究和比较文学的兴起便顺理成章。在文学研究方法热兴起之前,比较文学已经跃跃欲试地成为一门显学,在大学的中文课堂以及在各种学术讨论场合不断试水。开放的时代为这门迟到的学科带来了无限的生机与活力。

# 第十三章
# 开放意义上的文学文化存在

改革开放的伟大时代带来了文化建设的热潮,而这种文化建设有时候是从相关性的文学运作开始的。文学文化实际上是围绕着文学创作、文学运作展开的文化结果。如果说讲求理想与斗争的政治时代,文学运作促进了政治化的作家文化——作家的政治身份和政治立场起着决定性的作用,那么,改革开放时代,文学创作、文学阅读和文学运作促成了这样的作家文化:作家褪去了一定的政治身份以后,以文学存在获得了特有的文学身份。在这样的作家文化意义上,也就是在文学存在的意义上,王蒙比较有代表性。

## 一、文学存在的意义

在德国哲学家施勒格尔那里,文学家的职责首先从理论上得到了较大的扩充,他认为文学写作的内涵应当包括文学家的社会文明批评等。"一个真正自由的、有教养的人,似乎要能够自己使自己随心所欲地具有哲学或语文学的、批评或诗的、历史或修辞学的旨趣。"[1]其实这对于中国现代

---

[1] [德]施勒格尔:《浪漫派风格:施勒格尔批评文集》,李伯杰译,第51页,北京:华夏出版社,2005年。

文学的研究者来说不算是一个新的问题,因为他们面对鲁迅,面对鲁迅在80年前所做的阐述、努力和抗争,应能理解文学家写作的价值形态其实远远应该超越于文学创作。似乎针对于此,德里达给出了一个有用的理论命名,叫作文学行动。[1]"文学行动"的翻译如果可以做适当的调整和处理,在汉语的表述中似乎称为"文学行为"更容易为人接受。

文学行为当然主要地包括创作行为,但还应理所当然地包括文学家的其他写作行为,包括鲁迅特别感兴趣的文明批评和社会批评。除此之外,文学行为还应包括文学家的学术研究。鲁迅对于中国小说的研究,以及他对于版画、汉画像和对《嵇康集》等各种古籍文献的研究,这些都应该算作他文学行为的当然内容。

非文学家也同样会有社会批评和文明批评,有各种各样的学术研究,但他们的上述行为不能被概括为文学行为。这其中关键的问题便是文学身份的获得与确认的问题。所谓文学身份,"就是文学家的当然身份,不过为了免除过分职业化的考量,而选择从社会功能结构的意义上界定为文学身份"[2]。包括文学家在内,谁都有资格也有责任对于社会现象和文明现象进行批评,但文学家的批评与政治观察家、时事评论家、经济评论家、社会学者和心理学家的批评显然不会完全一样。除了文章风格的可能区别而外,批评的立意和立场,批评的内容和性质,批评的责任定位和影响,文学家的身份会起决定性的作用。文学身份者批评的立意和立场须最大限度地体现社会的良心,体现时代的理性,体现历史的趋向。文学身份意味着良心与理性。其他身份的批评者会自然而然地、不约而同地从各自的专业背景、利益背景出发,按照本专业、本行业甚至本功利集团的思维方法、理念原则对社会及文明现象作出批评,所有专业性的、行业性的和功利性的思维相对于社会良心与时代理性而言必然是片面的、局限的批评。而文学身份者必然以一个更加自由更加坦荡更加没有负担的身份从事批评工

---

[1] 参见[法]德里达:《文学行动》,赵兴国译,北京:中国社会科学出版社,1998年。
[2] 朱寿桐:《鲁迅的文学身份、批评本体写作与汉语新文学的发展前景》,《鲁迅研究月刊》,2012年第8期。

作,这种身份的自由使得他们的批评领域可以更加广阔,视野可以更加开阔,路数可以更加宽阔。

综合了文学创作,文学家的社会批评和文明批评,以及文学的学术本体,这些可称为"文学行为"的一切,甚至综合了文学家秉持文学者身份所施放的一切影响,可以涵括为文学存在。鲁迅在现代中国乃至当代汉语文化世界的存在,是一个值得研究的现象。对于这现象的现实性,从未有人产生过怀疑,但对这种存在现象的意义、价值,文化学术归属,等等,就存在着很多见仁见智的说法。在这种纷乱的学术判断中,提出鲁迅作为文学存在主体的命题,应该说非常必要,也非常有效。

所谓文学存在,是指这样一种对象的历史性和现实性的肯定:他属于文学行为的独特主体,经常同时也是文学创作的突出主体,不过这一文学主体早已超越文学作品甚至文学写作,他成为一种无法绕过的社会现象,也就是说,作为一个综合性的社会存在,为文学内外的世界所关注、所讨论,由此甚至延展为一种有价值的文化现象。

鲁迅就是这样的文学存在主体。他不仅是成果和影响同样卓著的文学创作主体,不仅是在批评本体写作以及其他文学行为方面卓有成效的开创者,他更是中国现代文化的一个精神资源式的人物,[1]无论是他的信仰者和追随者,还是他的反对者和责疑者,都不得不围绕着他这个巨大的存在而发言。他的影响深入到中国现当代社会的几乎各个层面,各种话题,各色领域,然而人们在讨论他,谈论他,引用他,评价他的时候,首先将他定位为一个文学行为主体。因此,这个重要而巨大的存在是文学存在。

文学存在主体向其所在的世界展示着文学创作的核心内涵,文学行为的全部内容,还有就是辐射到文学以外的各方面影响的综合效应。这些综合效应也许与文学无关,而是渗入了其他学术领域,如鲁迅的文学存在,便

---

[1] 参见朱寿桐:《孤绝的旗帜——论鲁迅传统及其资源意义》,北京:文化艺术出版社,2005年。

在中国现代政治学、社会学、心理学、文化学、历史文献学甚至医学[1]等许多方面引起了并且还将继续引起种种话题,这些话题既构成了当代学术文化的重要现象,也通向各自领域研究的进一步深入,通向鲁迅研究的进一步拓展。

每一个文学家甚至每一种文学现象都是文学存在的主体,但是,并非所有重要文学家和文学现象所构成的文学存在都可能成为引人注目的文学存在现象或文学存在主体现象。鲁迅之所以能够在现当代中国甚至在整个汉语文化世界成为任何时候任何话题里都令人瞩目的文学存在主体,是因为他在许多层面、许多方面、许多领域拥有了现代文化资源的意义。作为一个文学存在主体,有关他的一切都同时构成了与他所在的时代,与他所在的世界以及与他密切相关的未来割舍不断的联系。

王蒙的文学创作,体现了共和国在各个历史阶段的政治文化社会风貌,被人们称为共和国历史的一面镜子,他在这方面所有的收获与所释放的历史影响和时代影响,都立体地呈现在共和国文化和历史的认知方面。这是一个无法抹杀甚至是无法替代的历史存在。其次,王蒙不仅仅是一个小说家,一个创作者,他还是一个卓有影响的文学批评家和社会评论家,在许多情形下,他的文学和文化批评都奠定了时代文明批评的基调,包括他在20世纪80年代关于文学失去"轰动效应"的惊呼,[2]包括他在20世纪90年代初关于王朔"躲避崇高"现象的简短而精彩的概括,[3]都深深地植入了历史的记忆。顾骧对王蒙的批评评价极高,认为"王蒙文学批评一个创造型的独特贡献是论述了'天才'在创作中的作用","这好像是别人没有涉及过或很少谈论过但确实是一个对发展文学有意义的理论课题"。[4]其实,王蒙的文学批评和文化批评远远不只是这样的贡献。

---

[1] 例如,前些年较为热闹的关于鲁迅病情贻误的学术讨论,就相当有意思。参见周正章:《笑谈俱往——鲁迅、胡风、周扬及其他》,台北:秀威资讯科技股份有限公司,2009年。
[2] 阳雨(王蒙):《文学:失却轰动效应以后》,《文艺报》,1988年1月30日。
[3] 王蒙:《躲避崇高》,《读书》,1993年第1期。
[4] 顾骧:《作为批评家的王蒙》,《文艺报》,2003年11月4日。

王蒙对于中国古代文学、古代文化、现代文学和文化的许多学术本体的研究，包括对《红楼梦》的解读，对鲁迅的解读，对老子的解读等等，同样在学术本体的意义上体现出他作为文学存在的丰富内涵和立体效应。所有这些文学的学术本体研究组成了王蒙文学存在的更丰富的层次和更广泛的内容，同时也是王蒙文学认知和文学解读的必要依据。没有对这些方面成果的基本认知，就不可能全面地、立体地认识王蒙的文学观念和文学成就。正是在这样的意义上，需要将这些看似与王蒙文学创作关系不大的学术本体和批评本体成就统一整合为王蒙文学存在的不可或缺的部分。

王蒙是中国文化事业的著名领导者，他在这方面的功业远远超出了文学创作，甚至远远超出文学自身，但由于他作为中国当代最有代表性的文学家得到了普遍的主体认定，他自身以及与他相关的几乎所有文学的或非文学的行为都成了文学存在的主体行为，必然为王蒙文学研究这类课题所锁定。这是王蒙作为文学家的一种学术宿命：围绕着他的所有的学术存在、文化存在都体现为一种文学存在。

显然，文学存在可以超出特定对象的文学行为范畴，但它又必然包含文学行为范畴的几乎全部的主体活动。当然，这对于文学存在主体来说是一种重新进行的学术论定，同时也是一种超越文学学术的巨大肯定。一般而言，值得进行这样的学术肯定的文学存在主体并不会非常普遍，它至少要求文学存在主体其成就和影响足以超越于文学自身而渗入时代、社会的其他广泛领域，它至少意味着，这样的文学存在主体在几乎所有其他领域都形成相当的影响，并且这样的影响在人们的习惯性认知上都带有文学的关涉性。简言之，一个成功的、够格的文学存在主体，其在文学方面的影响应该具有超越性的意义，同时，其学术影响和文化影响并不仅仅限于文学方面，而须对其他领域有强烈的外射作用。如果该主体在文学方面未能形成超越性的影响，则他在其他领域的建树就不可能归结为他的文学功业，这样就不可能成为真正的文学存在现象和文学存在主体；如果该主体的影响力仅仅在文学方面，其他领域的影响力乏善可陈，则他的学术意义仅仅可以在文学创作主体、文学学术主体、文学批评主体等意义上，成就为一种文学行为主体，而不可能上升到文学存在的高度。

这样的文学存在主体意义，可以从《红楼梦》这样一个传统例证中获得有效的学术支撑。《红楼梦》是中国文学史上和文化史上一个独特的文学存在，这一文学存在当然包括《红楼梦》的文学描写、文学主题、人物与人物关系、故事与相关情节、结构与技巧、风格与语言等等创作层面的内涵，也包括其与特定时代的历史关系，与作者家族兴衰的历史之间的关系等方面，还与后续的各种版本、各种续本、各种改编本之间有着密不可分的联系，与各种作者传言，有关这些作者的史料，家族世系等等都建立了一定的学术联系，这就是俗称"红外线"的研究内容。所有这些内容都为《红楼梦》这个文学经典所统摄，所涵括，因而无论是关于历史学、民俗学、官制学、目录学、文献学、校勘学的上述内容，都通向以《红楼梦》为主体的文学存在，都是宽泛意义上的"红学"内容。鲁迅作为现代中国的巨大的文学存在，其学术构架和文化意义也正类似于此。

文学存在主体的最特别的意义，即在于他的影响乃以文学贡献为核心呈立体发散的局面。这对于理解鲁迅的文化意义具有一定的学术启发性。长期以来，人们都意识到，将鲁迅的意义局限在文学领域进行阐发和理解是不妥当的，于是人们从革命、政治、思想等各种并列的方面伸展开去，产生了"伟大的思想家、文学家、革命家"的经典概括。随着人们对鲁迅认识的加深，或者这样的概括还会平行地增加。不应该高估这种头衔不断增加的学术趋势，它其实令人联想到一种非常笨拙的加法。文学存在主体的概念和理论有可能帮助人们走出这种简单相加的误区，而从一个提取公约数的别致思路认知鲁迅的文化意义和历史价值。

## 二、"创研率"命题及文学文化意义

文学研究一般会围绕着文学创作进行。有统计表明，有关鲁迅的研究成果 43.65% 左右的论文是鲁迅的文学创作研究。[1] 有关王蒙的研究同样系由创作研究和其他研究组合而成。据《王蒙研究资料》提供的目录统计，王蒙研究成果中，57.1% 的论文用力在王蒙文学创作研究。[2] 其他的研究论文则偏重于王蒙的思想研究、学术研究、社会活动研究和生平史料研究等。对于一个较为纯粹的文学家而言，文学创作研究在有关其专题研究成果中所占比例的高与低，往往反映出其在文学创作之外文学影响力的大与小，而且常常构成反比例。因获诺贝尔文学奖而声名大振的莫言，除了专题报道之类，有关他的文学创作研究约占其专题研究的 87%，这同样说明，莫言文学创作之外的文学影响力比王蒙低到 30 个百分点。当然，有些文学家如郭沫若，则属于另外一种情形：他的学术成就、文化工作以及社会活动所占的分量已经盖过他的文学创作，因此有关他的研究大大超出文学研究领域，相应之下，文学创作研究所占比例将会很少。

可以将有关一个特定文学家学术研究中的文学创作研究所占比例称为创作研究率，或可简称"创研率"。根据上面的逻辑推论，越是有特色越是新潮的文学家其创研率越高，而越是具有全面影响力的作家其"创研率"越低。一个文学家研究的"创研率"与他的文学成就并不发生直接关系，至多只说明间接影响的结果，但与该文学家在创作之外的文学影响力成反比。王蒙研究的"创研率"比鲁迅研究的"创研率"高出约 13.45 个百分点，却比莫言低 30 个百分点，这至少从一种统计口径上说明王蒙作品之外的文学影响力在当代中国文学家中首屈一指。

一定不能机械地套用"创研率"联系文学家的文学影响和文学成就。

---

[1] 数据来自北京鲁迅博物馆研究室葛涛在《新时期三十年国内鲁迅研究文章发表状况的量化研究(1980—2009)》一文中的统计：20 世纪 80 年代国内发表的鲁迅研究文章中，鲁迅作品研究类文章最多，占总数的 43.2%；鲁迅思想研究类文章排在第二位，占总数的 31.6%；鲁迅生平史实类文章最少，占总数的 11.9%。90 年代国内发表的鲁迅研究文章中，鲁迅作品研究类文章最多，占总数的 44.1%；鲁迅思想研究类文章排在第二位，占总数的 23.4%；鲁迅生平史实类文章最少，占总数的 12.2%。这一统计结果发表于 2012 年 11 月于新德里召开的国际鲁迅研究会第二届学术年会。
[2] 宋炳辉、张毅编：《王蒙研究资料》(下)，天津：天津人民出版社，2008 年。根据书中所述 2006 年、2008 年研究成果所作抽样统计。

有些影响非常大的文学家很可能"创研率"同样很高。例如金庸,这位在华人阅读社会普及性最大因而也可以说影响力最大的文学家,有关他的研究则主要集中在他的作品以及作品中的人物,兼及他的创作构思和艺术风格等等,对于他创作以外的写作,包括非写作的人生状态等等,则很少激起研究者的兴趣。这就说明金庸在文学创作之外所构成的影响力相对较小,他的文学影响力远未渗透到社会文化生活的深层次之中。

至少在这样的观察中,"创研率"走低是一个文学家的文学事业取得全面成功的标志。倍受欢迎且大有成就的金庸"创研率"明显偏高,可见降低这种"创研率"对于一个文学家而言显得如何重要。

毫无疑问,王蒙作为文学家为当代文坛提供了丰富、充实而辉煌的文学作品,其作品的独特个性和审美魅力赢得了研究者长期的持续的关注,也激发起了他们争相言说的学术热忱。同时,他逐渐益然的学术兴趣和不断拓宽的写作路数造就了他思想系统的立体呈现,他绚烂多姿的生命感兴的卓然展示,这些由思想类或思想史、学术史类专著(如《创作是一种燃烧》、《心有灵犀》等文论批评类著作,《老子与现代化》、《王蒙的红楼梦》等学术讲话类著作)或自传类写作所构成的文本世界,实际上是王蒙文学的间接的文本世界,它们不是文学创作的结果,但却是文学写作的重要内容,它们所造成的文化影响体现在文学主体王蒙那里,正是文学的影响。毫无疑问,有关王蒙此类文本的学术研究,当然是王蒙研究的必然内容,而且由于王蒙特定的文学主体的定位,这样的研究无疑应该归入有关王蒙的文学研究的学术类属。更进一步而论,不仅是王蒙的非创作性写作应该纳入有关王蒙的文学研究类属,便是王蒙远离了写作的人生状态,社会关系,一切围绕着他的世俗链接,也同样值得研究,这样的研究成果也同样是归属于文学主体王蒙的文学研究。关于王蒙的一般性写作的研究,以及关于王蒙作为文学家的人生状态、社会关系和世俗链接的研究,如果在整个王蒙研究中占据的比例越大,同时也就意味着王蒙文学创作研究比例的相对缩小,即"创研率"相对减小,这就更加说明王蒙在当代社会拥有更高更大的文化地位和文学影响。

正是在这样的意义上,学术研究不仅应将王蒙当作重要的文学创作者,而且应该将他当作一个自在的文学写作者(可以自由进出于文学创作领域),还要当作一个自为的文学行为主体,一个现实的文学存在。他作为文学主体的存在具有丰硕而厚重的立体效应:在创作方面他的成就已经被描述为共和国事业发展的一面镜子,是新时期以来正道直行、绝不走偏锋,始终维护着文学的矜持与尊严的主流作家的代表;在思想方面他是一个不断追求不断思考不断创新的思想家和学术家,他对历史,对人生和社会始终保持着文学家的独立的批评姿态并且从未间断过富有个性和才情的发言;他的人生状态和社会活动等等也备受关注,几乎每一举手每一投足都会面临着社会文化意义的读解,他的言论行为以及由此透析出来的人格风范也力图做到经得起这一类有时甚至是非常苛刻的读解。作为一个杰出的文学家他不仅为文坛的幕墙带来一片创作的葱绿,更为文化的丛林带来一阵思想的风雨,还为社会的原野带来一派风度的景观:所有这一切都是文学,都是王蒙文学研究所必须面对也应该必须加以读解的内容。很多同时代而且同等优秀的文学家也许能够在其中的某一方面做得像他一样出色甚至于超越他,但如此丰实地综合在一起而成为当代瞩目的文学存在,王蒙堪称唯一,且难有紧随的后继者。

以"创研率"评价文学家的文学影响,是文学价值判断的一种方法,是文学学术研究的一种理路,它不能也不应该取代其他价值判断的方法和思路。事实上,它的缺陷也很明显,必须倚重于科学而真实的统计,而且必须分辨这种统计的数据在特定历史条件下的动态和情态。所以,任何对这种研究理路的责疑都值得认真对待。金庸研究就很可能导致对这种"创研率"学术理路的责疑。但无论如何,用这样的分析方法对王蒙文学现象及其影响力进行学术处理相当可行,而且也相当有效。

而且,这种对于文学创作以外的文学家思想和行为格外重视的研究理路,在理论上也有相当的发掘价值。在五四新文学的浪潮中,起有推波助澜作用的创造社曾经抛出一种建构文学的"全"与"美"的理论:"……专求文学的全(Perfection)与美(Beauty),有值得我们终身从事的价值之可能性。"[1]这一理论在那个时代激起了强烈的反响,并且为后来的研究者屡屡引用。文学的"美"固然比较容易理解,成仿吾说得也较清楚,是指文学中"美的快感与慰安",然而,文学的"全"似乎语焉不详,也很少有后来者注意品咂。其实成仿吾所说的文学的"全"就是文学家在文学创作之外的素养的呈现与影响力的发挥,类似于降低"创研率"的文学主体行为。成仿吾指出:"我们要做一个文学家,我们要先有十分的科学与哲学上的素养";"我们要先有充分的修养,要不惜十分的努力。"他提到了两个"十分",直指他所说的"全",而这样的修养都是文学之外的内容,包括科学的和哲学的因素,这正是要求文学家在文学之外释放出全部的思想力量和科学能量,以此来扩展文学家主体的影响力。尽管他没有明确,但是他的意念特别清楚:这样的影响力归宿于文学。

从"创研率"角度研究王蒙及类似的学术对象,可以借用文学理论中的"全"的概念进行诠释,然而在借用之前,需要对这种"全"理论进行深入的解析和科学的论证。由王蒙的学术话题导引到"全"理论的深化与健全,应该是"创研率"视角对一般文学学术的一种特别的贡献。

"创研率"的研究需要建立在科学而真实的统计基础上,不过这样的统计口径需要甄别许多问题。其中最重要一个问题或许是,一个文学家创作以外的研究是否皆可以算作他的文学影响?或者在何种意义上才可以算作他的文学影响?这需要对文学家的文学身份进行确认,同时也需要厘清文学研究的巨大归宿力。

文学身份是文学家或文学者的当然身份,是通过其文学创作、文学业绩及其影响持续体现的,读者社会乃至整个社会所基本认同的社会主体角色,甚至是社会分工和社会职业的一种确认。当一个文学家的社会职业或其他成就长时间和持续发生的影响超过其文学成就的时候,他的文学身份就面临着某种分裂,也就不适合通过这样的统计口径研判其"创研率",例

---

[1] 成仿吾:《新文学之使命》,《创造周报》,1923年第2号。

如前文提到的郭沫若。王蒙虽然承担过其他很有影响的社会角色,但这样的社会角色从未使他离开过文学,也就是说读者社会甚至整个社会从未对他的文学身份认同产生过任何疑问,另一方面,他的其他社会角色的影响力也无法掩盖甚至无法冲淡他的文学成就和文学影响力,这种情况下,他的文学身份就从未经受过甚至面临过分裂。一个文学身份得到长期确认并且始终完整的文学家,他的所有的社会影响、文化影响、艺术影响,都可以而且应该被理解为文学影响。鲁迅是这样的文学家,因此鲁迅的杂文写作及其所施放的影响是文学影响,他的书信、日记,甚至开支账目的书写也都是文学研究的对象,不仅如此,他的搬迁、职业、社会关系、生病、旅行等等,都构成了文学研究的当然话题,都是有关鲁迅的文学研究所必须面临的课题。在这样的意义上,曹雪芹的家世研究甚至是江南织造府原址及建筑形制研究等所构成的所谓"红外线"学术现象,都可以归结为文学影响力的体现。王蒙研究中较多地包含了上述非文学创作的学问,因而有关其研究的"创研率"相应地得到下调,这正是王蒙在更广泛的社会文化层面为学术所关注的现象,也是王蒙文学活动和文学影响力不断延展不断伸张的必然的学术效果。

  对文学家研究中"创研率"降低的强调,并不意味着对文学家文学创作部分的相对忽略,更不是对"雪山"式的文学家过于青睐。王蒙的小说《青狐》中有一个名叫雪山的文学家,在已经"老了"的时候才发表短篇小说《夜与床》,此前从未发表过小说,而且"总共没有发表过几篇文章",但"已经是誉满全国乃至半球(即略低于全球)的知名作家特别是文学活动家了","他属于本地特有的一种不以写作为主体业务,而是以公共关系活动——发言说话串门开会——为主要存在方式与文学活动方式的作家"。对于这样的文学家,如果有学术研究,则"创研率"一定很低,因为他几乎就不创作。但是,文学家的研究一定应以文学创作研究为基础为主干,文学创作以外的研究与文学创作研究之间构成的几乎是依附之毛与可附之皮的关系:皮之不存毛将焉附的道理在这里照样通行。"雪山"式的纯然的文学活动家除了王蒙在小说中作诙谐的臧否和幽默的调侃而外,不可能进入文学研究者的视野,因而也就难以构成具有有效"创研率"的学术研究,除非他的《夜与床》产生了较大的影响,引起了评论家的关注,然而那可能引发出百分之百的"创研率"——人们只可能言说这个偶尔有些意思的作品,对此外的他的一切:思想、行为、言论、关系、生活、家世等等,都不会有任何兴趣。

于是,适用于"创研率"研究的文学家就必须像王蒙这样的文学家,他首先必须具有超卓的文学创作成就和同样超卓的文学影响,同时必须拥有数量丰厚、质量上乘的文学创作研究成果,以此作为统计学基础的数据才具有真正的价值,这样反映出的"创研率"也才对相关的学术论题有意义。这样的基础数据塑定了文学家的主体身份,确定了文学家研究的基本内核。

而且,这样的基础数据越大,越有力量,其所塑造的文学主体身份就越确定,而文学主体身份确定得越是有力,就越能形成对于文学以外的学术研究某种巨大吸附力,这样的吸附力是保证那些即使与文学没有直接关系的学术研究也最终归宿到文学研究的价值范畴。无需过于复杂的理论逻辑,下面的学术判断非常容易理解:一个文学家其自身的文学创作成就越卓越,有关其文学创作研究的成果厚重度越高,有关他的其他方面的研究——思想研究、生平研究等等也就可能越踊跃,即便这种思想研究、生平研究与文学创作没有直接的关系,甚至完全脱离了文学话语场域,但文学主体文学成就和影响的巨大能量就会将这样的研究吸附过去,这样的貌似与文学无关的研究也会对文学主体研究产生强大的归宿欲,围绕着这一文学主体的一种更加健全的文学研究框架于是就可能真正建成。这其中的道理类似于空间物理的一般理论所描述的:质量越大的星体对太空中其他天体的吸附力也就越大。王蒙的文学创作成就及其影响力,包括王蒙文学创作研究的积累,已经形成当代中国文学研究界最大质量的星体,因此,它完全有能量吸附所有表面上无关乎王蒙创作研究的成果,包括《王蒙的机智与幽默》[1]、《王蒙与20世纪中国激进主义思潮》[2]等多少与王蒙文学

---

[1] 赵文静:《王蒙的机智与幽默》,《兰台内外》,2007年第5期。
[2] 温奉桥:《王蒙与20世纪中国激进主义思潮》,《中国海洋大学学报》,2007年第5期。

创作有些间接关系的研究,也包括《王蒙生活中的"教条主义"》[1]、《我们的王蒙》[2]等与王蒙文学创作基本上没有关系的研究。

更重要的是,文学主体的创作成就质量越大,其吸附能力越强,也就越能激发研究者向更加远离文学创作的纵深处寻找学术话题,拓宽学术理路,丰富文学研究整体框架的涵容力。鲁迅与日本须藤医生的交往不仅与鲁迅的文学创作没有关系,而且与鲁迅的文学事业也没有什么联系,但它可以成为鲁迅研究一度的热门话题,并且毫无疑问地归宿在鲁迅研究(当然是文学研究)范畴。《红楼梦》外"红外线"研究的许多选题,如苏州织造署原址的开掘,无论在建筑史上还是在文化史上甚至在清代官制史上,都不具有足够的学术价值和影响力,但因为《红楼梦》这个文学主体巨大的吸附力,足以产生令任何相关研究话题都能够归宿到自身的力量,这个原来并不起眼的江南官署的研究就成了热闹一时的学问,因为它归宿于《红楼梦》研究,因而它同样被吸附为文学研究的成果。

王蒙研究的非文学创作部分目前还主要集中在思想和学术研究,生平家世、社会关系的研究尚缺少规模,这是他作为当代独特的文学存在尚缺乏学术观照力度、深度和广度的表现。不过,从上面的逻辑推论可知,王蒙的文学影响仍然处于不断扩展、不断深化之中,王蒙作为文学存在的主体

---

[1] 方蕤:《王蒙生活中的"教条主义"》,《教师博览》,2006年第5期。
[2] 阿拉提·阿斯木:《我们的王蒙》,《西部》,2006年第2期。

面临着不断强化的价值揭示和不断增加的学术阐析,他的文学创作研究固然会进一步加强,但他的生平家世研究、社会关系研究等内容也会因主体质量的加大、学术吸附力的上升越来越成为令学界瞩目的话题,并且,这样的研究也将以一种毋庸置疑的速度和力度,归宿于王蒙研究——文学研究的学术领域。只有抵达这样的学术境况,王蒙研究才可以说是建构了自身独特的学术系统,才可以说是达到了学术研究应有的深度。

这就牵涉到对文学影响力乃至文学概念理解的调整问题,尽管这样的调整其必要性仍需要更有力的论证。

批评本体说指出,文学行为不单是指一般意义上的文学创作,其实,文学研究和文学身份的批评也是本体性的文学行为;因此,文学的本体行为除了创作本体这一基本形态而外,还有文学的学术本体和批评本体形态。必须再三强调的是,文学的批评本体并非文学批评,文学批评属于文学研究范畴,倒可以归入文学的学术本体。文学的批评本体是指文学家本着社会责任和文化义务,以文学身份所进行的社会批评和文明批评的写作行为及其结果,这样的结果往往体现为杂文,当然也可以在变异和装饰的处理中演化为别种文体。

鲁迅既是一个伟大的文学家,又长期热衷于社会批评和文明批评的杂文写作,而且自己认定这样的写作不属于创作本体,实际上就是承认了文学的批评本体写作的存在。他的批评包含着一些文艺批评,不过更多的却是文学家身份的社会批评。他自己就声称:"我所批评的是社会现象。"[1]杂文主要体现着文学本体批评的对象乃是社会现象。

文学理论家们其实都倾向于肯定文学的批评本体写作的可能性和必要性。兰色姆曾在他的理论中"呼唤本体批评家",他甚至认为诗歌本体意义上也应该是批评的。[2]施勒格尔则将莱辛称为一个批评家,这个批评家所从事的不仅仅是戏剧批评和文学批评,"他的大部分作品,无论是涉及

---

[1] 鲁迅:《关于〈拳术与拳匪〉》,《鲁迅全集》第8卷,第99页,北京:人民文学出版社,2005年。
[2] [美]约翰·克罗·兰色姆:《新批评》,王腊宝、张哲译,第191页,南京:江苏教育出版社,2006年。

历史的,戏剧学的,还是语法的,甚至包括文学的论文,就算按照比较粗略的理解来看,也属于批评范畴"[1]。他甚至认为,正宗的批评应该充当"介于历史和哲学之间的一个中间环节,它的使命是把二者结合起来,使这二者在批评当中统一起来,成为一个新的第三者"[2]。这就给文学家的批评本体写作以及批评本体思维作了一种不自觉的理论框定。特别是一般思想偏激的理论家,往往不会放过任何机会赞同并鼓励文学家的批评性写作,尽管他们还不能清晰而成功地区分文艺批评与社会文明批评,常常将这两个方面混合起来。葛兰西认为实践哲学应具有文学批评的典范,"这个批评应当和甚至具有讽刺形式的一切偏颇的热情融合一致为争取新文化而斗争,即是为争取新的人道主义、批评风尚、意见和带着美学的或纯粹艺术的批评的世界观而斗争"[3]。

　　文学身份者批评的立意和立场须最大限度地体现社会的良心,体现时代的理性,体现历史的趋向。文学身份意味着良心与理性。其他身份的批评者会自然而然地、不约而同地从各自的专业背景、利益背景出发,按照本专业、本行业甚至本功利集团的思维方法、理念原则对社会及文明现象作出批评,所有专业性的、行业性的和功利性的思维相对于社会良心与时代理性而言必然是片面的、局限的批评。文学身份者的批评本来也可能习惯于从文学专业或行业的角度进行,但由于文学思维和文学理念几乎不能对应社会批评和文明批评的价值命题,当文学身份者进入社会批评和文明批评的语境时就不得不放下或离开文学思维与文学理念,这就意味着他必然以一个更加自由更加坦荡更加没有负担的身份从事批评工作,至少相较于其他批评身份者是如此。这种身份的自由使得他们的批评领域可以更加广阔,视野可以更加开阔,路数可以更加宽阔。

---

[1] [德]施勒格尔:《浪漫派风格:施勒格尔批评文集》,李伯杰译,第258页,北京:华夏出版社,2005年。
[2] [德]施勒格尔:《浪漫派风格:施勒格尔批评文集》,李伯杰译,第265页,北京:华夏出版社,2005年。
[3] [意]安东尼奥·葛兰西:《葛兰西文选》,李鹏程编,第387页,北京:人民出版社,2008年。

文学身份在批评本体意义上的写作最重要特征便是自由，这是由它的纯粹的言论批评身份决定的。在现代文明条件下，人的政治身份、社会身份、种族身份、文化身份往往只是意味着对言论批评身份的限制与约束。一个拥有强烈的政治身份的人，哪怕他对非政治领域发言，人们也会很自然地将他重要的政治身份考虑在内，这样，他的任何批评和发言都被赋予了非同寻常的政治解读，甚至会被寻找出掩藏在言论批评背后的政治上的微言大义。于是一个政要所讲述的几乎每一句话都可能被阐释出巨大的政治含量。一个具有重要或敏感的社会身份的主体同样如此，他的每一句话都可能被诠释为另外一种特殊的信息，当然是与他的社会身份所代表和象征的那种意义紧密相连的信息。于是，担任美国联邦储备委员会主席的格林斯潘便整天以谁听了都不着边际的"废话"保持自己言论的安全性。一个人的种族身份被强调以后，他的任何批评言论都会被理解为与这种特殊的种族诉求有联系，同样，一个人的文化身份受到重视以后，他的所有批评和言论便只有文化及其文化象征的内涵。文学者的身份是一种天然的意念传导者和批评言论的阐发者的身份，其主体的其他身份往往遭到最大限度的忽略：拥有崇高的政治和社会身份甚至拥有相应权力的高尔基，即便是在苏维埃政权如日中天的岁月，其非文学身份也没有引起足够的重视，更没有得到特别的强调，他的所有议论仍然是被当作纯粹的文学身份的批评在社会主义文学阵营传颂。中国文学家中的许多人拥有特殊的民族身份，但这样的民族身份经常遭到忽略，当人们将"巴老曹"相提并论的时候，人们几乎忘记了老舍的满族和旗人身份。只有文学身份的批评言论不会牵扯到言论主体身份的敏感性、特殊性及其所可能寓含的象征意义时，文学身份的批评才能获得真正意义上的自由。

以文学身份进行自由的、广泛的批评本体写作，是汉语新文学的一脉伟大传统。它将通向文学外延的当代性扩展，将成为汉语新文学在更广大的华人社区的一种生存和发展状态。未来的汉语文学就是应该更加紧密地服务于华人的生存和发展，服务于华人心声的表达和批评的阐扬，这样的表达和阐扬可以通过典型的文学作品，也可以直接诉诸非文学作品的批评。既然德里达认为"没有任何文本实质上是属于文学的",则文学身份的所有非文学作品的批评就体现为一种我们确认的文学性。[1]德国狂飙突进运动倡导者施勒格尔指出:"一个真正自由的、有教养的人,似乎要能够自己使自己随心所欲地具有哲学或语文学的、批评或诗的、历史或修辞学的旨趣。"[2]如果是这样,则当代文明中更需要这些真正自由的有教养的人们通过批评的阐发奉献出自己的这种旨趣,在超越于文学以外的任何话题和任何领域。这便是批评本体写作的内在原理,也是文学身份者从事批评本体写作的时代要求和社会要求。当文学身份者的批评成为社会主流的声音,那就宣告了"一个文学文化的时代"[3]的到来。

其实,王蒙作为文学存在的文化信息显然并不像鲁迅那么强,因为王蒙所处的时代毕竟不是最需要社会批评和文明批评的时代。不过,如果改革开放的形势改变了以作家为主体的文学文化的格局,作家淡化了政治身份,而有可能在创作本体、学术本体和批评本体意义上体现出文学存在的文化角色,那么,王蒙是最有条件也最有可能作为文学存在的代表的。王蒙是中国当代文学文化的一面镜子,也是当代文学文化中文学存在的最典型的代表。他具有旺盛的文学创作力,年近八旬还在创作影响颇大的小说《闷与狂》;他的文学创作已经成了改革开放年代最为重要的文学景观。他的一系列文化批评文章,特别是在后期自传体文学中包含的批评文字,体现出文学批评本体的突出品质。他研究老庄,研究《红楼梦》,研究鲁迅的《野草》,在学术本体意义上完善了文学存在的意义。

---

[1] [法]德里达:《文学行动》,赵兴国译,第11页,北京:中国社会科学出版社,1998年。
[2] [德]施勒格尔:《浪漫派风格:施勒格尔批评文集》,李伯杰译,第86页,北京:华夏出版社,2005年。
[3] [美]哈罗德·布鲁姆:《批评、正典结构与预言》,吴琼译,第116页,北京:中国社会科学出版社,2000年。

# 第十四章
# 开放情势下汉语文学文化热点

改革开放以后,中国的文学文化向世界打开了大门,这时的文学文化相当活跃,也充满着创造力,形成了当代文化史上可圈可点的热点效应。

## 一、白先勇与海外华文文学的文化热点

白先勇的创作始于 20 世纪 60 年代,但对于中国现代文学文化历史来说,它的影响力作用于 80 年代,是改革开放带来的新的文学文化,也是汉语新文学的一个奇迹。他的小说创作将现代汉语的文化意蕴和审美意蕴推升到一个新的境界,同时也作为汉语新文学的杰出成果,对世界文学和文化做出了卓越贡献。白先勇是一位杰出的小说家,但他从不满足于此,他的文化情怀包含着小说甚至文学以外的广泛对象。他的散文具有小说的情致与风采,他的历史叙事深蕴着个人情愫和家国情仇,他的所有写作都是在营构一种属于他自己的情感世界,或者,他一直在这个情感世界中找寻属于自己的生命基点,找寻一个作为生命存在体全力追求的精神表现方式与形态。就文学家、小说家的白先勇而言,这其实是他一直寻求的文学存在和文化存在。

白先勇的文化角色和政治身份决定了他的文学存在在文学史的学术构架中面临着难以避免的尴尬,这种尴尬使得他在文学史的学术叙述中常

常处于二度边缘化的状态。首先，他不属于"中国现当代文学"的学术范畴，因为"中国现当代文学"的空域范围通常是指中国大陆（内地），然后扩大至台港澳地区，而作为"海外华文文学"作家的白先勇的主要创作活动完成于其定居美国期间。其次，即便是在海外华文文学的意义上，白先勇作为杰出的小说家又一次面临边缘化的命运：因为他自认"永远的台北人"，其作品的主要出版地和影响区域是在台湾、香港乃至于大陆，作为海外小说家和文学家他其实并不典型。一个当代小说界和文学界的赫然大家，却只能成为读书界和文学研究界隔"岸"观望的一道似乎与己无关的风景，让各个区域的文学继承人都无法理直气壮地接过这位文学巨人的艺术权杖，无法顺理成章地围绕着这个文学巨匠形成一个社团或一种流派，形成一个传统和一种文学态势，这是汉语文化界在过去的那个世纪最为无奈的资源浪费，也是汉语文学建设在这个时代的一个难以弥补的内涵错失。

　　弥补这一错失的办法是，应该将通常表述为"中国现当代文学"、"海外华文文学"的学术结构调整为或者合并为"汉语新文学"的学术概括，这样的概括以"汉语"为中心词，克服了"中国现当代文学"的研究者将研究对象仅仅局限在中国的局限——即便包括了台港澳等中国地区，也还是未能辐射到整个汉语文学世界。这种将"海外华文文学"的研究与"中国现当代文学"的研究一体化的努力，承认并捍卫了汉语文学的整体性，特别是强调了汉语新文学的统一传统，相对统一的语言风格和文化气派。汉语文化有着辉煌的历史，在新文化基础上又有着卓越的建树和广泛的世界影响，并且相信有着灿烂的未来。以汉语为载体的新文学写作当然主要承载着百年来中国新文化和中国经验的表述，体现着与亿万中国人的政治、经济、文化生活密切相关的社会意识形态，不过作为汉民族乃至中华民族的共同语言，汉语还通过新文学的各种样式表达着与时代紧密相关的审美价值理念和审美趣尚，表达着世界各地华人以及在传统上和习惯上使用汉语的人们各自的人生体验，表达着整个世界汉语文化圈中的每一声叹息和每一韵唱响，这些都不是"中国现当代文学"概念所能包括的内涵。因此，汉语新文学的概念不仅不是所谓的"消弭国族意识"，而是相反，要从世界汉语文化和文学发展的总体格局中突出和确认习惯上称之为中国现当代文学的主体部分,从而有效地凸显出处在现代化变革中的中国本土文学建树和文化建设的核心地位、主流地位和先导地位。以此为核心,也可以厘清汉语新文学向台港澳以及海外辐射的层次序列。另一方面,包含着白先勇独特贡献的"海外华文文学"应该归属汉语新文学的文化领地,而不可能真正"独立"于所谓"中国现当代文学"之外自成一体或者"体外循环"。

以国家的行政版图框定文学的范围,经常容易造成政治和意识形态的困扰。政治学家和民族学家应该直面这些问题,应该做出果决的、坚定的判定与论证,原则问题寸步不让。但置于文化和文学的层面,则文学的版图不必像政治版图那样清晰、明细。而以汉语语言为构思载体,为"文化共同体",为整一的文化标识,可以从文化和文学的角度重新确认一种汉语文明共同体。在这样的文化思维框架中,类似于白先勇这样的个案就不会处于上述尴尬的状态。只需确认白先勇的文学属于汉语新文学世界,属于汉语文化这一特定的共同体,原可不必计较他到底属于政治空域中的哪一地块。

白先勇作为一个汉语新文学家无疑是极为典型的大家,然而在国家文学和地域文学的定位中,就很难进行如此公平的定位。即便是从他文学事业真正起步的台湾而言,他无疑是这个地区文学创作最有成就、文学水平最高、文学影响力也最大的作家,然而在台湾策划的《岛屿写作》文学家纪录片系列计划中,第一辑入选的六位居然没有白先勇,而是余光中、周梦蝶、周育正、杨牧、王文兴和林海音。等到四年以后推出的第二辑中,白先勇才位列其中。这说明,从台湾出发且将文学"主场"放置在台湾的白先勇,其实并没有被理解为最典型的台湾作家。当然,尽管白先勇在大陆的媒体首发过作品,尽管他非常注重在大陆展开他的文学活动和文化活动,但他不可能被定义为大陆作家。同样,虽然他有美国护照,事实上他也经常性地在美国从事写作,但他不可能被称为通常意义上的美国作家,更不可能被定义为最典型的美国作家。这种消解白先勇作为文学家的典型意义的"运作",都是人为的国家文学划分和地域文学划分所带来的消极后果。

于是,白先勇的跨区域、超国度的文学创作以及由此产生的一切文学行为,在世界文化史上造就了一个影响巨大而意义独特的"离散"文学的个案。然而,白先勇无论在台湾读者还是大陆读者心目中,甚至在香港读者的心目中,他都不算是"离散"的文学个案。因为他的汉语表述是那么亲切,他对于汉语文化经验的书写,对于汉语文化灵魂的追寻(其小说《芝加哥之死》中的主人公名叫"吴汉魂",这似乎已经暴露出他之所以走投无路的深刻原因),确凿无疑地亲近着每一个汉语文学读者。当人们从汉语文学、汉语文化、汉语文明及其精神的视角再度审视白先勇及其文学创作,就会确信他们正是在其中,处在其中相当核心的位置,他们不仅不"离散",而且也不"边缘"。

白先勇,是汉语文学特别是汉语新文学世界极其典型的存在,他的文学创作也是这个文化世界极其经典的存在。白先勇在汉语小说创作、汉语文学创作、汉语文化写作,以及相关的历史和人生批评方面建立了卓越的功勋,并注定造成巨大而深远的影响。他并不会仅仅作为一个作家存在于汉语文化界,而会作为一个重要的文学存在物,在汉语文学和文化的空域成为虽可以逾越却难以绕过的精神现象。所谓文学存在,是指这样一种对象的历史性和现实性的肯定:"他属于文学行为的独特主体,经常同时也是文学创作的突出主体",不过这一文学主体早已超越文学作品甚至文学写作,而成为一种无法绕过的社会现象主体。"也就是说,作为一个综合性的社会存在,这一文学主体为文学内外的世界所关注、所讨论,由此甚至延展为一种有价值的文化现象。"[1]白先勇在汉语文学和文化世界无疑具有文学存在的典型意义。

正像一个人或一种事物的存在都需要一定的空间条件,白先勇作为文学存在同样需要合适的空间条件。但在华人生活空间的任何一个地块都不足以用来界定白先勇文学存在的地域属性和空间属性,因此只能将白先勇的小说成就、文学贡献和文化资源视作汉语文学和文化界的重要的文学

---

[1] 朱寿桐:《论王蒙的文学存在》,第2页,南京:南京大学出版社,2015年。

存在。这就是一种汉语文学的文化认知,围绕着白先勇所进行的文化认知的必然结果。

也就是在这样的意义上,白先勇作为文学存在的价值不仅体现在文学方面,而且体现在文化方面:他无意间将自己打造成了汉语文化的一个典型的鲜活的标本,让许多人从他的标本属性上看到了汉语文学和汉语文化的巨大学术涵盖力和无法替代的学术文化意义。可以说,离开了汉语文学和汉语文化的价值命意,要准确地定位白先勇的文学和文化地位就相当困难。反之亦然,白先勇以他突出而鲜亮的文化形象呼唤着并证实了汉语文学和汉语文化的学术价值和美学意义。白先勇是汉语文学和汉语新文学的骄子,是汉语文化卓越的标本与突出的个案。

白先勇是一个真正的汉语新文学家。这除了他的地域领属关系和人生所属关系的特殊决定性而外,他的语言建树、文学建树和文化认同都显示出为汉语新文学建立殊勋的卓越精神。

在汉语新文学界,白先勇是当之无愧的语言大师,而且是勉力追求汉语语言健康完美的语言设计师和实践家。他通过自己的作品将汉语语言的文学表现力和审美魅力推向了一个新的境界,而且迄今无人超越。如果电子化的浪潮可以将所有语言的个性消解于一旦,那么他可以说是汉语文学语言风范的最后一个守垒者;如果说电子化仍将激励各种语言风格和个性在新语境下的前行与发展,那么,白先勇的代表作品及其所呈现的语言品相,则无疑是文学汉语抵达新的艺术审美境界的中继站。

汉语新文学的语言设计和成功的艺术实践,首先在新文化倡导时期建立了卓越的殊勋,那是指现代文学汉语的基本确立,是指现代汉语语词系统、语气习惯、规范意向的基本确立。胡适等人对白话文的倡导,鲁迅、周作人等对白话文书面化的设计,以及成功的艺术实践,使得汉语新文学的语言形态得到了历史性的肯定与确认。汉语新文学的成熟,得力于郭沫若、徐志摩等通过新诗的创作,将现代汉语词汇系统在富有生命力的创造中得以拓展,曹禺、田汉等通过戏剧创作,巴金、老舍等通过小说创作,将现代汉语的口头表达与书面表达结合得特别圆满,从而为汉语文学表述的成熟、流利、自然、规范提供了充足的语言实践条件。20世纪30年代后期,诸如萧乾的《梦之谷》之类的小说,其文学表述已经非常流畅、纯熟,这表明白话文经过两代新文学家的锤炼,已经发育成规范而充满表现力的语言,已经发展成超越了所谓"新文艺腔"的能够鼓励和容纳各种个性化风格的成熟的语言形态。现代汉语的哲理化锤炼及有效提升则是通过20世纪50年代至70年代旷日持久的政治经典翻译,这种翻译面对的是学术化程度很高、言语表述都极为艰深的文本,又由于革命化政治的要求,其翻译的结果需尽可能保持经典的原真性和译文的可读性,这对于翻译工作而言都是最为困难的、艰辛的要求。几代理论翻译工作者出色地完成了这样的任务,又有几代理论工作者完成了将这样的经典翻译转化为汉语理论表述的理论建构工作,这使得现代汉语的哲理化能力大为提高,使得汉语理论表述和学术表述的水平也大为提高。这样的语言现实也反映了中国大陆的语言形态与其他大中华地区的语言形态的基本差异。当现代汉语以一种成熟的语言形态展现在富有创造力的使用者面前的时候,围绕着它的各种风格化、个性化的语言拓展就必然呈现活跃趋势。从20世纪60年代开始,白先勇和他的文学同伴们走上了独立探寻汉语新文学发展的道路,白先勇在语言的锤炼方面作出了独特而稳健的贡献,他将自己创作的笔墨沉浸在源远流长的汉语文化之中,将自己的体验深深地植入时代转换的人生变幻之中,在远离任何政治话语的生活空旷处闲庭信步,又在远距离审视政治历史和时代变迁之际遍察各种纤细的人生褶皱,并倾听其中的人生咏叹,那种不即不离、若即若离的叙事语言,那种泰然自若、悠然自得的叙事态度,加上他丰厚的人文涵养、精湛的艺术素养、厚重的文学素质,使得他的文学语言充满着淡定自然的风度,精蓄凝练的简洁,丰富厚重的形象感,以及珠圆玉润的表现力,使得汉语的文学语言达到了罕见的精审、从容、形象、优美境地。稍此之后,大陆文学界兴起了多元化的文学语言探索热潮,其中王朔对革命话语摧枯拉朽般的颠覆,王蒙对人生激情狂放恣肆的宣泄,莫言对文学表述极端粗犷的语言拉伸,都将汉语文学当代表述的可能性提高到一个相当的水平。相较之下,白先勇的贡献最为收敛,也最为艰难,然而就为以后汉语文学和汉语小说的发展可能性而言,其影响力应该最大,艺术价值也最高。

当我们将汉语文学,特别是汉语新文学综合为一个整体,白先勇在这个文学世界的位置就会得到超越地域、国族的历史凸显,在文学语言的开发与实践方面就足以表明这一点。

白先勇不单单是一个对汉语新文学作出卓越贡献的语言大师,而且是通过小说创作将意蕴深厚的汉语文化推向世界的精神探险家。他是汉语新文学的创作者,更以汉语新文学代理人的身份对某些世界文学和文化的通行难题做出了史无前例的回应,在世界文学和文化的思想平台上默默地伸张着汉语文学和文化的精神。

白先勇的小说叙写了三个空间世界:台湾生活场景为主的"台北人"世界,留美生活场景为主的"纽约客"世界,以及悬浮于战争边缘播弄于命运股掌的"歧路者"的世界。在白先勇那里,这些"歧路者"未能获得正式的命名,但他们确实存在。也许,白先勇认为他们要么是生活在"台北人"的周边,要么是属于一种广泛意义上的"纽约客",似乎并不存在外乎于此空间的其他人。其实,包括《花桥荣记》中的主人公,包括《一把青》中的姊妹俩,都是外乎于"台北人"但又都是从大陆漂离出去的"歧路者"。他们的故事主要发生在战争中的大陆,即便在命运的播弄中来到台湾,也还是没有将情感认同从遥远的故乡转移到台湾的异乡。不过即便是有根有柢的"台北人",如在《孽子》中出没于公园中的那批人,又何尝不是歧路彷徨者?《芝加哥之死》中的吴汉魂,《谪仙记》中的李彤,应该属于"纽约客"的邻居,但他们更是歧路彷徨的社会边缘人,是正常人生轨道的脱落者,他们的心理上承受着被情感背弃、被社会抛弃、被政治离弃、被家庭丢弃的沉重的歧路感和放逐感,更重要的是这一切都无可挽回,无可救赎。

展现在白先勇小说人物面前的都是一条人生歧路,笼罩着这歧路的又都是一派黑暗,全无光明的希望。《孽子》中的所有公园人物固然都是人生歧路的艰辛的行者,其他所有的"台北人"、"纽约客"都程度不同地行走在人生的或者情感的歧路上。《金大班的最后一夜》、《永远的尹雪艳》等描述的欢场女子固然始终彷徨在充满屈辱并且将屈辱当作荣耀的人生歧路上，《玉卿嫂》《花桥荣记》中的主人公同时徘徊在人生歧路与情感歧路上，即便在美国学有所成或学有小成的那批人物，如李彤、吴汉魂以及《我们看菊花去》中的姐姐，也丝毫没有人生的归宿感以及正道直行的自信，在他们面前延伸着的依然是人生的一条狭窄而无尽的歧路，而且笼罩着的依然是一派无边的黑暗。

是的，白先勇小说中的所有人物，人生境遇不同，穷通贫富不等，但都面临着歧路徘徊的痛苦，都承受着精神上无可疗救的创伤，而且由于这创痛的无可救治使得他们都面临着无可救赎的黑暗。的确，白先勇通过小说所描绘的世界充满着无际涯的绝望和无可救赎的黑暗。表现人生的黑暗是现实主义兴起以后世界文学的流行主题，雨果的《悲惨世界》应该是这类作品的代表，小说中刻画的人物冉阿让、芳汀等都是体验深刻苦难，沉陷在黑暗人生中的悲剧人物，但他们的灵魂都得到了宗教境界的救赎。西方文学具有明显的救赎套路，以缓解人生黑暗对于读者神经的弹压，同时也树立有助于人生的宗教观。马克思所批评过的欧仁苏的小说《巴黎的秘密》，还有为中国读者所熟知的托尔斯泰的作品如《复活》、《安娜·卡列尼娜》，皆是在黑暗与宗教救赎的关系上展开的情节与故事。尽管西方文学中描写人生浓重黑暗的作品相当普遍，例如狄更斯的《皮克外传》、高尔基的《夜店》等等，这些作品中充满着诡诈、犯罪、血腥、仇恨，当然还有难以忍受的贫穷、堕落、吸毒、欺骗，那是一种宽广无边且卓有深度的人间黑暗，读者与观众面对这样的黑暗几乎能够感受到一种近在咫尺的窒息感。这样的窒息感甚至是作家本人都难以忍受，于是他们都纷纷寻求对于这黑暗的救赎力量。作为西方作家，他们一般选择宗教那一伟大的救赎力量，其次是情感救赎。《简·爱》、《呼啸山庄》、《德伯家的苔丝》等小说将人生苦难在情感救赎的意义上予以减缓，其救赎的方式与宗教救赎可谓异曲同工，都是一种精神的救赎。让苦难和黑暗交付精神救赎，是精英文学的共性，所体现出来的精神信仰和文明意志形成了超越物质和世俗功利的价值力量。通俗文学则一般来说习惯于从物质和世俗功利的意义上救赎主人公所面临的人生苦难与社会黑暗,例如意外财物获得的一夜暴富,或者显赫身世的顿时披露,或者隐世恩仇骤然逆转后的否极泰来,或者荣登龙榜后的一朝富贵,由此构成了物质救赎和世俗世界社会关系迅速逆转所达成的救赎。这样的救赎由于缺少足够的精神因素,例如宗教因素和情感因素,常常在形而上的意义上实现了对苦难的超越和对黑暗的克服,在这样的意义上人们常常联想到大仲马的《基度山伯爵》以及《黑郁金香》之类的作品,甚至还能联想到卓别林的某些经典电影。

而白先勇作为作家属于那种最具耐受力的一类。他为他的几乎所有的人物都设置了无法排解的苦难与无边际的黑暗,而且始终在不断绝望中加重,没有任何救赎的希望,无论是精神的还是物质的。《孽子》中的一群固然如若干《夜店》中的角色,在犯忌与犯罪的恶浊、肮脏的生活气氛中相互利用,相互倾轧,相互欺凌,他们的人生没有任何希望,他们的灵得不到任何力量的救赎,他们就是人生和社会永远的孽子,他们即使是正常的存在也意味着对社会秩序和正常人伦的一种背叛与挑战。他们在物质与精神的双重危机中挣扎着,在充满绝望的环境中艰难地前行着,没有任何希望,甚至没有明天,因为任何新的一天都可能比过往的任何一天更糟。与之形成鲜明对照的那些人,如《花桥荣记》中的卢先生,《一把青》中的朱青……他们本来有普通人所应有的生活信念,因而其人生展开得正直、真诚,情绪饱满,心理充实,充满企盼和希望。然而,一旦这样的生活信念破灭,似乎支撑其生命的所有意义都在瞬间失去,他们也就随之放弃了所有的人生坚守,甚至放弃了基本的人生原则,一任自己在世俗的甚至恶俗的波流中浮沉、追逐。白先勇所塑造的所有人物都是那么高贵而平凡,平凡得那么容易堕落,那种高贵恰如谪仙李彤。只要有信念,有希望,他们就会有德行,有勇气,有风度和风采,可一旦丧失了人生的依托,丧失了信念,丧失了生活的希望,他们就会一蹶不振,自暴自弃,堕落到庸凡直如《花桥荣记》里的掌柜和卢先生,那种堕落亦如那批自怨自艾的孽子。李彤失去了人生的意志支撑,就迅速恢复了平凡人的秉性,如同她跟"我"要回贵重的礼物那种人生的转变及其象征,随之,如果有必要,她会消沉到生活的底层,甚至走向堕落,成为另一种孽子。同样,平凡的卢先生最后生活得随波逐流,毫无操持,但他先前有信念、有希望的时候,生活得就那么有自持,有坚守,在那个庸碌的生活环境中他的精神气质和人格坚守譬如一个高贵的王子,至少就是一个谪仙般的人物。人能够因精神信念而生活得有气质,有坚守,有品格,这样的人格就是高贵的,而一旦抽取了精神信念,人格操守就面临着断岩式的崩坍,这样的人终究是平凡的。白先勇最感兴趣的就是塑造这些高贵的平凡人,让他们完全依靠精神、信念与理想来提升自己的人生品质,支撑自己的人生构架,他们拒绝无价值支撑的人生,人生价值的失去意味着行尸走肉的醉生梦死。而正是在这样一个个迷信人生价值,一个个倚重人生精神的大写的人面前,白先勇像一个善作恶作剧的造物主,偏偏给他们每一个人都撤除了登上人格价值天堂的阶梯,让他们在生命长途的各个节点纷纷面临着人生希望的破灭,进而导致人生信念的丧失,导致人生价值的崩坍,而且不给予任何救赎的机会。由于这些高贵的生命其内质是平凡的,他们毕竟不是真正超越于人世间的"位列仙班"者,他们在丧失了人生的信念、偏离了人生的理想以后,就难以超越庸常人生的世俗化甚至恶俗化的惰性,从而面临着精神下滑的危机,面临着人生坠落的惰性。在其他人的文学创作中,甚至在西方文学作品中,人生的坠落与精神的下滑,人生所处的无边的黑暗,人生经历的苦难与绝望,都会在一种人生的企盼中得以遏制,在一种理想的期待中得以减缓,在一种宗教般虔恪中得到救赎和超度。在汉语新文学世界,大部分作品都与苦难和黑暗的叙写有关,但这些作品又都在某种社会亮色或个人出路的希冀中减弱了苦难的深度和黑暗的厚度,如《激流三部曲》中的所有受难的生命都可能走出高家黑暗的围墙,而一旦离开这黑暗的牢笼,外面的社会激流既可以赋予他们以苏生的希望,就像觉慧所经历的那样。甚至连体验在无边黑暗中的骆驼祥子都是如此,苦难和黑暗对于他的简单的灵魂来说显然非常短暂,因为他又有了拉上自己的洋车的希望,还有来自小福子的真诚的爱恋与等待。我们从这个世界中放眼望去的所有的苦难与黑暗,都是在不远处得到政治的、情感的、社会的等等理想曙光的迎候、拯救与救赎,特别是为数众多的革命题材的小说,革命理想及其燃烧的激情成了锤炼革命意志的必具内容,而所有的苦难体验和黑暗经历只不过是为了突显革命理想乐土之光明绚烂的辅助材料或必要手段。于是,在这样的作品中,苦难往往是假性的,只是给革命者以历练的机会,黑暗往往是绵薄的,理想的曙色常常让它变成浪漫的帷幕,无须等着去将它掀起它就会冉冉升起然后悄悄隐去。正因如此。革命的理论家都不主张太过消极地表现现实黑暗,哪怕身处于那种黑暗之中,也要用意志和信念燃起一派光明的烛光。看一看马克思对哈克纳斯的《城市姑娘》的批评就可以知道这一点。悟解到这一革命文学诀窍的老舍也利用这一理论为自己的文学创作困境寻求到一种破解之法,那就是不要让人物沉陷在苦难、黑暗和绝望之中。他借工人读者之口说出了这样的秘诀。即便是莫言的作品,处身于黑暗中的人物也常有机会哪怕通过"转世投胎"的办法摆脱痛苦的现实,而不可能让人物恒持在无涯的痛苦与无边的黑暗之中。只有白先勇的小说创作让他所钟情的以及并不怎么钟情的人物都常处于痛苦与黑暗的恒持状态,得不到任何解脱的希望或者救赎的机会。如果说其中有一些人物还曾经拥有过人生的信念和未来的希冀,则小说所叙述的正是这种信念破灭,这种希冀落空的过程,破灭和落空之后,那些精神价值再也形不成救赎的力量,于是所有的人物都在既无信念也无希冀的黑暗环境中无休止地沉溺。让人物体验漫长的痛苦,体验无可希冀的空漠甚至绝望,这在汉语新文学世界并不鲜见,但拒绝给予他们解脱的借口与救赎的机会,让他们在痛苦与黑暗的体验中恒持既久,而且不施与进行绝望宣泄的权利,恒持痛苦与黑暗一如恒持平凡与俗常,这样的冷峻与透彻,似乎只属于白先勇,也似乎只是白先勇小说能够独步的境界。这样的境界就是直面无边的痛苦与无涯的黑暗而依然保持镇静,譬如泰山崩于前而色不改,这是一种大忍之心,或许确实带一些悲悯,不过更多的却是一种生命体验的无奈感,是一种生存认知的深切的疼痛感,是一种人生痛彻的绝望感,对这些感觉心存大忍,意蕴超越,是作家白先勇所能创造并抵达的人生至高之境。

这正是白先勇对于汉语新文学也同时是对于世界文学不经意间所作

出的重大贡献:与鲁迅"拒绝布施"、"拒绝饶恕"的偏执相类似,白先勇拒绝给予他笔下的人物以精神救赎的希望和痛苦解脱的机会,他同样显得非常偏执,只不过这种偏执笼罩在一派文质彬彬的气氛中,一派优雅庄重的语言中;他以一种精致的书卷气和充满贵族气的优雅,将这种偏执的意态在小说的从容不迫娓娓道来中呈现得极为优柔隐曲,精蓄深蕴。他从来不作咬牙切齿的表述与强调,尽管保持甚至产生这样的偏执意态需要很大的意志力和顽强的决心,他宁愿将这样的意志力和决心深深地掩藏在尽可能完美的艺术表述之中。是的,白先勇善于通过小说表现人间大忍情怀,是因为他自己首先拥有这种大忍之心,能够面对无可排解的痛苦和无可希冀的黑暗而不从俗回避或循例解脱。既然不让笔下众生得到解脱,自己的情感体验就势必沉陷在这样的痛苦与黑暗之中,自我沉陷而不依赖精神救赎,也不滥施精神救赎,这便是大忍之心。白先勇之所以能秉持这种大忍之心进行卓有快意的创作,是因为他能从这种大忍情怀的书写中领略和体验优美的语言艺术,能够在这种语言艺术的超常发挥中寄托健康的心志和生命的尊严,由此获得审美的快感和生命寄托的快意。这应该是他强怀大忍之心进行小说创作的基本动力。

　　白先勇的文学风格所追求的艺术效果可谓笔端干净利落,笔底波澜不惊,叙事语言他不喜欢拖泥带水,叙事风格方面他不乐于虚张声势。他带着大忍之心冷峻地、惨酷地但同时又艺术地审视、叙写、阐解着大千世界的黑暗,芸芸众生的痛苦,在作品中从不廉价地施与救赎的希望和解脱的畅想。但这并不意味着他对于严酷的人生和惨痛的现实就完全放弃了救赎的期待与解脱的寄托。白先勇不是一个哲学家,也不是一个宗教家,他无法通过深奥的萃思获得痛苦的解脱,也不可能通过宗教的救赎获取光明的烛照;他是一个不可救药的艺术主义者,是艺术天国中最虔诚、最伟大和最忠实的信徒,他比任何人更确信,艺术的爱与美可以作为人生痛苦和世界黑暗的救赎力量,至少是这一力量的代表。艺术救国、艺术救世曾经是新文化兴起时代较为时新的一种理念,也是被社会革命理论冲毁得千疮百孔的乌托邦理念,然而作为一种具有世界性影响的文化观念,或者作为一种文化信念，它依然有突出的文化价值，有值得珍视的理想力量，正如乌托邦理念所拥有的文化价值一样。白先勇没有这方面的理性阐述，但显然具有这样的观念倾向。

## 二、金庸与通俗文学热点效应

改革开放以后的中国，打开了通俗文学的文化大门，一时之间，金庸、琼瑶的作品冲过关口，越过海峡，气势磅礴，汹涌而进，它们征服了各阶层乃至各文化层次的读者，在中国大陆形成了巨大的文化热点效应。伴随着这一热点效应的还有邓丽君的歌声。这样的文化热点包含着时代对通俗文学通俗艺术的包容、尊重，更体现了那个伟大时代的活跃与民族文化的空前自信。

面对金庸小说，无论是狂热的崇拜者还是偏激的反对者，都不会否认它在世界范围内的巨大影响。[1] 事实上，其几乎所有的肯定者与否定者，都往往着眼于金庸作品的这种巨大影响力。有人曾经套用"凡有井水处，即能歌柳词"的古话，比喻金庸小说的这种影响力，说是凡有华人的地方皆有金庸小说的流行。如此影响巨大的小说在汉语新文学史上出现堪称奇迹。面对这样的阅读奇迹，歧见是必然的。汉语新文学的视角可以解释这些歧见产生的理论和观念背景，进而可以为弥合这种种歧见提供学术准备，重要的便是可以规避意义张力对学术评判的不良影响。

只有特色非常明显的创作品才会像金庸小说那样，造成批评意见的极大悬殊。褒之者从文学史的意义上将其推许为"一场静悄悄的文学革命"[2]的成果，属于"一个伟大写作传统的复活"，认为之于20世纪的中国文学史具有典范的意义："他真正继承并光大了文学剧变时代的本土文学

---

[1] 袁良骏先生是坚决否定金庸小说的代表，他也承认金庸作品的"拥趸""何啻千万"。见《金庸先生对中国文学史的一个误解》，《粤海风》，2003年第4期。
[2] 严家炎：《一场静悄悄的文学革命》，《通俗文学评论》，1997年第1期。

传统;在一个僵硬的意识形态教条无孔不入的时代保持了文学的自由精神;在民族语文北欧化倾向严重侵蚀的情形下创造了不失时代韵味又深具中国风格和气派的白话文。"[1]因此有人将金庸与鲁迅、沈从文、巴金等并列为20世纪中国文学大师,排列在老舍、郁达夫等之前,甚至茅盾这样的文学家还不在此列。[2]

贬之者则认为金庸小说属于"胡编乱造"[3]、"粗制滥造"之列,许多论者将金庸视为妖孽,斥为野狐,更有将其归为祸国殃民者:"为了赚钱,只顾趣味,不顾文学,严格说来,制造了大量文学垃圾,造成了中国文学空前的灾难。"[4]

无论是褒是贬,都有相当的理由。文学既是阅读与欣赏的对象,也是研究与批评的对象,因此,越是像金庸这样有影响的著名小说家,越是应该引起不同的批评和充满争议的评价。文学欣赏各有各的喜好,各有各的口味,相互之间不应该彼此勉强,甚至不应该彼此影响。从这个意义上说,所有的批评都值得尊重。当然,各种批评意见能够得到怎样的以及何种程度的认同,那是另一个问题。就文学欣赏而言,对金庸小说如痴如醉的态度值得赞赏,对像王朔那样宣称"实在读不下去"[5]的说法同样应该尊重。就文化定性而言,好之者将金庸小说定位为极其高雅的文学建树,属于"文学史上光彩的篇章"[6],甚至与民族文化建设的宏大目标联系在一起,说"金庸是当代第一流的大小说家。他的出现,是中国小说史上的奇峰突起;他的作品,将永远是我们民族的一份精神财富"[7]。而另一些论者则坚持认为金庸小说就是"高级通俗小说",是"高等文化快餐"的产品与供品,其

---

[1] 刘再复:《金庸小说在二十世纪中国文学史上的地位》,《当代作家评论》,1998年第5期。
[2] 见王一川等编:《二十世纪中国文学大师文库》,海口:海南出版社,1994年。
[3] 王朔:《我看金庸》,《中学语文》,2000年第4期。
[4] 袁良骏:《金庸先生的一个理论失误》,《南通师范学院学报》,2003年第1期。
[5] 王朔:《我看金庸》,《中学语文》,2000年第4期。
[6] 严家炎:《一场静悄悄的文学革命》,《通俗文学评论》,1997年第1期。
[7] 冯其庸:《〈金庸笔下的一百零八将〉序》,杭州:浙江文艺出版社,1992年。

至说是低俗的东西,是当代文化几大俗中的代表。这些定性都不无其自身的道理。

不过,就学术研究而言,富有学理的批评更容易得到认同。对于金庸及其小说这样已经成为汉语文化圈中的一种文化景观,成为汉语新文学史上一种文学现象的对象来说,"捧杀"和"棒杀"的心思可能很多人都会有,"捧杀"和"棒杀"言论的出现都非常自然,但"捧杀"和"棒杀"的可能性却已经接近于零。在这样的情形下,回归批评的理性,从学理层面对金庸,对金庸小说及其衍生的文化和文学现象作学理的论析,将更容易得到历史的和文化的认可。

围绕着金庸的批评论争,大多都体现出上述这样的学术自觉;除了一些只谈感想好恶的"定性"式的言论而外,批评言论都相当普遍地从文学史的角度展述其文学贡献,或者进行文学定位。将金庸和金庸小说与"20世纪中国文学"联系起来的文章题目,在这些批评文字中占有相当的比例。誉之者将其称为"20世纪中华文化的一个奇迹",是"中国小说史上的奇峰突起"和"我们民族""永远的""精神财富";即便是"棒之者",也称其为"中国文学空前的灾难",将金庸及其小说与宏大的历史建立起了某种必然的联系。

这种巨大的反差给学术界带来了某种尴尬。除了让学术界在外界面前的观感大受影响而外,也很容易造成内部学术认知的混乱。一方面将金庸及其作品宣布为本民族永远的精神财富,是一定时期文学史上的"奇迹",而另一方面则将金庸及其作品理解为祸国殃民的文化灾难源体,似乎是十恶不赦的海淫海盗者。这样的反差不仅会招致外界对文学研究界标准混乱、任性而为的不良评价,也会让文学研究后来者感到左右为难,无所适从。

形成这种巨大反差的根本要害,在于我们的研究者都习惯于从国家、民族的宏大立场审视和界定文学现象和文学作品。这正是"中国现代文学"、"中国当代文学"以及"中国文学"等概念所暗示的文化结果。如果进入具体的文学史研究,"中国现代文学"、"中国当代文学"中的"中国"所指很可能非常自然地被理解为一种空域范畴，尽管这种空域范畴仍然面临着太多的问题，例如，这些概念在通常的文学史学术操作中并未将台湾、香港和澳门等中国空域包括进去，自然也就会将海外的华文写作，哪怕是非常"中国"的那一类，从学理上排除在外。更重要的问题是，在进行某些文学现象的批评和某个作家作品的评价的时候，当我们的思路和学术论述与"中国"现当代文学和"中国"20世纪文学联系起来之际，"中国"这个概念的空域意义往往就退居其次，而其所代表的意识形态意义会訇然凸显。这体现出讨论对象的具体性与国家民族话语的宏大性之间所具有的巨大悬殊而造成的意义张力。作为文学作家及其作品，即便其地位再突出，与国家、民族等宏大话语之间都无法构成对等的学术关系；但我们的研究者出于某种习惯将这两个地位悬殊的话语联系在一起谈论的时候，巨大的意义张力便开始作用，国家、民族的意义就远远超出了它们的本义，比如说空域意义，种族意义，而获得了意识形态的特别色彩，甚至渗透出意识形态的话语霸权。

金庸的小说创作不过是在传统文化的深厚包装中，展演了现代人的精神体操，想象游戏，充满着娱乐的快意，拉伸着现代汉语文字的弹性及其表现力，试练并满足了文化传统沿袭下的一种阅读习惯，其成功在于一度形成了汉语文学世界的阅读中心和兴奋点，在于巨大的文化市场号召力，在于为当代文化增添了一个饶有魅力又富有歧异的话题。所有这样的建树都应该放置在文学和文化的范畴内加以认知和评价，一旦与"中国"的国家情怀，与"中华"的民族感兴，甚至与"永久"的人类意识结合在一起，就必然面临着怪诞的变形，因为它被注入了本来就担负不起的意义的张力。只要是从"中国"现代文学或"中国"20世纪文学和文化的视角对金庸小说之类的作品进行评价，意义的张力就会出现并引起这种怪诞的变形。所有对金庸武侠文学褒贬过度的评价，无一幸免地都在自觉不自觉地受到这种意义的张力的干扰。

## 三、汉语新文学视角对意义张力的规避

意义的张力会在文学认知和文学评价过程中对研究对象起某种怪异变形的作用,而使用"中国"现代文学之类的强调国族意识的概念,由于其研究对象的具体性与概念中包含的国家民族话语的宏大性之间的巨大空隙,又必然会形成这样的意义张力;何况,在特定时代培养出来的学术思维习惯,更特别容易从国家、民族、未来、永恒等宏大视角看待任何文学与文化现象。因此,面对金庸小说这样的文化特征相当明显、文学品质相当稳定的研究对象,应该设法超越这样的学术思维惯性,避开国族意识的暗示及其可能产生的意义张力。汉语新文学的视角将研究的重心由国族意识自然而然地转移到汉语成就方面,可以有效地实现这样的超越与规避。

汉语新文学是指用汉语写作的所有新文学作品,或者通过汉语运作的所有新文学现象,它最大限度地包含了习惯上表述的中国现当代文学、台港澳文学和海外华文文学的所有内容,并且自然地拆除了横梗其间的人为屏障。汉语新文学概念与其他相关概念相比较,避免了国族概念所预设的政治阈限,避免了由这种政治阈限带来的歧异与纠结,同时更规避了国族意识所必然产生的意义张力对学术评判的干扰。汉语新文学是经过空间拓展的中心概念,它本身并不意味着任何标准和品质,其中心标志是汉语的语言性质和新文学的基本素质。汉语当然不仅仅是语言,它更承载着与之相关的所有汉语文化的全部信息及其意义。当代社会文化学的知识告诉人们,一种社会文化的凝聚力主要体现在同一语言共同体的语言向心力方面,也就是说,语言是连接一定文化心理的基本要素。这就意味着,用汉语阈限原来人们习惯于认知和表述的中国现当代文学,并不会失去汉语所承载的文化信息及其意义表达的权力。其次,新文学是新文学创造者们的概念选择,它带着新文学运动的原始记忆,体现着新文化运动中形成的伟大文学传统的基本脉息。如果说"现代文学"可以而且应该体现这段文学史的时代涵括力,也就是说,必须提示研究者将所有发生于这一"现代"时

期的所有文学现象都涵括在内,就"中国"范围而言,它既包括汉语现代文学,也包括少数民族语种的现代作品,那么,"新文学"在强调与五四新文化运动密切相关的新的文学传统的同时,就可以不必对它所不能负责的其他语种的现代文学担负起学术阐述的责任,因为它毕竟只是汉语新文学,而不是中国现代文学。

在汉语新文学的意义上讲论金庸及其小说,才可以避开国族意识所必然唤起的意义张力,从而在汉语文化的最一般概念范畴分析其价值。金庸武侠小说脱胎于传统武侠文学,带着传统文化的厚度与穿透力,但无论从语言形态还是从文化观念、历史观念和人生观念,都体现出新文学的文化传统和相应魅力。沿袭着武侠文学的市民文化消费的趣味特性,金庸小说在汉语新文学文化市场的拓展方面,以及在对新文学读者的阅读口味的重新开发方面,都建立了不朽的功勋。从这一角度说,刘再复对金庸价值的概括较为容易接受。他说金庸"真正继承并光大了文学剧变时代的本土文学传统;在一个僵硬的意识形态教条无孔不入的时代保持了文学的自由精神;在民族语文北欧化倾向严重侵蚀的情形下创造了不失时代韵味又深具中国风格和气派的白话文……"[1]这是从语言和言语文化,从作家的创作心理和新旧文学传统等高度体现文学规律的内质因素考察和评价金庸小说的较为公允之论,所切中的是汉语白话文和新文学及其传统的关键词。当然,刘再复同样没有意识到汉语新文学作为学术概念在认知和评价金庸作品方面的优势,他依然沿着"20世纪中国文学史"的既定概念评估和阐述金庸,于是仍然避免不了意义张力的干扰和侵袭,将汉语白话文的金庸风格概括为"中国作风"和"中国气派"的崇高品质。这个典型的学术范例表明,诸如"中国现代文学"、"20世纪中国文学"这样的国族意识非常突出的学术概念,在用于具体作家作品等微观对象的评衡与分析之际,必然挥发出对于学术判断特别有害至少有碍的意义张力,从而对作家作品评价出现意识形态化的痕迹。

---

[1] 刘再复:《金庸小说在二十世纪中国文学史上的地位》,《当代作家评论》,1998年第5期。

在汉语新文学意义上研究金庸及其小说,才可能让金庸回到他原来创作这些小说时的心理状态和文化身份,将他还原为一个文人,一个文化人,一个文学阅读机制的成功营构者,一个文化市场的成功开发者。他运用的是汉语,凭借的是新文学的构思体式和新文学的思想文化传统,同时合理地利用了传统文化中极富魅力的因素。他所有的成功和成就都不应在国族意识上作意义扩张,那样的结果势必让他成为时代的文化英雄,当他负起时代文化英雄的盛名的同时,责骂与声讨必然随之而至。遗憾的是,几乎所有精彩的和杰出的金庸研究,包括对金庸小说的褒扬与贬抑,都是在"中国"现代文学或20世纪"中国"文学的概念框架下和历史语境中研究和评价金庸作品,这样的历史感是非常必要的,但国家概念所具有的天然的国族意识,其所酝酿的意义张力会自然地削弱研究与评价的学术理性的色彩,从而使得原本在学理轨道上运行的学术评价演化为意识形态色彩较浓的价值论定。这是造成金庸作品在文化意识形态意义上被过度抬高或被过度贬低的根本原因。

就金庸研究而言,离开了汉语新文学或者类似的视野,就很容易落入国族意识及类似宏大语境对金庸作意义张力的推崇或贬低。在金庸研究中,有些学者确实成功地绕开了"中国"文学的价值定位,但仍难避免在民族语境下作意义张力的推贬。周宁发表于20世纪90年代的论金庸的文章影响较为广泛,原因可能是他的视野比其他论者更为宽阔,他超越了中国的语境而将焦点锁定在金庸与全球华人的关系,他看到了"金庸和以他为代表的武侠小说在当今华人世界拥有了那么广泛的读者",更看到了"每个读者都以个人的形式——阅读来参与这个属于全体华人的民族精神仪式",于是得出了"金庸武侠小说是现代华人共同的神话"这样的结论。[1]既然金庸用幻想构成的武侠世界已经是"一个相对自足的意义世界",再将这个意义世界说成"现代华人共同的神话"就难免夸张。这样的夸张仍然与意义张力的作用有关,而这个意义张力产生于金庸及其小说这样一个具

---

[1] 周宁:《从金庸作品看文化语境中的武侠小说》,《中国社会科学》,1995年第5期。

体的微观对象(无论它拥有多么巨大的读者群,其意义世界是自足的)与世界中华民族这样一个宏大概念之间的巨大落差。

即便不从国族意识及其相关语境出发,也还是比较容易落入意义张力的夸饰或苛责之中。这样的夸饰可能通过将金庸与其他具有宏大话语价值的对象相提并论而造成。鲁迅虽然与金庸同样属于具体的研究对象,但是长期以来他又被视为新文化运作和新文学创作的主要代表人物,成为中国现代文化和文学的标志性符码,在几代中国人的心目中早已经从一个作家演化为一个时代的民族文化英雄,甚至是民族精神的教父;更重要的是,鲁迅以一个非凡的思想家和深刻的社会文明批判家的姿态,为现代中国文坛和文化界贡献了无比丰厚的思想遗产,这些思想遗产长期以来已经积淀为几代中国人离不开的精神资源,他的伟大批判功绩也形成了中国现代文化的一脉重要传统。[1] 正因为鲁迅不仅仅是中国现代文化英雄,更重要的还是中国现代文化的精神资源,是现代文化传统重要一脉的开创者,因而在与其同时及此后的所有其他文化人和文学家中,能够被擢拔出与鲁迅相提并论或构成比较者寥寥无几。同样的道理,由于鲁迅事实上已经进入了现代汉语文化的宏大语境并成为关键词之一,任何一位试图与鲁迅进行比较的研究对象因此都可能受到意义张力的扰动,故而所有的这种比较都可能显得不伦不类。于是,有的研究者将金庸话题与鲁迅联系起来,说"在金庸小说中,存在着无可辩驳的深层次的鲁迅精神的影响","这种影响表现在对英雄人物的塑造,对个性解放要求的追求和对'吃人'文化的批判方面",[2] 虽然言之有理,但仍然存在着意义张力的痕迹,仍然会在人们的学术理解和学术接受方面造成挫折感。

关键是为什么要将金庸与鲁迅联系起来进行评价?这实际上因循的还是20世纪文学大师排名的思路,从整个世纪整个中国整个民族的宏观语境定位金庸及其小说的影响。鲁迅显然无可争议地被视为中国现代文

---

[1] 参见朱寿桐:《孤绝的旗帜——论鲁迅传统及其资源意义》,北京:文化艺术出版社,2005年。
[2] 徐保卫:《金庸小说中的鲁迅维度》,《江苏社会科学》,2000年第3期。

学最杰出的缔造者和领导者,是中国现代文化精神资源的象征,任何一个需要在中国现代文学和文化这一宏大视野中显示地位的对象,自然都需要与鲁迅建立某种学术联系。然而,与宏大语境重要关键词的学术联系必然导致意义张力的冲击,热爱金庸的研究者往往在这种意义张力的作用下反而误了金庸。在文学的百花园中,鲁迅自鲁迅,金庸自金庸,他们用汉语写作新文学,都在各自的轨道上成为汉语新文学的写作典范,实在无须建立某种勉强的学术关系。

正是在这样的意义上,那种坚持将金庸放在通俗文学的范畴内所进行的研究,虽然文学理论观念方面的确不够新潮,但比那种试图消弭雅俗文学之界限,从而把金庸甚至所有武侠小说都放置在雅文学、纯文学的意义上进行评价的方法和思路,似乎更能够维护金庸文学的特性、魅力和价值,学术评估也较容易为人接受。这就要求研究者跳脱中国文学或中华文学的宏大思维框架,从白话文学和新文学建设,也就是汉语新文学的具体视角看取和评论金庸的创作。汉语新文学视角与其相应的概念相一致,有效地祛除了宏大思维的引领、规约和暗示,可以让金庸这样的研究对象在独立价值的语境中展示其普遍意义,在平朴寻常的理论中显示其非凡水准。

由于较为普遍的思维习惯的作用,由于"中国"、"中华"等概念其所指和能指的文化寓意的影响,在中国现当代文学史或20世纪中国文学史的学术平台上研究金庸,都难免受到意义张力的干扰,从而对研究对象产生过度评价的现象。金庸已经是汉语文化阅读圈中最明显地被广为接受的小说家,对他的"棒杀"显然达不到"杀"的结果,但对他的"捧杀"很可能造成"捧坏"的情形。许多对金庸及其作品过度指责的言论其实就来自于对其意义过度拔高的反弹。有鉴于此,需要引入汉语新文学或类似的学术平台,免除国族意识的激发与暗示机制,避免不必要的意义张力的负面影响,让金庸研究和金庸小说的评价回到学术理性的格局。可以想象,这种规避了意义张力侵扰的研究对于金庸及其小说,不仅相当有益,而且相当缺乏。

汉语新文学天然地包含着文学传统和文化传统的成分,强调中国新文学传统的巨大辐射力、穿透力和影响力,但是,它的定义所面对的是其他语种的文学,是在世界性意义上对自身语言文化品格及其魅力的肯定。在这一意义上说,金庸本人对其文学的理解,乃是基于汉语新文学的概念而不是基于中国现代文学的概念。在那篇备受争议甚至因为语焉不详而令其蒙羞的讲话中,金庸所重视的正是在与世界其他语种文学相对意义上的汉语新文学:"中国近代新文学的小说,其实是和中国的文学传统相当脱节的,很难说是中国小说,无论是巴金、茅盾或鲁迅所写的,其实都是用中文写的外国小说。"他坚信,相对于"用汉字写外国的句子与文章","最好用真正的汉语来写中国的文学作品"。[1] 这样的说法当然过于夸张,不够公允,但他着眼于汉语文学建设,将汉语文学置于与外国语文学相比较的意义上强调其汉语语言特性,以及相应的传统凸显,这样的意图相当明确,态度也相当恳切。虽然他对中国文学传统的理解也显得较为片面,认为"武侠小说才是中国形式的小说",包括他自己创作的现代武侠小说"继承了中国小说的传统",但他关注的毕竟是"用真正的汉语"写的小说,思维的中心乃在于与外国语小说的区别中凸现汉语小说自身的魅力。

　　用语的不够准确并不能成为其从汉语文学而且是汉语新文学的立场界定、审视和评价小说的正当性的理由。当他将现代著名作家的小说称为"外国小说"的时候,他自己对"外国小说"的概念显然相当模糊,完全没有进行学术界定的意识。这时候,他心目中的中国小说或者汉语小说就需要在语言表述和文化传统方面与外国文风影响下的小说划清界限。他理解的中国文学传统也相当片面,实际上,当他将他所深陷其中的汉语文学表述为中国小说或中国传统影响下的小说,并且与他含糊其辞地称为"外国小说"的作品进行比照的时候,他也像他的批判者一样受到了意义张力的符咒的作用,错误地担负起了他其实无力承担的历史责任和意识形态责任。

---

[1] 金庸:《中国历史大势》,第46页,第58页,长沙:湖南大学出版社,2000年。

显然，金庸的直觉是准确的，虽然他的理论表述大有问题。从汉语文学与外语文学的比照意义而言，武侠文学所具有的传统根系更深更密，汉语承载的公案小说、武侠文学确实最具有中国特色并且与外国语言文学的同类作品比起来其民族文化特色也最清晰。但金庸说"武侠小说才是中国形式的小说"，似乎只有武侠小说才继承了中国小说的传统，这就失之于片面和夸张。他应该将他强调的中心词始终表述为汉语小说，避开"中国小说"的表述，而且也力求避免将文学传统表述为中国的文化传统和文学传统，只仅仅理解为汉语小说的传统，则他这一番关于现代小说与武侠文学关系的论述应该说并无明显不妥。从中人们应能看出，他所致力于建构的只不过是汉语小说自身的特征与风格，而不是对国族文化传统全面负责的"中国文学"的作风与气派。

如果将金庸的文学理念在如此意义上进行展析，则能断定在汉语新文学和汉语小说的概念平台上研究金庸最为合适。汉语新文学视角之于金庸及其小说的研究因而获得了较大的学术空间和发展可能性。

从汉语新文学的视角研究金庸及其小说，能够有效地避免将具体的研究对象与国家、民族等宏大概念直接联系起来的思维方式和表述方式，从而也有效地避免这样的思维方式和表述方式所天然地带来的意义张力对学术表述的影响。与此同时，研究者的思路会很自然地调适到与金庸的观察点相接近的学术焦点之上，那就是在相对于外国语文学的意义上去看武侠文学的特性和价值。当人们将武侠文学和金庸小说放在与外国语文学相对的意义上进行考察的时候，人们一般不会再去计较它们与所谓精英文学或者纯文学、雅文学之间的复杂关系，甚至不会在历史的纵向发展面上过多地纠缠文学的雅与俗的问题。

从对研究对象进行学术分析的理论角度来看，区分文学的雅与俗，不仅十分必要，而且也相当有效。严家炎虽然一贯高评金庸小说的创作成就，但他从来都趋向于从雅与俗相对应的意义理解金庸及其小说，只不过认为金庸的创作"超越了"雅俗文学的一般传统，达到了"雅俗共赏的理想境界",而文学的雅俗对峙则是基本的文化格局,甚至是文学发展的内在动力。[1] 于是,比起那种为了抬高金庸及其武侠文学地位,矢口否认文学雅、俗区分的可能性和必要性,甚至有意贬雅文学而褒俗文学的偏激倾向来,显然更富有学术理性的精神。另一方面,雅俗文学都是在十分相对的意义上分别言说并且仍然难以说清楚的对象,两者之间的区分很难有清晰的理论厘定。因此,那种关于泯却雅俗之争甚至模糊雅俗之分的学术呼唤也不是没有道理,当雅俗之争或雅俗之分退隐之后,金庸这样的文学其文学史地位的取得就会顺理成章,同时更容易贴近文学历史的真实。

诚如严家炎所清晰地指出的那样,既然"20世纪中国文学"中充满着雅俗对峙的情形,甚至这样的对峙成为文学发展的内在动力,那么,从20世纪中国文学和中国现代文学的视角进行具体的写作现象研究,往往就很难绕开雅俗之争或雅俗之分的问题。只有从面对世界文学以及外国语文学的汉语新文学出发,才可能真正将汉语所写的白话文学当作一个整体来对待,而不是先分出它们的雅俗品性,金庸研究和整个现代文学研究才可能淡忘甚至免除文学的雅俗计较。特别是面对其他语种的文学,雅俗的计较常常成为不可能。林纾在清末翻译的外国小说较多地属于通俗文学,但他在哺育和影响一代中国现代文学家的过程中,人们并没有将这些作品当作通俗文学。汉语小说和汉语新文学在面对外国语文学的时候,也自然无需一定在内部先分辨出雅俗类别来。也正是在这样的意义上,金庸关于用汉语写作中国小说的论述显得特别难能可贵。

从汉语新文学的视角看金庸小说,会有更加充足的理由让人们认知这代表着一种经典的完成。金庸的武侠小说具有深厚的传统文化根底,所传达的是汉语小说语言的精湛和叙事的特性。它所用的语言基本蜕脱了传统文言小说甚至旧体白话小说的痕迹,以异常的纯熟和精美,成功地参与了现代汉语白话文的规范建构。它塑造的人物以其全部的生动性显示出

---

[1] 严家炎:《文学的雅俗对峙与金庸的历史地位》,《西南师范大学学报》(人文社会科学版),2004年第5期。

汉语表现力的强健有力,它叙述的故事演绎着汉语文化世界的深秘幽微和非同凡响。同时它的思想精神又充盈着现代气息,即便是在类似神话的世界也带有"人的文学"的浓厚色彩。因此,仅用小说作为典型的汉语新文学创作,是汉语新文学创作中足以与世界其他语言文学进行对话甚至进行竞争的文学典范。

在这样的描述中,每一个方面都可以展开丰富而详密的论证,都可以通向切实而精审的研究。金庸及其小说研究在汉语新文学的概念平台上有许多待写的文章,因而也就意味着有非常广阔的学术可能性。在汉语新文学的学术世界,人们可以解除强加给金庸及其作品的意义张力的束缚与缠饰,可以在真正面对世界文学的意义上直面金庸作品的"地方色彩"和汉语品性,可以领悟到汉语小说对世界文学作出自己贡献的另一种可能性,从而在一种新的视点上进一步理解中国文学之于世界文学的关系。

金　庸

除此以外,尚需要考察金庸在整个汉语新文学范畴内的文学影响,也需要考察汉语新文学世界中金庸创作所起到的凝聚作用和整合功能。如果说金庸不是中国现代文学语境中最方便的话题,则一定是汉语新文学语境中最合适的话题。

第六编

多元与和谐

# 第十五章
# 多元文化格局中的文学文化

20世纪90年代以后,中国文学的整个格局运作方式、内部结构都发生了很大变化。20多年来,呈现在当代文学史上的文学作品样态,体现在当代文化史上的文学运作模态,浮现在当代读者和观众眼目中的文学艺术形态,总的来说,就是出现在当代社会景观中的文学文化姿态,与以前已经完全不一样了。自从新一轮改革开放重新启动,市场经济的建设在中国全面展开,文学已由一种意识形态和艺术形态转化为文化形态。

## 一、文学的文化读解成为时代趋势

历史将会记住"九二之春",时间锁定在1992年1月18日至2月21日之间,一个不平凡的政治老人到祖国南部各地考察,发表了一系列讲话,在国内外政治形势复杂,经济形势也相当严峻的关头,重申了坚定不移地坚持改革开放大方向的大政方针,批判了党内以反对"和平演变"为中心的一些糊涂认识,表明了以经济建设为中心的价值立场,并对遇到什么事情就问"姓社姓资"的现象进行了严厉批判。此举有力地击退了"左"倾思想抬头迹象。这一重大历史事件既捍卫了党的改革开放成果及相关路线,又开启了进一步深化改革,进一步扩大开放的新时代航程。这是一个伟大的历史转折点,也是当代文化进入多元发展时代的历史契机。

贾平凹的长篇小说《废都》作为文学文化这一多元发展时代的重要标志,其运作和命运值得赋予足够的历史关注与学术关注。有评论家事后这样评价这个作品:"《废都》的销量如此之大,影响如此之广,引发的争论如此之剧,这可能是上个世纪末最大的文学事件。"[1]以那时文坛为核心的整个文化界对这个作品产生了剧烈的反应。不过这反应不再是像历史上曾有过的那样,一味地批判声讨,而是呈现出难得的多元化的文化反应。这种反应的多元化,在贾平凹自己的表述中便很清楚:《废都》"它带给我个人的灾难是最多的,也因为它,扩大了我的读者群。比起畅销书作家,我更希望成为长销书作家,喜欢我作品的人说好得不得了,不喜欢的人骂得一塌糊涂"[2]。

这部小说应该是贾平凹本人,也是当代小说界和文学界试图脱离意识形态的缠绕、束缚,把小说写得真正像"小说"的大胆尝试的成果。从新文学诞生以来,我们的小说一直被赋予表现和承载意识形态的意义,即便是早期的"为人生"的创作,也仍然要有这一类承担,这样的承担赢得了历史的充分认可以及后人的跨时代敬意,由此形成了一个巨大的传统,形成了一定文化的定势。20世纪80年代末到90年代初,时代环境和政治气氛的转换造成了一定的文化空间,让文学家有可能疏离于表现某种意识形态甚至是承受人生道义,让自己的创作进入有些纯粹的小说写作活动之中。贾平凹这样做了,贡献出了那个注定不可能美轮美奂的《废都》。这部小说刻画了文人庄之蝶与一群女人的情性交往,穿插着文化界与商界、官场之间的苟且交接,在一种颓唐、庸碌、慵懒的气氛中展现了当代都市生活的细腻与繁杂,在将人情还给故事,将复杂的人物关系还给小说方面,确实回归了纯粹小说的写作道路。如果这样的创作得到鼓励,则当代文坛会兴起某种值得珍视的小说文化:疏离了时代,疏离了教化与批判,疏离了意识形态的纯然的市井情趣展露。也正是在这样的历史语境和文化可能性中,王蒙敏

---

[1] 陈晓明:《本土、文化与阉割美学——评从〈废都〉到〈秦腔〉的贾平凹》,《当代作家评论》,2006年第3期。
[2] 刘玮:《贾平凹:〈废都〉带给我灾难和读者》,《新京报》,2008年12月10日。

锐地勘破了王朔的小说文化和文学深心:"躲避崇高"![1]

他没有彻底说破,但他清晰地意识到了,那个时代的小说文化便是对于纯粹小说倾向的善睐甚至向往。小说可以在超越时空的市井生活中自由地编织情节的穿梭,可以管更可以不管它的时代背景或地域背景,就像《红楼梦》有意打乱明朝与清朝的时代界限,有意混淆金陵与北京的地域分别一样;小说可以沉寂在街谈巷议的事件和故事之中,可以无论所需说的内容是否具有意识形态或启蒙教化的意义,就像《金瓶梅》那样,连一般小说免不了的惩恶扬善之类的精神表达都显得没精打采,缺乏兴致;小说可以在趣味中展示性情、心灵、欲望或者就是性,可以进行道德的包装,也可以不作任何情绪的美化,就像《恰泰莱夫人的情人》等作品所显示的那样。这时候小说就是小说,至少这样的小说也是小说。在那个时代的有限空间,这样的文学探索最有可能,虽然并不见得最为安全。贾平凹超越了王朔,他的《废都》在那个短暂的政治时代罅隙中体现着"非常中国非常当代",甚至在小说文化方面体现着最中国最当代的气宇与素质。

有人从"文学性"的深奥处审视这个作品,发现"《废都》并不是一部多么差的文学作品",认定它"与那段历史紧紧地粘附在一起",而且这才是它的全部"意义",正好误解了小说的真正"意义"。但即便是带着这样的误解与歧见,包括被北京市新闻出版局图书出版管理处根据国家新闻出版署的意见,将其定义为"格调低下,夹杂色情描写"并予以查禁,[2]对于这部作品的批评仍然出现了走向多元文化时代的某种态势与迹象。

这是一个令人难堪的悖论:追寻文学化之路和纯小说之效的《废都》偏偏让哪怕是爱之切者都理解为是一种文化的文本,而且还非常"大度"地原谅了它作为文学的缺陷,认为"并不是一部多么差的文学作品"。那个时代确实有拼命悖离文学、疏离小说的小说作品,并且形成了一种风气,这种风气被王干别出心裁地称为"枪毙小说"现象,[3]然而这不应包括贾平凹,尤

---

[1] 王蒙:《躲避崇高》,《读书》,1993年第1期。
[2] 《老编辑披露废都遭禁内幕:一夜间天堂变地狱》,《青年周末》,2009年8月7日。
[3] 王干:《枪毙小说——鲁羊存在的可能》,《钟山》,1993年第4期。

其不能指涉《废都》。贾平凹在某种痛苦甚至绝望的文学之路上彳亍前行的时候,他还是想用自己的方法为文学、为小说探索一条可以回家的路,尽管那个家依然幽暗、压抑甚至淫乱。

但这似乎又是《废都》必须付出的代价:被人们误解、误读、误批,而且毫无还手之能,因为所有的误解、误读和误批都有成片成立着的道理。即便是贾平凹后来的作品,如被他强行列为自己三部曲中的《秦腔》,其实都缴械了小说的主要装备,而心甘情愿地行走在文化的轨道上。他同时代的朋友都不可能因为这种过于固执和过于单纯的小说坚守和文学情怀而招致同样强度和烈度的误解、误读与误批,例如差不多前后出版《白鹿原》的陈忠实,出版《酒国》与《丰乳肥臀》的莫言,后两位的意义承当甚为明显,文化韵味的追索溢于言表,而且对小说文体和小说构思的创新型设计充满着文化的深心甚至社会学、心理学意义上的精心。他们与贾平凹不同,非常适合也非常需要时代文学的文化读解。

## 二、文学文化时代的多元背景

无论是读者还是作者,无论是社会还是文学界,人们已经比以往任何时候更习惯于将文学当作多元文化中的一员,而且不是特殊的一员:人们已经习惯于不去太多地计较文学家的创作所体现的文学素质,更不用说文学之外的思想素质和人生救赎的功能,便是连文学创作的一般文学性,如刻画了什么形象,表达了怎样的审美理想,如何进行了文学开拓等等,都不再去详加推究,倍加关注。与这些文学因素相比较,人们可能更多地关注创作背后的文化运作情形,包括媒体和出版人在其中如何进行宣传推动,网络媒体等等如何提高对作品的点击率等等,其实也包括文学的阅读行为。温儒敏之所以倡导以"文学生活"来取代或者丰富一般的文学阅读,实际上就是考虑到了这样一种现实:文学的行为已经更多地体现为一种文化行为:"从'文学生活'的调查研究入手,把作品的生产、传播,特别是把普通读者的反应纳入研究范围,让文学研究更完整、全面,也更有活力。这样的研究做好了,可以为文化政策的实施提供参照,又为学科建设拓展了新生面"。[1] 这样的现象表明,当代文学更多地显现为文化素质而不是文学素质。

从文学接受、文学影响这一环节而言,学术界不再像以前那样简单地关注文学阅读,而是多角度、全方位地关注立体的、鲜活的"文学生活";即便对于文学家个体,也不再满足于关注他们的创作情形和创作过程,而更多地关注于他们的"文学存在":"所谓文学存在,是指这样一种对象的历史性和现实性的肯定:他属于文学行为的独特主体,经常同时也是文学创作的突出主体,不过这一文学主体早已超越文学作品甚至文学写作,他成为一种无法绕过的社会现象,也就是说,作为一个综合性的社会存在,为文学内外的世界所关注、所讨论,由此甚至延展为一种有价值的文化现象。"[2] 关注文学的文化品性和文化素质,而不再以文学作品的艺术性、审美性等等要求文学,恰好是当代文化走向多元,并且社会和读书界能够以大文化的心态包容这种多元性的结果。

文学已经到了文化的时代,应该说我们现在所处的时代是文学的现象最适合进行文化研究的时候。20 世纪 80 年代中期,中国土地上兴起了文化热,从学理上养成了把文学视为文化形态的习惯。这样的认知习惯、欣赏习惯和评论习惯使得人们对文学作品的把握首先从文化价值和文化意义切入,任何产生卓越影响的作品其实首先都不是因为它文学水平、审美价值高,而是因为它承载了某种文化的意义,或焕发出某种文化的力量。这样的一种习惯及其所形成的文化趣尚,纵容、鼓励了王朔式的"痞子文学"和王小波式的狂想小说。人们再也想不到从文学性和审美性的角度审视他们的作品,似乎只要有了文化的内涵,文化的分量,无论是在建构意义上还是在解构意义上,就可以承认它的影响力,就可以论定它的地位。

这种只看文化不计文学的接受与批评形态,反映了特定历史时期中国

---

[1] 温儒敏:《为何要有"文学生活"研究?》,《中华读书报》,2014 年 11 月 5 日。
[2] 朱寿桐:《论王蒙的文学存在》,第 2 页,南京:南京大学出版社,2015 年。

文化充满突破欲望的时代风尚。王朔的作品以他特有的痞类痞型、痞腔痞调,从文化上彻底颠覆了沿用几十年的革命话语,以"一点正经没有"的样态打碎了"假正经"的人生和"革命"气十足的社会话语和"文革"话语,这在那个时代无疑建立了伟大批判的功绩,这样的文化功绩可以让人们忘却了他的小说应该提供和应该建构的小说意味,于是,他的作品可以非常轻松地进入电影的摄制,因为他的小说文体感本来就不强。贾平凹《废都》这样的小说则由于文体感太强,就不容易拍成电影。小说文体感太强,也就是文学意味太浓的作品,都不容易进行其他文体乃至载体的转换,包括电影。为了文化的呈现,为了文化批判,王朔仅仅贡献出了类似于小说的东西,最后呈现出来的是小说的书本还是电影的胶片,其实他并不在乎。王小波的小说创作如《黄金时代》、《白银时代》、《青铜时代》等,也都是对"革命"话语实施了成功的颠覆,不过他比王朔走得更远,王朔躲避崇高,他却在挑战神圣,他以性话语,流里流气、油腔油调地挑战包括"文革"时期在内的革命时代一切显得神圣的价值观。他甚至想将这种亵渎式的构思用于古代人物身上,由此他开创了那个时代既有所忌惮又无可奈何的渎圣文化。

这个时代不仅容忍王朔那种躲避崇高的文化,也一定程度上隐忍了王小波式的亵渎神圣的文化,而对于以下在文化倾向上并不显示冲击力和颠覆力的文化态度,反而并不加以鼓励,如对于贾平凹《废都》所表明的文化态度:躲避了本该躲避的对象,亵渎了本该亵渎的东西;再如对于王蒙那时候的创作所显示的文化态度:陌生地审视自己所坚守的崇高,幽默地调侃自己永不会放弃的神圣。这样的文化态势预示着我们的中国将审慎地走向文化价值多元的局面,将以越来越宽阔的胸襟走入多元发展的文化季节。

中国文化的多元化取向是重新改革开放以后与经济建设为中心的社会发展方向相一致的价值理念的体现,是与市场经济建设与健全的历史运作相吻合的一种文化势态,一定意义上来说也是政治改革受挫以后的一种社会补偿机制作用的结果。

国际形势的影响也是文化多元开放的重要条件。一方面,苏联的解体,东欧的剧变,使得中国必须选择进一步改革开放的道路,政治改革的压力进一步增大,须通过文化多元局面的鼓励加以缓释。另一方面,以美国为中心的资本主义市场实践的强势影响,构成了中国市场化的外在条件,同时也构成了社会主义管理模式、行政模式和法制模式的某种改革压力,这样的压力也同样可以通过文化多元局面的建构予以缓解。

当然,文化多元局面更多地与当代技术科学发展的硬性要求密切相连。历史进入当代发展时期,随着电子工业高速、迅猛的发展,随着信息化时代的快速来临,科学技术作为第一生产力的威力正以前所未有的势头迅猛呈现,并已成为阻挡不了的历史潮流。但在改革开放的推进过程中,我们必须承认,在当代社会发展极为重要的信息化、电子化方面我们并不占据优势,只能采取合适的能够适应世界化的社会运行模式、经济运行模式与国际经济和科技秩序相接轨。来自科学技术与社会管理的前沿模式势必被逐渐接受,于是社会主义经济模式在不断碰撞、探索和尝试中得以改革并重新建立,文化的多元化以及相互间的协调关系在这样的接轨运作中就显得特别重要。

文学文化的多元局面还体现在莫言获奖的新闻效应方面。2012年,莫言以其卓越而富有特色的小说创作获得诺贝尔文学奖。中国文学界,确切地说,应该是包含中国大陆文学、台港澳文学及世界华文文学在内的汉语文学界,长期以来都存有诺贝尔文学奖的某种心结。一定意义上说,诺贝尔奖在不同的历史阶段都成了中国文学文化的一种聚焦方式。2000年,旅法汉语文学家高行健荣获此奖,但由于其特殊的政治背景,这件好事给汉语文学界带来的是尴尬多于兴奋,争议多于欢庆。时隔12年,莫言以独特、丰富且卓有影响力的汉语文学创作重获诺贝尔文学奖,虽然免不了同样会有争议,同样会传出不同的声音,但无疑给整个汉语文学世界带来了一种活性,一种助力,一种兴奋剂,一种定心丸。如果说荣登诺贝尔文学奖授奖殿堂是多少年来汉语文学界的"中国梦",则真正将这个美梦付诸实现的文化英雄是莫言,正是他,实现了属于几辈中国人的光荣与梦想。莫言因此非常自然地成为中国文学文化历史关注与时代关注的焦点。

虽然莫言作品的社会影响力和国际影响力得到了巨大的释放，莫言以他巨大的成功带给汉语文学世界的种种正能量具有长时间的效能。但多元文学观使得人们对这一文化事件的应对相当冷静。相对而言，莫言获奖没有给汉语文化世界带来巨大的冲击性的震动，没有在汉语文学以外的世界形成一般想象中的持久轰动效应。对此，莫言表现出的冷静和理性的态度更加鲜明。2013年4月，莫言在澳洲的中澳文学论坛上表示："再过六个月，新的诺贝尔文学奖得主就会出炉，到那个时候，估计就没人理我了。我期待着。"当然甚至几个"六个月"过去后，莫言仍然是汉语文学世界和汉语文化圈中的热门话题，但莫言如此淡定和理性的态度，显然与这个时代文学文化的多元参照有很大关系。

## 三、多元文化激励下的文学个人化

多元文化的时代格局鼓励了文学文化，使得文学文化在个人化创作与运作的意义上取得了相对的自由。文学早已不再是万众聚焦的对象，而是社会多元文化的一种形态；人们的社会思考、文化思考，都不再指望通过文学创作和运作的权威模式加以实现，文学作为一种文化形态在社会生活中面临着迅速边缘化的命运，造成了文学创作和文学运作高度个人化的文化格局，同时也造成了今天我们所能理解和熟悉的文学生存状态和发展模态。

当文学的接受度主要由文化市场决定，这样的社会运行模式体现了市场经济的基本规律，同时，这样的市场规律也就必然刺激起文学个人化的热情。

这是一个各种文体、各种载体、各种媒体都能够在文学层面取得和谐发展的多元共生的文化时代。传统的文学文体已经很自然地完成了相互间的共融与通联，小说、戏剧与电影、电视之间的文体关联与共融已经成为一种文学发展的常态，各种文体之间的自由交和，或者各种文体与不同载体、媒体的混合，产生了许多新的文体、新的载体和媒体文学，直令人目不暇接。新人文主义时期所强调的文学的纯粹，反对型类的混杂的理论，在这种多元文化的态势下被彻底毁弃。电视散文、电影小说、散文诗、纪实小说、诗小说、行为艺术戏剧、小说剧等等型类混杂的艺术形式层出不穷。在当代的文化条件下,一个有影响的小说作品即便是不被改编成电视剧或电影,也有机会在电视和电影的某种媒体形势中呈现出另外的艺术样态。网络文学、手机文学、微信文学等媒体文学的发展都给文坛的面目带来了巨大变化。

在市场文化的笼罩下,各种"主义"的文学倾向越来越显得淡薄,互相之间呈现和谐包容的态势,再也不会重演各流派之间相互倾轧、相互排斥的现象。当文化的评判笼罩在文学的美学的批评之上,无论是读者还是评论者,不再纠缠于判断文学性的是与非、正确与错误,文学的影响力简单地由作品的销量和点击率来评判,这虽然有些粗俗,有些世俗功利化,但它毕竟让文学评价跳脱了那种以"主义"、倾向定是否和好坏的怪圈,这是文学返回到自身,返回到个人化、个性化的文化前提。于是,如果说改革开放之初人们还对荒诞派戏剧写作、意识流小说写作、象征派和现代派诗歌写作提出种种质疑甚至发出喊打喊杀的声音,则到了重新改革开放的历史时期,人们已经能够大致放弃这种是非判断、好坏判断的思维模式,对于哪怕是庸俗无聊的下半身写作、后现代写作等等,都能够投放宽厚的胸襟,能够显现包容的心态,而较为放心地让市场去选择,让人们的文化良心去判别。在网络文学的载体形式中,情感粗糙、水平低下的文学作品遍地都是,诸如"梨花体"和"羊羔体"等等层出不穷;看上去较为低俗的写作现象时或可见,余秀华的网络诗作《穿越大半个中国去睡你》便是典型代表,还有那种抒发消极、慵懒的情绪的诗作也很容易走红,如李元胜的《我想和你虚度时光》在网络上受到热捧。但现在文坛管理者以及文学接受者对这样的现象表现出令人难以置信的耐心和宽容,不仅从未对这样的现象采用任何简单的封杀手段,而且还让其中的有些作品进入文学奖励的序列。这是对于文学市场的一种高度信任,是对网民和文学接受者个体的极大信任,也是对网络时代的文学文化秩序的一种尊重和维护。

网络时代,人们用各种方式在探索文学的市场价值,但终究不会减弱经典文学的魅力。诉诸人们消费时会心一笑的口水诗,可能会走红一时,但它们有个共同的致命的特点,就是经不起模仿,也难以自我重复。它一出现就会变成滥俗的形态,滥俗的东西则经不起持续的追捧。接受者可以借此在谈笑间做一次文化洗胃的运作,洗胃过后便会产生自然的饥饿感,这种饥饿,对文学的饥饿,将回到对经典文学的渴求之中。文化市场带有不可否认的麻木性,但不会最终颠覆人们向往美、追求美、回归经典的价值取向。

　　文学和文化的多元使得在传统意义上彼此不相容的文学因素,变得相互共融,不再相互排斥。文学文化的宽容互涵使得以往的一切文学界限都呈现出柔性的变异。以往的文学史研究和文学理论总是将通俗文学与精英文学作壁垒森严的区分,然而到了改革开放的时代,文化上的多元格局的建立使得精英文学无论在史学意义还是在理论意义上都逐渐接纳了通俗文学,其标志是金庸昂然走进了包括北京大学在内的中文系课堂,并被请进浙江大学担任并非名义上的文学院院长。张恨水、琼瑶等人的文学创作也顺理成章地走进了文学史的学术叙述。原来层级分明的雅俗文学和小说被处理成彼此互涵的两元和谐。许多习惯上被视为精英文学的创作早已经放下架子,向通俗文学吸收养分。莫言的作品,从一定程度上看也大多走着通俗文学的路子,它们当中既有老舍式的路子,利用民间艺术形式穿插在小说的叙述之中,同时也有莫言自己的路子,那就是纯粹借用通俗小说的人物设计法和故事构成法,在某种荒诞性的猎奇叙事中展示引人入胜的情节和不可思议的突转,正像《生死疲劳》等作品所展示的那样。

　　在传统的政治文化处于支配地位的形势下,文学被人为地分层级、分等次,被分为正宗和非正宗,分为纯文学与通俗文学。但市场化兴起以后,文学的这种层级之分就显得不再理直气壮。各种文学作品都可以如此平等地站在同一个载体平台上接受市场的选择,所有的文学形态都可以在同一个平面上面对市场文化,不仅通俗文学与精英文学的分别显得越来越有些无聊,先锋派的文学和守旧派的文学之间的鸿沟也显得并不重要。旧体诗文在这一时代的格外流行和格外繁盛,其实与这种多元化、市场化的文化观念有关。

市场文化占主导地位,使得不同的文学之元呈现出相互融合与和谐发展的态势。这还包括官方文学与民间文学的互相补充。民间文学或一般的文学写作不再被强行赋予历史责任感和社会使命感的重任,而可以完全进入个人化的写作状态,与此相对的官方文学,则以各种"工程"的形式承担起党和政府的宣传性写作。从中央到地方各级党的宣传部门执行的"五个一工程"便负责生产这种典型的官方文学。这一工程实施了许多年,尽管从阅读和接受的角度来看似乎并没有营造出非常醒目的文学标志,但它对于文学文化多元化的激励和扶持作用相当明显,影响也必定深远。

当前文学多元、文化多元的最显著的标志,又是对新文化以来个性主义写作的鼓励与维护。在新文学发动之初,民主主义、个性主义的各种元素都个个具备。但由于革命和斗争的时代主题迅速占据支配地位,政治文化笼罩着文学领域,个性主义、个人主义便在没有得到充分发展的前提下遭遇到被反思与批判的命运。当代社会的发展以市场文化、经济文化为主导,个性主义重新得到鼓励,个人主义得到了充分、有力的倡导与发展。这同样吁求文学的反应。贾平凹应该说是这方面的先知先觉者,他的《废都》的意义就在于,疏离时代疏离政治疏离历史责任等等,走向个人以及个人对文学对小说的理解。莫言从《红高粱》、《天堂蒜薹之歌》写作的价值承担和民族集体正义宣泄中也慢慢走出,将个人主义有风格化的理解转化为价值观的表述,通过《酒国》、《丰乳肥臀》等作品实现了写作向个人化的回归。连王蒙这位正统的体制内的作家领袖,也通过"季节"化的抒写,通过《这边风景》,特别是通过《闷与狂》的发泄,走向了个我的心理和情感体验,个性的张扬和自我的发泄,以此实现了他在耄耋之年写作兴奋点的激发与寻找,以此实施了政治文化的突围。这里他的小说的价值就在于对社会历史的个我化的透视,他的文字最鲜活的存在就是在社会的穿越中显示自我的角色与心理深层发现的快感,并且在诉说社会、历史故事的过程中显示出潇洒与自由。

这样的个我化写作是保证这个时代的文学呈现出文化多元格局的关键。所有的民族化写作、地域化写作、性别书写等等,都应该呈现这种个我化写作的文化特性,任何风格意义和构思方略上的趋同化都会为当代文学文化的多元格局带来损害。民族写作的有价值的部分,不是具有民族共性的民族风情展示,而是对这种民族文化充分个我化的体现和透视。少数民族作家把自己对这个民族文化体验的快感展现出来,就可能构成成功的个人化写作。民族作家的个我体现和个我写作应该得到充分的鼓励,于是不能鼓励后一个藏族作家成为另一个风格意义上的阿来。

个性化写作还关涉地域文化历史的个我化的体验。一个作家的地域性写作绝不是写出这个地方的风情,甚至也不是写出它的文化,而是要写出自己对这种风情和文化的个人体验,正像莫言从一个莫须有的"高密东北乡"得到的生命体验和个性狂欢那样。任何别的作家都不可能从当地文化中品咂出然后玩味出莫言的风情与文化。同是河南的作家,阎连科与刘震云的差异甚至需要同时使用黄河与长江两个水系才能将其分割开来。

个性化写作也以这样的姿态进入了敏感的性别书写。"身体写作"概括使得陈染、林白、卫慧们从一开始就在极其私密、极其个人化的意义上打开自己的书页,她们永远不可能写一种被称作女性的群体,而是热衷于写作这一个身体被自己打开以后的体验与快感。从这样的意义上说,称其为身体写作要比称之为女性写作更为靠谱。

从世纪末到世纪初,中国文学在多元文化的格局中充分显示了个人化和个性化的写作经验以及由此构成的个我狂欢。世纪末和世纪初的文学家常常都以单个的形象出现在文学谱系之中,而不是像改革开放时期他们往往以一个个组合的形象群体出现在文坛上。这样的出场和存在方式也鲜明地呈现出两个时代文学文化的殊异之处。

# 第十六章
# 诺奖效应与汉语文学的文化意义

　　一个国家,一个时代的典范作家,对于评论者和一般读者而言,其意义不仅体现在他的文学创作方面,而是立体地体现在他的所有写作方面,体现在他的所有行为方面,体现在他作为社会人的存在的方方面面。当历史选定了莫言作为这个国度在这个时代的一个典范作家,他的几乎所有作为以及与这种作为相关的一切方面,都注入了文学存在的命意,或者,都具有了文学存在的意义。

　　在汉语新文学世界,莫言的文学存在具有十分重要的意义。

　　这是从文学社会学范畴论述莫言这样的典范性作家的一种思路,也是一定范围内典范作家判断的一种学术范式。在社会领域中,一定的存在总是代表一定的意义,而且对于社会认知和社会评价系统而言,一定的存在其所代表的意义往往趋于单一性。鲁迅做过许多学术研究工作,还从事过包括左联在内的社团活动,然而他被历史认知和文化评价的社会存在则往往体现为趋于单一性的文学意义,也便是文学存在。类似的典范性作家还有王蒙,他做过教师,当过政府高级干部,然而作为历史认知的对象,作为更大范围和更为普遍的社会评价对象,王蒙毫无疑问被理解为一种文学存在。作为这个时代的典范作家,莫言的文化命运同样被注定:在历史认知和社会评价方面,他注定属于能够代表这个国家和时代的文学存在。

## 一、社会拥有—文学存在

作家的主要事功当然是创作，作品永远是作家文坛地位乃至社会地位的评定依据。莫言的巨大声誉和影响力毫无疑问主要来自于他出类拔萃的文学创作特别是小说创作。他用一部部充沛着思想深度和历史内涵，更充沛着丰富情节和奇异构思的长篇小说，构筑起当代文学醒目而独特的一脉灿烂风景，使得他的文学影响大大超越了文学世界而进入广泛的社会生活领域。

一个伟大的作家不仅仅是一个文艺的创作者，他还须有多方面社会责任和文化责任的承担。一个艺术家充满艺匠和天才的创作可能与他的欣赏者关系更为直接，而一个典范性的作家其作品往往被赋予时代精神和民族品格的象征意义，因而有时候负载着难以承受之重，然而同时也就说明了为什么作家的地位较之一般的艺术家更为崇高。在文化史上，作家的地位之所以崇高，至少高过其他艺术创作者，就是因为在这特殊的精神创造领域，在这集结着尽可能深刻的思想和丰沛的情感的艺术创造中，作家的社会承担和文化责任往往更为凸显，更加突出。有资料表明，"人类灵魂的工程师"最初是斯大林送给作家的称号，后来被加里宁演化为对教师的赞誉，但却很少被引向对艺术家的称颂和期许。同样进行艺术创作，作家被赋予的地位和社会期许一般会高于美术家、音乐家。这其中有许多原因，但作家的文学写作一般更容易被赋予更多更深的超越于艺术和技术的思想意义，应该是这种习惯性社会评价的一个重要原因。

这是一种与"社会拥有"相关的文学社会学现象。如果说作家和文学作品是一种特殊的社会存在，那么，对于整个社会而言，典范性的有巨大影响的作家以及它们出类拔萃的作品一经形成便成为社会的共同精神财富，为社会所关注，成为社会所拥有的一种文学存在。当然，并不是所有的文学艺术家及其作品都能够上升到社会拥有的文化层次，一定是那些能够被社会文化优选为代表一个时代的典范性作家及其具有历史性和审美标志性的作品才能成为这种意义上的社会拥有的对象。这样的判断并不适合于一般的文学创作者,但非常适用于莫言这样的时代文学的代表人物。莫言作为这个时代的典范性作家,获诺贝尔文学奖所引起的公众狂欢效应持续良久,其社会关注度远远超出一个创作者之应能获致。在社会的一般认知中,文学与其他艺术类型相比较,更具有心灵和精神领域的良师益友的文化效应,以至于杰出的文学作品并不意味着为其真正的读者所具有,它们实际上与几乎每一个社会成员都有关。莫言及其作品事实上成了社会拥有的当然对象,而不仅仅是一般的文学阅读效应。

莫言作品作为文学存在所具有的社会拥有意义,为人们思考杰出的文学作品和即便是同样杰出的艺术品之间的社会地位差异性提供了理论参照,前者所具有的社会关注度以及社会意义总会明显超出后者。哪怕是价值连城的艺术品,一般都有明确的拥有者或藏家,只有在海关条例或文物法的意义上才象征性地为国家所有,正常情况下一般社会人不会对这些艺术品产生一种自然的关联感。但以杰出的文学作品为代表的高层次精神产品及其创作者,却在社会观感和文化属性意义上具有普遍的社会相关性,因为在习惯上这些杰出作品不仅凝聚着杰出作家个人化的思维结晶和审美创造,而且也体现着一定时代具有代表性的精神收获,甚至成为一定时代精神文化的卓越代表,因而即使不是在文学教化的意义上,作为杰出的精神创造体和相应创作品的作家与作品也很容易成为社会拥有的对象。

杰出的文学作品之所以比其他艺术品更容易成为社会拥有对象,是因为以语言文字承载的文学作品精神内涵或思想容量最深密、最复杂。文学的表现由于所借以承载的是一般工具的语言文字,而不是特殊工具的色彩或音符;色彩或音符的使用需要技术性的培训和历练,而一般工具的语言文字不需要技术性因素的参与,这样,其表现思想情感或精神内涵的自由度就相对较高,不像其他艺术需要通过特殊工具运用色彩和音符等等技术含量较高的载体进行艺术表现,相对而言,这样的表现与文学表现相比就失去了很多自由度。显然,作品的思想容量或精神含量与艺术表现的自由度成正比,承载和表述工具越简单,艺术创作的自由度就越高,因而文学作品所可能寓含的思想、精神和情绪往往明显超过其他艺术门类。在其他艺术门类中，建筑的承载材料和表现工具最为复杂、特殊，艺术表现的自由度会严重受限，因而建筑艺术所寓含的思想、精神因素就最为单薄，一般建筑艺术作品的精神阐释往往一两句话就可以完成；其次是雕塑，所需承载材料和表现工具也相当复杂，表现的自由度也很小，其作品所寓含的思想、精神因素也相对薄弱，对它的阐解往往可以用一个句群或一个不超过一页的文字段落来完成。相对于建筑和雕塑而言，绘画所需承载材料和表现工具较为简单，艺术表现的自由度相对提高，艺术的表现力也同样增加，其作品所寓含的思想、精神因素同样得到增强与提高，对于一幅成功画作的解读往往需要一篇两三千字的文章。当然这样的精神含量都无法与文学相比。由于文学创作承载的是语言文字，在艺术构思与文学创作中，对于语言文字这种一般工具的使用不包含任何技术因素，因而艺术表现的自由度最高，文学的表现力是那么直接，因而哪怕是篇幅有限的文学作品所包含的精神和思想容涵在外在篇幅上也常常大大超过其自身。全篇只有20个字的《静夜思》其思想和精神容量大可以写成两万字的长文。更何况，文学创作还有篇幅上无限延展的自由，似乎并不明显受到规定和限制的各类鸿篇巨制层出不穷，这是长期以来引人入胜的世界文学景观。

　　一个作家的写作自由度是其作品寓含较大思想深度和精神能量的必要条件，这种自由度不仅体现在承载方式和使用工具的简单灵便，而且体现在体裁选择和写作方式的复杂多样。一般来说，杰出的作家很少局限于一两种体裁的写作，他最擅长的或许是诗歌或者小说，但当他意识到自己已经成为社会拥有的当然对象，他的作品必须倾注更多的思想和精神内涵，这时他对于社会、人生乃至政治、文化等等也就同时升腾起一种批评的责任，这样的批评属于社会批评和文明批评的范畴，有时未必一定通过他所熟悉的文体加以展开，甚至不是以文学的笔法进行操作，但这仍然是文学家的写作。因此对于一个典范性作家而言，社会的期待，文坛的期待往往会超越文学创作本身。一个作家赢取社会评价的资本不仅仅限于他的创作成就，他的文明批评和社会批评，他的社会关怀和相关事务，他的文化责任及其积极的承担,都是社会关注和价值审定的当然内容。鲁迅之所以被定位为现代中国思想文化的宗师,现代中国最杰出的文学家,并不仅仅凭《呐喊》、《彷徨》、《野草》、《朝花夕拾》、《故事新编》等在篇幅上较为有限的"创作",而同时与他始终热衷的社会批评和文明批评有很大关系,与他大量有意义有影响力的文化活动乃至社会活动有关,最终,与他所有独特而伟大的社会存在密切相关。

莫言的社会批评、历史批评、文明批评和文化批评主要通过他的创作深刻而强烈地体现出来,由此构成的巨大批判性使得他的作品显示出震撼人心的力量,显示出与众不同的气度,显示出不仅仅属于文学的写作风采。同新中国所有杰出的作家如王蒙一样,莫言没有能充分地、直接地展露出鲁迅式的社会批评和文明批评的笔锋,因而他在文学领域批评本体的写作并不突出。但其作品的巨大批判性使得他在批评本体意义上并不缺席,他的小说对国民劣根性深度的挖掘及广度的揭示,可以列为一个世纪以来最痛楚的民族痼疾的呻吟。在他的文学世界,随处都能领略情感天地、悲泣鬼神的伟岸人格,同时也随处都能体验宵小之众、卑鄙之群的社会沉滓,诚如他在《红高粱》中对自己家乡的描述:"高密东北乡无疑是地球上最美丽最丑陋、最超脱最世俗、最圣洁最龌龊、最英雄好汉最王八蛋、最能喝酒最能爱的地方。"他的高密东北乡就是华夏万里图的缩影,他的红高粱伟岸和卑劣并存的意象,他对红高粱敬仰与批判齐施的笔意,在《丰乳肥臀》、《天堂蒜薹之歌》、《檀香刑》、《蛙》、《生死疲劳》等作品中都普遍存在着,而且展演得更生动,表现得更浓烈,使用得更自然更潇洒更出神入化。

莫言的文学存在其最实际的意义自然在于他的文学创作。他的文学批评本体和相应的文学行为也主要通过他的创作得以体现。如果说王蒙的文学存在还包含有较多的批评本体和学术本体的文学行为,莫言则是汉语新文学世界文学存在主体中最倚重于创作的特定对象。事实上他还不能像施勒格尔所说的做一个"真正自由"的人,因为他还难以做到像鲁迅那样"能够自己使自己随心所欲地具有哲学或语文学的、批评或诗的、历史或修辞学的旨趣";[1]某种意义上王蒙在朝着这样的境界努力,莫言还无暇进行类似的努力。不过,文学存在是指这样一种对象的历史性和现实性的肯定:他属于文学行为的独特主体,经常同时也是文学创作的突出主体,不过这一文学主体早已超越文学作品甚至文学写作,他成为一种无法绕过的社会现象,也就是说,作为一个综合性的社会存在,为文学内外的世界所关注,所讨论,由此甚至延展为一种有价值的文化现象。莫言的文学存在已然在这里,他所有的文学写作固然是文学行为的结果,不过他即便从事其他的艺术行为甚至社会行为,如他写书法,他进入外事的角色出国访问,他从事各种社会活动等等,这一切都会被汉语文化界以及华人社会理解为是一种文学行为,与莫言这个文学存在个体相关的文学行为,因为莫言作为文学存在个体具有足够强大的能量,使得他的一切行为都理所当然地被人们理解为或联想到是一种文学行为。

拥有文学存在是一个民族文学成熟的标志,文学存在的特定个体可以将文学的因素,文学的作为,文学的现象转化为全社会拥有的资源,这既肯定了一定时代一定语种文学的成熟度和优势,也围绕着特定的文学存在个体让这个时代这个语种的文学进入了社会拥有和民族生活的视野。

于是,作为汉语新文学世界的有特别价值的个体存在,一个真正可以称得上文学存在的对象,莫言的社会文化意义早已超越一个作家、一个写作者的范畴,他凭借着自己的作品,凭借着作品的世界性影响及其对本民族文学和文化的杰出贡献,已经成为汉语新文学向世界文学发言的一个杰出代表,已经成为汉语文化和文学记忆中的一个必要成分和必然现象,他的文学存在已经沉淀为汉语文学史、汉语文化史甚至是汉语社会的一般性知识。文学存在就是这样,他已经或者势必沉淀为一般性的知识,而且是社会对其组成人员所要求了解的那样一种知识。作为知识对象的文学存在意味着,无论你是否从事与文学相关的工作,但你这方面的认知缺席会

---

[1] [德]施勒格尔:《浪漫派风格:施勒格尔批评文集》,李伯杰译,第51页,北京:华夏出版社,2005年。

被认为是一种知识结构上的欠缺。

作为文学存在主体,莫言正在成长为中国当代文化的一个精神资源式的人物。资源的意义正在于他的"存在"。无论是他的信仰者和追随者,还是他的反对者和责疑者,都不得不围绕着他这个巨大的存在而发言。他的影响深入到中国现当代社会的几乎各个层面,各种话题,各色领域,然而人们在讨论他,谈论他,引用他,评价他的时候,首先将他定位为一个文学行为主体。因此,这个重要而巨大的存在是文学存在。文学存在主体向其所在的世界展示着文学创作的核心内涵,文学行为的全部内容,还有就是辐射到文学以外的各方面影响的综合效应。这些综合效应也许与文学无关,而是渗入了其他学术领域,如莫言的文学存在,在中国现代政治学、社会学、心理学、文化学、历史文献学等许多方面引起了并且还将继续引起种种话题。程光炜教授在《文艺争鸣》2015年第5期上发表的关于莫言家世的详细考证,而且可能将是系列化的考证,表明莫言文学存在的意义已经得到了学术的确立与承认。

## 二、莫言与诺贝尔文学奖

中国文学界,确切地说,应该是包含中国大陆文学、台港澳文学及世界华文文学在内的汉语文学界,长期以来都存有诺贝尔文学奖的某种心结。

早在1927年,鲁迅就卷入了中国作家与诺贝尔奖的风波。那年一位喜好文学的瑞典探测学家拟推荐鲁迅和梁启超获诺贝尔文学奖,并请刘半农通过台静农与鲁迅沟通。鲁迅感谢了各方面的好意,然后明确表示:"诺贝尔赏金,梁启超自然不配,我也不配,要拿这钱,还欠努力。"他认为当时的中国"还没有可得诺贝尔赏金的人"[1]。鲁迅当时讲这样的话非常真诚,因为他举到自己翻译的《小约翰》的作者——荷兰作家望·霭覃

---

[1] 鲁迅:《致台静农》(1927年9月25日),《鲁迅书信集》,第162页,北京:人民文学出版社,1976年。

(Frederik van Eeden)就应该获得此奖。他还坦诚地表示,我们中国文学做得还不够,西方世界不能因为我们使用汉语就格外降格以授(奖),这显示出一个伟大的文学家所具有的捍卫汉语文学的尊严,了解汉语文学的弱势,胸怀世界文学的坦荡与毅力。很显然,鲁迅与诺贝尔文学奖的关系并未密切到进入正式提名程序的地步,这一事件的意义在于表明汉语文学界已经关注到诺贝尔文学奖并表示出足够的尊重,表明包括鲁迅在内的中国现代文学家对这个奖项确实非常看重,评价甚高,更表明鲁迅的伟大、真诚与谦逊。至于瑞典文学院诺贝尔文学奖评审人马悦然在2008年至2010年间到处演讲,说鲁迅"拒绝接受"诺贝尔文学奖是一种"谣言",这显然有些夸大其辞,甚至是危言耸听。他说他"查了瑞典文学院的档案之后,肯定地说这只是谣言",显然是他还没弄懂这事情的来龙去脉。既然没有进入正式的提名程序,瑞典文学院的档案里当然查不到任何这方面的信息。

1938年,诺贝尔文学奖授予美国畅销书作家赛珍珠(Pearl S. Buck)。获奖作品《大地》虽以英文写成,并在美国畅销,但它所描写的是中国农村的故事,赛珍珠又在中国长大成人,并以汉语为第一母语,因此人们习惯于将这位美国作家的获奖与诸多的中国因素联系在一起。这也成了汉语文学与诺贝尔文学奖之间的一次无法绕开的渊源。此后,战祸频仍,内乱不断,文学主流立意于社会事功,甚至一度割断与世界文学界的联系,汉语文学获诺贝尔文学奖的事情也就逐渐被人们忘却。有消息说这期间瑞典文学院分别运作过老舍、沈从文获奖事宜,但相关运作的最终结果出现之前都得到了相关作家不幸去世的信息,因而汉语文学在有限的两次机会中与诺贝尔文学奖擦肩而过。在这方面,十数次参与诺贝尔文学奖评审的谢尔·埃斯普马克显得更为实事求是,他公开承认,1968年,中国作家老舍有可能得到诺贝尔文学奖。20世纪60年代,诺贝尔奖评委会一直在考虑颁奖给一些亚洲作家,但激烈的讨论却持续了六七年,在此期间一些作家陆续辞世,其中就包括1966年去世的老舍。又承认在20年后,沈从文曾经成为距离诺贝尔文学奖最近的人。沈从文于1988年5月在北京辞世,距离当年诺贝尔奖评选揭晓仅剩几个月。

也许是沈从文憾未获奖的消息在发酵,20世纪80—90年代之间的中国,汉语文学与诺贝尔文学奖的关系问题再次成为汉语文学世界的讨论热点。评论家们纷纷探讨和分析诺贝尔奖的评审机制,翻译家们在暗暗选择可能的对象,一些作家则在谋篇布局,摩拳擦掌,跃跃欲试地进行努力,一些国外媒体和评论者则在煞有介事地做出各种预言或者发表各种言论,当然还有不少网友参与进来,然而一年又一年的期盼,一年又一年的失望,相当一段时间内,诺贝尔文学奖成为汉语文学世界的一道不说难受、欲说还休的话题,一种包含着焦虑、沮丧甚至有些忿忿不平的情绪,甚至是一个排解不开的心结。

2000年,著名剧作家高行健出人意料地以流亡在异国他乡写出的长篇小说获得诺贝尔文学奖。但高行健当年获此殊荣并没有令中国文学界彻底解开这个心结,因为获奖者本人特殊的政治身份和国际身份,也因为他获奖作品并未得到汉语文学界的广泛承认这一基本事实。这个多少有些尴尬的诺贝尔文学奖[1]并未引起汉语文学界的足够的总体兴奋,其所导致的尴尬具有多重性态。当然,颁授诺贝尔文学奖的主体方同样处理得比较尴尬,他们没有对高行健业已形成巨大影响的戏剧作品授奖,而是将奖项授予作家并不擅长的小说创作,授予尚未在汉语文学世界拥有多少读者(更不用说产生影响)的长篇小说新作《灵山》、《一个人的圣经》,这不仅仅是一种冒险,也构成了某种尴尬,显露出不符合文学运作背后的某种因素在起作用,如果说在中国内地由于政治原因高行健的此次获奖遭遇尴尬尚属自然,则在包括台湾在内的其他地区并未掀起持久的热潮,反应明显偏冷,这样的事实同样通向汉语文学世界的尴尬。显然,这与高行健的获奖作品未能在汉语文学世界和汉语读书界形成一定的影响有很大关系。

也许有了高行健获奖的铺垫,莫言获奖没有给汉语文化世界带来巨大的冲击性的震动,没有在汉语文学以外的世界形成一般想象中的持久轰动

---

[1] 参见朱寿桐主编:《汉语新文学通史》(下),第717—720页,广州:广东人民出版社,2008年。

效应。但莫言作品的社会影响力和国际影响力得到了巨大的释放,莫言以他巨大的成功带给汉语文学世界的种种正能量具有长时间的效能。

### 三、莫言文学:历史的哈哈镜

莫言原名管谟业,出生于山东省高密县。童年时在家乡小学读书、劳动,直到1976年入伍参军始离开家乡。他在念小学时便对文学格外感兴趣,经常偷看"闲书",包括《封神演义》、《三国演义》、《水浒传》、《儒林外史》等古典小说和《青春之歌》、《破晓记》、《三家巷》等现代小说,还有当时所能读到的《钢铁是怎样炼成的》等外国作品。他经历了中国现代史上极其困难的一段时期,也经历了"文化大革命"。在动乱年代,想读的书无法得到,他甚至读《新华字典》,并靠着一套《中国通史简编》度过了"文革"岁月,接着又背着这套书走出家乡。在部队担任图书管理员期间,他这才有机会阅读大量的文学书籍,还钻研过不少哲学和历史书籍。厚重的家乡生活体验,厚实的文化阅读经验,加之天生的丰富想象力和操弄语言的能力,使他成就为一个风格独特、底气雄厚的作家。他1981年开始发表小说,启用了"莫言"作为笔名。一般认为起这个笔名是为了提醒自己不要"放炮",告诫自己要少说话,不过更明显的立意还是暗含自己的原名:既与本名"谟业"谐音,又是字辈"谟"字的分拆。

入读解放军艺术学院文学系和鲁迅文学院的研究生班,是莫言精彩的文学旅程的两个加油站,这期间,他因发表了《透明的红萝卜》而一举成名,又因创作了中篇小说《红高粱》引起文坛极大轰动。接着连续创作了长篇小说《天堂蒜薹之歌》、《酒国》,显示出超卓的想象力和高超的情节构思才能、语言表现才能。20世纪90年代初,《红高粱》英译本在欧美出版,引起热烈回响,被《今日世界文学》评选为"1993年全球最佳小说"。《纽约时报》评论说:"通过《红高粱》这部小说,莫言把高密东北乡成功地置于世界文学的版图之上。"自此,莫言作为当代汉语文学大师以及世界著名文学家的崇高地位得以确立。

此后相当长一段时间,世界汉语文学在一定意义上迎来了一个莫言时代。他的长篇小说《丰乳肥臀》获得国内赏格最高的"大家文学奖",《红高粱》入选《亚洲周刊》评选的"20世纪中文小说100强"(第18位),法文版《酒国》获得法国儒尔·巴泰庸外国文学奖。嗣后,陆续获得"法兰西文学与艺术骑士勋章"及意大利诺尼诺国际文学奖。在亚洲,莫言屡获日本福冈亚洲文化大奖和韩国万海文化大奖,由此被誉为"引领亚洲文学走向世界的旗手"。这个旗手同时又是一位不折不扣的写手,除了上述作品而外,他还奉献出了《食草家族》、《四十一炮》、《檀香刑》、《生死疲劳》、《丰乳肥臀》、《十三步》、《红树林》、《蛙》等长篇小说,以及为数依然可观的中短篇小说和散文,他还创作过诗歌和戏剧。

　　无疑,这是一个多产的作家,然而同时,这又是一个具有鲜明风格特征,并在坚持自己风格的基础上努力建构独特文学世界的雄心勃勃的作家。汉语新文学世界的普遍欢迎与接受,诺贝尔奖等世界性大奖的获取,从一个重要方面说明了,他以鲜明的特色建构属于自己文学世界的企图心并不是一番狂妄的野心。莫言文学的风格特征是这样的鲜明强烈,以致任何读过其作品的读者,无论是否喜欢,都无法不留下深刻的印象,而且是一种在阅读别人的作品时所难以获致的印象。它精神粗犷,语言奔放,情节波诡云谲,人物纷繁复杂,既反映出一个文学巨擘自由快意的写作狂欢,也体现出一个善于"讲故事"的人摄人心魄的超人技艺。莫言善于写历史,写饱经磨难和灾难的中国近现代和当代历史,以自己的家乡——山东高密甚至是相对狭小的东北乡为创作基点,透过这片偏僻、贫穷而丰富、神奇的土地,折射乡土中国主要是近一百多年的内乱外患,悲壮狂恣与血雨腥风,其中有英勇的流血、壮烈的牺牲,也有苟且的存活、贪婪的掠夺,有正义的呐喊、血性的抗争,也有宵小的背叛、屈辱的呻吟,有残暴的虐杀、兽性的荼毒,也有如水的柔情、如歌的温馨。近代中国的天道纷乱,现代中国的烽火连天,当代中国的天灾人祸,在莫言的创作中得到了如此生动、翔实而充满荒诞的谐谑性的表现。如果说托尔斯泰可以称为俄国历史的一面镜子,则莫言的文学浑似中国近现当代历史的一面哈哈镜。

哈哈镜由凹凸不平的镜面造成，利用物距、象距之间各个点的差异性，形成焦距的变换，从而使得镜中同一平面的成像呈现出奇异怪诞的效果。将这样的成像原理用诸近代以来中国历史、文明、社会及种种事件的取视，并加以文学的表现，可以成为解读莫言文学的一种路径或一个视角。莫言瞩目于百多年来中国社会政治风貌，不断变换自己的视角，调整自己的聚焦，或推远焦点以模糊处理棘手的事件和人物，或拉近焦点甚至采用显微透视方式细腻地表现历史动作和人物行为与特定时代的社会心理，或直接采用变形乃至穿越的技巧，将铁一般真实而沉重的历史在某种荒诞或怪异的意象中付诸文学表现，然而这样的荒诞有着浓厚的现实演绎的成分，这样的怪异传达出的是对现实的批判与重铸的激情。因此，这其实就是莫言的小说，既被人们视为荒诞，同时又使得即便是很苛刻的批评家也无法否认其现实主义特质的原因。

这架结构复杂、成像丰富的哈哈镜，面对历史的宏大和开阔，特别是面对重大的历史事件和重要的历史人物，所采取的往往是推远焦点的措施，使得这些历史的必然对象既成为其文学的必然对象，又可以避开正面表现，甚至可以进行模糊和淡化处理，而将大量的笔墨留给底层的凡俗人生。正因如此，《檀香刑》中面对戊戌变法等重大历史事件，涉及袁世凯等重要历史人物，都采取焦距推远的策略，使得这部历史传奇成功地淡化并最终避免了宏观叙事。在宏观历史与微观人生之间，莫言更习惯于关注后者，他的写作激情往往与社会最底层痛苦的呻吟或放恣的狂欢紧密联系在一起，对于上层社会和高端人生，他宁愿采取隔空观望的办法，推远焦距予以淡化。《丰乳肥臀》中作家有意写到康生在胶东的土改，但往往是蜻蜓点水，一笔带过，将更浓厚的写作兴趣交付给凡俗的人生。对于重大历史事件和历史人物视若无睹或完全回避，会在一定程度上削弱作品的历史感和时代感，使得作品丧失时代的纵深感而浮掠在历史的表层面。但过多地停滞于宏大叙事之间，较多地黏附于重要人物言行，会使得作品拘泥于历史的真实，局限于事实的方寸，小说顿时会失去灵动的活力与自由的魅力。莫言的小说立意于历史批判，纵横于时代透视，在并不回避重大事件和重要人物的前提下，推远观察和表现的焦距，淡化乃至模糊宏大叙事的应有内容，从而体现出历史批判的灵活度，体现出时代透视的自由度。

相比于推远焦距以缩小宏观历史的痕迹，莫言更加擅长拉进焦距以扩大日常人生的成像。他善于将生活现象和人们的心理，甚至包括写作者自己的心理状态，以放大甚至夸张的笔法进行显微式的摹写与刻绘，有时甚至是令人心灵震颤、令人毛骨悚然的解剖与展露。惊悚的如《红高粱》中活剥人皮的残酷与惨烈，神异的如《丰乳肥臀》中，游击司令肩上的一块肉被日本人砍下之后，兀自在地上跳荡，被司令捡起来按在原部位以图恢复，但那块肉却又赫然跳下，直待伤者将其摔死，才得服帖，然后任凭包扎。这种夸张的笔法以一种无法忍受的变形处理，其悲烈、惨烈、暴烈，却正是为倔强而刚阳的生命及其固有的价值哀哀哭号，呼天抢地，让读者震动、震撼、震惊，在这震动、震撼和震惊中体悟生命的意义，生命的疼痛，生命的尊严和价值。

或是推远焦距，或是拉进焦距，其文学处理的效果往往是变形。莫言最擅长变形手法，也稔熟于变形构思。他广泛汲取民间文学的营养，经常利用民间文学中的鬼灵精怪作为借助载体承载他所要呈现的现实故事，因而许多批评家由他联想到他那个非常著名的同乡——蒲松龄。其实莫言与蒲松龄，除了都对民间故事特别是狐鬼故事感兴趣而外，很少有共同之处。如果说在蒲松龄那里，民间的狐鬼故事就是他的叙述对象和言说本体，则对于莫言来说，传说中的鬼灵精怪的故事只是他构想或者组织现实人生故事的一种寄居的外壳，一种借助方法，甚至是一个叙事角度，他所要借此、凭此讲出的故事都是现实的活剧，都是历史批判和时代透视的沉痛结晶。《生死疲劳》于此显现得最为清晰。"主人公"西门闹几番"投胎"为驴、为牛、为猪、为狗、为猴，最终为病态娃娃，通过这六道轮回的主体的"眼光"，审视中国农村土地改革以来的种种变革，审视和批判了在多重政治背景下山乡巨变而人性依旧的惨痛现实。民间神话中的六道轮回说只是成了作者结构故事的一种方式，成了作者获得全面地、历史地、现场感十分强烈地进行叙事的"全知视角"的一种借口，成了他的一种叙事载体，作为说故事的人，作家非常自如地抽身离开了"西门闹"这个人物的行为限制，而通过不同阶段不同形态的"轮回",不断获得不同时期面对不同人群的现场参与权和现场陈述权,从而非常自由地完成了数十年的历史传述。这部小说是典型的东方《变形记》,同卡夫卡的经典作品一样,变形的目的不过是为了寻找一个突破人物行为限制的"全然而知"的全知视角,为了由此视角挣得的写作者叙事和掘现心理的自由。当一个变形的"人"成为一个类似于甲壳虫式的具有不明所以的神秘来历的动物,或者当一个"人"获得了几次数番投胎转世的经验并且历历在目记忆犹新,他所具有的就不仅仅是处处在场的目击和窥视的能力,由这样的能力演化而来的"全然而知"的"全知"视角,它还可以深入到凭借人力所无法抵达的人和"动物"的心理世界,进行类似于超声波一般的心理透视和灵魂透视,这样的视角就不是一般的"全知"视角,而是"超然而知"的"超知视角"。莫言的许多小说,都通过人物的变形,世态结构的变形,时间空间的变形转换等等,成功地进行着这样的"超知"叙事。

莫言是一个对历史充满好奇,对现实充满责任感的作家,几乎每一部作品都立意于对历史的清算和对现实的反思,在清算和反思中悄然蜕脱了政治的判断,甚至往往游离了世俗是非的判断,而以人性的真切、生命的赞美和对善的讴歌、对恶的抨击为社会学、伦理学和美学的基准。这样的清算和反思,尤其是试图蜕脱政治判断其实也就是拒绝了政治借力之后,往往显得十分艰难、沉重甚至危险,于是作家只好采用哈哈镜的成像原理,以不断变焦的灵活与狡智让历史的面貌变得时或清晰时或模糊,让时代的尘影变得时或失真时或祛魅,让严酷的现实在叙事中变形,让如铁一般真实的人生在变形中卸去一些沉重,抹去一些惨痛,沾上一点幽趣,染上一点诙谐,于是完成了哈哈镜表现历史与现实的程序,也抵达了哈哈镜处理真实成像的效果。

## 四、莫言文学之于汉语新文学的意义

莫言30多年的文学创作,成就了他自己的辉煌,成就了当代中国文学的世界性辉煌,也成就了汉语新文学的历史性辉煌。他的业绩不仅使当代中国文学在世界文学范畴内建立起崇高的声誉和卓越的功勋,而且也使得世界范围内的汉语文学界,特别是汉语新文学创作界,面对世界各语种文学如英语文学、法语文学、德语文学等等,建立了历史的自信心,恢复了时代的自信力。如果说鲁迅当年诚恳地推却诺贝尔文学奖的非正式提名,乃是基于对中国现代文学自信力的不足,则莫言的获奖,一定意义上将这样的自信力恢复到了时代的顶点。

在电子文明全面袭来的传媒时代,汉语的重要性甚至汉语的传播作用都被直观地搁置一旁,而在几辈作家或与诺贝尔文学奖擦身而过,或为此奖上下求索而屡遭败北的情形下,汉语文学的前途似乎显得颇为幽暗,甚至传统意义上的文学写作的正当性都愈益显得有些模糊或暧昧,从审美意义或艺术追求方面,汉语文学一度似乎失去了本该应有的自信。莫言的巨大成功恰如一炮兴奋剂,使得包括当代中国文学在内的汉语文学重新拾起对于传统写作的趣味与信心,使得包括当代中国文学在内的汉语文学在一定意义上重新获得了社会的关注与承认。虽然文学界一般认为,仅凭莫言的成功并不能使得已经边缘化的文学重新回到社会文化的中心,但在社会文化生活已经将文学边缘化的传媒时代,如果文学能够像这样时时被关注,时时成为舆论和大众兴趣的热点,就足以说明它值得肯定的社会地位和文化意义。

**莫言领奖现场**

莫言的获奖带来了各种嘈杂的议论,这种议论包括对莫言文学的不认同,例如莫言作品的"残忍的刺激",莫言语言的"病态"等等。不少批评的声音由对莫言的关注、阅读转而对诺贝尔文学奖的怀疑与责难。这对于莫言来说未尝不是一件好事,因为像莫言这样一位文学大家,应该具有欢迎批评家提出负面意见的胸怀和气魄,他毕竟是年富力强的成功者,在文学之路上还有很长的路要走,任何负面的甚至是否定性的批评对他都能够也应该起到兼听则明之效。更重要的是,无论这样的批评和指责是否符合事实,符合学术理性,是否出于个人好恶,它至少可以让中国人和汉语世界在一定意义上消除对诺贝尔文学奖的某种遥远感和疏离感,以及由此遥远感和疏离感激发出来的神秘感。这是我们理性地、客观地对待诺贝尔奖的心理基础。也就是说,这些嘈杂从比较积极的方面说,可否意味着汉语文学世界的读者和作者对于诺贝尔文学奖这个世界顶级奖项的认知回归到理性和淡定,回归到自然和清醒?从更积极的意义上说,这毕竟是世界文坛接受当代汉语文学的重要信号,是汉语文学发展水平臻于世界文学最前列的巨大标志。曾几何时,汉语文学经常遭到来自内外批评界的毁灭性否定,类似于当代中国文学的"危机说"、"垃圾说"连续不断,此起彼伏,这些批评一方面可以振聋发聩,另一方面也多少影响当代汉语文学家的自信心乃至于影响整个汉语文化世界对于汉语自身的信心。莫言获奖以一种并不高调的姿态打破了这些妄评、酷评、恶评的符咒,让包括汉语文化圈在内的人们重新审视汉语文学及其可能前景,让汉语文学界对于汉语文学自身恢复了本来应有的自信。诺贝尔文学奖历史性地肯定了莫言,当然也在世界文坛的宏观视野中成就了莫言,但更成就了汉语文学,成就了汉语文学的自信力及伟大前景。

# 第十七章
# 多元和谐的文学文化格局

中国当代文化经过"和谐社会"的政治和社会运作,形成了文学文化意义上的基本和谐格局。这种和谐体现为:台港澳暨海外华文文学与中国当代文学和谐并存,之间曾有的意识形态差异正被中华文化的和谐力有效地弥合;华文文学已经成为中国当代文学研究的一门显学。网络文学等新媒体文学与传统载体文学之间构成了相生相成关系,共同促进了汉语文学的繁荣。汉语文学与民族与文学之间和谐发展,在新的历史时期呈现出更为和谐互补的良性发展局面。

## 一、汉语新文学文化理念的提出

从 2007 年开始,确切地说,应该从 2004 年开始,有关汉语新文学的倡言就陆续出现,并在学术界引起一定反响。事实上,汉语新文学的正式倡导肇始于澳门。黄维梁教授对此有清晰的描述:

> 2008 年 5 月,澳门大学举办"汉语新文学"讲堂,在讲堂上,朱寿桐表示,应该通过"汉语新文学"概念的建构来整合中国大陆现当代文学、台港澳文学以及海外华文文学等学科;这个概念"简洁而准确",有学科、学术整体统一之效。朱氏认为,用现代汉语写

作的新文学,无论在中国大陆还是在台湾、香港、澳门等其他区域,以至在别的国家,所构成的乃是整一的不可分割的"汉语新文学"。汉语作为汉语文学"共同体"的划分依据,"既能显示出新文学传统的本质力量,又能克服由于国族分别或政治疏隔对汉语新文学加以人为割裂的现实难题"。朱寿桐是讲堂的发起人,在开讲仪式上作了《汉语新文学概念建构的理论优势与实践价值》的报告。在此之前,4月份在布拉迪斯拉瓦-维也纳召开的"以文会友——世界汉学家会议"上,也作过主题相近的报告。[1]

汉语新文学概念当然不是朱寿桐一个人的倡言,类似的声音还不约而同地发自陈国恩、郝明工等教授。但在澳门讨论得最为热闹,这是不争的事实。不少学者积极响应,如时任澳门科技大学教授的著名文学史家汪应果,认为汉语新文学概念的提出,其区别于所谓中国现当代文学的最大价值,就在于它"坚持普世的审美观、价值观",而疏离了所谓"'中国式'的标准"。而普世价值在他看来就是"坚持'人的文学'的批评标准"。[2]尽管汉语新文学的概念并不仅仅是在坚持"普世价值",甚至主要不是为了宣扬和落实这种"普世价值",但汪应果教授的理解无疑是深刻的,也确实说到了汉语新文学概念的实质性的亮点。著名诗学家吕进教授指出:

> 汉语新文学的提出,绝不止于对编写文学史具有学术意义,它更是方法论的一个突破,而方法论的每一次提升都会给学术和学科的发展带来启示和生机,为学术和学科的推进展现一个更加广阔的天地。

在这样的意义上,他认为汉语新文学从空间上打通了全世界

---

[1] 黄维樑:《"汉语新文学"的正名论和学术实践》,《澳门理工学报》,2013年第4期。
[2] 汪应果:《浅议"汉语新文学"的价值取向》,见朱寿桐主编:《"汉语新文学"倡言》,北京:中国社会科学出版社,2011年。

的汉语文学的写作。[1]

著名诗人傅天虹是汉语新文学概念最坚决的支持者和最坚定的阐释者。这位由香港长期居留澳门的诗人和诗评家,善于以一个文学教授的眼光看待"汉语新文学",并从他所熟悉的诗歌出发,对汉语新诗的发展状况作了系列阐述。他认为"汉语新诗"概念的提出直接得自于汉语新文学:

> 从朱寿桐提出的"汉语新文学"概念中,可以顺理成章地推导出"汉语新诗"这一概念,它有助于整合汉语新诗的创作和理论领域,建构统一中国现当代诗歌、中国台港澳诗歌以及海外华文诗歌(当然是指新诗)的汉语新诗学。[2]

这些年来,傅天虹教授一直围绕着"汉语新诗"这一概念展开自己的学术思考和学术论证,并且主编了"汉语新诗文库",可谓成就斐然。

陈国恩教授早就注意到,"中国现当代文学的一些学者,呼吁把海外新移民文学纳入中国现当代文学学科,作为其中的一个重要组成部分来研究。他们认为海外移民文学有许多在中国大陆发表,无论就其内容还是创作观念,它们与中国现当代文学没有多大区别,如果将之排除在外,中国现当代文学学科将是不完整的"。在这样的意义上,与其将海外移民文学的写作强制性地"纳入""中国"文学范围,还不如将势必需要扩大其涵盖范围的中国现当代文学改称为"汉语新文学"。[3] 这是从一个新的角度提出来的非常有说服力的论证。沿着这样的思路,朱寿桐更提出汉语新文学的文化伦理问题。将海外华文文学(不仅仅是新移民文学,也不仅仅是在中国

---

[1] 吕进:《汉语新文学的"外国群落"》,见朱寿桐主编:《"汉语新文学"倡言》,北京:中国社会科学出版社,2011年。
[2] 傅天虹:《"汉语新诗"概念与视野重建》,见朱寿桐主编:《"汉语新文学"倡言》,北京:中国社会科学出版社,2011年。
[3] 陈国恩:《"汉语新文学"的功能优势及研究方法》,见朱寿桐主编:《"汉语新文学"倡言》,北京:中国社会科学出版社,2011年。

大陆发表的海外移民文学)纳入广泛意义上的汉语新文学,不仅对于中国现当代文学来说,是将它的范围更加"完整"了,更重要的是,这是最符合文化伦理的,如果我们将海外的华文写作——实际上是与中国现当代文学密切相关的一种离散写作,是中国现当代文学的一种空间意义上的自然延伸——全部从"中国现当代文学"范畴内清除出去,将它们视为化外,我们是不是犯了文化伦理上的罪过?

> 我们有权力严格按照国家所属划分作家和诗人,并以这样的划分来界定我们的研究范围和文学史范畴,但在行使这种权力的时候,是否会对于愿意认同故国文化并愿意在故国文化的园地里贡献自己的诗学园艺的诗人们的文化心理造成某种挫折感甚至伤害?如果我们用汉语及类似的语言文化作为一种有效的识别系统,对来自不同地域但依托一种文化,操使一种语言的文学家进行更加宽概的定位,也许会冒着为国族主义者所谴责或质疑的危险,但不言而喻会获得一种文化伦理上的支持。[1]

这就是汉语新文学概念背后非常深刻的文化伦理要义。

当然也有学者秉持质疑,包括在汉语新文学讨论的现场,不少学者从各个方面提出了一些疑问。但有一个现象不容忽视:越来越多的学者已经不安于传统的"中国现代文学"、"中国当代文学"乃至"中国文学"等现成概念的使用,在各种学术发言的场合总是试图通过其他概念表述上述现成概念能指与所指的内容。这在文学研究特别是文学史研究领域已经体现为一种学术趋势,在各个层次的文学教育学科范畴内也出现了相应调整的势头。著名汉学家顾彬(Wolfgang Kubin)一直为中国现当代文学之外的华文文学所困扰,他呼吁编撰一本只要使用汉语书写的都纳入其中的文学史著

---

[1] 朱寿桐:《汉语新文学的文化伦理意义》,见朱寿桐主编:《"汉语新文学"倡言》,北京:中国社会科学出版社,2011年。

作,他希望是汉语新文学史,不过他承认,这是在他还没有知晓"汉语新文学"概念之前的困扰。他表示他将会认真对待"汉语新文学"概念。[1]

斯洛伐克著名汉学家马利安·高利克(Marian Galik)提出了"作为跨文学共同体的汉语新文学"[2](New Chinese Literature as an Interliterary Community)的概念。他以比较的视野、充实的例证、比较的方法宏观地梳理了整个中国文学的发展脉络,从中发现不同阶段的中国文学与中国以外的文学之间的互动关系模式,既有向心力式的发展模式,也有离心力式的发展模式。这个共同体的最大特点在于:如果没有出于政治原因的摩擦,甚至相互攻击和诋毁,这个共同体就完成不了跨文学的进程。在此基础上,他提出了跨文学性(Interliterariness)的概念,并论证了文学全球化时代研究跨文学(Interliterature)和跨文学性(Interliterariness)的必要性。

如何将海外华文文学纳入中国的现当代文学并进行一体化的学术处理,这确乎是许多文学研究者面临的学术困扰。汉语新文学是解决这一困扰的重要途径之一,另外也可能有其他途径,例如,王德威、史书美等学者提出了"华语语系"文学的概念。从关切"离散中国人"的写作这一角度而言,这概念无疑是有效的,但它采用了"语系"这一相当复杂的概念,而且仍然使用"华语"这一可能引起更多纷扰的词语。[3] 因为在一般理解中,华语、华文之所以容易造成纷扰,是因为它应包含各种华族语言,而我们通常所面对的仅仅是华文、华语中的汉语,华语语系似乎更应该对汉语以外的中国其他少数民族语言负起责任。事实上,我们的研究者很难负起这样的责任。于是,汉语新文学作为概念仍然是最简捷明快,同时也是最少学术纷扰的。

汉语文学作为趋向于稳定的学术概念和学科概念,其自身的科学性仍

---

[1] 顾彬:《中国现代文学史的内涵:华文文学的大同世界?》,见朱寿桐主编:《"汉语新文学"倡言》,北京:中国社会科学出版社,2011年。
[2] [斯洛伐克]马利安·高利克:《作为跨文学共同体的汉语新文学》,见朱寿桐主编:《"汉语新文学"倡言》,北京:中国社会科学出版社,2011年。
[3] 史书美:《反离散:华语语系作为文化生产的场域》,见《百川汇海——文史译新探》,香港:中华书局(香港)有限公司,2013年。

处在不断的探讨和论证之中。固然,倾向于认同和使用汉语文学概念并不意味着就此放弃诸如中国文学这样明确标示文学的国族领属关系的传统概念,然而,汉语文学较之中国文学之类的传统表述,确实具有内涵更为精准、概括力更强且指涉范围更广的学理优势。如果将汉语文学及其相应概念汉语新文学置于与传统中国文学、与少数民族文学以及与世界文学的联系和关系中进行不同维度的学术审视,就更能凸现出在不同的学术论域中这一概念所具有的相当的理论内涵和强度。

1. 面向古典文学的"中国"理解

毋庸讳言,汉语新文学就是要弱化国家概念,强调各地区文学在汉语平台上的共通性。同时,正如朱寿桐在《论汉语新文学的文化归宿感》[1]一文所阐述的,汉语新文学概念在省略了国家概念以后并没有削弱"中国"的地位和影响力,无论是什么地区的汉语文学,在文化归宿感上都会归向于中国,这个中华文化的核心承载地,也是中华文化历史的主要形成地带。汉语新文学作为概念表面上看起来没有涉及中国,但它不仅没有弱化"中国"意识,甚至对"中国"意识有所强化。汉语新文学的概念表明,任何地区和国家的汉语文学,都对"中国"具有毋庸置疑的文化归宿感,至少都与汉语文化的核心地带——"中国"有着不言而喻的关系,因而"中国"意识和中国中心地位得到了更加强化的处理。

其实,"中国"作为文学史学术意义上的冠冕,其指代并非那么明确,而是富有很多争议的。这在"汉语文学"的倡导人那里表述得最为清楚。最先明确倡导"汉语文学"的是中国国学大师程千帆,他在与其弟子程章灿合著的《程氏汉语文学通史》中阐述了"中国"一词的历时争议。[2] 汉语文学史的倡言提醒人们重新关注这样一种文化常识:如果说以汉语承载的汉语文学已经存在发展了5000年,则"中国"作为完整的国族概念使用的历史据考才始于汉代。显然,至少从逻辑上说,将未被称为"中国"时代的文学

---

[1] 见朱寿桐主编:《"汉语新文学"倡言》,北京:中国社会科学出版社,2011年。
[2] 程千帆、程章灿:《程氏汉语文学通史》,沈阳:辽海出版社,1999年。

表述为"中国文学",显然不够严密和精准。

"中国"一词,有学者认为最初见于宝鸡出土的何尊,也有人认为在《尚书·周书·梓材》中最早出现:"皇天既付中国民越厥疆土于先王。"《周礼·秋官司寇》也有"反于中国"、"辨其中国"之说。《诗经》中的《大雅·民劳》也有。但这些"中国"并非专有名词,多用于指"国家的中心",是方位词。到战国时期,诸子书中的"中国"多用于概指中原一带,仍然是方位名词,而不是专用的国家名称。有时候"中国"用来指示古时华夏民族聚居的区域,即黄河南北地带,在相对于蛮夷之地的意义上使用此词。《史记·秦本纪》有"子孙或在中国,或在夷狄",表达的正是这样的"中国"意思。还有古人将"中国"理解为"帝王所都"之地。有学者考证,真正将我们祖国确定为"中国","中国"作为专有名词的国家称谓被正式认可,那是在清代后期。这无疑意味着,将所有还未正式称"中国"的那些时代的文学都称为"中国文学",显然与史实并不相符,在逻辑上也说不通。于是,程千帆先生意识到这一点,便深思熟虑地停用了习以为常的"中国文学"概念,而明智地用汉语文学取代了中国文学。他们的学术努力表明,无论处在怎样的时代,无论生存、发展在哪一方土地的人们,只要用汉语按照古典文化的审美习惯记录、传承了他们的思想和情感,就都是汉语文学,由此形成的文学史,都是汉语文学史。

显然,我们沿用了一百多年的"中国文学",作为一个学术概念,它并不产生于我国传统的学问体系,而是受外国学术沁入、影响或者启发的结果。在林传甲、黄人等写出《中国文学史》之类的专著之前,俄国人瓦西里·巴甫洛维奇·瓦西里耶夫早已于 1880 年写出了《中国文学简史纲要》,日本人古城贞吉则于 1897 年写出了《支那文学史》。[1] 林传甲等人出版于十余年之后的《中国文学史》在内容上对外国人的著作有一定的借鉴,而他们在"中国文学"这一学术概念上对外国学术的借鉴则更为明显。

---

[1] 郭廷礼:《19 世纪末 20 世纪初东西洋〈中国文学史〉的撰写》,《中华读书报》,2001 年 9 月 19 日。

那么,可不可以用"中华文学"来取代"中国文学",进而也取消"汉语文学"? 事实是,当代一批学者已经意识到这一问题,他们也做出了学术努力,选用"中华文学"概念取代"中国文学",出版了影响颇大的多卷本《中华文学通史》[1]。

这就是这种学术认知的突出成果。不过,他们使用"中华文学"倒不是清醒地意识到"中国"概念不应具有那么悠远的历史覆盖功能,而是深感于"中国"无法像"中华"那样具有更加广泛的空间和民族指涉功能。"完整意义上的中华文学史应该是涵盖中华各兄弟民族的文学贡献的文学史"[2],编撰者意识到,原来的"中国文学"往往并不能做到这一点,将许多少数民族文学弃置不顾或排斥在外,改用"中华文学"的概念似乎就会使得这样的文学史述趋于完整。这样的学术努力和学术自觉相当可贵,然而也并非毫无商榷的余地。有一种学术观点便认为,"中华"实际上是"中国诸华"的意思,也有人理解为中国各脉圣人的后裔,有考证说此一语见于汉代高诱注《吕氏春秋》。有人更指出中华之华即为华夏民族,相对于蛮夷而言。晋桓温在《请还都洛阳疏》中有言:"自强胡陵暴,中华荡覆,狼狈失据。"乃将"中华"与"强胡"相对,完整地表述的仍是"中国"原意。唐永徽四年(公元653年)颁行,由长孙无忌等19人撰文的《律疏》(正式名称为《永徽律疏》,后称《唐律疏议》),在《名例》中对"中华"之名有这样的释文:"中华者,中国也。亲被王教,自属中国。衣冠威仪,习俗孝悌,居身礼仪,故谓之中华。"这里的"中华"与桓温所用的一致,不仅完全等同于"中国",而且蛮夷之属及少数民族并未包含其内。因此,将"中华文学"取代"中国文学"之后,便觉顺理成章地包含了少数民族文学,学理依据并不十分充足。

更重要的是,不同民族用于歌唱或叙事的语言文字未必都是汉语,那些用少数民族语言文字记载的各个时代的文学作品,如果未被翻译成或者流传成汉语,则与汉语文学和汉语读者形成天然的语言疏隔,不仅无法在

---

[1] 张炯、邓绍基、樊骏主编:《中华文学通史》,北京:华艺出版社,1997年。
[2] 张炯、邓绍基、樊骏主编:《中华文学通史》,第6页,北京:华艺出版社,1997年。

汉语为主体的文学世界无法被阅读和欣赏,而且一般情形下也无法进入汉语文学学术研究的视野。从研究者一方而言,既然对于少数民族语言的文学无法浸染,而这些少数民族文学又毫无疑问属于"中国文学"或"中华文学"不可分割的组成部分,为什么不老老实实地将自己的研究范围框定在汉语文学之内?为什么一定要取用指涉宏大而内涵纠结的"中国文学"、"中华文学"名不副实地冠冕于汉语文学之上?

汉语文学较之"中国文学"乃至"中华文学",表面上看来似乎研究范围要缩小很多,其实这是一种想当然的杞忧。现实的中国虽然是由56个少数民族组成的大家庭,但汉语文学在这个文学世界中绝对不是1/56。事实是,历来的"中国文学"研究从来就无力将少数民族语言的文学涵盖进自己的学术视野,久而久之也无意将这样的文学纳入研究的范畴。既然"中国文学"研究,特别是在汉族学术主体和汉语学术世界,几乎百分之百地在汉语文学领域内展开并呈现其学术成果,则如果学术概念回归到朴实而无疑义的汉语文学方面,学术的"地盘"其实并无丝毫的损失或弃置。而如果进行学术的"换位思考",以汉语文学的概念和角度审视习惯上称之为"中国文学"的内容,则能最大限度地甚至是毫无顾忌地容纳以汉语流传的少数民族文学,并且能在汉语文学的文化整体性中确定其文学价值与历史地位。正因为有了汉语文学这样一种语种定位,以别种民族甚至是别一国度身份出现的文学已可以纳入其中进行学术论析和处理。于是,日本遣唐使阿倍仲麻吕(玄宗赐汉名晁衡)在唐都长安与诗人李白、王维、储光羲、包佶等人的交往唱和,特别是他的诗作如《衔命还国作》"衔命将辞国,非才忝侍臣。天中恋明主,海外忆慈亲。伏奏违金阙,騑骖去玉津。蓬莱乡路远,若木故园林。西望怀恩日,东归感义辰。平生一宝剑,留赠结交人"[1],已经收入《全唐诗》。对于围绕着阿倍仲麻吕的文学现象以及他的诗歌作品,各种版本的"中国文学史"只能在唐代的对外关系这样的篇目下,进行另类的学术论述,因为这位晁衡毕竟是"日本晁卿",纳入"中国文学"之中毕竟不

---

[1] 参见郭祝崧:《评望乡诗——阿倍仲麻吕与唐代诗人》,《日本研究》,1997年第1期。

合适。然而这的确是汉语文学的历史现象和诗歌作品,在汉语文学的概念之下,类似于晁衡的汉诗作品都理所当然地成为学术论述的对象,甚至还能成为汉语文学发展的一个重要景观和重要个案。

对于外国背景的汉语文学家是如此,对于少数民族文学的汉化成果更是这样。汉语文学的学术视阈完全可以弥补"中国文学"视镜的局限,抵达"中华文学"所刻意追求的那种将不同民族的汉语文学创作熔于一炉的学术境界。"中华文学"的倡导者注意到:《诗经》"作为古代的第一部诗歌总集,其中《国风》的部分便收有周代十五国的民歌,它的产地就超出原华夏族的地区。而我国的第一个伟大的诗人屈原是楚国人。当时楚国被中原华夏视为'南蛮𫛢舌之邦',多属古三苗、荆蛮的地域,其风俗文化和语言都与中原地区有别"[1]。论者没有意识到,他们所取用的"中华"本来就是"中原华夏"的概称,实际上无力涵盖这些蛮夷之地。只有从语言的角度炼滤出汉语文学的概念,方可将这些非传统的中原之地所产生的,但已经在传统文学中积淀为经典的文学创作涵括其中。

在相对于民族文学尤其是少数民族语言文学的意义上,汉语文学作为学术概念和学科概念的科学性以及确定性,在当代文化发展的格局中得到了更加鲜明的呈现。在中国这个多民族的国家中,只要顾及少数民族语言和文学的研究与教学,则必然会广泛运用汉语文学的概念,而同时掩藏起"中国文学"这样一种宏大题旨的表述。既然少数民族语言文学无论在学术意义上还是在学科意义上都属于中国文学或中华文学,因而相对于少数民族语言文学的概念便只能是汉语文学。于是,人们在论述新疆维吾尔自治区的文学构成时,相对于维吾尔族语言文学而起的便只能是汉语文学。《新华每日电讯》报道,面对既能进行汉语写作又能使用维吾尔语写作的阿拉提·阿斯木等新疆作家,评论界关注他们"给汉语文学带来了少数民族豪迈的生命气息、浓郁的新疆地域文化以及失落的诗歌传统"[2]。有的民

---

[1] 张炯、邓绍基、樊骏主编:《中华文学通史》,第2页,北京:华艺出版社,1997年。
[2] 《阿拉提·阿斯木:让汉语文学更加生命飞扬》,《新华每日电讯》,2012年6月18日。

族区域评论者已经注意到在学科意义上的汉语文学概念。陈祖君的《汉语文学期刊影响下的中国当代少数民族文学》[1]一书也从出版、传播的角度非常自然也非常自觉地使用了汉语文学的命题。

其实,除了少数民族文学及其相应的话语语境而外,今天的汉语文化和汉语文学还面临着非常复杂的区域性话题,这种区域性话题中包含着甚至纠结着各种同样敏感的政治、种族问题。清醒的论者应该向少数民族文学语境下的评论家学习,在学术和学科的严肃话题上尽可能谨慎地、科学地、精准地理解中国文学与汉语文学的内涵关系和外延界限,将有关学术研究和学科论证的重点框定在汉语文学这一可靠的概念之上。

2. 面向世界文学的汉语语种

汉语文学作为学术概念,不仅具有历史价值形态的合理性,也不仅具有民族文化话语结构的准确性,而且还具有世界文学价值系统的科学性。汉语文学在国际文坛直接面对的是世界文学,是世界文学范畴内的各语种文学。汉语文学作为与世界文学诸种概念接轨的时代性命题,与传统的"中国文学"及其相对应的外国文学等国别文学处在两个不同的逻辑框架之内。当谈论中国文学以及与此相对应的英国文学、美国文学、德国文学、法国文学等等国别文学概念的时候,所有的论题乃在政治历史和族群文化的范畴内展开,而当换之以汉语文学以及与此相对应的英语文学、德语文学、法语文学等等语种文学概念之后,所有的论题则围绕着语言种类及其相应的语言文化展开,几乎所有的政治甚至族群问题都会引退到非常次要的境地。从国别文学概念出发考察中外文学当然是非常必要的,许多文学史和文化史的问题其实离不开一定的政治历史和族群文化;然后从语种文学概念出发考察世界文学,更能够将文学史和文学现象的学术探讨严格限制在学术的范畴中,而尽可能回避政治历史和纷繁复杂的族群矛盾对于文学学术的干扰。

---

[1] 陈祖君:《汉语文学期刊影响下的中国当代少数民族文学》,北京:中国社会科学出版社,2009年。

语言是思维的物质外壳,语言是文学所承载的工具,更重要的是,语言所体现的语言共同体的整体思维及其展露的文化特性,可以决定这种语言所承载的文学的基本面貌和基本特性。从这样的意义上说,一种语言对其相应的文学具有的就不仅仅是工具的意义,有时往往具有决定性的意义。同样是用汉语承载的文学,翻译的作品与创作的作品无论是构思方面、描写方面还是语言表述方面,都存在着难以忽略的差异性,这种差异性就来自于不同语言主体的不同思维惯性,不同语言所具有的这种不同思维惯性就势必会对文学的面貌和实质实施巨大而深远的影响。正因如此,从语种角度研究世界文学及其所属的包括汉语文学在内的各语种文学,应该比国别文学的研究更能触及文学的思维根性,进而深掘出文学所体现的思维特性和文化精神。

　　在常识范围之内,英语文学、德语文学、法语文学,当然也包括汉语文学,其所包含的文学现象和文学史内容,远远超过以国别和族群分类的英国文学、德国文学、法国文学,以及中国文学。英语文学甚至至少包含了英国文学、美国文学、澳大利亚文学等主体部分,德语文学则包含了德国文学,以及奥地利、瑞士、捷克等国家使用德语地区的文学,法语文学除了法国文学而外,还延伸到非洲许多地区的文学。同样,汉语文学不仅包含着中国文学的主体部分,不仅理所当然地包含着台港澳地区的汉语写作,而且包含着通常称为海外华文文学的那一部分,甚至还包含着中国周边汉语写作辐射区在特定时期的外国文学写作,例如韩国、日本历史上的汉语写作,泰国、马来西亚和新加坡等东南亚地区至今依旧兴盛不衰的汉语写作。汉语文学是一个跨国的,当然也是超越时代的文化整体。

　　在这样的世界文学背景之下,汉语文学作为充满时代感且相当有活力的概念,已经被富有世界文学眼光的文学评论家和文学运作人士所普遍运用。评论家郝明工指出,"世界汉语文学,较之世界华文文学,能够体现出语种文学的汉语文学所具有的世界性,表现为汉语文学的超民族性、超国别性、超文化性,由此而消解了华文文学强化中华性的文化限制,从而显示出在世界各国的文化交流之中,汉语文学成为语种文学之后的发展将走向文化多元化这一革命性趋势"[1]。尽管他在文中显露出要削弱"中华性的文化限制"的观念倾向可能不会引起更多的学术认同,另外试图通过汉语显示出汉语文学的"超文化性"也留有许多可商榷的余地,在提出汉语文学的同时前面还不忘记加上"世界",明显地受到原有的"世界华文文学"的掣肘,但他提出用超国别性的汉语文学取代华文文学,非常有见地。海外华文文学研究专家钱虹则从汉语文学的海外创作和传播,明确表述了汉语文学在世界文学中相类于英语文学、法语文学等语种文学的地位:"它并非某国、某地区单一的文学研究,而是一种较为广泛的语种文学的研究,即汉语文学在祖国大陆以外如何传播、接受、扎根与坚守以及它与中国文学的关系等方面的研究,它不仅包括世界范围内华人华裔的中文创作,还包括华人华裔之外的人使用汉语进行的创作,如同英语文学、法语文学、西班牙语文学等并不局限于英、法、西班牙等国文学的研究一样。"[2]

当今社会,即便是国际之间,交通、通信条件的改善日新月异,文学写作按国家和地区划分条块的可能性越来越受到冲击,因而按照国别和地区论定文学属性的学术企图将越来越受到严峻的挑战。以在汉语文学世界影响巨大的白先勇为例,他在台湾受教育并开始文学写作,大量的作品是在移居美国以后写成的,但其中大多数又在台湾发表,有一些还在中国大陆发表并产生影响,再考虑到他是当初随家庭溃退到台湾的"大陆仔",如果从国别文学和地区文学来论定他的文学所属便十分困难。有人将他算作台湾文学家,也有人建议将他算作美国文学的少数族裔作家,其实以他的原籍,以他部分作品的发表地,以他的读者圈和主要影响作用所在地而论,算作"中国文学作家"或大陆文学家似乎也勉强说得过去。其实,他就是一个游离于国别和地区之间的一个汉语文学作家,在汉语文学世界里,他拥有自己的成就和影响力。所有像他这样从大陆、港澳台走出去的汉语

---

[1] 郝明工:《世界汉语文学? 还是"世界华文文学"?》,《重庆师范大学学报》(哲学社会科学版),2005年第2期。
[2] 钱虹:《从"台港文学"到"世界华文文学"——一个学科的形成及其命名》,《学术研究》,2007年第1期。

文学家都可以这样定位。汉语文学就是一个面向全球的汉语文学写作呈无限开放态势的文化属地。

能够敏锐地观照到汉语文学这个开放性的世界性的文化属地的人们，包括从事当代文学出版、运作的人士，都自然倾向于务实地运用汉语文学概念。近些年，在中国内地的出版者虽然明确知道他们的文学事业须立足于中国，但更意识到单纯的中国文学概念，包括中国现当代文学之类，已经无法包含他们立意观照的超越于中国的汉语文学写作，于是纷纷出版类似于《世界汉语文学》这样的杂志。在甘肃，由《芳草》杂志社主办的"汉语文学女评委大奖"评选已经举办了五届。在国外，汉语文学在文学运作中的运用更趋于普遍。澳洲圣汉国际有限公司主办的《国际汉语文坛》明确标示为全世界汉语文学创作的高品位的平台。该刊也举办有"国际汉语文学大奖"。无论是内地还是海外，汉语文学已经成为文学界立足于中国文学，超越于中国文学，在世界范围内推进汉语写作的一个时代品牌。

汉语新文学概念的提出，赞同者有之，反对者有之，诚如台湾文学馆馆长李瑞腾教授所预言，一定程度上酿成了一个学术事件。[1]在文学学术边缘化的时代，一个新的命题能够避免"不特没有人赞同，并且也没有人反对"的沉闷局面，应该说差可欣慰。当然，更多学者对此概念采取了审慎的接受态度，愿意借助这样的概念思考中国现当代文学的若干问题。在众多有待思考的问题中，汉语新文学的世界性命题，可以说触及了汉语新文学概念的深层要害，值得展开一番探讨。

---

[1] 详见朱寿桐主编：《"汉语新文学"倡言》，北京：中国社会科学出版社，2012年。

## 二、新媒体文学与传统载体文学的相生相成关系

所谓新媒体文学,是指在信息化时代通过互联网以及各种电子技术承载的自媒体作为展示平台和传播媒介的,并借助于超文本链接和多媒体演绎等手段来表现,且依仗当代传媒手段进行运作、促销以获得购买与阅读的文学作品、类文学文本及含有一部分文学成分的艺术品。新媒体文学包括大量的网络原创作品,也包括以新媒体作为承载平台进行技术"下载"的传统文学甚至经典文学作品,不过后一种文学文本形态不是典型的新媒体文学。

毫无疑问,新媒体文学乃是从网络文学开始的,它于20世纪90年代随着互联网的普及而在汉语文化平台上产生、运行。新媒体文学通过互联网为亿万网民读者提供了各类文学资料信息,提供了与文学行为、文学创作、文学批评、文学欣赏、文学阅读相关的云数据,并通过各种新型的媒体作为载体或依托手段,以越来越庞大的网民为接受对象和目标读者,呈现出从创作到运行迥然不同于传统载体文学的时代文化特性。

毫无疑问,新媒体文学的兴起与盛行,新媒体文学的创作形态及其接受形态,是中国当代文学文化的重要特征。

1. 新媒体文学的文化特性

新媒体文学由于需要借助强大的网络媒体,而且与网络时代新的产业结构、商业结构和文化市场结构相适应,因而具有传统载体文学所没有或者所不明显的特性,如它的互动性,暂时性,市场选择性,知识产权复杂性等。

新媒体文学的互动性是它的动态文体特征的体现。新媒体文学由于媒体的共同参与性以及即时回应性,作者与读者形成可能的即时互动,从而使得传统载体文学那种将文学构思归结为作家个人行为的理论定位得到了彻底改变。不少网络文学有意将人物的命运,故事的结局交付给参与的读者进行讨论和决定,使得独立的文学创作变成了读者参与的"集体创

作"。著名的电脑小说《背叛》就是这样一部网络作品,它的创作由几位作家甚至几十位作家联合数百位网民共同创作,在互联网络上呈现出开放性的"接力小说"。这种新型的创作方式无疑会使得文学文本出现不确定性的因素,但它能够有效增强读者的参与感和积极性,体现出大众参与的文化狂欢特性。

  相对于传统载体文学的永恒性或者永恒性追求的文本理想形态,新媒体文学文本往往与即时性的文化消费和电子视频点击更紧密地联系在一起,而这种文学的阅读也常常带着知识消费性、文艺消遣性、时间休闲性的文化特征,求新、求变、求新奇、求刺激,永远是支配这种文学阅读的心理动力。在这样的意义上,新媒体文学与追求永恒性文本效应和经典性文学效应的传统载体文学具有相当大的差异。新媒体文学的文本在定型形态方面由于受到不断的互动性处理体现出暂时性的特征,而受网络阅读和新媒体接受特性的制约与决定,新媒体文学的文本在存在形态方面同样呈现出暂时性的特征,一般而言,新的新媒体文学文本会迅速覆盖原有的文本,典型的新媒体文学其平台存活时间虽然受点击量的影响或许会持续一段时间,但一般不会像传统载体文学那样具有永远性[1]的定力和经典性的意义,暂时性甚至瞬时性经常地体现为新媒体文学基本的文本生存状态。

  如果说传统载体文学首先以其文化的内涵、思想的力量和审美的声誉赢得市场与读者,读者的购买与阅读往往首先基于一种文化认同、思想领悟和审美赞赏,然后才是消遣、休闲、消费的选择,新媒体文学则往往是以消遣、休闲和文化消费作为市场选择、阅读选择的基本要素,文化认同、思想领悟和审美赞赏则退居于次要的位置;市场性是新媒体文学接受选择的第一特性,文化性、文学性、审美性则是其第二特性。市场性对于网络文学并且显示于新媒体文学的基本属性大致体现在市场选择的从众性、阅读行

---

[1] 成仿吾在20世纪20年代使用了这一概念,参见《革命文学与他的永远性》,《创造月刊》,1926年第1卷第4期。

为的庸常性、文化消费的特异性。如果说文化艺术作品的接受往往更重视人们的主观感受，鼓励每一位接受者的个人感性，那么，新媒体文学面临的市场化的文学消费则不是这样，它明显地体现出市场选择的跟风效应：通常向人们在自由市场购买物品一样，总是在聚集许多人的柜台或摊位形成较大规模的市场热点，从众心理往往会让人们罔顾于商品本身的价值和价格，以购买本身当作一种竞争的手段，当作一种时尚的选择。新媒体文学往往能够通过市场化运作调动起这样的从众心理，从而使得一些品质原不怎么高的作品能在瞬间走红。在市场化的文化选择中，从众心理的市场文化现象会让新媒体文学其运作意义远远大于其创作功力。在这样的意义上，新媒体文学的阅读不再有通常文学阅读的那种精致文化感，人们再也不可能像朗读和读书那样显示出优雅的生活状态，而是将阅读手机、"扫屏"当作庸常的生活方式，当作一种无聊的消遣和无谓的休闲，正像我们在大街上，在地铁里，在所有的公共场合所满眼看去的那样，大群的"低头族"在处理着他们的邮件，在回应着他们的"群"生活，或者，在阅读他们的网络文学、手机文学。这样的阅读早已经消解了读书从来就有的仪式感与神圣感，让阅读，当然是电子阅读，成为虽然是时尚的，但终究是庸常的文化行为。大多数电子阅读者在这样的新媒体文学阅读中保持着对于特异性、非常性的浓厚兴趣与超常敏感，于是，新媒体文学中那些怪异的、病态的文学现象可能成为人们追捧的热点，成为从众欣赏与选择的焦点。网络上出现过的芙蓉姐姐等网红现象，出现过的各种口水诗，出现过的"穿过大半个中国去睡你"等奇葩诗句，都是这种市场化选择的聚焦目标和追捧结果。

怪异、变态和平庸的文学现象之所以能够成为新媒体时代的文学热点，能够成为新媒体文学的市场热点，乃是基于普遍存在的猎异型阅读心理和接受心理。人们之所以喜欢阅读，大致为了满足自己的猎异心理：我们的生活太平常，则不平凡的英雄故事就成了我们阅读的理想对象；我们的人生习惯于太平，则我们喜欢亲近那些战争题材和冒险题材的作品。这样的猎异心理有时候伴随着读者大众自我感觉的自恋化而伴生出虚拟的猎异型选择，特别是在今天的电子传媒时代，每一个人都可能在通常的文化市场中,在庸碌的电子阅读中,产生对于自我生活情趣和文化能力"非同寻常"的假象和幻觉,正像每一个"低头族"在阅读新媒体文学所产生的那种虚拟自信、自命不凡、自鸣清高神情一样,其实他的邻座,他的同伴和其他与他有关无关的人都是这样,都是这样一副表情和一种做派。但这样的虚拟自信、自命不凡和自鸣清高会在封闭型的阅读心态中内化为一种自我感觉,从这样的感觉出发,新媒体读者群会对自己本来相当熟悉但误以为现在早已远离的庸碌俗常产生一种"久违"的亲切感和认同感,于是,当一段非常俗常甚至庸俗的诗句和文句出现的时候,他们会觉得"很接地气",很有生活情趣,因而也就有一种猎异意义上的魅力,于是群起而追捧,群起而追风,俗得不能再俗的文学描写和文学抒写很有可能就被当作高雅不俗的对象为市场所迅速接受,为传媒所迅速热捧。

猎异心态是文化市场较为典型的心态,而且这样的猎异一般会伴和着补偿心理与同情的姿态。一般读者会在"却顾所来径"意义上更加热心地认同、留恋和赞美他们本以为已经失去、远离了的人生场景和艺术场景,这样的猎异之心会体现为大度、宽容的鼓励。例如在书法艺术领域,人们会认同所谓儿童体或童稚体书法,那是因为欣赏者首先确认自己已经离开了童年的生活场域,其次确认自己曾经身处于那样的人生场域,再次将那个人生场域可能产生的艺术字形进行反身性、猎异性的审视,投注于同情性、怀旧性的认同,于是产生了特别的欣赏心理。这样的欣赏心理同样可用于对故乡的审视与接受。新媒体文学中那种口水诗式的作品之所以能够流行,能够被市场所选择,就是因为电子阅读者带着这样的一种宽容式的、留恋和认同的猎异心理进行了自由的选择。

新媒体文学的知识产权状况往往长期处在不确定状态,这使得新媒体文学作者往往并不十分重视自己的署名和版权。署名随意是新媒体文学比较普遍的现象。尽管通过电子媒介的链接关口等环节,新媒体文学的知识产权可以得到一定的保障,但电子复制的方便、快捷以及传送方式的多样化,使得作为文学文本的电子产品一直处于不严肃的状态。这是新媒体文学的文本难以取得传统载体文学文本生存稳固、严肃状态的重要原因。

正是这样一种知识产权得不到有效保护的现状,使得新媒体文学正酝酿着形成行业托拉斯的传媒格局。中国网文行业之首的腾讯旗下集有阅文集团,它拥有占整个网文界七成以上的资源,分别通过"起点"、"创世中文网"、"云起"等著名的小说网站发布新媒体小说,构成了新媒体小说发布、贩卖、宣传、传播的新模式和新格局。与此同时,腾讯公司还联合共青团中央每年举办"Next Idea 全国大学生文化创意大赛",其中的最佳编剧奖等乃在于鼓励和储存新媒体文学特别是影视剧剧本的创作。2016年年轻作家麦然以《恐龙人与我走过的秋季》[1]获得了这一项目的一等奖第一名。

新媒体文学的出现并且占据着文学市场的重大份额,某种意义上说是传播和创作领域的一次重要的文化革命。近30年来中国文学文化格局的变化就是新媒体文学的出现并发展壮大。由于知识产权和社文化认同方面出现的新的状况,新媒体文学家迫切需要形成自己的组织力量以谋求更规范、更有序的协调发展,同时也需要一个身份的定位,有一个合法的社团归属。早就有一种呼声,试图在全国成立一个引领、指导和规范新媒体文学创作、研究的国家级社团。诸如中国网络文学社联盟[2]等社团相继出现,它们被定位为由各网络文学社自愿结成的行业性非营利性社会组织,以推动网络文学社产业的发展为服务宗旨,为政府、行业、社会提供与网络文学社行业相关的各种服务。这些社团的成员往往包括校办、实体文学社、网络文学社等多种创办形式的文学社,囊括了许多优秀的中国原创文学社。联盟的会员社团不仅构成了网络文学社的业界骨干,而且大多数还以核心社团的身份成为网络文学社在网络以及现实生活中发展支柱的主体。这样的联盟号称致力于中国原创网络文学社的培育、扶植和推广工作,在促进文学社发展和对外交流方面不遗余力。在倡导业界自律,维护联盟利益、社团利益的同时,注意与上、下游社团之间,文学社与文学社之

---

[1] 麦然:《恐龙人与我走过的秋季》,广州:花城出版社,2016年。该书由莫言题写书名,刘心武、曹文轩等推荐。
[2] 英文名为 China Internet Literature Federation。

间的沟通协调,不仅力促文学社业界的完善与衔接,而且正努力营造中国网络文学健康、活跃、务实的纯净化、专业化的社团形象。直到2014年,中国网络作家协会正式宣告成立。中国网络作家协会的入会资格是将作品质量和网络人气以及创作思想是否端正等作为首选标准。随着网络作家的逐渐成熟,中国作协已陆续吸收网络作家为会员,省市级作协中网络作者更为广泛。中国网络作协还作为中国作协的团体会员得到了官方的正式接纳与承认。新媒体文学和网络文学创作纳入国家社团管理序列,是国家从政治层面和政策层面承认并接受这一文化现象的重要标志。

2. 新媒体文学与传统载体文学的互动

新媒体文学虽然号称"凭借着强大的互联网支撑","依托高科技的支持",已经显示出传统载体文学,即以纸张为载体、印刷技术为依托的传统文学"无可比拟"的巨大的媒体优势和传播优势。其所拥有的载体空间足以容纳比传统载体文学数量大几十倍的作品,"从而给广大文学爱好者提供更多的阅读欣赏作品的机会和更大展示自己文学才能的空间"。其所拥有的传播优势在于传播速度无与伦比的快速,传播途径更是无与伦比的广阔。通过互联网和各种自媒体,新媒体文学可以在非常简短的时间内迅速抵达各种媒体的终端,并且在一定条件下为各个用户终端无限制地复制、转发,形成巨大的瞬间传播的规模效应。

然而,迅速发展、壮大中的新媒体文学从来没有轻慢传统载体文学的意思,因为传统载体文学不仅在文化上拥有文学正统和经典性的优势,而且其以创作、运作和阅读的尊严、规范和文化秩序感在社会文化建设中具有举足轻重且无法替代的地位。文学文化的话语权在任何一个时代都主要通过传统载体发布而不是由方便快捷的新媒体发布,这是迄今都未能改变的文化运作规则。在这样的规则下,新媒体文学必须积极向传统载体文学的运作方法甚至是阅读习惯趋近,甚至甘心情愿地为传统载体文学"收编"。向传统载体文学趋近,为传统载体文学"收编",一直是新媒体文学的努力目标,也是这种文学基本的社会文化品质的体现。研究者已经注意到,网络文学兴起以来较有影响的文学网站如"文学城"、"榕树下"、"中文网络文学精粹"、"黄金书屋"、"碧海银沙"、"莽昆仑"等网站,虽然分别推出了数量庞大且有一定影响的网络文学作品,但主要的文学精品还必须走传统载体发表的路数。几乎任何一个在网络上产生较大影响的质量较高的网络文学作品都会在传统载体文学层面找回自己的位置,并从文学文化角度锁定自己的最终文本。试盘点这些网络文学作品:《斗破苍穹》(天蚕土豆著,湖北少儿出版社 2010 年版)、《第一次的亲密接触》(蔡智恒著,知识出版社 1999 年版)、《小妖的网》(周洁茹著,春风文艺出版社 2000 年版)、《告别薇安》(安妮宝贝著,中国社会科学出版社 2000 年版)、《旧同居时代》(张建等著,中国社会科学出版社 2000 年版)、《智圣东方朔》(龙吟著,作家出版社 2000 年版)、《点击 1999》(顾湘著,二十一世纪出版社 2000 年版),其他还有集丛版本如"网络之星"丛书 3 卷(花城出版社 2000 年版)、"网络文学"丛书 10 本(湖北教育出版社 2000 年版)等。

固然,这里仅仅是新媒体文学通过传统载体出版的冰山一角。一方面,各地出版社越来越密切地关注网络文学,搜寻其市场竞争力较强的作品谋求出版的可能,从而使之"补位"传统载体文学市场空缺;可另一方面,新媒体文学及其作者,当然也包括在背后支持他们的媒体,同样在寻求得到传统载体文坛的承认与接纳,一则因为在市场上毕竟多了一条竞争的路数,多了一条拓展和扩大影响的途径;二则各种媒体的移植、改编往往也常聚焦于传统载体文学文本,将新媒体文学以传统载体文本样式推出,有助于作品走向更多的艺术载体;三则各种文化艺术评奖等等,官方的聚焦和文坛评论家的关注等等,都聚焦于传统载体文本,而这些方面的肯定都是新媒体文学所需要的。因此,即便拥有了相当大的新媒体阅读市场,新媒体文学仍然趋之若鹜地向传统载体文本形式和传播机制接近,寻求后者的接纳与承认。这是新媒体文学文化的基本运势,也是这种文化的基本流向。

尽管这样的言论在新媒体传播中并不少见,但以容量之大、传播之快、读者之广、市场之盛傲然睥睨传统载体文学的新媒体文学理论并不十分突出,在传统载体文学及其运行机制面前,网络文学和新媒体文学可以说一直保持着风格的低调与文化态度上的谦逊。这样的态度多少赢得了传统载体文学的宽容对待与热心接纳。因此，新媒体文学和传统载体文学并未形成有些舆论所夸张的那种水火不相容或者互相看不起的对垒格局，两者之间实际上构成了文化上的互涵互融关系。

从传统载体文学的角度而言，看不起网络文学，将网络文学和新媒体文学称之为文字垃圾的说法不是没有，而是由来已久，传统载体文学家不愿意将自己作品上网的现象也并非个别，但王蒙等作家状告网站侵权使用其作品上网则属于另外的话题[1]。多数传统载体文学家对于与网络传播的合作态度是积极的。不少传统载体的文学家和批评家会对新媒体文学中的某些作品持保留态度甚至进行严厉的批评，但这并不代表他们对网络文学和新媒体文学的总体否定。

有一种统计口径，单纯从发行数字判断网络文学或新媒体文学的市场占有率，严重误导了人们对新媒体文学与传统载体文学之间商业性"恶性竞争"的判断。中国产业洞察网《中国网络文学行业深度调研及投资前景预测报告》中指出，"腾讯文学"涵盖腾讯网读书频道、基于QQ空间的社会化阅读平台"QQ读书"、WAP阅读平台"QQ书城"及手机阅读应用"QQ阅读"等多个平台资源，成为腾讯泛娱乐战略接下来的发力重点之一，整体业务布局统一由腾讯互动娱乐事业群牵头负责。占据中国50%以上图书线上市场份额、全球最大的中文网上书店——当当网，也拓展了网络文学业务。公测中的当当数字馆和当当读书手机客户端为读者提供网络文学的在线阅读，更加丰富了网络文学的传播平台，为网络文学市场注入更多生机，也为当当网提供了更大的市场空间。这样的分析判断会给传统载体文学带来"狼来了"的误导信息，以为电子网络对图书市场的垄断都是新媒体

---

[1] 张莉扬、温淼：《由六作家状告"北京在线"一案引发的思考》，《中国科技资源导刊》2001年第2期。1999年王蒙、毕淑敏、风轻扬等六位作家状告"北京在线"网站侵权，引起文艺界和网络界广泛关注，判决结果引起争议。六位著名作家状告"北京在线"网站未经许可将他们享有完全著作权的文学作品，如《坚硬的稀粥》《一地鸡毛》《预约死亡》、《黑骏马》登载到网上，法院判决六作家胜诉。

文学发展的资源与结果。其实,稍有些知识的人们都可以判断,当当网等电子图书商务平台出售的大多是传统载体文学的书籍,而不是新媒体文学。这样的电子图书商务平台倒是真正撮合新媒体与传统载体文学合作的重要机制。

传统载体文学对新媒体文学正式接纳的标志除了在作家协会组织对网络作家的吸纳与接收而外,还包括大规模地运作大幅度地接受和肯定网络文学的成就。2008年10月29日至2009年6月25日,在中国作家协会指导下,中文在线旗下的17K网站与《长篇小说选刊》联手承办了"网络文学十年盘点"活动。这是自1998年网络文学诞生以来,网络文学融入传统载体文学界的一次盛大的嘉年华赛事。此次大赛参与或被提名评选的网络文学作品多达1 700多本,其中主要是小说。《人民文学》、《收获》、《当代》、《中国作家》、《十月》等20余家传统载体文学期刊共同参与,中国现代文学馆等官方机构主导其事。此次活动获得了众多原创文学网站的热烈响应,参加活动的原创网站有幻剑书盟、起点中文网、17K、天涯论坛、晋江文学城、龙空、西祠胡同、翠微居、逐浪、潇湘、四月天……几乎囊括了"网络文学"领域内所有知名原创网站。这次评选活动充分发挥网络平台的运作优势,采取网络投票、公开海选等等运作方式,结合专家、作家参与评选的因素,参与作品审读和点评的专家、文学期刊资深编辑多达50余人,参与投票海选的读者约50万人次。一般认为,这次评选活动是传统载体文学界与新媒体文学界"迄今为止最大规模的一次交流"。

本次评选的十佳优秀作品分别是:《此间的少年》、《成都,今夜请将我遗忘》、《新宋》、《窃明》、《韦帅望的江湖》、《尘缘》、《家园》、《紫川》、《无家》、《脸谱》。同时,通过网络海选投出的十佳人气作品是:《尘缘》、《紫川》、《韦帅望的江湖》、《褒渎》、《都市妖奇谈》、《回到明朝当王爷》、《家园》、《巫颂》、《悟空传》、《高手寂寞》。由此可以看出,尽管这种公开的与海选相伴而行的评选多少会影响专家评委的判断,当一些网友发现评委给自己心仪的作品评出较低的分数的时候,他们会大叫:原来评委不看书就打分,分明觉得如果看了那部书就没有理由不给最高分。但评委还是根据自己的理论和文学价值标准进行了评判,专家评出的"十佳"与海选选出的"人气十佳"重合率只有40%,也就是说分歧率在60%,这说明这样的评选并不是传统载体文学界向人多势众的新媒体文学界缴械的运作。

不过无论是新媒体文学界还是传统载体文学界,对这一次大规模的评选都持肯定和乐见其成的态度。组织者总结道:"这次大盘点,既是对网络文学过去十年的一次总结,也为传统文学和网络文学的交流架起了一座桥梁,是中国网络文学乃至中国文学发展史上一个里程碑式的事件,在差异与重叠中,将网络文学十年发展历程纳入理性的总结与回顾之中,促进传统文学与网络文学的融会交流。"这是主流文学第一次对网络文学的肯定,网络文学从此正式走向中国文学的舞台。

### 3. 传统载体文学的网络策略

网络文学已经成为我们这个信息时代的庞然大物,成为当代文化的赫然主角,成为当代文化生活中的璀璨明星,成为任何一个文学文化研究者都无法绕开并且更无法无视的对象。伴随着网络文学兴起的,与当代技术生活信息生活密切联系在一起的还有各种手机文学和花样繁多的自媒体文学。也许可以将这些凭借新媒体技术手段进行新型传播的文学类型概称为新媒体文学,它在传播方式和传载载体上与传统载体文学有着明显的区别。一般而言,人们总是习惯于在相对性,甚至相排斥性的意义上理解这两种文学的文化关系,但实际上它们还存在着天然的,有时甚至是必须的互融互涵关系。

一般认为新媒体文学不仅与传统载体文学争夺市场,而且也与传统载体文学争夺读者。甚至有人将传统载体文学读者的流失完全归咎于新媒体文学的搅局,总说网络文学对于传统载体文学构成了冲击。人们注意到:"严肃文学的读者在不断流失,在世界范围内都不是什么新问题,无论是欧美还是日韩都是如此。但在中国,尤其是在2010年以后的中国,这一问题表现得尤为严峻。""几年前,网络文学和严肃文学之争,到今天再聊起,已显得滑稽可笑。有'IP'和资本护航的网络文学早已不愿把自己局限在文学的范畴之内;而原本以'还语文教学以应有的人文性和审美性之路'

的新概念作文大赛日渐式微。最早进入市场的韩寒、郭敬明等 80 后作者,早已'华丽转身'。"[1]这种严肃文学将不再"严肃"下去的状况都是新媒体文学和网络文学冲击的结果。

  根据抽象调查,这些冲击应该是有,但绝对没有人们想象的那么强烈,更不可能像有些论者描述的那样,似乎传统载体文学的地盘都被网络和新媒体文学侵占并最终完全放弃。抽象调查的主要问题是,在青年学生和青年读者中,有多少人阅读了网络文学以后,就放弃了传统载体文学作品的购买和阅读?如果本来是喜欢文学阅读的读者,现在有了网络和手机以后,在多大程度上减少或停止了传统载体文学杂志和文学出版物的阅读?这实际上是调查网络文学在多大程度上拉走了传统载体文学的读者。调查的结果统计,对于传统载体文学而言,因网络而流失的读者大约在 4.3%到 4.4%之间。"狼来了"的鼓吹者一般都愿意将这个比例夸大为 20 倍甚至更多,在一些舆情表述中简直就是百分之百:"严肃文学的创作群体萎缩导致写纯文学作品的作家减少,又使读者大面积流失。读者不再关注严肃文学,是因为他们在娱乐层面有了更多的选择,也因为严肃文学不能再像以前那样给予读者更多的精神指引。"[2]其实,对高校青年读者群稍加了解就能知道,本来不读传统载体文学的读者并不会因为网络的到来而增加,而原来就习惯于传统载体文学阅读的读者一般也不会因网络阅读而大幅度减少。网络文学的阅读和网络阅读是两个不同的概念,网络阅读同样可以成为传统载体文学阅读的一种方式,只不过是一种更加经济、更加便捷的方式。传统载体文学凭借着自身的经典魅力和稳定的思想、艺术水平,并不会真正从文学阅读的中心位置退出。诚如网络作家中的突出代表唐家三少所说:"通俗文学的销量哪怕是严肃文学的 100 倍,它也永远无法

---

[1] 颜亮:《严肃文学已经放弃"影响公众"了?》,《南方都市报》,2016 年 1 月 12 日。
[2] 韩浩月:《只有跨时代的作家才能弥合网络文学与纯文学》,《京华时报》,2015 年 12 月 26 日。

取代严肃文学的作用。"[1]传统载体文学的读者与真正的新媒体文学消费者可能存在着一定的群体交叉,但永远不可能完全重合。网络文学和新媒体文学再发达也不可能将传统载体文学的读者都"消化"殆尽。一个严重的事实不容讳言:相当一部分读者如果没有网络文学,也不可能去购买和阅读传统载体文学的杂志与出版物,因而关于传统意义上的读者的流失并不会像有些人想象的那么多。新媒体文学以低廉、便捷、时尚的方式吸引了一大批以前没有文学阅读习惯的人加入了文学阅读,客观上有效地壮大了文学阅读者的队伍,这种基本队伍的大幅度增加当然首先对新媒体文学阅读市场有利,但也会培养出一批有潜在文学阅读能力和兴趣的读者群,对于提高传统载体文学的接受度未必就不是一件好事。

从作家收入这方面而言,似乎网络文学作家年收入动辄千万,与传统载体文学家的收入形成了鲜明的对比。新媒体文学在售卖、发行、点击方面的巨大优势,拉高了网络文学作家的经济收入,客观上侵害了传统载体文学及其作家的利益。其实这也是想当然的判断。据网络公布的《中国作家富豪排行榜》的统计,尽管每年占据作家富豪榜最高位置和最多比例的是网络文学家,但网络文学家的收入持续几年基本保持不变,而传统载体文学家的收入逐年递增,富豪榜中的传统载体文学家的比例也逐年上升。2012年以前,作家富豪榜前列位置刘心武、曹文轩寂寂无闻,但2013年以后他们就挤入前十,而且收入逐年大幅递增。这说明网络文学其实并没有造成杰出的、著名的传统载体文学家收入流失。因此,新媒体文学与传统载体文学之间的相克关系应该说是一种虚假的、夸张的现象,它们更多的时候应该是一种相生相成的关系,只是这种相生相成关系常常是隐蔽着的,需要研究者去做深入的观察和深刻的研究才能得以揭示。

网络文学、新媒体文学与传统载体文学这样一种相生相成关系,不仅体现在文学阅读者队伍的有效扩容,而且表现在对传统载体文学创作水平

---

[1] 田超:《唐家三少:网络文学无法取代严肃文学的意义》,《京华时报》,2015年12月24日。

的提升与促进。固然,网络文学从发表到阅读都大大降低了文学的门槛,总体上拉低了文学的水平,甚至出现过"现在的网络文学 99.99% 都是垃圾"[1]这样的言论。的确,在新媒体的平台上,谁都能够自由地发表自己的作品,文学发表不再设有一个门槛,甚至无须任何准入机制,这可能导致整个文学写作的生态受到了冲击:优秀的作品,高水准的作品,可能会被巨大的网络文字潮势所劈头盖脸地完全冲溃、淹没。但正如大浪淘沙的道理一样,从另一方面来说,泥沙俱下的文学格局又有利于激励优秀的文学作品和高水准的文学创作脱颖而出,在文学的沙滩和荒原上熠熠生辉。本来,传统载体文学凭借着传统媒体的力量,也就是杂志、报纸、出版社的力量,凭借着这些媒体的权威和优势地位,让读者在它们的优选运作下造就了一代又一代杰出的作品,一批又一批杰出的作家,不过同时又存在着把著名作家名人化、将杰出作品标签化的现象,长期以来,传统载体文学家在这种传统化的运作秩序中坐享其成,使得他们的作品往往不如其成名作甚至处女作那么叫好叫座。自新媒体出现,文学发表撤除了准入门槛,文学的名人效应势必让位于作品效应,无论是怎样的名人,作品如果写得不够水准,同样不会赢得市场的选择和读者的追捧,很可能与一般作者的写作一样被汹涌澎湃的文学水军的创作所淹没。因此,这样一种网络阅读、网络选择的文学运作,从文学生态来说,实际上有益于文学总体水平的提高。网络介入以后,文学的优选程序发生了某种变化,这种优选程序的变化,有助于传统载体文学总体的文学水平的提高。

新媒体文学和网络文学在与传统载体文学之间,还存在着互相借助对方开发的资源并行发展的可能性,这种可能性可以被表述为一种良性的互动。事实正是如此,再杰出的文学家也必须关注网络阅读、网络写作,从中吸收他们的资源。同样,网络和新媒体的写作者,从唐家三少的言论中可以窥见,他们的眼光从来就没有离开过传统载体文学作品,那些经典的文

---

[1] 韩浩月:《只有跨时代的作家才能弥合网络文学与纯文学》,《京华时报》,2015 年 12 月 26 日。

学名著，那些杰出作家的成功创作，都是他们创作和欣赏的重要资源。尽管有些新媒体文学家表面上说起来有些离经叛道，但他们内心的价值观和审美情趣从没有背离过传统载体文学所倚仗的传统优势。那是他们共同的目标和准则。

在文学的运营方法，文学开发的渠道方面，传统载体文学与网络文学之间同样可以构成一种相生相成关系。网络文学的那种社会运作，文化运作，它对于当代读书界和文化界，对于普通读者的文学生活的介入，都是一种有效的帮助，它实际上启发着传统载体文学家以及传统载体文学的经营者，从网络运营的角度更新思维，改良方法，贴近读者，贴近时代，勇敢地、坦荡地接受电子阅读和网络阅读市场的选择，有效地提高自己的市场适应力和读者召唤力。据报道，受到读者大众利用"碎片化时间"阅读习惯的影响，也受到世界短篇小说大师，获得诺贝尔文学奖的爱丽丝·门罗的启发，为了让中国批评界和普通读者重新认识短篇小说的独特魅力和存在意义，当当网曾尝试进行短篇小说"单篇销售"活动。"这一举措于作家而言，对作者的写作具有指导意义，能够帮助作者第一时间抵达读者。于企业而言，则是充分利用互联网平台的互动性，读者可以与作者和其他读者互动，随时评论分享，不断丰富了用户的阅读体验。"[1]

新媒体文学和网络文学已经充分意识到自己有一个先天的缺陷，那就是文本的不确定性，承载的载体的不确定性，这增加了文学文本积累的难度。因此，新媒体文学和网络文学也在从传统载体文学的承载方式那里找出路，找资源，找未来。

传统载体文学作家如果要走向网络，走向新媒体，其心理状态需要做较大的调整，他们并不十分容易将自己的创作心态调适到新媒体和网络文学推送与运作的那个独特的频道，那是一个不一样的频道。但这样的心态在调适之前未必都是排斥新媒体文学和网络文学的。健康的文学心态通向和谐与包容，能够维护传统载体文学与新媒体文学之间已有的以及应有

---

[1] https://tieba.baidu.com/p/4702355236.

的相生相成关系。

## 三、汉语文学与民族语文学

汉语新文学概念,将中国现当代文学、台港澳文学和世界华文文学一体化,并对这些文学现象建立了以语言作为文化思维和文学思维的关键性影响因素的学术认知系统。由于以语言为文学历史和文学版块的划分依据,汉语新文学概念有效地避开了许多政治区域、社会族群及其相应的传统等等敏感问题。而且,以简捷、明确的特性整合起来的汉语新文学概念可能最少歧义,它有助于汉语文学在当代情势下以整体的形态面对世界其他语种的文学,并与之展开平等对话。

不过这一概念的局限性也很多,其中最重要的是对于民族语文学缺少了包容性和涵盖力。不过,汉语新文学和汉语文学所因循的由语言定义文学的学术路数,同样对于多民族文学的研究提供一种思路,即可以围绕着与汉语文学相对应的民族语言文学展开话题。

1. 民族文学的论述层次

汉语新文学的学术构建,坦率地承认了这样一个基本事实:中国现当代文学的研究基本上没有能力涵盖民族语文学。民族语文学只有在少数民族研究者那里才获得某种学术观照的机会;其学科归宿则属于所谓少数民族文学。其实中国现当代文学,或者所谓华文文学,都应该包含民族语文学,但无论在观念认知上还是在研究能力上,上述相关学科所进行的往往是汉语文学研究,而无力覆盖其他民族文学特别是其他民族语言文学。在这样的意义上,汉语新文学概念事实上并没有缩小现在已经定型的中国现当代文学或华文文学应有的学术范围。在这样的事实层面上,汉语新文学的概念对于提升民族语文学的文化地位更有帮助,它让民族语文学与汉语文学有了相互区别并且相得益彰的学术地位,而不像以前的学科和学术习惯上所理解的那样,将民族语文学大而化之但其实是"妾身未明"地包含在中国文学或华文文学之中,其实并未拥有实际的和相当的学术地位。

讨论汉语新文学以外的民族文学,会发现它实际上涉及多角度多层次的学术和文化认知。从民族语文学的角度可以将现已相对定型但内涵非常纷乱的民族文学厘定得更加清晰。

　　首先,非常容易进入这个学术话题的门径的,很可能是民族历史、文化和生活的题材。也就是说,民族文学或者所谓少数民族文学比较容易在文学题材意义上展开研究和分析。然而这样简单的进入方式隐含着许多危机。固然,少数民族作家无论使用本民族语言还是用其他民族语言(通常是汉语)进行创作,都可能主要表现少数民族的题材,这样的写作计入民族文学自然毫无问题。但是,大量的民族历史、文化和生活题材的书写可能出于汉语文学家,而且汉语文学家的这种民族题材书写往往更有成就,更有影响,但是否可以纳入民族文学的学术和学科框架内,就成了一个需要探讨和甄别的问题。

　　关于民族历史题材的书写,例如关于成吉思汗和蒙古帝国的书写,关于清皇族崛起的书写,文学成果相当丰富,其中汉语文学家的贡献特别辉煌,这样的文学作品的基本归属应该是汉语文学而不是民族文学。又如,金庸的《天龙八部》广泛涉及契丹、女真、党项等民族历史,并且叙述得非常精彩,人物的刻画相当生动,但如果将这样的作品算作上述各民族文学,显然有违于我们的文化印象和阅读印象。

　　而关于民族文化题材的写作,近些年的《狼图腾》以及前些年蒙古文化的书写,相当活跃的多是汉语文学家以汉语进行的,当然,像阿来的《尘埃落定》,是特定的少数民族作家对特定的少数民族文化的成功书写,然而所借助的文学语言仍然是汉语。少数民族文学家通过汉语表现少数民族文学文化的书写当然可以回溯到老舍的《正红旗下》等经典作品,还有沈从文大量而优秀的湘西写作。这些作品从作家的民族属性的角度可以纳入民族文学的研究范畴,然而它们又的确是汉语文学的精品,是汉语文学史中无法绕开的文学作品。当然可以将这样的作品纳入民族文学研究的范畴,不过这需要确认它们的双重身份,在汉语文学世界它们同样葆有稳固的地位。

也就是说，对于这类创作者是少数民族人士，而创作品又是汉语文学之属的作品，它们固然表现了民族文化的精神、面貌乃至特质，较为稳妥且令人容易接受的处理方法便是其分别在汉语文学世界和民族文学世界的双重身份。这时，这些作品作为民族文学的身份，与其说通过作品表现的民族文化去认定，毋宁说是通过作者的民族身份去认定的。也许，通过作家的民族身份确认文学的民族文学属性，是一种较为方便和妥当的处理方法，但可能会面临许多复杂的情形而难以贯彻。譬如说面对源远流长的中国古代文化和古代文学，对于特定的创作者的民族身份的认定就是一个异常复杂的问题。有学者认为李白并非汉人，甚至元稹也并非汉族。即便对这些特定的作家进行有效的身份考证，谁能担保还有多少其他著名文学家其民族身份有待确证。文化的 DNA 有时候并不像生物学上的 DNA 那么管用，更何况我们可能无法获取古代文学家的文化上的 DNA，于是最终无法认定他们的民族属性。如果习惯于从作家的民族种属划分民族文学，那么，考定和确认古代文学家的身份将成为古代民族文学研究的首要环节，而即便是当代民族文学的研究，也会越来越多地受此问题的困扰。

这种情形与所谓海外华文文学的作家认定相类似，它们都会为一般意义上的文学研究平添了许多琐碎而并无多大意义的先期课题。海外华文文学当然不属于中国文学，原因是那些文学的作者已经旅居国外，甚至是外国公民。于是，明明是用我们习惯的汉语进行写作，明明表达的是中国人的情感和中华文化情怀，明明是与我们的当代文学一样地继承了中国现代文学的新传统，如鲁迅传统，郁达夫传统，曹禺和田汉的传统，废名、沈从文的传统，徐志摩、戴望舒和穆旦的传统，如此等等，但我们必须因为这些作家的国族身份而将它们摒置"海外"，甚至有人认为，应该将这些文学算作外国文学中的少数族裔文学。姑且不论这样的学术处理如何有违于我们的文化伦理，即便让这些海外华文文学真的按照其作者的国族归属而划归各个熟悉的或陌生的国度，即便是那些熟悉的或陌生的国度忽然做好了莫名其妙的准备敞开胸怀接纳那个土地上的华文文学写作，将其引为自己国度的文学，可是我们还需要对这种文学属于"海外"哪一个"国度"的华文文学作繁难的甄别和论定。随着"地球村"效应的普遍化和日常化，一个作家的居住和写作的关系，文学写作与发表的关系，作品发表与接受的关系等等，都可能变得十分复杂，传统社会秩序中的那种作家居住地往往也就是他的写作地，发表地，很可能也是作品发生影响的所在，它们是那么高度一致，因而也非常容易辨认和识记。例如著名汉语文学家白先勇，出生于大陆，曾在香港受教育，在台湾完成大学学业并开始文学事业，而大量的作品写作于赴美求学和工作期间，这些作品的相当多的部分是在台湾发表并产生影响，后来又有作品在大陆发表并在大陆产生更为广泛的影响，作为一个美国公民，他晚年又常住台湾，经常在大陆参与文学和文化活动。他的文学活动和文学写作如果根据他的身份证和护照所属国，则完全应该被认定为美国华文文学，但这样的认定如何能为作家本人所接受？又如何能吻合于台湾和大陆读者的印象与记忆？

更复杂的情形还在于，在开放的社会里，不少人长期居住地未必是他的国籍所在地，其所拥有的身份证和护照未必就与其现实的国籍相一致，加上他可能对祖国和祖籍十分依恋，可能会像严歌苓、虹影那样，以外国公民的身份却选择中国作长期居住地，做自己作品的主要发表地。这时候，考察作家的身份并以此作为其文学所属的依据，不仅十分繁难而且也相当无聊。

民族文学研究没有必要重拾这样的繁难和无聊，没有必要在作家的民族身份的考订和确认方面付出太多的心力，并将其当作民族文学研究的必要前提。民族文学研究应该尽快地返回到民族语文学研究，民族语文学与汉语文学具有同等重要的学术地位。文学是语言的艺术，文学语言的民族属性完全可以而且应该成为文学种属的判别依据。

2. 民族语文学概念的优势

正像以文学家身份属性来认定的国族文学不如以语言为划分依据的语言文学来得简洁、明确，因而可以确认汉语文学相对于国族文学概念的优势，在民族文学的概念把握上也是如此。民族文学如果以文学家的民族身份为依据进行界定和认定，那么将带来许多辨析不清的难题，只有从语言的角度,将民族文学置于民族语文学的概念之下,才能得到确定性和稳定性的学术把握。

民族语文学就是以一定的民族语言文字进行创作的文学及其所形成的各种文学现象。

固然,拥有自己语言文字并以此进行文学创作和文学运作的民族并不很普遍,也就是说,民族语文学可能只属于真正意义上的"少数"。但民族语文学在概念内涵上与民族文学不同,在外延上更不是民族文学的全部。民族语文学的概念与民族文学的概念部分重合,但完全不等同;民族语文学是民族文学中的核心部分,是民族文学最典型的文学形态和文学类型。

于是我们讨论中的民族文学可以体现于这样的一种概念结构图式中:

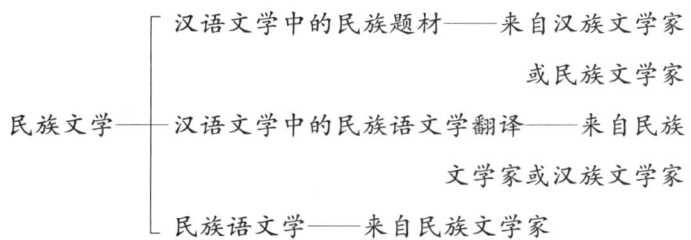

这种图式所概括的当然都是相当一般的情形。其中并不能排除一些变数与特例的可能。例如,有没有民族语文学来自非本民族文学家的创作?目前虽然尚未出现典型的示例,但可能性显然存在。如王蒙在新疆生活了20多年,对维吾尔族兄弟有着非常深挚的情感,对维吾尔文化也有着深刻的体验和喜爱,他就有用维吾尔语进行文学创作的冲动和能力。另一种情形是,某些民族没有足够的语言文字资源承担起本民族文化的传载任务,往往会借助汉语等其他民族语言文字加以寄生性地传载。诸如《阿诗玛》、《刘三姐》这样经典的民族文学作品其实就是这样的情形。

因此,民族语文学的概念不仅没有大大限制民族文学的界限,而且将民族文学内部构成的复杂性以及民族文学的某种本质特性揭示得更加明确,强调得也特别充分。这对于我们更加全面、更富有层次感地把握民族文学概念具有某种方法论意义。同时，也使得多层次、有差别地建构具有中国特色的民族文学研究理论框架具有学术启发意义。

中国是一个多民族的国家，各民族无论人口多少，在祖国的大家庭中都拥有同等的政治和文化地位。在这样的意义上，将汉族以外的民族概称为"少数民族"并不十分科学，也不很正式。一定民族人数的多少并不能作为这个民族的身份标志。基于这样的反省，从学术建构上来说，需要将"少数民族语言文学"统称为"民族语文学"。这一概念通过不言而喻的指称方式，将多民族文学语言放在同一学术平台上，有利于民族团结和社会和谐，有利于民族文学和文化的建设。

民族语文学在政治文化地位上与汉语文学取得了相对的平等，各民族语文学都是祖国文学大家庭中不可分割的一员，这对于建构中国文化和中国文学的理性秩序具有重要意义。

另一方面，民族语文学的概念及其与汉语文学关系的揭示，并不能起到汉语文学在祖国文学大家庭中的领导地位和核心地位。相反，可以从各民族语文学的关系研究中进一步确证这种领导与核心地位。

在多民族语言文学和平共存、平等共生的情形下，哪一种语言文学能够脱颖而出体现领导作用并发挥核心价值功能？显然这与非常态的政治状态和民族关系中的某种语言强权及其所规定的语言统治模式不可同日而语。在和平的文化环境下，一种民族语言文学之所以能够自处领导和核心地位，主要是因为这种民族语言文学能够以自身的表现力摄入其他民族的人生和文化内涵，并且能够具有巨大的包容性吸纳和融合其他民族语言文学的优良养分。汉语文学在中华民族文学发展史上就是如此，它能够以巨大的包容心接纳任何民族优良的语言文学和文化成果，并且视同己出，倍加珍视，如对《敕勒歌》给予的经典性的保护与传诵，对《木兰辞》所进行的毫无保留的研究与普及化的文本教育。如果说《敕勒歌》已经点出了是"敕勒族"的民歌，那么《木兰辞》并未在字面上明确标明是具体何种民族语文学的遗存。或许它可能就出自汉语，但所反映的民族风尚和文化取向一定指向北朝鲜卑族的社会与生活。那是一个尚武的时代，而且女子在这尚武的风习中并未退场，伴随着特定时代穷兵黩武的社会风气，女子从军具有了某种礼俗的正当性。而且这不是一个娘子军的故事，她需要女扮男装混迹于男人世界。与梁山伯祝英台故事中的女扮男装不一样的是，后者文质彬彬，子曰诗云之间可以化解女扮男装对于惯常礼教的直接危害，或者可以通过一定的诗礼教育减弱甚至补救这样的危害。而花木兰的故事显然是特定的"可汗"时代特定的民族特定生活的诗性记录。但汉语文学毫不犹豫地将其纳入自己的文化传统，并将其确定为自己的文学和文化经典。

作为多民族文学中的中流砥柱和重要文化资源，汉语文学还能够承担起表现多民族文化和社会生活的重任。中国的各民族文学家如果觉得本民族语言文字不足以表现本民族文化和生活的某种复杂性，他首选的一定是汉语汉字。另一方面，汉语文学所代表的一定时代的文化，实际上也成了民族语文学的精神资源和文化皈依的目标，民族语文学中的许多因素都似乎需要经过汉语文学和汉语文化的确认甚至洗礼。从老舍到阿来的创作都明显地存在着这种在汉语文化中寻求确认的意识。这些都表明，汉语文学在民族语文学中的具有不言而喻的领导地位和文化资源意义。对于不少民族语文学家而言，其精神资源一方面是民族文化的，另一方面则是汉语文化的。双重精神资源的作用会使得他们的文学具有比一般文学更具魅力，也更有活力。这至少是阿来赢得巨大成功的一个重要因素。

显然，民族语文学是更具科学性，也更具理论优势的一个概念，它既可以凸显民族文学应有的文化和语言特性，又可以避免"少数民族文学"命名的概念的陈旧性以及歧义性。民族语文学厘清了民族文学的最重要的本质特征，所谓少数民族的生活题材显然不是民族文学的最重要的判断依据，所谓少数民族文学家的创作，也常常不是民族文学特性的决定性因素，民族文学的最具有区别性和决定性的因素应该是民族语文学及其必然承载的民族文化。

民族语文学与汉语文学应拥有同样的政治地位、文化地位和学术地位，它们共同构成了中华文学、中国文学以及华文文学的丰富平台。为了突出其政治、文化和学术地位的重要性,应该不主张强调其"少数民族文学"身份,而表述为民族语文学,以与汉语文学相对应,相配合。当然,汉语文学在多民族语言文学中的领导地位和精神资源性意义应予承认。

3. 汉语文学与民族语文学

现在需要检讨汉语文学中的民族题材表现和民族文化写作现象,由此论证,汉语文学家的民族题材写作、民族语文学家的汉语写作与民族语文学之间的关系。

汉语的文学表现力足以渗透到民族文学题材和文化生活之中,这已经是被丰富的文学历史和文学现象所屡次证明了的。不用说老舍、沈从文、玛拉沁夫、李乔、阿来等杰出的民族文学家使用汉语进行民族题材写作所取得的辉煌成就,便是汉族文学家屡次以汉语摄入民族文化和生活题材,在现当代文学史上也取得了辉煌的佳绩。在这个意义上不应被忘记的有闻捷的《复仇的火焰》,胡奇的《绿色的远方》,克扬、戈基的《连心锁》等等,当然还有中华人民共和国成立后一批反映民族文学题材的电影作品。这些作品当年都在不同程度上激动了一代中国人的心,但现在已经面临着被总体遗忘的命运。一个饶有趣味的历史现象是,同样属于民族题材的汉语文学,出自民族文学家的汉语书写的成就显然远远高于汉族文学家的同类写作,其文学影响力也会远远长于后一种民族书写。同样是表现蒙古草原复杂的斗争故事,闻捷的叙事诗水平并不下于玛拉沁夫,但如果说玛拉沁夫的作品还牢牢地占据着共和国文学史上的重要一页,那么闻捷的作品却很少为人提起。

这其中的决定因素是什么?是作为民族文学最重要的民族文化记忆的刚性内涵。所谓民族文化记忆的刚性内涵,就是深深嵌入民族记忆深处的,与民族久远的传统和普遍的习俗密切相连,反映民族精神的基本品质和特性的那种文化内涵,它绝不是民族言语的点缀,更不是称呼、专有名词等等的民族语借用,以及一些简单的民族生活气氛的铺垫与渲染。只有缺乏民族生活底气的作家才特别注重这些外在的语言点染,诸如老舍、沈从文、李乔这种对民族生活内涵和民族文化底蕴有自信的作家,倒反而会避开那种外在的语言点染,而专注于民族文化中特别痛切或特别深沉的刚性内涵的发掘与表现。沈从文的《七个野人与最后一个迎春节》就是这样的作品。

一个民族文学家即使他习惯于使用汉语表达和书写,但他只要对民族题材的生活背景和文化刚性有着深刻的体验和富有生命痛感的传达,他的作品就必然体现出民族文学应有的精神气度和作风气派。当然,如果一个文学家只是对某种民族文学题材保持强烈的兴趣,但他对这个民族的生活缺乏必要的体验,对这个民族文化的刚性内涵缺乏必要的了解,因而也缺少表现的能力,这样所体现出来的民族文学素质就不会很明显。在前述作品中,《连心锁》在这方面表现得最为肤浅甚至浅薄。该小说除了语言上点染一些非常简单非常外在更是非常生硬的朝鲜语而外,其他所有的文学表现几乎都与朝鲜生活和朝鲜文化无关。也许有人会为之辩护说,这个作品表现的是共产党领导的民族斗争,民族的独特经验和文化刚性自然会隐退。其实不然,闻捷的长诗和胡奇的小说都是表现的这样的斗争,也同样表现共产党对民族斗争的领导,但它们的民族文化的刚性内涵就明显得多。关键还是作家的民族意识,民族文化刚性表现的能力和功夫。

一般而言,通过别的民族语言文字——哪怕是汉语,记载和表现一个特定民族的刚性文化记忆,都可能发生信息流失、力度弱化乃至优势受挫的情形。这其中关键的原因是,汉语厚重的文化根柢和精神资源对于民族文学家及其一定民族题材的表现很容易构成思想的和文化的"前摄干扰",作家关于这种文化根柢和精神资源的修养越深厚,认同越强烈,其"前摄干扰"的性能就越明显,表现民族文化刚性内涵的可能性就越降低。即使是在一个真正的民族语文学家那里,情形也会如此。例如蒙古语文学家尹湛纳希,以罕见的才情著有《一层楼》、《泣红亭》等模仿《红楼梦》的作品。《红楼梦》所传载的汉语文学才子佳人传统及基本情调,那种汉族知识青年特有的柔弱与缠绵作风,那种以诗词歌赋、琴棋书画为内容的生活情趣,正是汉语文学类似传统的刚性表现。但这位蒙古族文学家深湛于此也深陷于此,将这些所有的传统、情调、作风和情趣全都移置蒙古青年身上,让他们远离草原的笙箫牧歌、金戈铁马和荆棘尘沙。蒙古贵族应有的文化气质与精神品质的刚性内涵在文学表现中被全面柔化和弱化，民族文学应有的优势被轻易地放弃，而作为汉语文学的经典作品的模仿性创作，这些作品的艺术成就和文化地位都受到了重挫。

尹湛纳希的教训在纳兰性德那里同样有其针对性。这些民族语文学家一方面放弃了民族语言表达的天然的优越性，特别是在表现民族文化刚性内涵方面的优越性，一方面又甘心情愿在汉语文学精神和文化内涵的表现嗜好方面追随其后，弃己之长而用己之短，这样的文学选择自然会得不偿失。

至少从民族文学建设的角度言之，民族文学家的突出优势应在于本民族语言的写作。语言学的结构功能学派的相关研究成果已经明确，语言对于文学早已不仅仅是工具的意义，语言可以参与到文学艺术创作的总体构思，可以从思维方法上唤起民族记忆中的情节走向和人物性格表现的途径，包括民族语言中的若干天然养分，还可以从民族文化建构的角度全部地、完整地呈现民族语言沉淀的刚性材料。也就是说，一个民族文学的刚性记忆往往与这个民族特有的语言密切联系在一起。

文学构思是一种特定的文化思维，从传统的理论视角分析，这属于一种"形象思维"，也就是说，文学构思过程中带有许多文化记忆的成分，分别在构思中担任唤起、暗示等等参与作用。一种诗的境界的设定，一种形象的刻画与价值论定，一种表达的组织，一段对话的形成，一个动作的设计，乃至一定场景的布置，都与作家一定的生活记忆和文化记忆相关。而保存这种生活记忆，承载这种文化记忆的主要是与民族生活联系在一起的语言，最本色最生活化的语言；当然也必然有一些缺少语言在场性的情景、形象、场面等等，但这些直接形象即便保存在构思者的记忆中也难以作为思维因素直接进入作品构思，思维因素必须转化为语言的表述。所有的构思性思维都必须经过语言的处理，这种语言是与那种生活记忆联系得最为紧密的民族语言、生活语言。从这样的意义上说，一定民族离生活语言最近的民族语言才是该民族文化记忆最直接的也是最合适的叙述者,民族语文学从构思的时候开始就已经在民族文化的刚性内涵的传达方面拥有了无限的优势。因此,民族文学的最集中的体现和最典型的形态是民族语文学。

正是在这样的意义上,民族语文学的最生动和最有意趣的表达是与这个民族生活联系得最为紧密的民间故事,这些民间故事即便被翻译成汉语,也仍然保留着民族文化的刚性内涵和鲜明风格,《阿凡提的故事》便是如此。它经过了跨民族的语言翻译,但它通过原民族语言传达出来的民族思维的特性,民族语言的风格,民族生活的活性,被完整地保存在翻译文本之中,因为这些体现民族文化的刚性的内容,并不会随着语言的变更而变异。只有用民族语言构思、表达的民族文化形态才可能是民族文化的刚性内涵的呈现,而民族文化的刚性内涵一经民族语言的凝铸,就可能沉淀为一种富有特色的坚固的文化存在,经得起任何别的语言的释译与传载。藏民族的英雄史诗《格萨尔王》便是如此,它经得起任何民族语言的翻译与阐释,就像它经得起时间的历练与磨蚀一样。

一个民族语文学家如果以汉语文学作为目标进行自己的文化跋涉,这样的毅力和精神值得敬佩。但他的优势往往不在汉语文化的重释以及汉语文学的仿拟,而是在于本民族文化的刚性内涵的表达。这样的优势不仅作者自己需要,也是民族文学建设的需要,更是祖国文学的整体需要。一个伟大的国家需要容纳多民族语言的文学形态,它的文化的丰富性和完整性构成就是不能缺少各个民族文学和文化的贡献,只有各个民族以自己文学和文化的刚性内涵显示出并贡献出自己的特质和力度,国家文化的"软实力"才真正强大。马克思等人提出的著名的论断"越是民族的越是世界的",可以借来做一个代入性的表述:文学"越是民族的越是国家的"。

4. 民族语文学的可能性

民族语文学将民族文化的刚性内涵进行了诗性的凝铸,民族文化的刚性内涵通过民族语文学体现为特定的人生滋味和特殊的民族风貌,体现一定的民族与文化所特有的气质。民族文学所体现的民族文化的刚性内涵当然并不仅仅限于民族语的表现,《木兰辞》和《敕勒歌》长期在汉语文学的传述之中并成为汉语文化的经典,然而它们依然带有无法泯灭的民族生活的重彩,那就是因为其中传达着鲜卑和敕勒族历史文化生活的刚性内涵。由此可见,就民族文学而言,民族文化的刚性内涵的传载和表现是至关重要的,民族语的使用是为传载和表现民族文化的刚性内涵所做的准备。上述作品所传载和表现的民族文化的刚性内涵非常突出,以致任何其他语言文学都无法减弱乃至泯灭其特色风貌和特质精神,这时民族语言的使用并不显得十分关键。

《格萨尔王全传》书影

但如果民族文学作品所传载和表现的民族文化的刚性内涵并不那么突出,在其他民族语言的传载和重现中存在着被磨蚀和弱化甚至被同化的危险,那么,民族语的传载和表现就显得尤为重要。总之,民族文学的精魂及其价值质点在于民族文化刚性内涵的传载与表现,民族语的考量只是为民族文化刚性内涵的表现提供思维和表现途径上的保证。正如杰出的民族语文学作品如《阿凡提的故事》、《格萨尔王》所展示的那样,民族语文学以及自己所传载的民族故事和民族英雄人物,形成了自给自足的文化运作体系,它无需也不应该以向汉语文学做文化上的和精神风貌上的趋近为价值目标。如果不试图通过一定民族文化的刚性内涵显示自己的民族特色和文化特质,这样的民族文学就很难以自身的丰富与应有的精彩参与到祖国文学的多姿多彩之中。

民族语文学既是民族文学的典型形态,也是民族文学的理想类型。"理想类型"是马克斯·韦伯提出的一个命题,指在一定的意识范围内人们通常运用的最能代表正面价值概念表述的思想和观念形态。作为"理想类型"的概念也许是不严谨的,因为它能够将一切正面价值的内涵都吸纳和包容其中，类似于五四时代的"民主"与"科学"。民族语文学在民族文学的学术话语中也相当于一种理性类型，它可能不指向一种严格的学术定义，但体现着民族文学的理想形态。

民族语文学的概念可以在超越于民族意义的语言范畴内相对自由地使用，并可以弥补政治范畴的民族认定方面的某种滞后及其所带来的学术研究的缺陷。在任何多民族国家之内，民族的正式认定都是非常严肃的政治命题，所需经过的政治程序非常复杂。但随着社会开放度的增加，民族迁徙和多民族聚集的现象越来越普遍，民族文化和文学在一定区域内呈现出的复杂多元现象要远远超过国家政体对于民族的认定。在这样的情形下，我们既不能要求政体对民族的认定这样一个重大和敏感的问题作出不切实际的因应调整，也不能漠视一定历史和时代条件下一定区域一定的民族文学和民族文化的事实存在，这种两难情境的克服可以倚重于民族语文学与文化概念的运用。民族身份的政治认定可以滞后于甚至脱钩于民族语的认定，而一定民族语所承载的民族语文学与民族语文化自然也可以先于民族的认定而进入实际的文化运作和学术研究范畴。

这样的情形或许可以从澳门土生葡人的文学与文化中获得更多更具体的启发。土生葡人原是指葡国人在亚洲地区土生土长的后裔，主要包括葡人与亚裔人士通婚后的混血后代，澳门土生葡人一般是指在澳门出生的葡国人与澳门人以及其他地方的亚裔人通婚的混血后代。在澳门这个族群还创造出自己的混合语体——"澳门土生葡语"，后被正式命名为"帕葡亚"(Patois)。这是一种以葡语为基础，较多使用汉语句式，广泛融合了粤语、葡语、非洲语言、马来语以及菲律宾西班牙语和香港英文等语言词汇演化而成的人造语言，并伴有其独特的文字。

这是一个具有传奇色彩的族群，其独特的语言文字显示着他们执着的文明自觉和文化自信。这应该是中华民族大家庭中的一员，虽然他们还不可能被确认为一个民族，但他们的语言文字所创作的文学作品应该算是有特色的民族语文学。这个族群的代表文学家是约瑟·桑特斯·飞利拉(Jose dos Santos Ferreira, 1919—1993)，笔名为阿德(Adé)，他用澳门土生葡语创作了大量的诗歌和话剧作品。有人宣称这是最后一位土生葡语文学家，显然并不是事实。在飞利拉之后，至少还有土生葡语小说家飞力奇，他创作了著名的《大辫子的诱惑》。现在还有积极创作土生戏剧的著名作家飞文基，他几乎每年都会有新作品推出。研究者将这个民族语文学结集为《澳门土生文学作品选》[1]，相关的研究正在继续。

在我们这个伟大的祖国，应该还有一些特定的族群，像土生葡人一样安宁、幸福地生活在某一个地方，具有一定的社会结构，具有一定的文化传统，他们同样充满着文明自觉和文化自信，也许在乐此不疲地用他们自己的语言文字书写着他们的欢乐与痛苦、信念与疑虑，这些都是我国民族语文学应该珍视的对象。

---

[1] 汪春、谭美玲：《澳门土生文学作品选》，澳门：澳门大学出版中心，2001年。

# 主要参考文献

［德］马克思、恩格斯:《马克思恩格斯选集》,北京:人民出版社,1972年。

毛泽东:《毛泽东选集》,北京:人民出版社,1991年。

鲁迅:《鲁迅全集》,北京:人民文学出版社,2005年。

郭沫若:《郭沫若全集》(文学编),北京:人民文学出版社,1982—1992年。

茅盾:《茅盾全集》,北京:人民文学出版社,1984—2006年。

巴金:《巴金全集》,北京:人民文学出版社,1986—1993年。

田汉:《田汉全集》,石家庄:花山文艺出版社,2000年。

徐志摩:《徐志摩全集》,北京:中央编译出版社,2013年。

欧阳予倩:《欧阳予倩全集》,上海:上海文艺出版社,1990年。

蔡元培:《蔡元培文集》,台北:锦绣出版事业股份有限公司,1995年。

李大钊:《李大钊全集》,石家庄:河北教育出版社,1999年。

梁启超:《饮冰室合集》,北京:中华书局,1989年。

周作人:《周作人散文全集》,桂林:广西师范大学出版社,2009年。

张君劢等:《科学与人生观》,上海:亚东图书馆,1923年。

赵家璧主编:《中国新文学大系》,上海:上海良友图书印刷公司,1935年。

徐中玉等主编:《中国近代文学大系》,上海:上海书店,1991—1996年。

薛绥之主编：《鲁迅生平史料汇编》第5辑，天津：天津人民出版社，1981年。

文天行等编：《中华全国文艺界抗敌协会资料汇编》，成都：四川省社会科学院出版社，1983年。

郑子瑜：《郑子瑜学术论著自选集》，北京：首都师范大学出版社，1994年。

顾毓琇：《中国的文艺复兴》，北京：科学出版社，2011年。

刘为民：《科学与现代中国文学》，合肥：安徽教育出版社，2000年。

蓝棣之：《现代文学经典：症候式分析》，北京：清华大学出版社，2006年。

楼适夷等主编：《中国抗日战争时期大后方文学书系》，重庆：重庆出版社，1989年。

北京大学国际政治系编：《中国现代史统计资料选编》，郑州：河南人民出版社，1985年。

朱寿桐：《孤绝的旗帜——论鲁迅传统及其资源意义》，北京：文化艺术出版社，2005年。

朱寿桐主编：《汉语新文学通史》，广东人民出版社，2008年。

Max Weber, *The Protestant Ethic and the Spirit of Capitalism*, George Allen & Unwin (Publishers) Ltd. 1976.

［美］王德威：《被压抑的现代性：晚清小说新论》，宋伟杰译，北京：北京大学出版社，2005年。

［美］查尔斯·霍默·哈斯金斯：《12世纪文艺复兴》，上海：上海人民出版社，2005年。

［英］爱默生：《爱默生集：论文与讲演录》，［美］波尔泰编，赵一凡等译，北京：生活·读书·新知三联书店，1993年。

［丹麦］勃兰兑斯：《十九世纪文学主流》，张道真等译，北京：人民文学出版社，1997年。

［英］考德威尔：《考德威尔文学论文集》，陆建德等译，南昌：百花洲文

艺出版社,1995年。

[美]白璧德:《文学与美国的大学》,张沛等译,北京:北京大学出版社,2004年。

[德]施勒格尔:《浪漫派风格:施勒格尔批评文集》,李伯杰译,北京:华夏出版社,2005年。

[法]雅克·德里达:《文学行动》,赵兴国译,北京:中国社会科学出版社,1998年。

[英]阿伦·布洛克:《西方人文主义传统》,董乐山译,北京:生活·读书·新知三联书店,1997年。

[美]哈罗德·布鲁姆:《批评、正典结构与预言》,吴琼译,北京:中国社会科学出版社,2000年。

此外,本书还参考了《新青年》、《新潮》、《少年中国》、《小说月报》、《创造季刊》、《文学周报》、《语丝》、《新月》、《现代》、《文学季刊》、《抗战文艺》、《文艺复兴》等报刊。